读客科幻文库

跟着读客读科幻,经典科幻全看遍。

ISAAC ASIMOV

THE COMPLETE STORIES VOL II

阿西莫夫科幻短篇全集 2

双百人（下）

[美] 艾萨克·阿西莫夫 著　　胡纾 译

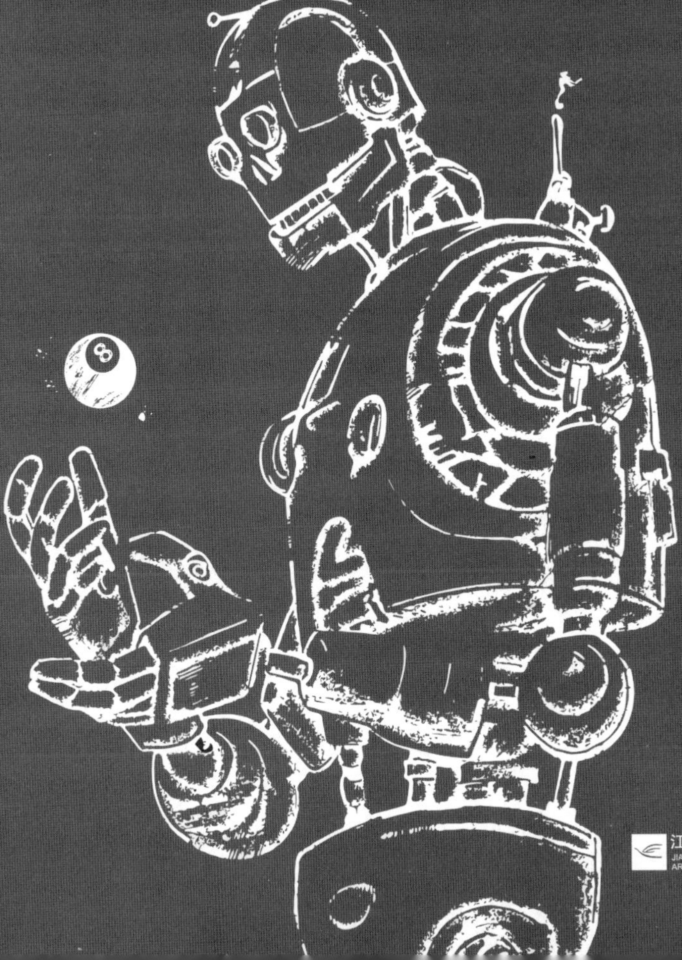

江苏凤凰文艺出版社
JIANGSU PHOENIX LITERATURE AND ART PUBLISHING

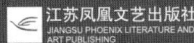

目　录

001 / 法律问题

003 / 为父亲立的雕像

010 / 纪念日

029 / 讣　告

049 / 雨，雨，走开些

058 / 星　光

063 / 奠基者

071 / 钥　匙

108 / 台　球

130 / 流放到地狱

135 / 关键项

139 / 女性的直觉

165 / 最宝贵的财富

174 / 镜　像

193 / 拿根火柴

214 / 光的小调

220 / 天堂里的异乡人

252 / 你竟顾念他

280 / 马尔蒂瓦克的生活和时代

293 / 双百人

340 / 列队前行

349 / 老派做法

360 / 建国三百周年事件

法律问题[1]

蒙蒂·斯坦通过巧妙的诈骗窃取了十万多美元,这件事毫无疑义。同样毫无疑义的还有另一个事实:他是在诉讼时效过期一天后才被逮捕的。

于是就有了纽约州诉蒙哥马利·哈洛·斯坦一案。而它之所以会成为一件划时代的案子并引发其后的一切后果,则是因为斯坦在这期间躲避抓捕的方式。它把法律引入了第四维度。

你瞧,事情是这样的,在实施完诈骗,占有了那十几万美元后,斯坦从容不迫地走进了一台时光机——时光机是他非法所有——并把控制钮设置成了未来七年零一天。

斯坦的律师言简意赅。从本质上讲,隐藏在时间里跟隐藏在空间里毫无区别。如果执法部门没能在七年期间找到斯坦,只能怨他们自己运气不佳。

地方检察官指出,设立诉讼时效的初衷并非让法律与罪犯斗智斗勇。诉讼时效是一项仁慈的举措,旨在保护犯罪者,免得此人永远担心被捕,无限期地担惊受怕。对于某些罪行,犯罪人在一段特定的时间里对被捕感到忧惧,我们认为这惩罚就已经够了。但是斯坦不一样,地方检察官坚持说,他压根儿没有经历过任何担惊受怕的时期。

斯坦的律师不为所动。法律从未提到要衡量犯罪人恐惧和苦恼

---

[1] Copyright © 1957 by Fantasy House, Inc.

的程度。法律仅仅是定了一个时限。

地方检察官说斯坦并未活着经历那个时限。

辩方律师宣称斯坦现在比犯罪时老了七岁,因此他活过了那个时限。

地方检察官质疑这一说法,于是辩方拿出了斯坦的出生证明。他生于2973年。罪案发生在3004年,彼时他三十一岁。如今是3011年,他三十八岁。

地方检察官高喊,从生理上讲斯坦并非三十八岁,他只有三十一岁。

辩方律师冷冰冰地指出,一旦认可某一个体智力健全,则法律仅承认按时间顺序计算的年龄,而要得出这一年龄只有一个办法,就是拿当下的日期减去出生日期。

地方检察官情绪越发激昂,他赌咒发誓说如果放任斯坦不受惩罚,一半的法律条文都要失去效力。

那就修改法律,辩方律师说,把时间旅行考虑进去;只要法律一天不修改,那就还得按原本的规定执行。

内维尔·普雷斯顿法官花了一周时间考虑本案,然后宣布了他的裁决。这是法律历史上的一个转折点。稍有些遗憾的是,当时有些人对法官生出了怀疑。他们说他一心想用上裁决里的措辞,这一冲动左右了他的想法。

完整的裁决如下:

"躲进时间里,救了斯坦命。"[1]

---

[1] 此处是一种调换单词首字母的文字游戏。裁决的原文"A niche in time saves Stein"对应的是英文中的俗谚"A stitch in time saves nine"(破洞早缝补,一针抵九针)。法官把 stitch 的头两个字母与 nine 的第一个字母调换,就得出了裁决里的句子——虽然拼写并不完全相同,但发音类似。原文标题"A loint of paw"同理。此外,裁决原文"A niche in time saves Stein"系双关语,既是"躲进时间里",又是"及时的躲避"。——译者注

为父亲立的雕像[1]

第一次?当真?可您肯定听说过的。对,我真心以为您是听说过的。

要是您真对那次发现感兴趣,相信我,我很乐意讲给您听。我一直喜欢讲这故事,只可惜很少有人给我机会。人家甚至还建议我别声张。因为围绕我父亲已经生出许多传说,而真相不利于它们生长。

可我还是觉得真相自有价值。这里头存在某种寓意。人可以把一辈子的精力完全用于满足自己的好奇心,然后机缘巧合,他自己压根儿都没往那方面想过,一下子就成了人类的恩人。

爸爸只是理论物理学家,一心探索时间旅行。我猜他从来没思考过时间旅行对智人可能意味着什么。您看,他只不过是对统御宇宙的数学关系感兴趣。

饿了?那更好。我估计要花将近半小时。有您这样的官方人士来,他们会拿出看家本领的。他们以此为傲。

故事的开头,爸爸很穷,是大学教授才有的那种特别的穷法。不过最后他变得很有钱了。在他去世前的几年,他真是富可敌国;至于我自己,还有我的儿女孙辈——嗯,您自己一看就明白。

大家还为他立了好些雕像。最早的那尊雕像立在这边的山坡上,

---

[1] Copyright © 1958 by Renown Publications, Inc.

就在做出发现的地点。透过窗户您就能看见。对。您能看清雕像上的铭文吗？好吧，咱们站的位置角度不对。算了。

爸爸开始研究时间旅行时，大多数物理学家都觉得它毫无指望，已经放弃了这个问题。这项研究刚开始时倒是闹出了很大动静，当时大家建了好些时间漏斗。

其实时间漏斗没什么可瞧的。它们完全没办法以理性去理解，也没法控制。透过漏斗看到的一切都是摇摇晃晃的扭曲图像，至多只有两英尺宽，而且很快就会消失。我们没办法聚焦过去，就好像没办法聚焦被狂野的飓风卷跑的羽毛。

他们还试过把抓钩捅进过去，但那也一样无法预测。有时候只需要一个人用全身力气倚住抓钩就能成功好几秒钟。不过大多数时候就算用打桩机也无法把它推过去。大家没能从过去抓取任何东西，直到——嗯，这一点我稍后会讲到的。

五十年的研究毫无进展，大批物理学家干脆丧失了兴趣。操作性的技术似乎完全是死胡同，此路不通。有几个人甚至试图证明时间漏斗并没有真的揭示过去的画面，但大家通过漏斗看到过太多次活生生的动物——那些如今已经灭绝的动物。

总之呢，时间旅行几乎被人遗忘，就在这时爸爸出手了。他说服政府给他拨款，用这笔钱建起自己的时间漏斗，然后从头开始研究这个问题。

那阵子我也给他帮忙。我刚刚从大学毕业，像他一样拿了物理学博士学位。

我俩齐心协力，可惜大概一年以后就遇到了大麻烦：爸爸没法让政府同意继续拨款。政府之外呢，工业界对此不感兴趣；大学也嫌他死心眼，只管钻进一个没指望的领域，败坏了他们的名声。研究生院的院长对于学术的理解仅限于学术研究的经济方面，起先他暗示爸爸应该转向比较有利可图的领域，最后干脆把他排挤走了。

爸爸去世时这人还活着，仍然在斤斤计较着拨下去的研究经费。当然了，我猜那位院长最后肯定觉得自己傻透了，因为爸爸在遗嘱里留给大学一百万美元，不带任何附加条件，却又在遗嘱附录里取消了馈赠，理由是院长缺乏远见。但那不过是死后的报复而已。在那之前的许多年里——

  我并不想对您指手画脚，但恳请您别再吃面包棒了。来点儿清汤，慢慢喝，免得饿得太厉害，这样就好。

  总之我们想办法撑下来了。爸爸留住了我们用拨款买下的设备，他把设备搬出大学，在这里搭起来。

  我们独立研究的头几年真是艰辛极了。我一直催他放弃，但他从来不肯。他真是百折不挠。每次我们需要钱时，他总能想办法从哪里弄来一千美元。

  生活在继续，但他不允许任何事干扰他的研究。母亲去世了，爸爸哀悼她，然后又回到自己的工作中。我结婚了，有了一个儿子，接着又有了一个女儿，我没办法总在他身边。没了我他也一样继续。他断了一条腿，于是打上石膏忍着不便干了好几个月。

  所以全部的荣誉我都归给他。我当然也帮了忙。我在业余时间替他充当顾问，还继续跟华盛顿协商。但他才是这个项目的生命和灵魂。

  不过尽管做了所有这一切，我们仍然毫无进展。我们四处央告才弄到的钱，其实跟直接倒进了时间漏斗里也没差别——只不过钱没法通过漏斗就是了。

  毕竟我们许多次尝试把抓钩送到漏斗对面，但从没成功过。只有一次我们差一点儿就成功了。抓钩已经有两英寸从漏斗另一头探出去，可这时焦点变了。抓钩被齐齐切断，于是在中生代的某个地方就有了一块人造的钢铁，躺在河边慢慢生锈。

然后有一天，那个关键的日子，焦点维持了十分钟之久——发生这种事的概率还不到万亿分之一。老天啊，当我们架起相机时，我们真是激动得发狂。我们能看到活的生物，它们就在漏斗的另一侧，精神饱满地四下活动。

最后还有一件事更是锦上添花：时间漏斗变得具有渗透性，直到你愿意发誓说隔在我们与过去之间的只有空气而已。低渗透性肯定跟焦点长时间维持有关，但我们最终也没能证明。

当然了，还用说吗？我们当时手头正好没有抓钩。但低渗透性是确凿无疑的，因为有东西就这么掉过来了，从当时进入了现在。我惊呆了，完全凭本能伸手抓住了它。

就在这时我们失掉了焦点，但这一次我们不再感到苦涩和绝望。我们盯着我手上的那东西，脑子里掠过各种疯狂的猜测。那是一团板结的干泥巴，撞上时间漏斗边缘时被平平整整地削掉的一块。泥饼上有十四枚蛋，跟鸭蛋差不多大。

我说："恐龙蛋？你觉得它们真能是恐龙蛋吗？"

爸爸说："也许。没法确切知道。"

"除非把它们孵出来！"我突然兴奋莫名，几乎无法控制自己。我把它们放下，仿佛它们是珍贵的铂金。它们散发着原始太阳带来的热量。我说："爸爸，如果把它们孵化出来，我们就有了已经灭绝一亿多年的生物。这是头一次真有东西从过去被带出来。如果我们宣布这一——"

我想到我们能得到多少拨款、多少关注，想到这一切对爸爸意味着什么。我仿佛已经看到院长脸上惊愕的表情。

可爸爸对此事的看法有所不同。他坚定地说："一个字也别透露，儿子。如果消息传开，马上就会有二十个科研小组跟进时间漏斗的思路，我的优势就荡然无存了。不，等我解开漏斗之谜以后，你爱怎么公开随你高兴。在那之前——我们保持沉默。儿子，别摆出那种表情。一年之内我就能找出答案。我坚信。"

我没那么自信了，不过反正还有蛋呢，我确信它们能提供我们需要的一切证据。我把一个大烤箱设置成血液温度，使空气和水分循环起来。我装了一个报警器，一旦蛋里有动静它就会拉警报。

它们在十九天后的凌晨三点孵化了，我终于看到了它们——十四只"小袋鼠"，长着泛绿的鳞片，后腿有爪，小小的大腿肥嘟嘟的，还有鞭子一样的细长尾巴。

起先我以为它们是暴龙，但它们太小了，不可能是那个品种的恐龙。几个月过去，我看得出它们不会再长大，至多也就跟中等大小的狗差不多。

爸爸似乎感到失望，但我并不气馁，并仍然希望他能允许我用它们做宣传。其中一只在成年以前就死了，还有一只死在一场小冲突里。但剩下的十二只活下来了——五公七母。我喂它们吃切碎的胡萝卜、煮鸡蛋和牛奶，并且渐渐喜欢上它们。它们蠢得可怕，但又很温柔。而且它们真的很美。它们的鳞片——

啊，好吧，我真傻，没什么可描述的。最早的宣传照早就传遍了。不过说起来，我还真不知道它们有没有传去火星——噢，火星也有。嗯，好吧。

然而那些照片是过了很久才跟公众见面的，更不必说那些生物的真身了。爸爸顽固不化。一年过去了，两年，然后是三年。在时间漏斗方面我们毫无运气。那唯一一次的好运没再重复，可爸爸仍然不肯屈服。

五只雌性下了蛋，很快我手头就有了超过五十个的小东西。
我态度坚决地问道："我们该拿它们怎么办？"
他说："宰了。"
嗯，我当然下不了手。

亨利，就快准备好了，是吗？好。

事情发生时，我们已经山穷水尽，再也找不出钱了。我哪里都试过，结果处处碰壁。我甚至为此感到高兴，因为我以为这样一来爸爸非得放弃不可了。可是他下巴绷出不屈不挠的坚毅线条，冷静从容地设置好了又一次试验。

我向您发誓，假如没有发生那次意外，真相将永远不为我们所知。人类将被剥夺其历史上少有的伟大恩惠。

事情有时就是这样。珀金在做实验产生的黏性物质里看到一丝紫色，结果发明了苯胺染料。雷姆森把一根受了污染的手指放在嘴唇上，结果发现了糖精。古德伊尔失手把一种混合物落在炉子上，结果发现了硫化的秘密。

在我们的故事里则是一只半大恐龙撞进了主实验室。当时恐龙的数量实在太多，我根本闹不清它们都在哪儿。

恐龙径直从两个正好开启的接触点中间穿过——现在有块碑竖立在那个地方，让这件事永垂不朽。我坚信同样的巧合再有一千年也不可能再度发生。当时只见一道刺目的闪光，一次气势十足的短路，然后我们刚刚搭好的时间漏斗就在五彩缤纷的火花里消失得无影无踪。

说实话，即便这时候我们也并不确切知道自己得到了什么。我们只知道恐龙害得设备短路了，多半毁了价值二十万美元的设备，而我们也就此彻底破产。这么大的损失，我们得到的只有一只烤透的恐龙。我们自己也被烤焦了一点点，但力场的能量是集中在恐龙身上的。一闻就明白。空气里弥漫着它的香气。我和爸爸对看一眼，两人都满心惊奇。我拿一把钳子轻轻夹起恐龙。它外表是黑色的，已经烧焦，但轻轻一碰烧煳的鳞片就纷纷坠落，把皮肤也带走了。焦煳的表皮底下是紧实的白肉，跟鸡肉相似。

我忍不住尝了一口，它的味道与鸡肉天差地别，就好像木星之于一颗小行星。

不管您信不信，总之当时我们毕生的心血在周围碎了一地，我们却高兴得如上七重天,坐在那儿大嚼恐龙肉。有些部分煳了,有些部分几乎还是生的,也没有调料。但我们不停地吃,直到把骨头啃得干干净净。

最后我说:"爸爸,咱们得大张旗鼓、系统地把它们养起来,养来食用。"

爸爸只能同意。毕竟我们彻底破产了。

我邀请银行行长来用晚餐,靠请他吃恐龙肉弄到了贷款。

这一招百试百灵。人一旦尝过我们现在称作"恐鸡"的东西,就再也不甘心只吃普通的肉。哪顿饭没有恐鸡,我们就只是勉强下咽,免得身体与灵魂各奔东西。只有恐鸡才配叫食物。

我们家族至今拥有现存唯一的恐鸡种群,围绕恐鸡发展出全球连锁餐厅——这里就是最早、最老的一间——我们是其唯一的供货商。

可怜的爸爸!他一辈子都不快乐,只除了吃恐鸡的时候,在那些独特的时刻他是快乐的。他继续进行时间漏斗研究,另外还有二十个科研小组也匆忙加入进来,正如他当初预料的那样。只不过时至今日也没有任何成果。什么也没有,除了恐鸡。

啊,皮埃尔,谢谢您。真是卓越非凡!现在,先生,容我为您切块。别加盐,咯,只稍微来点儿酱汁。没错……啊,就是这个表情,每一个头一次享用这美味的人,我在他们脸上看到的都是这一模一样的表情。

人类感恩戴德,集资五万美元立起了这边山坡上的雕像,但就连这表达敬意的礼物也没能让爸爸开心。

他眼里只有雕像上的铭文:把恐鸡带给世界的人。

您明白,直到临终,他心心念念的都只有一件事:找出时间旅行的秘密。即便成了人类的恩人也没用,他至死没能满足自己的好奇心。

纪念日 [1]

每年一次的纪念仪式已经万事俱备。

当然了,今年轮到在穆尔家举办,所以穆尔太太无可奈何,只能带孩子们去自己母亲家度过这一晚。

沃伦·穆尔审视房间,脸上微露笑意。起初这件事全靠马克·布兰登的热情才坚持下来,但后来他自己也渐渐喜欢上这种温和的追忆活动。大概是因为年纪渐长吧,他猜想,他毕竟比当初老了二十岁。他长出了啤酒肚,头发稀疏了,也拥有了松松垮垮的双下巴,而且——这是最糟糕的——他变得多愁善感了。

于是所有的窗户都调到偏振模式,完全不透光,还拉上了窗帘。只墙面上间或照亮几个点,借此纪念许久之前飞船失事的那一天,纪念那一天暗淡的照明和与世隔绝的可怕感觉。

桌上放着棒状和管状的飞船口粮,正中央当然还有一个没开封的瓶子,是绿色的伽卜拉水。这是一种烈性饮料,劲儿很足,全靠火星真菌的化学活性才酿得出来。

穆尔看看手表。布兰登就快到了;纪念日他是从来不迟到的。只一件事他想起来放心不下,就是布兰登在电话里的声音:"沃伦,这次我给你准备了一个惊喜。你等着瞧吧。等着瞧。"

穆尔总觉得布兰登一直没怎么变老。布兰登比他年轻些,不过也

---

[1] Copyright © 1959 by Ziff-Davis Publishing Co.

快过四十岁生日了,但依然保持着细瘦的身材,也依然用饱满的热情迎接生命中的一切。他至今保留着一种能力,遇到好事就高度兴奋,遇到坏事就深深绝望。他头发已经有些灰白,但也只有这一样而已。每当布兰登来回踱步,用最大的嗓门儿飞快地谈起随便什么事,穆尔不必闭眼就能看见曾经的那个年轻人,在失事的"银色女王号"飞船上恐慌的样子。

门铃响起,穆尔压根儿没转身,直接踢了开门的开关:"进来吧,马克。"

然而回答他的却是一个陌生的声音,那柔和的声音试探着问:"穆尔先生?"

穆尔快速转身。布兰登是来了没错,但他只留在背景里,龇着牙,满脸都是兴奋的笑容。站在穆尔面前的另有其人。此人身材矮胖,秃得厉害,皮肤是坚果似的棕色,浑身散发出太空的气息。

穆尔难以置信:"迈克·谢伊——太空在上,迈克·谢伊!"

两人哈哈大笑着击掌。

布兰登说:"他通过我办公室联系上我的。他还记得我在原子产品公司——"

"这都多少年了,"穆尔说,"我想想,你上回在地球上还是十二年前——"

"每回纪念日他都不在,"布兰登道,"不可思议吧?现在他要退休了,他准备离开太空,去亚利桑那州买一处地方。去之前他来道别——专为道别才中途来这个城市一趟——而我以为他肯定是为了纪念日来的呢。这老浑蛋问我:'是什么纪念日来着?'"

谢伊笑嘻嘻地点头:"他说你们每年都为这事搞个庆祝活动。"

"那还用说?"布兰登热情洋溢,"而今天是我们三个人头一次聚齐,头一次真正的纪念日。二十年了,迈克,当初沃伦爬上飞船的残骸,把我们带到灶神星,到今天已经二十年了。"

谢伊四下看看："太空口粮，嗯？对我来说这就跟回老家参加旧友联欢会一样。还有伽卜拉。噢，当然了，我记得的……二十年。平时我压根儿不会想起这件事，可现在，突然好像就在昨天。还记得我们终于返回地球的时候吗？"

"那还用说？"布兰登道，"游行庆祝、演讲。其实沃伦是那件事里唯一的英雄，我们也一直这么说，可他们也一直不理会。还记得吗？"

"啊，那个，"穆尔道，"我们三个是历史上头一次在飞船失事中幸存下来的人。我们不同寻常，而一切不同寻常的事都值得庆祝。这类事情是不讲理性的。"

"嘿，"谢伊道，"你们有谁记得他们写的歌吗？那支进行曲。'来歌颂穿越太空的路啊，歌颂疲乏疯狂的步伐——'"

布兰登清晰的男高音加入进去，就连穆尔也一起合唱，于是最后一句歌词十分响亮，把窗帘都震动了。"在银色女王的残——骸——上。"他们齐声吼完，最后疯了一样放声大笑。

布兰登说："咱们开了伽卜拉吧，先稍微抿一口。只这一瓶，咱们三个人一整晚都得靠它呢。"

穆尔道："马克坚持要完全还原细节。我只奇怪，他竟没指望我爬窗出去，绕着房子太空行走，徒手攀爬一圈。"

"啊，我说，这主意不赖。"布兰登道。

"记得我们最后一次祝酒吗？"谢伊把空杯子端在身前，庄重地念诵道，"'先生们，请喝吧，敬这值得怀念的 H_2O（水），咱们曾经拥有一年份的水储备。'最后降落的时候咱们醉得一塌糊涂。好吧，咱们当时还是孩子呢。我才三十岁，还自以为已经老了。而现在呢，"他的声音突然变得感伤，"他们叫我退休。"

"干了！"布兰登说，"今天你又是三十岁，我们都记得'银色女王号'失事那天，哪怕别人都忘了。讨厌的公众，最善变了。"

穆尔哈哈笑："你还指望什么呢？每年这天定为法定假日，大家都拿太空口粮和伽卜拉当仪式用的饮食。"

"我说，咱们至今仍然是有史以来仅有的飞船撞击事故幸存者，可瞧瞧现在。咱们被遗忘了。"

"被遗忘的滋味也是挺不错的。起初咱们也火过一阵，名声响了，推着我们毫不费劲地往上爬了一大截。咱俩日子都过得很不错，马克。本来迈克·谢伊也会跟我们一样，只不过他非要回太空去。"

谢伊咧开嘴，耸耸肩："我就喜欢那儿。而且我也不后悔。有了保险公司给的补偿，我现在退休手头也有很大一笔钱呢。"

布兰登状似怀念："那次飞船失事可真叫跨太空保险公司狠狠出了一回血。可话说回来，我还是觉得不大对劲。如今你跟人家提起'银色女王号'，知道的人都只能想起昆廷，还有好多人压根儿不知道有谁。"

"谁？"谢伊问。

"昆廷。霍勒斯·昆廷博士。飞船上没能生还的一个乘客。你要是问人家：'那三个幸存者呢？'他们就只会瞪着你说：'呃？'"

穆尔心平气和道："得了，马克，面对事实吧。昆廷博士是全世界最伟大的科学家之一，而我们三个只是世界上什么也不是的小人物。"

"我们活下来了。至今仍然是记录在案的仅有的幸存者。"

"那又如何？你瞧，约翰·赫斯特也在飞船上，他也是顶重要的科学家呢。跟昆廷不在一个档次，但也非常了不起。说起来，我们被陨石击中前，最后一次晚餐我就坐他旁边。结果呢，就因为昆廷也死在那场船难里，赫斯特的死就被盖过去了。谁也不记得赫斯特死在'银色女王号'上。大家只记得昆廷。我们或许也一样被人遗忘了，但至少我们还活着。"

"要我说呢，"一阵沉默后布兰登重新开口，穆尔的那番大道理他显然没听进去，"咱们是又被困住了。二十年前的今天我们被困在灶神星外，今天呢，我们被困在遗忘里。既然我们三个终于再次聚齐,那么上次发生的事情当然也可以再次发生。二十年前沃伦把我们拉到了灶神星上,现在让我们来解决这个新问题。"

"你是指抹掉遗忘?"穆尔问,"让咱们出名?"

"当然了。为什么不可以?二十周年纪念,你还知道更好的庆祝方式?"

"不知道,但我很愿意知道你准备从哪儿着手。我觉得除开昆廷以外,大家根本不记得'银色女王号'了,所以你得想个法子让大家重新想起那次船难。这还只是开头。"

谢伊不安地扭动身体,迟钝的面孔上闪过沉吟之色:"还是有人记得'银色女王号'的。保险公司就记得。说起来还真有意思,正好你们提起这个。十、十一年前我曾去过灶神星,我问人家,咱们当初带到灶神星的那片飞船残骸是不是还在,他们说当然在,谁会费工夫把那东西运走?于是我就想去看一眼。我在背上绑一台反应式马达就去了。灶神星那重力,你们明白,反应式马达完全够用了。总之我没能靠近,只远远看了一眼。他们用力场把它圈起来了。"

布兰登的眉毛挑到了天上:"咱们的'银色女王号'?圈起来干吗?"

"我回去问他们这是咋回事,他们没告诉我,还说他们没想到我打算过去。他们说它属于保险公司。"

穆尔点点头:"这个自然。保险公司付清赔偿后就接手了。我签了一份弃权声明,在接受赔偿支票的同时放弃了我的残值权利。你们也一样,我敢说。"

布兰登道:"可为什么要弄力场?这么神神秘秘的做什么?"

"不知道。"

"飞船残骸就算卖废铁都不值钱。运输成本太高了。"

谢伊说:"没错。不过挺奇怪的,他们还从太空带了碎片下去。那里有一大堆,我能看到,而且看上去根本就是垃圾,扭曲的框架碎片什么的,你们明白。我跟人打听,结果听说总有飞船降落,卸下来更多废料;保险公司给'银色女王号'的碎片定了一个标准回收价,所以灶神星附近的飞船总在搜索。然后,在我最后一次航行时,我又去看了'银色女王号',那堆碎片的体积比先前更大了。"

布兰登眼神一闪:"你是说他们还在找?"

"我不知道。也许已经停了。但那一堆确实是比十年、十一年前大,可见直到我最后去的那次他们还在找。"

布兰登靠住椅背,架起二郎腿:"嗯,我说,这可真是古怪极了。精明冷静的保险公司竟然到处花钱,扫荡灶神星周围的太空,想找到二十年前失事飞船的碎片。"

"也许他们想证明有人蓄意破坏。"穆尔说。

"都二十年了还在琢磨这个?就算证明了他们也追不回赔款。这事早就凉透了。"

"也可能好几年前他们就不再找了。"

布兰登站起来,仿佛已有决断:"咱们来问问。这事不对劲,而我恰好伽卜拉上头外加纪念日上头,所以我要弄明白。"

"没问题,"谢伊说,"可是问谁呢?"

"问马尔蒂瓦克[1]。"布兰登说。

谢伊瞪大眼睛:"马尔蒂瓦克?!我说,穆尔先生,你这里莫非有一台马尔蒂瓦克终端?"

"是的。"

"我还从没见过呢,我一直想看看。"

"没什么可看的,迈克。外表就跟打字机一样。也别把马尔蒂瓦克终端跟马尔蒂瓦克的本体混为一谈。亲眼见过马尔蒂瓦克本体的

---

[1] 原文为"Multivac",出现在阿西莫夫的多部短篇中,是其虚构的一台世界最大的计算机。阿西莫夫在自传《记忆犹新》中称其灵感来源于早期计算机"Univac"(Universal Automatic Computer)。

人我可一个都不认识。"

想到这里穆尔不禁面露微笑。他怀疑自己这辈子也不会遇到维护马尔蒂瓦克本体的技术人员。他们人数很少，工作日基本都在深藏于地球内部的秘密地点度过。他们负责照看的这台超级计算机足有一英里长，它储存着人类已知的全部知识；它指导人类的经济，指挥人类的科学研究，帮助人类做出政治决策，除此之外它还有几百万富余的电路，可以回答由个人提出的各种问题，只要问题不违反隐私伦理。

电动坡道把三人送上二楼，途中布兰登说："我一直在考虑给孩子们装一个马尔蒂瓦克少年版终端。为了作业之类的，你明白。但我又不愿意它沦落为花哨昂贵的拐杖。你是怎么解决这个问题的，沃伦？"

穆尔简单回道："有问题他们先给我过目。要是我不同意，马尔蒂瓦克就见不到。"

马尔蒂瓦克终端确实只是简单的打字机样式，别的就没什么了。

穆尔设好坐标，靠这组坐标打开了全球网路中属于他的部分。他说："现在听着。我先声明，这件事我是反对的，我愿意配合，仅仅因为今天是纪念日，还因为我自己也犯浑，心里好奇。那么我该怎么表述这个问题？"

布兰登说："你就问，跨太空保险公司是否仍在灶神星附近搜索'银色女王号'的残骸碎片。这问题只需要简单的是或不是就能回答。"

穆尔耸耸肩，敲击键盘输入问题；谢伊在一旁看着，又敬又畏。

这位太空族说："它怎么回答？说话吗？"

穆尔柔声笑了："噢，不。我可没花那份钱。这个型号只是把答案打印在一条纸带上，纸带从那边的槽里出来。"

他正说话间，真有一小截纸带出来了。穆尔把它拿出来瞟了一眼："嗯，马尔蒂瓦克说'是的'。"

"哈！"布兰登嚷道，"我就说。现在问它为什么。"

"别犯傻。这类问题显然会触犯隐私。你只会拿到一张黄色的

'陈述你的理由'。"

"行不行你问问就知道。搜索碎片的事他们并没保密，说不定原因他们也没保密呢。"

穆尔耸耸肩。他动手打字：为什么跨太空保险公司要开展上一个问题提到的"银色女王号"搜索行动？

机器几乎转瞬间就咔嗒一声吐出黄色纸条：陈述你请求所需信息之理由。

"好吧，"布兰登毫不在意，"告诉它，咱们是仅有的三个幸存者，咱们有权知道。来吧，告诉它。"

穆尔用不带感情色彩的措辞输入这个问题，马尔蒂瓦克推出又一张黄色纸条给他们：你的理由不充分。不能予以回答。

布兰登道："我看不出他们有什么权利对这件事保密。"

"这由马尔蒂瓦克说了算，"穆尔道，"是它判断给出的理由，而如果它认定隐私伦理禁止回答，那就没戏了。就连政府都没法违反这些伦理条件，除非是拿到法院的指令，而法院极少跟马尔蒂瓦克对着干，十年里也没有过一次。所以你准备怎么办？"

布兰登一跃而起，开始在房间里飞快地来回踱步，这实在是他的一大特色："那好吧，咱们就靠自己把它想明白。他们费了那么大工夫，所以肯定是很重要的事。我们已经一致认定他们不是在搜寻人为破坏的证据，毕竟都二十年了。但跨太空保险公司肯定是在找某样东西，某样特别有价值的东西，值得一直找下去。那么，什么东西会这样价值连城呢？"

穆尔道："马克，你可真是梦想家。"

布兰登显然压根儿没听见他说话："不会是珠宝或者现金，或者证券。这种东西在飞船上不可能有很多，绝对不够补偿他们花在搜索上的费用。除非'银色女王号'是纯金打的还差不多。还有什么比这些更有价值？"

"你没法判断一样东西的价值,马克,"穆尔道,"比如一封信,作为废纸它或许只值一分[1]的百分之一,但对于某个公司却可能意味着一亿美元,全看信里写了什么内容。"

布兰登用力点头:"没错。文档。有价值的文件。那么在那次航行的人中间,谁最有可能拥有价值上亿的文件?"

"这谁能说得准?"

"霍勒斯·昆廷博士怎么样?他怎么样,沃伦?现在大家记得的只有他,就是因为他来头大。说不定他随身带了什么重要文件呢?关于某样新发现的细节,也许是。该死,那次航行期间我一次也没见过他,要不然他没准会跟我提到点儿什么,闲聊的时候顺口说说那种,你知道。你呢,沃伦,你见过他没有?"

"我记得没有。反正是没说过话。所以我跟他的闲聊也指望不上。当然,说不定我曾经跟他擦肩而过,只不过我自己不知道。"

"不,那是不可能的,"谢伊突然露出若有所思的样子,"我觉得我好像想起点儿什么。有一个乘客从始至终都没有离开过自己的房舱。我听乘务员说起过。他连饭都不肯出来吃。"

"那个人是昆廷?"布兰登停下脚步,热切地望向这位太空族。

"有一些可能,布兰登先生,有一些可能。我并没有听到人家说是他。我不记得听到过这样的话。但那人肯定大有来头,因为是在飞船上,送饭去房舱不是胡闹吗?除非对方确实大有来头。"

"而昆廷就是那趟航行里大有来头的人,"布兰登满意道,"也就是说他房舱里有什么东西。非常重要的东西。他要藏起来不给别人看。"

"也说不定他单纯只是晕飞船,"穆尔道,"只不过嘛——"他皱着眉头沉默下来。

"接着说啊,"布兰登急道,"你也想起什么了?"

---

[1] 辅币单位,为美元等其他多种货币面值的1%。

"也许。我跟你们说过,最后那顿晚餐我坐在赫斯特博士旁边。他提到他本来指望航行期间能见到昆廷博士,结果没那运气。"

"没错,"布兰登嚷道,"因为昆廷不肯离开自己的房舱。"

"他可没这么说。不过我们就聊起昆廷来了。他怎么说的来着?"穆尔双手按住太阳穴,仿佛想凭蛮力挤出二十年前的记忆,"原话我当然没法复述给你们听,但大概意思是说,昆廷这人喜欢夸张的效果,或者他是戏剧化的奴隶之类;还说他们都是去木卫三参加学术会议的,可昆廷连论文的标题都不肯公开。"

"全都连上了。"布兰登又开始快速踱步,"昆廷有了一个伟大的新发现,这事他绝对保密,因为他准备在木卫三的会议上出其不意,把戏剧效果最大化。他不肯离开房舱,因为他多半觉得赫斯特会死缠烂打地探问——而且我打赌赫斯特会这么干的。然后飞船撞上陨石,昆廷死了。跨太空保险公司做了调查,听到风声说有这么一个新发现,于是就想着如果能掌握它,他们就能挽回损失,再赚上一大笔。于是他们取得飞船的所有权,从那时起就一直在碎片中间追踪昆廷的文件。"

穆尔微笑,笑容里满满都是对布兰登的喜爱:"马克,这故事很美。光是看着你无中生有,这整个晚上就都值了。"

"噢,是吗?我无中生有?咱们不如再问马尔蒂瓦克一回。这个月的使用费我来出。"

"不必。你尽管问。不过如果你不介意,我准备去把那瓶伽卜拉拿上来。我想再喝一小杯,追上你的进度。"

"我也是。"谢伊道。

布兰登在打字机前坐下。他输入问题的时候心里急切,连手指都在颤抖:霍勒斯·昆廷博士最后的研究是何种性质?

穆尔拿着酒瓶和酒杯回来,答案也正好出现,这回是白纸。答案很长,字体很小,大部分都是参考文献,涉及二十年前发表在各类期刊上的科学论文。

穆尔看了一遍："我不是物理学家，不过看起来他似乎是对光学感兴趣。"

布兰登不耐烦地摇头："但那些全都是已经出版的成果。我们要的是他尚未发表的东西。"

"这方面的信息咱们永远别想找到。"

"保险公司就弄到了。"

"那不过是你的推论。"

布兰登用颤巍巍的手揉揉下巴："让我再问马尔蒂瓦克一个问题。"

他重新坐下，打字：在霍勒斯·昆廷博士曾任职的大学院系中搜索与他熟识且迄今仍在世的同事，给我他们的姓名和电话号码。

"你怎么知道他在大学任教职？"穆尔问。

"要是我猜错了，马尔蒂瓦克会告诉我们嘛。"

一张纸片跳出来。上头只有一个名字。

穆尔说："你准备给他打电话？"

"那是当然，"布兰登道，"奥蒂斯·菲茨西蒙斯，底特律的号码。沃伦，我能不能借用你的——"

"尽管用，马克。这仍是咱们纪念日游戏的一部分。"

布兰登在穆尔的电话键盘上设置好号码。接听的是一个女人。布兰登要求跟菲茨西蒙斯博士通话，他等了一小会儿。

然后一个细弱的声音说："你好。"听起来很老了。

布兰登道："菲茨西蒙斯博士，我代表跨太空保险公司处理与已故的霍勒斯·昆廷博士有关的事宜——"

"老天爷啊，马克。"穆尔低声喊他，但布兰登猛一抬手，不让对方说话。

接下来很长时间没有声音，他们简直要以为电话出了故障。然后那苍老的声音说："都这么多年了，你们又来问？"

布兰登打个响指，摆出抑制不住的胜利姿态；不过他说话的声音很平顺，信心十足，几乎有点儿油滑："我们仍在调查，博士，关于昆廷博士在最后一次旅程期间有可能携带的某样东西，与他未发表的最新发现相关的，不知您有没有回忆起进一步的细节？"

"嗯，"对方不耐烦地弹了弹舌头，"我已经跟你们说过了，我不知道。我不想再为这件事受打扰。我并不知道是不是真有什么重要的东西。那人暗示过，但他随时都在暗示自己弄出了这样那样的小装置。"

"什么装置，先生？"

"我都说我不知道了。他曾经提到过一个名字，我也告诉你们了。依我看没什么太大意义。"

"我们的记录里没有这个名字，先生。"

"哎，你们该有才对。嗯，是什么名字来着？一个光镜[1]，就是这个。"

"倒数第三个字母是 K？"

"也许是 C，也许是 K。我不知道也不在乎。现在，拜托你，我不希望再为这件事受打扰。再见。"电话挂断时对方仍在小声发着牢骚。

布兰登满意极了。

穆尔说："马克，你刚才那一手真是蠢到了极点。在电话上冒充虚假身份是违法的。如果他有心找你麻烦——"

"他为什么要找我麻烦？这事他已经忘在脑后了。但你没明白吗，沃伦？跨太空保险公司找他打听过。他一直说这些他都已经解释过了。"

"好吧。但你本来也是这么推想的。除此之外你还知道什么？"

"我们还知道，"布兰登说，"昆廷的小装置名叫光镜。"

"听菲茨西蒙斯的口气，他其实也拿不准。就算是真的吧，我们已经知道他死前专攻光学了，光镜这个名字根本没把我们往前推

---

[1] 原文为"An optikon"。——译者注

进半点儿。"

"反正跨太空保险公司找的要么是光镜，要么是相关的论文。也许昆廷没打算公开技术细节，只随身带了一个仪器模型。毕竟谢伊说他们在搜集金属物体。不是吗？"

谢伊附和道："那一堆里头有好多金属废品。"

"如果找的是文件，他们会把那些金属留在太空里。所以我们要的就是这个：一个或许名叫光镜的仪器。"

"就算你的推论全部正确吧，马克，就算我们要找的是光镜，现在也根本没希望能找到了，"穆尔直言不讳，"我怀疑留在灶神星轨道的碎片不会超过百分之十。灶神星的逃逸速度简直约等于零。想当初，我们所在的那一块飞船残骸也是侥幸才进入轨道的，以幸运的速度往幸运的方向上施加了一个幸运的推力，仅此而已。剩下的都已经没了，散落在太阳系各处，绕着太阳飘在你能想象到的各种轨道里。"

布兰登说："他们不就捡了好多碎片？"

"对，捡的正是那成功进入灶神星轨道的百分之十。"

布兰登不肯放弃。他沉吟道："假设那东西确实在那儿，又假设他们还没找到它。有没有可能有人抢先把东西弄到手了呢？"

迈克·谢伊哈哈大笑："咱们当时可不就在现场，但咱们是光溜溜地逃命出来的，能那样已经谢天谢地了。除此之外还能有谁？"

"没错，"穆尔附和道，"再说如果别人捡到了，又为什么一直保密？"

"也许捡到的人不知道它是什么东西。"

"那我们又有什么办法能——"穆尔突然顿住，转向谢伊道，"你说什么来着？"

谢伊茫然道："谁？我吗？"

"就在刚才，你说我们在现场。"穆尔把眼睛一眯。他摇晃脑袋，仿佛希望让自己头脑清醒，然后他悄声说："伟大的银河啊！"

"什么事？"布兰登紧张道，"怎么回事，沃伦？"

"我不大确定。你那些推论把我逼疯了，疯得厉害，我开始拿它们当真了，我觉得。你知道，我们当时确实从残骸里拿了些东西带走的。我是说除开我们的衣服和仍然在手头的私人物品。反正至少我是拿了的。"

"什么？"

"当时我正从外部穿过飞船残骸——太空啊，我好像身临其境，一切都清清楚楚地摆在眼前——我捡了些小东西，装进了我太空服的口袋里。我也不知道为什么。我当时不是很清醒，真的。捡的时候我什么也没想。然后呢，嗯，我就把它们留下了。当成纪念吧，我猜是。我把它们带回了地球。"

"它们在哪儿？"

"不知道。我们不是一直待在一个地方，你知道的。"

"你没把它们扔掉吧，啊？"

"没有，但搬家的时候难免丢三落四的。"

"如果你没把它们扔掉，它们肯定就在这房子里的什么地方。"

"如果没弄丢的话。我发誓，最近十五年我都不记得见过它们。"

"是什么东西？"

沃伦·穆尔道："我记得其中一样是一支自来水笔，真正的老古董，用吸墨器的那种。不过真正叫我在意的是另外那样东西，一支很小的双筒望远镜，长度不超过六英寸。明白我的意思了吧？望远镜？"

"光镜，"布兰登嚷道，"当然！"

"只不过是巧合，"穆尔努力保持头脑清醒，"只不过是一个奇特的巧合。"

然而布兰登才不吃他这套呢："什么巧合，瞎说八道！跨太空保险公司在飞船残骸上找不到它，在太空里也找不到它，因为从头到尾它都在你手里。"

"你疯了。"

"来吧,现在咱们非得找到那东西不可。"

穆尔用力吹口气:"好吧,要是你想要,我就找,但我怀疑多半找不到。好,咱们就从储物层找起。照逻辑推断,应该是那儿。"

谢伊咯咯笑了:"找东西的时候,符合逻辑的地方通常是最糟糕的地方。"话虽如此,他们还是一起走上电动坡道,又上了一层楼。

储物层有一种久不使用的霉味。穆尔开启静电除尘器:"我觉得我们好像已经两年没除尘清洁了,凭这点就知道我多么难得上来。好吧,咱们瞧瞧——如果它确实在这儿,那应该会在'单身收藏'中间。我的意思是说那些从我还单身起就一直保留的没用的东西。我们可以从这里开始。"

穆尔最先翻找的是装在可折叠塑料箱里的东西,布兰登急不可耐地从他肩头往下瞅。

穆尔说:"真没想到啊。我大学的年刊。那时候我玩音效,狂热极了。事实上,年刊里的每一个毕业生我都弄到了他们的录音,跟他们的照片放在一起。"他深情地敲敲年刊封面:"乍一看你肯定以为里面不过是普通的三维照片,没什么特别的,但其实每一张照片里都囚禁着——"

他意识到布兰登皱起了眉头,于是说:"行,我接着找。"

他放弃塑料箱,打开一个沉甸甸的老式的木箱。箱子里分出了一个个格子,他把格子里的东西分别往外拿。

布兰登说:"嘿,是那个吗?"

他指向一个小圆柱体,它刚刚滚到地板上,发出轻微的撞击声。

穆尔说:"我不知——对!就是这支笔。原来在这儿。喏,还有双筒望远镜也在。当然了,这两样东西都没法用,都是坏的。至少我猜笔是坏了。有什么东西松了,在里头哐哐响。听见没?我压根儿不知道该怎么上墨水,所以也没办法检查它是不是真能用。吸墨的自来水笔已经好多年不生产了。"

布兰登把笔放在灯光底下看:"上面刻了姓名的首字母。"

"哦?我都不记得有看到过。"

"已经磨损得很厉害了。看着像是'J. K. Q.'之类。"

"Q?"

"对,而且用Q打头的姓少见得很。这支笔完全可能属于昆廷(Quentin)。类似传家宝,为了好运或者纪念先人留在身边。说不定曾经属于他的曾祖父,他们那个时代的人还用这种笔。曾祖父可能是叫贾森·奈特·昆廷,或者朱达·肯特·昆廷,诸如此类。我们可以找马尔蒂瓦克查查昆廷祖先的姓名。"

穆尔点头:"我觉得应该查一查。瞧,你害我跟你一样疯了。"

"而如果查出来确实如此,就证明你是在昆廷的房舱捡到它的。也就是说望远镜也是从那儿捡的。"

"先别忙。我可不记得是不是在同一个地方捡到它们。在飞船残骸外部搜刮的那一段我记不太清了。"

布兰登拿起双筒望远镜,在灯光底下翻来覆去地看:"这上头没有首字母。"

"你本来以为会有?"

"事实上我什么也看不见,只除了这道窄窄的接缝。"那是一道细槽,靠近望远镜较粗的一端,环绕镜身一圈。布兰登把拇指指甲嵌进去滑动了一下,又试着拧了拧,望远镜毫无反应。"是一个整体。"他把望远镜凑到眼睛前,"这东西没法用。"

"我早跟你说是坏的。没有镜片——"

谢伊插话说:"飞船被那么一大块流星撞成碎片,有点儿损伤也是难免。"

"所以即便它就是我们要找的东西,"穆尔恢复了悲观,"即便这就是光镜,它对我们也毫无用处。"

他从布兰登手里拿过望远镜,顺着望远镜空空如也的边缘摸索。"你甚至看不出镜片应该装在哪儿。我摸不出任何可以卡住镜片的卡槽。就好像里面从来没装过——嘿!"他猛地发出这个音。

"嘿什么?"布兰登问。

"名字!这东西的名字!"

"你是说光镜?"

"我说的可不是光镜!菲茨西蒙斯,在电话里,他管它叫一个光镜,我们以为他说的是'一个'光镜。"

"嗯,他是这么说的。"布兰登说。

"没错,"谢伊道,"我听见的。"

"你们只不过是以为自己听见他这么说了。他说的是'非光镜'。你们还没明白?不是分开的两个词'一个光镜'(an optikon),而是连在一起的一个词'非光镜'(anoptikon)。"

"噢,"布兰登茫然道,"有什么区别?"

"天差地别。'一个光镜'指的应该是一种带镜片的仪器,但如果是连在一起的,那么 an 是希腊语的前缀,意思是'没有'。希腊语的派生词都用它表示否定。无政府(anarchy)意思是'没有政府',贫血(anemia)意思是'没有血',匿名(anonymous)意思是'没有名字',而非光镜的意思则是——"

"没有镜片。"布兰登嚷道。

"对!昆廷肯定是在研究一种不带镜片的光学装置,说不定就是这个,而且它可能根本没坏。"

谢伊说:"但你刚刚拿它往外看过,什么也看不见啊。"

"肯定是被设在'空挡'了,"穆尔说,"肯定有什么办法可以调整的。"他学布兰登的样子双手握住望远镜,试着从环绕镜身的凹槽处拧动它。他嘴里哼哼着施加压力。

"别弄坏了。"布兰登道。

"有些松动了。要么是本来就这么紧,要么是之前锈死了。"他停下来,不耐烦地看那仪器一眼,然后再次把它对准眼睛。他猛一转身,解除一扇窗户的偏振状态,望向城市的灯光。

他低声道:"我活该被扔进太空里。"

布兰登问:"怎么了?怎么了?"

穆尔默默把那仪器递给布兰登。布兰登把它对准眼睛,旋即尖叫起来:"确实是天文望远镜。"

谢伊马上说:"让我看看。"

他们花了将近一个钟头摆弄它,往一个方向旋转它是天文望远镜,往反方向旋转它又成了显微镜。

布兰登不停地问:"是什么原理?"

穆尔则不停重复:"我不知道。"最后他说:"我敢说这里头涉及集中力场。旋转时我们要对抗相当大的场阻力。如果仪器的体积再大些,那就得用电力驱动调整了。"

谢伊道:"这把戏真够巧妙的。"

"不止,"穆尔说,"我敢打赌,它代表了理论物理学里一个全新的转折。它不用镜片就能聚焦光,而且还可以调整它在越来越宽的区域聚集光线,同时不改变焦距。我可以肯定,在一个方向上它相当于五百英寸口径的谷神星望远镜,在另一个方向上又相当于电子显微镜。还有,我没发现任何色差,所以它肯定是同等地曲折所有波长的光。说不定它也曲折无线电波和伽马射线呢。说不定它还能扭曲重力,如果重力是某种辐射的话。说不定——"

"值钱吗?"谢伊口干舌燥地打断他。

"只要有人能闹明白它是怎么运作的,那可要值大钱了。"

"那咱们就别把它给跨太空保险公司。咱们先去找律师。当初签字放弃残值的时候,我们到底有没有把这些东西也一起放弃了?毕竟签字之前它们已经在你手里。说起来,如果我们不知道自己签字放弃的是什么,约定也仍然有效吗?也许这可能被视作欺诈。"

"其实呢,"穆尔道,"这么个东西,我说不好是不是应该由任何一家私人企业拥有它。我们应该咨询政府机构。如果这里头有钱可拿——"

然而布兰登双手握拳重重敲在自己膝盖上:"钱什么的大可以见鬼去,沃伦。我的意思是,如果人家要给我钱,我当然照单全收,但这个不重要。我们要出名了,伙计们,出名!想象一下,多棒的故事。无与伦比的宝物遗失在太空。一家巨无霸公司细细地在太空搜寻了二十年也没找着,结果那东西一直在我们手里,在我们这些被遗忘的人手里。然后呢,在最初遗失之日的二十周年纪念这天,我们把它找回来了。如果这东西能用,如果非光镜成为伟大的科学新技术,大家是永远不会再忘记我们了。"

穆尔咧嘴笑,继而放声大笑:"没错。被你做成了,马克。你一开始就这么打算的,现在真被你做成了。你拯救了我们,免得我们被困死在遗忘里。"

"是我们一起做成的,"布兰登说,"迈克·谢伊提供了必要的基本信息,让我们开了头。我做出了推论,而仪器在你手里。"

"好吧。已经不早了,我老婆也快回来了,所以咱们这就立刻行动吧。马尔蒂瓦克会告诉我们最合适的是哪个机构、应该找谁——"

"不,不,"布兰登道,"仪式第一。请先说纪念日结束的祝酒词,还要加上适宜的改动。请吧,沃伦。"他把伽卜拉水递给对方,瓶子仍然是半满的。

穆尔仔细而精准地斟满三个小酒杯。"先生们,"他郑重说道,"我们来干一杯。"三人齐刷刷地举起酒杯。"先生们,敬咱们曾经拥有的'银色女王号'的纪念物。"

讣　告[1]

我丈夫兰斯洛特总是一边吃早餐一边读报。早上他现身时,我最先看到的是他心不在焉的瘦削面孔,脸上永远带着怒容,还有略显困惑的颓丧。他并不问候我,只是拿起报纸把脸挡住;报纸是我每天仔细展平、事先为他准备好的。

那以后我就只看到他的一只胳膊,它从报纸背后伸出来,示意我给他第二杯咖啡。我小心翼翼地把必不可少的一勺糖放进咖啡里——平平的一勺,既不冒尖也不缺斤少两,否则就要被他恶狠狠地瞪一眼。

如今,我已经不再为此感到难过。这么吃饭至少挺安静。

不过这天早上的平静被兰斯洛特打破了,因为他突然咆哮起来:"老天爷!保罗·法伯那傻子死了。中风!"

这名字我只稍微有点儿印象。兰斯洛特提过几次,所以我知道他是兰斯洛特的同行,两人同是理论物理学家。听我丈夫这般气急败坏地叫人家傻子,我觉得有理由可以断定,此人应该有些名气,取得过兰斯洛特一直求而不得的成功。

他放下报纸,气冲冲地盯住我。"他们为什么要在讣告里写这么些谎话、废话?"他质问道,"他们简直把他捧成了第二个爱因斯坦,就只因为他中风死了。"

如果说有一个话题是我学了乖、知道要躲开的,那就是讣告了。

---

[1] Copyright © 1959 by Mercury Press, Inc.

我连点头附和都不敢。

他扔下报纸，径直走出房间；给他准备的鸡蛋剩了一半，第二杯咖啡连碰也没碰。

我叹口气。我还能怎么办？我到底还能怎么办？

当然了，我丈夫并不真叫兰斯洛特·斯特宾斯，因为我尽可能把涉及的人名、情境进行了替换，为的当然是保护罪人。不过呢，关键在于哪怕我用了真名你们也不会认出我丈夫是谁。

在这方面兰斯洛特很有天赋——被人家忽略、不被人家注意的天赋。他有不少发现，但每次要么被别人抢先一步，要么有人在同一时期有了更大的发现，掩盖了他的光芒。在科学会议上，他的论文总是少有人来听，因为同一时间总有更重要的论文在另一个厅里发表。

这一切自然会对他产生影响。他变了。

二十五年前我刚嫁给他时，他可是金光闪闪的抢手货。他继承了遗产，生活本就宽裕，同时已经是受过正统训练的物理学家，野心勃勃，前途无量。至于我自己嘛，我相信自己当时还算漂亮，可惜漂亮并不会一直持续。不过有一件事一直持续下来了，那就是我内向的性格；我一直没能成为社交场合的红人，成为雄心万丈的年轻大学教员需要的那种妻子。

或许这也同样是源于兰斯洛特那种不被人注意的天赋。假使他娶了另外一种妻子，她的光芒或许会让别人看见他的。

他是不是在婚后不久就意识到这件事了呢？我们婚后的头两三年还算幸福，之后他就疏远了我，是不是因为这个？有时候我相信就是如此，并满心苦涩地怪罪自己。

但然后我又会觉得一切只是因为他对名望的汲汲渴求，那渴求还因未获满足而越发强烈。他辞去大学的教职，在远离市区的地方建了自己的实验室；据他说是因为那里地价便宜，而且远离尘嚣。

钱不是问题。在他从事的领域,政府出手大方,他总能搞到经费。在此之外,他还大手大脚地花我们自己的钱。

我曾极力反对。我说:"但你没有必要这么拼啊,兰斯洛特。我们本来也不差钱,再说他们也愿意让你继续留在大学任教。我只想要一个孩子,过普通人的生活罢了。"

然而他心里有团火在烧,让他对其他的一切视而不见。他愤怒地斥责我:"有些事必须排在第一位。科学界必须承认我,承认我是一个……一个……伟大的研究者。"

在当时,他仍然迟疑着不敢自称天才。

然而没用。运气一如既往,永远跟他作对。他的实验室里总是忙忙碌碌,他以极佳的报酬雇了助手,他粗暴地、毫不留情地驱策自己工作,可最终还是一无所获。

我一直希望他总有一天会放弃,回到城市,让我们可以过上平静的寻常日子。我等了又等,但每次他本来要承认失败了,结果又开始了新的战斗,又重新试图攻破名望的堡垒。每一次他都满怀希望地发起冲锋,又无比绝望地败退。

而且他总是冲我发火,因为如果说他是被世界压垮了,他总还可以反过来压垮我。我这人并不勇敢,但我渐渐确信我必须离开他。

可是,可是……

最后这一年,他显然在摩拳擦掌,为又一场战斗做准备。这会是最后一战,我暗想。我从未见过他如此紧绷,仿佛一触即发。有时他会低声自言自语,无缘无故地大笑几声。有时他一连好几天不吃,一连好几晚不睡。他甚至养成习惯,把实验室的笔记本锁在卧室的保险箱里,就好像他连自己的助手也信不过。

当然了,我早已经认命,我深信他这一次的尝试也一样注定要失败。但他都这把岁数了,如果再次失败,那他肯定得承认自己已经耗光了最后的机会,他肯定只能放弃了。

于是我决定等下去,尽量耐心地等下去。

然而,早餐时的讣告事件对我是不小的冲击。曾经有过类似的事件,当时我对他说,至少他会在自己的讣告里得到一定的认可,这是拿得准的。

我猜这话算不上特别机智,但话说回来,我说话从来如此。我的本意是想开个轻松的玩笑,好把他从正在产生的消沉情绪里拖出来,因为我对类似的情绪早有经验,这期间他会变得简直令人没法忍受。

而且话里或许也兼了一点点无意识的怨毒。我真心说不好。

反正他是朝我大发雷霆了。他瘦削的身体在颤抖,深色的眉毛压在深邃的眼窝上,他尖着嗓门朝我嘶吼:"但我永远读不到我自己的讣告。就连这一点点满足,我也被剥夺了!"

然后他啐了我一口。他故意啐了我一口。

我跑回我的卧室。

他从没向我道歉。之后的几天我彻底躲着他,再之后我们就一切照旧,恢复了冷淡的生活。我俩谁都没有提过那件事。

现在又来了一份讣告。

当我独自坐在餐桌旁,不知怎的,我老觉得这会是压垮他的最后一根稻草,他漫长失败生涯的最高潮。

我能感觉到有一场危机正在逼近,我不知道该畏惧还是该欢迎。总的来说我或许会欢迎它吧。有变化就好,随便什么变化都不可能再坏了。

午餐前不久,他来客厅找到我。我手头有一篮子无关紧要的针线活儿,让我手上有事可做,一旁还有电视机占据我的注意力。

他突兀地说:"我需要你的帮助。"

他上一次说类似的话是在二十年前,或许还更早,我不由自主地心软了。他看起来极其兴奋,简直到了病态的程度,平日里苍白的脸颊也泛着红晕。

我说:"我很愿意,要是有什么事我能帮上忙。"

"有的。我给助手放了一个月的假。他们会在周六离开,那之后你我二人要单独在实验室工作。我现在就告诉你,免得你为接下来的一周做什么别的安排。"

我有些畏缩:"可是兰斯洛特,你知道的,你的工作我帮不上忙。我不懂——"

"这我知道,"他话里是彻头彻尾的轻蔑,"但我的工作你不必懂。只有几条简单的指示,你只需照做,而且要仔细做好。关键是我终于有了发现,它会把我送上我应得的位置——"

"噢,兰斯洛特,"我忍不住脱口喊了一声,因为这类话我早就听过好多遍了。

"听好了,你这傻子,你拿出成年人的样子来,这辈子好歹勇敢一次。这一次我做成了。这一次再也没人能抢在我前头,因为我的发现是基于一个十分非正统的概念,除了我,当今的物理学家谁也没有这份天才能想到它,至少这一代人不可能。等我的成果公之于世,他们就有可能承认我是有史以来最伟大的科学家。"

"我敢说我很为你高兴,兰斯洛特。"

"我说的是他们有可能承认我,也同样有可能不承认。在分配荣誉的时候,科学界存在极大的不公,这一点我是有过很多教训了。所以单单宣布我的发现是不够的,否则所有人都会蜂拥而上进入这个领域,过一阵我就只是历史书上的一个名字了,荣誉会被所有跟风的人瓜分掉。"

据我猜想,他之所以在那时候跟我说话,在他可以进行他计划里的不知什么事之前的三天,仅仅是因为他再也抑制不住了。他就好像水里的泡泡溢出了杯沿,而我是唯一一个足够无关紧要的人,所以让我看见没关系。

他说:"我打算大大戏剧化我的发现进程,让它像轰雷一样在人类头顶炸开，声音要惊天动地，以至于任何人都不可能再跟我相提并论，永远不可能。"

他激动过头了，我担心再度失败会对他产生怎样的打击。会不会把他逼疯？我说："可是兰斯洛特，我们为什么要为这种事烦心呢？我们为什么不把这一切都抛开？为什么不放一个长假？你已经努力工作很久了，兰斯洛特。也许我们可以去欧洲一趟。我一直想——"

他用力跺脚："拜托你别再像只蠢猫一样喵喵叫了，好吗？星期六，到时候你跟我一起去实验室。"

接下来的三个晚上我都睡不安稳。过去他从没像这样过，我心想，从没这般糟糕。会不会他其实已经疯了？

完全有可能疯了，我暗想，因为再也无法忍受失望而生出的疯狂，被讣告点燃的疯狂。他打发走了助手，现在又想让我进实验室。过去他是从来不许我进去的。他肯定是想对我做点儿什么，某种精神错乱的实验，拿我当实验品，或者干脆就是要杀了我。

在那些担惊受怕的痛苦夜晚，我计划着要报警，要逃跑，要——做什么都可以。

然后太阳升起，我又会想，他肯定没疯吧，他肯定不会对我施以暴力的。就算啐我那回也并不真的很粗暴，而且他从来不曾企图在身体上伤害我。

于是我终于还是继续等待，到了星期六我就走向那可能的死亡，像小鸡崽一样温驯。我俩一起踏上从住处前往实验室的小径，一路都默默无语。

光看见实验室已经叫我害怕，我提心吊胆地挪动，但兰斯洛特只是说："得了，别瞪着眼到处看，好像有什么东西要伤害你一样。你只管听我的，让你做什么就做什么，让你看哪儿就看哪儿。"

"好的，兰斯洛特。"他领我走进一个小房间，之前房门是用挂锁锁上的。屋里塞满了各种怪模怪样的东西，还有好多线缆。

兰斯洛特说："首先，你看见这个铁坩埚没有？"

"看见了，兰斯洛特。"那是一个厚实的金属容器，体积不大，不过很深；外表散布着斑斑锈迹，开口处用一张粗糙的铁丝网盖住。

他催我上前，于是我看见里面有只小白鼠，它的前爪搭在坩埚的内壁上，小鼻子贴着铁丝网，颤巍巍的，好像很好奇，或者也可能是焦虑。恐怕我是吓得跳起来了，因为毫无防备地看见老鼠是叫人害怕的，至少在我是这样。

兰斯洛特吼我："它不会伤害你的。现在你就靠墙站着，仔细看我。"

早先的恐惧之情强势回归。我心中升起可怕的确信，我坚信会有闪电从某处射出，把我烧焦，或者某种机器怪物会出来把我碾碎，或者……或者……

我闭上眼睛。

然而什么也没发生，至少没有发生在我身上。我只听见噗的一声，仿佛是一支小烟花哑火了，接着就听兰斯洛特对我说："如何？"

我睁开眼。他看着我，神情骄傲极了，简直好像在发光。我茫然地瞪大眼睛。

他说："这儿，你没看见吗？白痴。就在这儿。"

在坩埚旁边一英尺处出现了第二个坩埚。我没看见他是什么时候把它放过去的。

我问："你是指这第二个坩埚吗？"

"不能完全说是第二个，应该说是第一个的复制品。从任何一般性的角度看，它们都是同一个坩埚，每一个原子都一样。你可以比较一下。你会发现连锈迹都一模一样。"

"你用第一个坩埚做了第二个？"

"对，不过是用一种特别的方式。通常说来，制造物质所需的能量太多，根本没法提供。要复制一克物质，需要完全裂变一百克的铀,就算转换效率完美,也要这么多。而我碰巧发现了一个伟大的秘密:复制位于未来某个时间点的物体只需很少一点儿能量——只要能量用对地方。我创造这么一个复制品并把它带回来,而这一壮举的本质,我的……我的宝贝,就等于是完成了时间旅行。"

他竟然在对我说话时用了一个亲热的称呼,显然这对他实在是极大的胜利,而且他也实在是高兴极了。

"真了不起,不是吗?"我说,因为说实话,我确实觉得很了不起,"老鼠也来了吗?"

我一边问一边往第二个坩埚里看,结果再一次被狠狠吓了一跳。里面是有一只小白鼠——死的小白鼠。

兰斯洛特的脸皮透出淡淡的粉红色:"这确实是一个缺点。我能带回生物体,但不是作为活的物质带回来。它一回来就已经死了。"

"哦,真可惜。为什么?"

"我还不知道。据我想,复制的过程在原子层面是完美无缺的。反正肯定没有任何肉眼可见的损伤。解剖的结果是这么说的。"

"也许你可以找——"他瞟了我一眼,我赶紧截断话头。我决定最好还是不要建议他跟别人进行任何形式的合作,因为过去的经验告诉我,一旦跟人合作,新发现的所有功劳就都会归到他的合作者身上,从无例外。

兰斯洛特带着酸溜溜的乐呵劲儿说:"我已经找过了。一位受训的生物学家,他解剖了我带回的几个动物,没有发现任何问题。当然了,对方不知道动物来自哪里,我也很小心,很快就把动物带回来了,免得出什么意外泄露了真相。老天爷,就连我的助手也不知道我在做什么。"

"但是你为什么非把秘密守得这样严呢?"

"就因为我没法把实验对象活着带回来。某种微妙的分子层面的紊乱。如果我公开实验结果,说不定有人会弄明白防止这一紊乱的方法，于是此人把他这一点点改进加进我的基本发现里，借此赢得比我更大的声望，因为他会从未来带回来一个活人，而活人没准能提供关于未来的信息。"

这我完全理解。而且他也不必说什么"没准"会如何。一定会的。在所难免。事实上，无论他怎么做，功劳最终都会属于别人。我对此深信不疑。

"不过呢，"他继续往下说，更多是在自言自语，"我等不得了。我必须宣布这一发现，但要用一种特别的法子，让它以不可磨灭的方式永远跟我联系在一起。必须有非常有效的戏剧效果，以至于只要提起时间旅行大家就不能不提到我的名字，哪怕将来其他人再做了什么都没用。我现在就要准备这场演出，而你也要在其中扮演一个角色。"

"但你想让我做什么呢，兰斯洛特？"

"你要当我的未亡人。"

我紧紧抓住他的胳膊："兰斯洛特，你的意思是说——"那一刻我被各种矛盾的情感搅得心神不宁，一时简直没法分析。

他粗暴地挣脱我："只是暂时的。我不准备自杀。我只不过要把自己从三天之后的未来带回来。"

"但那样你就死了呀。"

"死的只是被带回来的那个'我'。真正的'我'活得好好的。就跟那只小白鼠一样。"他的目光转向一个刻度盘，他说，"啊，再过几秒钟就是零时了。你好好看着死老鼠和第二个坩埚。"

我再次听到噗的一声，坩埚就在我眼皮底下消失了。

"它去哪儿了？"

"没去哪儿，"兰斯洛特说，"它只是复制品。一旦我们的时间越过复制品形成的那一刻，它自然就消失了。第一只老鼠才是原版的老鼠，而它一直好好活着。我也会这样。一个复制的'我'会来到这里，死的，而原版的'我'会活着。三天之后我们会来到那一刻——

也就是复制的'我'以真正的'我'为模型,形成,死去,来到现在的那一刻。一旦我们越过那一刻,死掉的复制'我'就会消失,活的'我'会留下。听明白了?"

"听起来很危险。"

"没有危险。一旦我的尸体出现,医生就会宣布我死亡,报纸也会报道我死亡,殡仪馆的人会准备下葬。那时我会活过来,并且宣布我是怎样完成这件事的。等做完这些,我就不只是那个发现时间旅行的人了,我将成为那个死而复活的人。时间旅行和兰斯洛特·斯特宾斯会被大书特书,二者彻底融合到一起,再没有人能把我的名字从时间旅行这个念头里剥离。"

"兰斯洛特,"我柔声道,"为什么我们就不能直接宣布你的发现呢?这计划太复杂了。单单宣布你的发现已经足够让你出名,然后我们或许可以搬去城里——"

"安静!我叫你做什么你就做什么。"

在讣告见报,事情被推到高潮之前,兰斯洛特对这一切究竟思考了多久?我不知道。当然了,我并不低估兰斯洛特的智力。虽说他的运气坏到不可思议,他的才智却是毋庸置疑的。

助手们离开前,他跟他们讲过这段时间他准备进行哪些实验。一旦助手们给出证词,一切就会显得非常自然——他为什么偏偏摆弄那一组起反应的化学品?为什么看起来好像是死于氰化物中毒的样子?

"所以你要确保警方立刻联络我的助手。你知道能在哪儿找到他们。我绝不想要任何人怀疑这是谋杀、自杀或者别的,它只能是偶然的、自然的、符合逻辑的意外。我要医生迅速开出死亡证明,再迅速通知报社。"

我说:"可是兰斯洛特,万一他们找到真的你怎么办?"

"他们为什么要找?"他呵斥道,"如果你找到一具尸体,难道你还会去找活的复制品？谁也不会找我，而这期间我会静悄悄地待在临时房间里。那里头有洗漱设施，我还可以带些做好的三明治填肚子。"

他又遗憾似的补充道："不过咖啡就只能算了，直到事情结束。在我应该已经死亡期间，可不能让人在这儿闻到咖啡味儿，那可没法解释。好吧，水是管够的，而且也就三天。"

我心神不宁地双手交握，我说："就算他们找到你，结果不也是一样的吗？他们会看到一个死的'你'和一个活的'你'——"我说这话其实是为了安慰我自己，为了让我自己对不可避免的失望做好准备。

然而他冲我发火，他嚷道："不，根本不一样。那样就会变成失败的骗局。我会出名，但只会作为傻瓜出名。"

"可是兰斯洛特，"我提心吊胆地说，"事情总难免要出岔子的。"

"这次不会。"

"你总说'这次不会'，但每次总有这样那样的事——"

他气急败坏，脸都白了，眼珠里那一圈虹膜也显得分外清楚。他用力抓住我的胳膊肘，我疼得要命，可我不敢喊痛。他说："只有一件事可能出岔子，那就是你。如果你漏了底，如果你没有完美地演好你的角色，如果你没有一字不差地遵循我的指示，那我就……就……"他似乎在搜索一种惩罚："我就杀了你。"

我真是吓坏了，我转开头，我想挣脱他的手，但他严肃地抓着我不放。真不可思议，情绪激昂时他竟能使出这么大的力气。他说："听好了！就因为你是这种样子，你已经给我带来了巨大的损失，但以前我一直怪我自己，先是怪自己娶了你，接着又怪自己老没找到工夫跟你离婚。但是现在，虽然有你拖后腿，我的机会还是来了，我有机会把我的一生变成伟大的成功。如果连这次机会也被你毁了，我就杀了你。我说话算话。"

我敢说他会的。"你说的我会全部照做。"我小声道，于是他放开了我。

他在他的机器上花了一整天。"过去我还从没传送过超过一百克的东西。"他情绪平稳，似有所思。

我心想：不会成功的。怎么可能成功？

第二天他调整了设备，直到只需我合上一个开关的程度。他让我在未接通的线路上反复练习那个特定的开关，时间长得好像没有尽头。

"现在你明白了？你完全知道该怎么做了？"

"是的。"

"那就动手，在那盏灯闪烁的时候，不早不晚就在那一刻。"

不会成功的，我心想。"好的。"我说。

他就位了，之后一直保持着凝重的沉默。他在实验室外套上套了一条橡胶围裙。

灯泡闪烁起来。结果练习毕竟是值得的，因为我下意识地拉下了开关，快到思考都来不及阻止我，或者令我动摇。

刹那工夫我面前有了两个兰斯洛特，他们并肩而立，新的那个穿着打扮跟老的那个一模一样，只不过衣裳更皱些。然后新的那个就倒下不动了。

"好，"活的兰斯洛特喊了一声，他从仔细标记的位置走下来，"来帮忙。抓住他的腿。"

我望着兰斯洛特赞叹不已。他是怎么做到的？他竟能抬起自己三天之后的尸体，同时既不畏缩也不显得忐忑。然而确实如此。他伸手到尸体腋下抬起它，没有流露丝毫情感，仿佛那不过是一口袋的麦子。

我抓着尸体的脚踝，那触感让我犯恶心。摸上去它仍然散发着血的温度，是刚死的。我俩一起抬着它，先穿过一条走廊，然后上了一层楼，再穿过另一条走廊，进入一个房间。兰斯洛特已经把房间整理好了。屋里有一个封闭的区域，一扇玻璃活门把它与房间的其他部分隔开；里头有一个怪模怪样的装置，完全用玻璃制造，一种溶液正在其中冒着泡泡。

在那装置周围散放着其他化学设备，无疑是精心设计的，为了显示出正在进行实验的样子。桌上有一个瓶子，在其他瓶子中间分外打眼，标签上醒目地标着"氰化钾"字样。它附近还散落着一小撮晶体，据我猜测应该是氰化物。

兰斯洛特细心地把尸体蜷好，摆出仿佛从凳子上摔落的样子。他把那晶体放在尸体的左手上，又放了些在橡胶围裙上，最后还放了一点儿在尸体的下巴上。

他咕哝道："这层意思他们会明白的。"

他又最后四下打量一番，然后说："现在行了。你这就回房子里去打电话给医生。你就说你拿三明治来给我，因为我午餐时间也一直在工作。就在这儿。"他把摔碎的盘子和散落的三明治指给我看，就在我应该失手摔了盘子的位置："稍微尖叫几声，但别太过火。"

到了该尖叫的时候我就叫了，一点儿也不难，哭泣也很简单。过去的几天我一直想尖叫和哭泣，现在终于可以放心大胆地歇斯底里，真是松了一口气。

医生的做法完全符合兰斯洛特的预测。那瓶氰化物简直就是他进屋以后注意到的第一样东西。他皱起眉头："天哪，斯特宾斯夫人，他可真是个粗心的化学家。"

"我猜是吧，"我抽噎着说，"他本来不该自己一个人工作的，但他的两个助手都休假了。"

"谁要是把氰化物当成盐一样摆弄，那是不会有好事的，"医生满脸严肃，道学家似的摇摇头，"现在，斯特宾斯夫人，这事我非得打电话给警察不可。虽说是意外发生的氰化物中毒，但总之也算是暴力死亡，而警方——"

"噢，是的，是的，给他们打电话吧。"说完我真想揍自己一顿，因为我的口气过于急迫，太可疑了。

警察来了，同来的还有一位警方的外科医生；那人看到了尸体手上、围裙上和下巴上的晶体，还嫌恶似的哼了一声。警察对这事毫无兴趣，只问了姓名、年龄之类用作统计的问题。他们还问我是否有能力安排丧葬，我说可以，他们就离开了。

然后我就打电话给报社和两家通讯社。我说我估计他们很快就会从警方记录那里了解到我丈夫去世的消息，我希望他们不要强调我丈夫是个粗心的化学家这一点，我用的是那种希望大家别说死人坏话的腔调。毕竟呢，我接着说道，他其实不算是化学家，他的本职是核物理，而且最近我总觉得他似乎遇上了什么麻烦。

我完全是照着兰斯洛特的剧本在演，而且也奏效了。遇到麻烦的核物理学家？间谍？敌方特工？

记者们大感兴趣，纷纷赶来。我给了他们兰斯洛特年轻时的一张肖像照片，他们自己也带了一名摄影师，后者拍下了实验室大楼的照片。我还领他们参观主实验室的几个房间，好方便他们多拍几张照。无论是警察还是记者，谁也没问起那间用插销闩上的房间，他们甚至压根儿没注意到那间屋子。

我给了他们一大堆资料，有专业相关的，也有传记类的，都是兰斯洛特提前准备好的；我还讲了几则逸闻趣事，意在表现他天赋超群又富于人性魅力。在每件事上我都努力做到一字不差，然而我还是感觉不自信。会出岔子的，肯定有点儿什么事会出岔子的。

等事情真出岔子的时候，我知道他会怪到我头上。而且这一次他说保证会杀了我。

第二天我给他拿来报纸。他读了一遍又一遍，眼睛闪闪发亮。他在《纽约时报》的头版占据了左下角的一整个方框。《纽约时报》没怎么提起他的神秘死亡，美联社也一样，但有一家小报在头版打出了吓人的头条：原子学者神秘死亡。

他读到这一条时哈哈大笑,等到全部读完,他就又从头开始。

他猛地朝我抬起眼睛:"别走。听听他们是怎么说的。"

"我已经读过了,兰斯洛特。"

"听着,我让你听着。"

他把每一篇都高声读给我听,陶醉在它们对死者的赞誉中;然后他志得意满、红光满面地对我说:"你现在还觉得会出岔子?"

我迟疑道:"如果警察回来问我为什么觉得你遇到麻烦……"

"你本来就说得很含糊。跟他们说你做了噩梦就行。就算他们最后决定进一步调查,等他们下定决心动手的时候,一切都晚了。"

的确,眼下一切都很顺利,但我没法指望事情能一直顺利下去。然而人心真是奇怪啊,即便在它无法期盼的时候也仍然会抱有希望。

我说:"兰斯洛特,等这一切都结束,你也出了名,特别地出名,到时候你肯定可以退休了吧?我们可以回城里去,安安静静地过日子。"

"你真是愚不可及。难道你看不出来,一旦我受到承认,我就必须继续往下走?年轻人会蜂拥到我身边,这间实验室会变成伟大的时间研究所,我会在活着的时候就成为传奇。我的伟大会像山一样高耸在世间,以至之后的任何人都相形见绌,仿佛智力上的小矮人。"他踮着脚站高,眼睛亮闪闪的,仿佛他已经看见了自己即将登上受人膜拜的高台。

那是我最后一丝关于个人幸福的希望,就那么一点点。我叹了口气。

我告诉殡仪馆,尸体会送往长岛上斯特宾斯家的家族墓地下葬,那之前希望他们把棺材送来,把尸体放进棺材里,留在实验室。我提出我会把尸体安置在一个开了空调的大房间里,把温度设在40华氏度,所以请他们不要做防腐处理。我要求不要把尸体送去殡仪馆。

殡仪馆的人把棺材送到实验室,态度冷淡,很是不以为然。这无疑会反映到最终的账单上。我给出的解释是这样的,我说我希望他能最后再留在我身边一段时间,同时也希望他的助手有机会见见遗体。这理由真是蹩脚,人家听了肯定也觉得很蹩脚。

可是没办法,我该怎么说话兰斯洛特全都规定好了。

终于,尸体摆好了,棺材盖开着,我就去见兰斯洛特。

"兰斯洛特,"我说,"殡仪馆的人很不高兴。我觉得他起了疑心,怀疑这里头有古怪。"

"好。"兰斯洛特很满意。

"可是——"

"我们只需要再等一天。仅仅是怀疑罢了,不会在一天之内就爆发的。明天早上尸体就会消失了,或者说应该会消失了。"

"你的意思是说也可能不会?"我早知道,我早知道的。

"有可能延迟一点儿,或者提前一点儿。我从没传送过这样重的物体,没法确切知道我的计算公式在多大程度上有效。之所以不把尸体送去殡仪馆也有这个考虑,把它留在这儿才方便我观察。"

"可是去了殡仪馆它会在很多证人眼前消失啊。"

"而在这里你觉得他们会怀疑我们捣鬼?"

"当然。"

他似乎被我逗乐了:"他们会说:他为什么把助手都支走了?那些实验就连小孩子也能做,他为什么要亲自去做,结果做的时候还把自己给弄死了?为什么尸体恰好在没有证人在场的时候消失了?他们会说:什么时间旅行,这故事荒唐透顶,根本不可信。他吃了药,让自己全身僵直进入昏睡状态,把医生给蒙了。"

"对。"我虚弱地说。怎么回事,他竟然全明白?

"而且呢,"他继续说下去,"等我继续坚持说自己解决了时间旅行的问题,坚持说我毋庸置疑是被宣布了死亡的,说谁也没法确实证明我当时活着,正统科学家就会激烈谴责我是骗子。怎么?一星期之内我就会在整个地球家喻户晓呢。除了我,大家再不会谈起别的。我会提出我可以做一次时间旅行的演示,任何科学家团体都欢迎来看。我会提出可以在洲际电视频道上完成演示。公众的压力会迫使科学家前来参加,也会迫使有线电视网给予许可。大家看我演示的时候也许指望看到奇迹,也许指望看到我被私刑处决,怎样都没关系。他们总之会看的!然后我会成功,而科学界又有谁曾在一生中有过如此超凡脱俗的巅峰?"

有一会儿工夫我不由心醉神迷,但我内心仍有一部分不为所动,那个部分说:太长,太复杂,会出岔子的。

当天晚上他的助手们抵达,并尽力在尸体面前表达了尊重和哀悼。又多了两个证人可以发誓说他们亲眼见到兰斯洛特死了;又多了两个证人可以把水搅浑,帮忙把事件的热度进一步推高,让顶峰直入平流层。

第二天早上4点,我们来到那间冰冷的屋子里;我们裹着厚外套,静候零时到来。

兰斯洛特兴奋极了,他不停地检查设备,做各种我不明白的调整。他的台式电脑在持续工作。真不知他是如何做到的,竟能让冰冷的手指如此灵活地敲击键盘。

我自己则好不悲惨。因为寒冷,因为棺材里的尸体,因为不确定的未来。

我们好像在那儿待了一辈子那么久,最后兰斯洛特终于说:"会成功的。会照预测的一样。最多也就是晚五分钟消失,而且这还是在物体有七十千克重的情况下。我对时间力的分析实在精到。"他朝我微笑,他也对自己的尸体微笑,而且是一样的和善。

我注意到他的实验室外套皱巴巴、脏兮兮的。这件外套他已经连穿三天,肯定还穿着睡觉了。它看上去很像是第二个兰斯洛特出现时穿的外套,那个死了的兰斯洛特。

兰斯洛特似乎察觉了我的想法,也可能他只是察觉了我的目光,因为他低头看看自己的夹克说:"啊,对,我最好穿上橡胶围裙。我的第二个自己出现时是穿着围裙的。"

"要是你不穿它呢,会怎样?"我提问的语气单调呆板。

"我会不得不穿上它。会出现穿它的必要。会有什么事提醒我。否则的话它就不会穿着它出现了。"他眯细眼睛,"你还是觉得会出岔子?"

"我不知道。"我嘟囔道。

"你觉得尸体不会消失?或者会换成我消失?"

我根本不肯回答,于是他半是尖叫似的嚷道:"难道你看不出来,我终于时来运转了?难道你看不出来这一切进行得多么顺利,完全跟计划的一样?我马上就会成为有史以来最伟大的人。行了,烧点儿水准备冲咖啡。"他突然又平静下来:"等我的分身离开,我重新活过来,我们就用咖啡来庆祝。我已经三天没沾咖啡了。"

他推给我的不过是速溶咖啡,不过在三天没有咖啡的日子过后,速溶也一样能凑合。我用冰冷的手指笨拙地摆弄实验室里的电炉,最后兰斯洛特粗暴地一把推开我,自己往炉子上放好了装满水的烧杯。

他把火力调高:"得等一阵。"他看看手表,又看看墙上的各色表盘,"水开之前我的复制品就会消失。过来看。"他走到棺材一侧。

我犹豫不决。他不容分说道:"过来。"

我过去了。

他低头看着自己,心情愉快得不得了,他等着。我俩都在等,都在盯着尸体。

只听噗的一声,兰斯洛特喊起来:"误差不到两分钟。"

尸体既没有变模糊也没有闪烁,就那么凭空消失了。

敞开的棺材里装着一套没人穿的衣服。衣服当然不是尸体带回来的那些。它们是真正的衣服，留在了现实里。如今它们就在那儿：内衣套在衬衫和短裤里；衬衫外头是领带，领带外头是夹克。鞋子翻了过来，袜子从里面垂下来。尸体消失了。

我能听到水沸腾的声音。

"咖啡，"兰斯洛特说，"先喝咖啡。然后我们打电话给警察和报社。"

我替他和我自己泡好咖啡。我照例从装糖的碗里替他舀了平平的一勺糖，既不冒尖也不缺斤少两。习惯的力量是很强大的，即便是在眼前这种情形底下，在我确信他不会介意的时候。

我小口抿着咖啡，我的咖啡照例是不加奶不加糖的。那温暖真叫人愉悦。

他搅一搅咖啡。"一切，"他柔声道，"我一直期待的一切。"他把杯子凑到嘴边，带着一丝严酷的得意，把咖啡喝了下去。

这就是他最后的遗言。

现在这一切都做完了，我陷入一种狂热的状态里。我想办法脱光了他的衣服，再给他穿上了棺材里的衣服。也不知我哪儿来的力气，反正我把他竖起来，放进了棺材。我照着之前的样子把他的双臂交叠放在胸口上。

然后我去外面那间屋，在水池里把咖啡的痕迹冲得干干净净，装糖的碗也洗干净了。我冲洗了一遍又一遍，直到我用来替代白糖的氰化物彻底消失了踪迹。

我把他的实验室外套和其他衣服拿去脏衣篓，复制品带回来的衣服之前就保存在这里。第二套衣服当然已经消失了，我把那第一套衣服放进去。

然后我就等着。

到了傍晚，我确信尸体已经冷透了，于是就打电话给殡仪馆。他们怎么会生疑呢?他们本就认为会有一具尸体,现在不就有一具尸体吗?同一具死尸。说起来真的是同样的身体。它体内甚至有氰化物呢,第一具尸体里本来不也该有氰化物吗?

我猜他们倒是有能力分辨死了十二个钟头的尸体和死了三天半的尸体,哪怕那三天半尸体都是冰着的。可他们哪会想到要检查呢?那是做梦也想不到的。

他们确实没有查验。他们钉好棺材,把他带走埋葬了。完美的谋杀。

说起来,在我杀兰斯洛特的时候,他在法律上已经死亡了,所以严格说来这或者都不能算作谋杀吧。当然了,我并不打算就此事咨询律师。

如今我的生活很安宁,又平静又满足。钱够我花的。我会去看戏。我还结交了不少朋友。

而且我活着,心里并无悔恨。当然,兰斯洛特是永远不会因为时间旅行获得荣誉了。将来的某一天,时间旅行会再度被人发现,而兰斯洛特·斯特宾斯将长眠在幽暗的冥府,不被人认可。但话说回来,我早就告诉过他的,无论他如何计划周详,最终他仍然是得不到认可的。如果我没有杀了他,也会有别的什么事毁了这一切,然后他就会杀了我。

不,我活着,心里并无悔恨。

事实上我已经原谅了兰斯洛特的一切,所有的一切,只除了他朝我吐唾沫的那一刻。所以这事其实挺讽刺的:他死前的确有过片刻的幸福时光,因为他获得了一样很少有人拥有过的馈赠,而他是比任何人都更能欣赏它的。

不管他朝我吐唾沫时是怎么嚷嚷的,兰斯洛特毕竟是读到自己的讣告了。

雨，雨，走开些[1]

"她又出来了，"莉莲·赖特边说话边仔细调整好百叶窗，"她出来了，乔治。"

"谁出来了？"她丈夫问。他正在调电视机的对比度，先弄好了才好坐下来舒舒服服地看球赛。

"桑伽罗太太。"她说。然后因为她丈夫难免要问"谁来着？"，她赶紧先发制人添上一句："看在老天爷的分儿上，就是新搬来的那家邻居。"

"噢。"

"晒太阳。总在晒太阳。也不晓得她儿子去哪儿了。今天这样的好天气，通常他都在外头的，在他家那大得没边的院子里，朝房子的外墙上扔球。你见过他吗，乔治？"

"我听见过他。类似于某种酷刑。砰一声砸在墙上，嘣一声落在地上，噗一声回到手里。砰、嘣、噗、砰、嘣——"

"他是个好孩子，又安静又乖巧。我希望汤米能跟他交上朋友。年龄也合适，正好十岁上下，依我看。"

"汤米在交朋友的事上居然落后了，我还不知道呢。"

"这个嘛，桑伽罗这家人有点儿难对付。他们太不爱交际了。我连桑伽罗先生是什么职业都不知道呢。"

---

[1] Copyright © 1959 by King-Size Publications, Inc.

"为什么你就该知道?他做什么工作也不关旁人什么事。"

"我从没见他出去上班,很奇怪。"

"谁也没见过我出去上班。"

"你在家写作。他又做什么?"

"我敢说,桑伽罗太太是知道桑伽罗先生做什么工作的,而且她还因为不知道我做什么工作而牵肠挂肚呢。"

"噢,乔治。"莉莲从窗前退开,又嫌恶似的瞥了一眼电视机。(正轮到舍恩丁斯特打击。)"我觉得咱们应该努把力。邻里间该当的。"

"努力干什么?"眼下乔治在沙发上坐得很舒坦,一只手里还拿了一瓶特大号的可口可乐,刚刚才打开的,瓶身上挂满冰凉的水汽。

"努力结识他们。"

"啊,可你不是已经这么做了吗,在她刚刚搬来的时候?你说你去拜访过了。"

"我去问了个好,可是呢,嗯,她当时刚刚搬来,房子里到处乱糟糟的,所以也就只能问声好而已。如今已经过了两个月,结果还是限于偶尔问声好——她这人可古怪了。"

"是吗?"

"她老在看天;我见她望着天少说也有一百回,而且只要天上有一丝丝的云,她就待在家里不出门。有一回那孩子正在外头玩,她喊他进屋,嚷嚷着说什么马上要下雨。我恰好听见了,我心里想,老天爷,这可怎么好,我还晒了一大堆衣服在院子里呢。于是我赶紧跑出去,结果是大晴天。哦,云倒也有一些,可是根本没什么大不了的。"

"最后下雨了吗?"

"当然没有。我白跑一趟。"

乔治完全沉浸在比赛中,打出了几支安打,还有一次极丢人的漏接,导致对方取得一分。等这一阵子兴奋过去,投手也在努力平复心情，乔治就朝消失在厨房里的莉莲喊话："喏，因为他们是从亚利桑那州来的嘛，我敢说他们根本不知道雨云和别的云有什么区别。"

高跟鞋在地上踩出急促的吧嗒声，莉莲回到起居室："从哪儿来的？"

"亚利桑那，汤米说的。"

"汤米怎么知道的？"

"他跟他们家的儿子聊过，在投球的间隙，我猜是。他告诉汤米他们来自亚利桑那，然后那孩子就被叫进屋去了。至少汤米说有可能是亚利桑那，或者也可能是阿拉巴马之类的地方。你知道汤米的，记性从来不牢靠。但如果他们成天对天气提心吊胆，我猜就是亚利桑那，因为咱这种多雨的气候他们摸不着头脑嘛。"

"可你怎么都没告诉我呢？"

"因为汤米今天早上才告诉我的，还因为我以为他已经告诉你了。另外，咱们说说我心里的大实话，我觉得就算你一辈子不知道这事也不会妨碍你把日子过好。噢——"

球飞向右外野看台。投手的这一轮就此结束。

莉莲回到百叶窗前："我非得结识她不可。她看上去那么和气——噢，天哪，看啊，乔治。"

乔治除了电视机什么也不看。

莉莲说："我就知道她在盯着那朵云看。现在她要进屋了。真是的。"

两天以后，乔治去图书馆查参考资料，回家时带了一大摞书。莉莲欢天喜地地迎上来。

她说："喏，你明天没什么事要做。"

"听着像是陈述句而不是疑问句。"

"是陈述句。我们要跟桑伽罗家一道去墨菲公园。"

"跟——"

"咱们的隔壁邻居，乔治。你怎么会永远记不住人家的名字？"

"我天赋异禀。怎么就约上了？"

"我今早去了他们家按门铃，就这样。"

"这么容易？"

"才不容易呢。难极了。我站在门口，手指头放在门铃按钮上，心惊肉跳，直到我觉得还是按下去比较简单，总好过门突然打开，被人家发现我像傻子一样站在门口。"

"而她也没把你赶走？"

"没有。她亲切极了。请我进屋，还知道我是谁，她说我上门来她非常开心。你知道。"

"而你就建议我们一起去墨菲公园？"

"对。我想着，如果我建议一个可以让孩子们玩的地方，她就会比较容易答应。她总不愿意让儿子失掉这个机会。"

"母亲的心理学。"

"可你真该瞧瞧她家。"

"啊。你做这一切自然都是有原因的。现在原因浮出水面了——你想去她家观光。但是我恳求你饶过我吧，别跟我说什么配色的细节。我对床罩不感兴趣，壁橱的尺寸也是一个对我完全可有可无的话题。"

他们的婚姻幸福有一个秘诀，就是莉莲压根儿不理会乔治说什么。她详细介绍了那家人屋子的配色方案，又对床罩做了细致入微的描述，还一点儿一点儿地把壁橱的尺寸形容给他听。

"还有卫生！我从没见过那么一尘不染的地方。"

"那么如果你跟她熟悉了，她就会给你竖立起不可能达到的高标准，然后你为了自保就只能跟她绝交。"

"她家厨房，"莉莲权当没听见，"干净得锃亮，你简直不敢相信她用那里做过饭。我请她给我一杯水,结果她把水杯递到水龙头底下慢慢地接水,一滴水也没溅到水池里。不是装腔作势;她的动作特别随意,我一看就知道她一直是这么做的。把水杯递给我的时候她还垫了一张干净的纸巾。简直跟医院一样讲卫生。"

"那她肯定给自己找了不少麻烦。跟咱们一起出去的事,她是当场一口答应下来的吗?"

"嗯——那倒没有。她大声喊她丈夫,问他天气预报怎么说;他说所有的报纸都说明天天气晴好,不过他还在等收音机上的最新播报。"

"所有的报纸都这么说,呃?"

"当然了,报纸只是把官方的天气预报印出来,所以肯定彼此一致嘛。不过我觉得他们确实订了所有的报纸。至少我见过送报的小孩在他家门口留下的那一大捆——"

"什么也逃不过你的眼睛,是不是?"

"总之呢,"莉莲严肃地说,"她打电话给气象局,问他们最新消息,她把他们告诉她的消息说给她丈夫听,然后他们就说他们愿意去,只不过他们还说如果不巧天气有变,他们会打电话给我们。"

"好吧。那咱们就去。"

桑伽罗一家年轻又和善有礼,深色皮肤,外形俊朗。事实上,当这家人走出家门,顺着长长的步道走向赖特家停车的地方时,乔治俯身到妻子耳边悄声说:"原来你是因为他。"

"我倒希望是呢,"莉莲道,"他拎了个手提包吗?"

"便携收音机。我打赌是为了听天气预报。"

桑伽罗家的儿子小跑着追上父母,手里挥舞着什么东西;后来发现那是一支气压计。三人坐进了车的后座。车驶向墨菲公园,大家开启谈话模式,有来有往地说了一路,全是泛泛之谈。

桑伽罗家的儿子实在是又有礼貌又讲道理；有了他做榜样，卡在前排父母中间的汤米·赖特也老实了，摆出一副文明人的样子。于是一路上车里的氛围很是宁静祥和，莉莲记忆中从没有哪次开车出行是这样愉快的。

大家谈话时能隐约听到桑伽罗先生的小收音机是开着的，不过莉莲一点儿也不觉得讨厌，她并没有看见桑伽罗先生时不时把收音机贴在耳朵上。

这天来墨菲公园天气正好，干燥暖和，却又不会太热；天空一片蔚蓝，明亮的太阳喜气洋洋。就连桑伽罗先生似乎也寻不出任何不足之处，虽说他把四方天空都仔细检查了一遍，还用锐利的目光死盯着气压计。

莉莲把两个男孩赶去游乐区，她给他们买了好多票，够他们把公园里每一种刺激的离心机通通玩一遍。

"这回就请让我请客吧，"她对发出抗议的桑伽罗太太说，"下回我准让你来。"

等她送走孩子们回来，发现只剩乔治孤零零一个人还在原地。她张口想问："他们去——"

"就在那边的小吃摊。我跟他们说我在这儿等你，然后我们一起过去会合。"他的语气似乎有些消沉。

"出什么事了？"

"没有，不算什么事，只不过我觉得他肯定是个不愁生计的有钱人。"

"什么？"

"我不知道他靠什么谋生。我暗示——"

"啊，现在是谁起了好奇心了？"

"我是替你打听的。他说他只不过是研究人性的学生。"

"多么富有哲理。这下那些报纸就说得通了。"

"对，可是隔壁住一个英俊的有钱人，看来我也得面对无法企及的高标准了。"

"别傻了。"

"而且他也不是从亚利桑那来的。"

"不是吗？"

"我说我听说他来自亚利桑那。他的表情那么诧异，显然不是了。然后他哈哈大笑，问我他是不是带了亚利桑那口音。"

莉莲沉吟道："他倒真有点儿口音，你知道。西南那边的人，祖上好多都有西班牙血统，所以他仍然有可能是亚利桑那来的。桑伽罗说不定就是西班牙的姓。"

"我听着倒像日本姓。走吧，他们在招手呢。噢，老天爷，瞧他们买的东西。"

桑伽罗夫妇各拿了三支棉花糖——在温暖的容器里不断搅拌冒泡泡的糖浆，再拿一根棍子把干燥的糖丝卷成一大圈粉红色泡沫。它甜甜地融化在嘴里，留给人黏糊糊的感觉。

桑伽罗夫妇各递了一支棉花糖给赖特两口子，出于礼貌两人都接了。

他们去了娱乐场，试了各种游戏：掷飞镖，用扑克让球滚进洞里，投掷东西把木柱子从基座上打下来。他们自拍，录了自己说话，还试了自己的握力。

最后他们找回孩子们，两个孩子气喘吁吁的，肚子里翻江倒海，看来都心满意足。桑伽罗夫妇立刻把自家儿子往小吃摊那边赶，汤米则暗示说假如能买个热狗，自己该会多么快活。于是乔治扔给他一枚二十五美分硬币。汤米也跑开了。

"直说吧，"乔治道，"我是宁愿待在这儿的。要是再看见他们大嚼棉花糖，我当场就要脸色发绿吐他一地。我打赌他俩各自都吃了有一打那么多，否则我自己认罚吃一打。"

"我知道,现在他们又给那孩子买了好几根。"

"刚才我提议请桑伽罗吃个汉堡包,结果他只是满脸嫌弃地摇摇头。汉堡包当然不算什么好东西,可他们已经吃了那么多棉花糖,该觉得汉堡包是珍馐佳肴了。"

"我懂。我提议请她喝杯橙汁,结果她说不的时候惊得跳起来了,你还以为我把橙汁泼她脸上了呢。不过话说回来,我猜他们是从没来过这类地方,对新鲜玩意儿总要点儿时间适应。他们会吃进去满肚子的棉花糖,然后接下来十年都不想再碰它。"

"嗯,也许吧。"两人信步走向桑伽罗一家,"你知道,莉莉[1],天阴了。"

桑伽罗先生把收音机贴在耳朵旁,同时焦急地望向西边的天空。

"哎呀,"乔治道,"他看见了。我敢打赌他会要求回家去,绝对的。"

桑伽罗一家三口把他围住,彬彬有礼但非常坚持。他们很遗憾,他们玩得很开心,开心极了,他们一定要回请赖特家,一有机会就办。但是现在呢,真的,现在他们必须回家了。看来像是要有暴风雨。桑伽罗太太长吁短叹,本来所有的天气预报都说是晴天啊。

乔治努力安抚他们:"局部的雷暴是很难预测的,但就算真来了——还不一定来呢——就算真来了,在外面最多也持续不到半小时。"

听了这话,桑伽罗家的儿子好像快哭了,桑伽罗太太手里捏着手帕,肉眼可见地打起哆嗦来。

乔治无可奈何:"咱们回家。"

回家这一路仿佛长得没有尽头。谈话是说不上了。这回桑伽罗先生的收音机开得很响,他从一个台跳到另一个台,每回都是为了听天

---

1 莉莲的简称。

气预报。现在天气预报开始说什么"局部雷阵雨"了。

桑伽罗家的儿子尖着嗓子嚷嚷，说气压计显示气压降低了。桑伽罗太太一手托腮，忧郁的目光投向天空，又问乔治能不能开快些。

"看着确实有点儿吓人，不是吗？"莉莲礼貌周全，尝试理解客人们的态度。但乔治听见她压低声音添上一句："至于吗！"

汽车终于驶入他们住的那条街。风已经刮起来，卷起干燥了几周的路面上的灰尘；树叶沙沙作响，仿佛不祥的征兆；空中电闪雷鸣。

乔治说："再有两分钟你们就能进家门了，朋友们。咱们赶得及。"

他把车停到通往桑伽罗家宽敞庭院的大门前，又下车去拉开后排的车门。他仿佛觉得有一滴雨落在身上。真是刚刚好赶上。

桑伽罗一家连滚带爬下了车，他们拉长了脸，满脸紧张，嘴里嘟嘟囔囔地道谢，然后就顺着前院长长的小径全速冲刺。

"说真的，"莉莲开口了，"你还当他们——"

天空撕开一道口子，硕大的雨点倾泻而下，仿佛天上有座大坝突然被冲垮了。他们汽车的车顶好似被一百支鼓棒敲打，桑伽罗一家跑到半路，这时候停下来绝望地抬头看。

雨水模糊了他们的脸——模糊，萎缩，混成一片。三个人都缩成一团，在衣服里垮下去；而衣服则落到地上，变成湿漉漉、黏糊糊的三堆。

赖特一家坐在车里，吓得动弹不得。莉莲发现自己控制不住似的说完了刚才那句话："……是怕化的糖人儿呢。"

星　光[1]

阿瑟·特伦特把他们的声音听得很清楚。紧绷、愤怒的话语连珠炮似的蹦出他的接收器。

"特伦特！你跑不掉的。两小时后我们就与你的轨道相交，如果你妄图抵抗，我们就把你轰出太空去。"

特伦特微笑着不置一词。他没有武器，也没必要战斗。根本用不了两小时他的飞船就会进行超空间跃迁，他们永远也找不到他。而且他是带着将近一千克克里金逃之夭夭。这么多克里金，足够为好几千机器人建造脑通路，在银河系的任何世界都值约一千万个信用点——而且谁也不会多问半句。

整件事都是布伦梅耶老头儿策划的。他策划这件事花了不止三十年。这是他一辈子的杰作。

"问题在于如何逃跑，年轻人，"当时他说，"所以我才需要你。你能把飞船飞起来开进太空里。我不行。"

"开进太空里也没用，布伦梅耶先生，"特伦特说，"半天就会给人逮住。"

"不会，"布伦梅耶满脸狡猾，"只要我们跃迁。只要我们在超空间里一闪，抵达许多个光年之外。"

"准备跃迁就需要半天时间，再说就算我们有这个时间，警方也

---

[1] Copyright © 1962 by Hoffman Electronics Corporation.

会提醒所有恒星系统。"

"不会的，特伦特，不会的。"老头儿的手落在他手上，带着颤巍巍的兴奋劲儿握紧他的手，"不会通知所有恒星系统，只会通知我们附近的那一打。银河那么大，过去五万年里出发的殖民者早就跟彼此失去联络了。"

他热切地高谈阔论，为特伦特描绘那幅图景。如今的银河系就仿佛人类最初诞生的那颗行星——当初是叫地球来着——的史前时代的行星表面。人类散落在各个大陆上，每一个群体都只知道紧邻自己的那片区域。

"如果我们随机跃迁，"布伦梅耶说，"我们就可能出现在任何地方，甚至可能去到五万光年以外，这么一来谁也别想找到我们，就好像没法在一大片流星里找到一颗鹅卵石。"

特伦特摇摇头："而我们自己也找不到自己。我们压根儿不会知道怎样才能去往一个有人居住的行星。"

布伦梅耶用机敏的眼睛看看周围。附近没别人，但他还是压低了嗓门儿耳语："我花了三十年时间搜集信息，银河系里每一颗适宜人类居住的行星都没放过。我查遍了过去的所有记录。我旅行了好几千光年，比哪个太空飞船驾驶员都远。现在每一颗宜居行星的位置都保存在这台全世界最好的计算机里。"

出于礼貌，特伦特挑眉看着对方。

布伦梅耶说："我是设计计算机的，我有最好的计算机。我还标记了银河系里每一颗发光的恒星，每一颗光谱型是F、B、A和O的恒星，把它们也保存在计算机的存储器里。一旦我们完成跃迁，计算机就会自动对天体进行光谱扫描，再把结果与它手头的银河系地图做比对。一旦计算机找到匹配的恒星——早晚会找到的，飞船在太空里的位置就确定了，届时飞船会自动导航，通过第二次跃迁去到最近一颗有人居住的行星附近。"

"听着太复杂了。"

"错不了的。我花了这么多年做这件事,肯定错不了。我还剩十年时间可以享受百万富翁的生活,但你还年轻,你当百万富翁的日子会长得多。"

"如果你随机跃迁,你也可能跳进一颗恒星内部。"

"概率不到一百万亿分之一。特伦特,我们也可能落到远离所有发光恒星的区域,以至于计算机找不到任何东西能跟自己的程序做匹配。我们还可能只跃迁了一两光年,结果发现警察仍然追在我们屁股后头。这种概率就更低了。如果你非要为什么事情发愁,那不如发愁你自己会不会在升空时突发心脏病死掉。发生这件事的概率可要大得多呢。"

"你或许有可能,布伦梅耶先生。你比我老。"

老头儿耸耸肩:"我病不病是没关系的。一切都有计算机自动完成。"

特伦特点点头,把这话记在心里。有一天午夜,飞船准备就绪,布伦梅耶带来了装在公文包里的克里金——这件事由他来办毫无困难,因为他深受大家信任——特伦特用一只手接过了公文包,另一只手的动作也是又快又稳。

匕首仍然是最佳选择,跟分子去极化枪同样迅捷,同样致命,而且还安静许多。特伦特把匕首留在尸体里,连指纹也一并留下了。有什么差别呢?反正他们逮不到他。

现在他在深空中,身后有警方的巡逻飞船紧追不舍,他感受到了跃迁前不断累积的紧张,这是每次跃迁前都有的。生理学家无法解释,但每一个经验丰富的飞船驾驶员都熟悉那种感觉。

片刻产生内外颠倒之感,在这一瞬间,他的飞船和他自己置身于非空间与非时间中,化身为非物质和非能量,紧接着就在银河系的另一个地方瞬间重组。

星光

特伦特微微一笑。他还活着。没有哪颗恒星距离过于接近，同时又有好几千颗恒星距离足够近。空中满是星星，显得生机勃勃；形成的图案也与之前大不相同，所以他知道这次跃迁了很远。那些恒星中有一部分的光谱型肯定至少是 F 型。有如此丰富、清晰的图案供计算机做比对，应该花不了多少时间。

他舒舒服服地窝在椅子里，看星光构成的明亮图案随飞船的缓慢旋转而移动。一颗亮闪闪的恒星出现在他视野中，真的很亮。看上去距离不会超过几光年，飞船驾驶员的直觉告诉他这颗恒星温度很高，非常高。计算机可以拿它当基点，再以它为中心匹配周围的图案。他又一次想：应该花不了多少时间。

然而他错了。时间一分钟一分钟过去，接着是一小时，而计算机仍在嘀嘀嗒嗒地忙着，指示灯也仍在闪烁。

特伦特皱起眉。为什么还没有在星图上找到？就在那儿。布伦梅耶给他展示过自己多年努力的成果。他总不可能记漏了一颗恒星或者把它记到了错误的位置。

自然恒星也会生灭，而且存在期间也会在太空中移动，但这类变化是很慢的，非常慢。再过一百万年布伦梅耶记录的星型形态图也不可能会——

突如其来的恐慌紧紧抓住特伦特。不！不可能会那样。发生这件事的概率比跃迁进一颗恒星内部还要低。

他等那颗明亮的恒星再次进入视野，然后用望远镜对准它聚焦，他的手直哆嗦。他把它放大到最大，在那明亮的斑点周围他看见了正在逃逸的丝状气体云。这下什么都明白了。

那是一颗新星！

那颗恒星从暗淡无光变得光辉灿烂，说不定就在一个月之前。它已经从计算机忽略的低光谱型毕业，变成了一颗必然会被考虑的恒星。

然而存在于太空中的这颗新星并不存在于计算机的存储器里，因为布伦梅耶没有把它放进去。布伦梅耶搜集数据时它还不存在——至少不是作为一颗明亮的发光恒星存在。

"别把它算进去！"特伦特尖叫，"无视它！"

然而他喊话的对象只是一台自动化机器，而机器会把以那颗新星为中心的星型形态与银河系的星型形态进行对比；计算机找不到它在哪里，不过它会继续找下去，找下去，直到能源耗尽。

空气耗尽的速度会快得多。特伦特的生命干涸的速度也会快得多。

特伦特无助地瘫软在椅子里，他往外看，星光的形态仿佛在嘲弄他。他开始漫长而痛苦的等待，等待死亡。

要是他还留着匕首该多好……

奠基者[1]

最初的那一连串灾难发生在五年前,也就是这颗行星公转五周之前。在星图上该行星叫 HC-12549d,在星图外则默默无闻。这期间地球公转了六周多一点儿,但又有谁还在计数呢——就算曾经有,现在也没有了。

如果老家的人知道这件事,他们或许会说这是一场英勇的战斗,是银河军团的一部史诗:五个人对抗一个充满敌意的世界,一直坚持了五年(或者说六年多),直到苦涩的终局。而现在他们正在死去,战斗终究还是失败了。其中三个人已经陷入临终的昏迷,第四个人还睁着微微发黄的眼睛,第五个人仍然站着没有倒下。

然而这事跟英雄主义根本扯不上关系。它只是五个人对抗无聊与绝望的斗争,只是五个人维持着他们的金属制的"泡泡",让它适宜人类居住。他们这样做仅仅是出于一个最不英勇的理由:生命还在继续,而他们没有别的事可做。

如果他们中间有谁曾因这场战斗而振奋,他也从来没跟别人提过。第一年过后他们就不再谈论获救,第二年他们不约而同地不再提起"地球"这个词。

但有一个词一直盘桓不去。就算没有宣之于口,它也必定萦绕在他们心头——氨。

---

[1] Copyright © 1965 by Galaxy Publishing Corporation.

这个词第一次出现是在降落的时候，当时的情形极不乐观，可他们竟然靠着残破蹩脚的马达和一个千疮百孔的太空舱成功降落了。

当然了，航行在太空里，你必须考虑到可能碰上坏运气；你预计到可能会有一定数量的坏运气——但一次只一种。恒星耀斑烧焦了超导电路——那是可以修好的，只要给你一点儿时间。陨石害得供料器阀门失准——那是可以重新调校的，只要给你一点儿时间。紧张之下轨道计算有误，同时片刻难以承受的加速撕裂了跃迁天线还让飞船上的所有人五感失灵——但天线是可以替换的，五感也会恢复，只要给你一点儿时间。

以上三种情况同时发生的概率是不知多少分之一，而它们凑巧都发生在一次特别棘手的着陆期间，概率就更低了——在着陆期间，修正所有错误所需的硬通货正好是最为稀缺的资源：时间。

"约翰号"巡逻船就碰上了那不知多少分之一的概率，于是它完成了最后一次着陆，因为它再也无法从行星表面升空了。

它着陆后基本上完好无损，这一点本身也近乎奇迹。船上的五个人至少有了几年时间好活，再往后就只能听天由命：也许会有一艘飞船无意中来到此地，但他们对此并不抱希望。他们把一辈子能碰上的巧合都碰上了，而且全都是坏运气。

就是这样了。

而这里的关键词是"氨"。当初行星表面打着转朝他们扑上来，死亡（谢天谢地，至少会很快）的概率远远超过一半，周竟然还有工夫关注摄谱仪，读出它杂乱记录的结果。

他大喊一声："氨。"其他人听见了，但也无暇理会。当下只能继续那可怕的痛苦战斗：打败急速迫近的死亡，以便稍后再慢慢死去。

最后他们终于着陆了，是沙地，散布着泛蓝的稀疏植被（怎么会泛蓝？），杂草丛生，还有一种很像矮树的物体，有蓝色的树皮，没长叶子；没有动物活动的痕迹。头顶的天空拖着丝丝缕缕泛绿的云

（怎么会泛绿？）。这时候那个阴魂不散的词就回来了。

彼得森语气沉重："氨？"

周说："4%。"

彼得森道："不可能。"

然而并非不可能。书里可没说过这不可能。根据银河军团的发现，一颗行星，假如它具备一定的质量与体积、一定的温度，那它会是一颗海洋行星，它的大气可能是以下两种之一：要么是氮／氧，要么是氮／二氧化碳。前者可能拥有先进的生命形态，后者的生命形态则是原始的。

如今大家都只检查行星的质量、体积和温度，对大气大家就不当回事，觉得反正肯定是这两种之一。然而书里并没说过一定如此，只说过去发现的情况都是如此。从热力学的角度看，其他种类的大气也是有可能的，只不过可能性非常小，因此在实践中一直没有发现。

直到现在，"约翰号"的船员们就发现了这样一颗星球，无论他们能苟延残喘多久，他们的余生都要沐浴在这氮／二氧化碳／氨的大气之下了。

他们把飞船改造成一个地下大泡泡，内部全是类似地球的环境。他们没法飞离行星表面，也没法传送通信光束穿越超空间，但其他的一切派上了用场。为了弥补循环系统的不足，他们甚至可以在一定限度内利用这个星球本身的水和空气；当然了，前提是先得除掉里面的氨。

他们组队外出探险，因为他们的太空服状态极佳，再说还能借此打发时间。这星球对人无害，没有动物，稀疏的植物遍布各处。蓝色，永远都是蓝色；氨化的叶绿素，氨化的蛋白质。

他们搭建实验室，分析植物的构成，研究显微镜切片，积累了大量的研究成果。他们尝试在无氨环境里培育当地植物，结果失败了。

他们把自己变成地质学家,研究行星的地壳;把自己变成天文学家,研究行星的"太阳"的光谱。

有时候巴雷尔会说:"总有一天军团会再度来到这颗行星,这些知识就是我们留给他们的遗产。它毕竟是一颗独一无二的星球。含氨的类地行星,整个银河里说不定都找不出第二颗。"

"妙极了,"桑德罗普洛斯语气苦涩,"咱们可真走运。"

桑德罗普洛斯弄清了这一情形的热力学原理。"这是一个介稳体系[1],"他说,"通过形成氨的地质化学氧化作用,氨稳定地消失;植物消耗氨,重新形成氨,同时也适应了氨的存在。如果植物形成氨的速率降低 2%,就会启动衰退螺旋。植物会萎顿,氨进一步减少,以此类推。"

"你的意思是,只要我们杀死足够多的植物,"弗拉索夫说,"就能除去氨?"

"如果我们手头有空中雪橇和广角爆破枪,再有一年时间来做这件事,也许能成,"桑德罗普洛斯说,"可我们没有。再说还有一个更好的办法。如果我们能培育我们自己的植物,光合作用形成的氧气就会提高氨的氧化率。哪怕是局部的小小提升也会降低那一地区的氨含量,刺激地球植物进一步生长,抑制本地植物生长,由此进一步降低氨含量,以此类推。"

整个生长季他们就化身园丁。银河军团反正也做惯了这种事。类地行星的生命通常是水/蛋白质型,但各种变体的数量无穷无尽;再说异世界的食物很少有营养,味道好的就更稀罕,所以他们非得试试栽种地球植物不可。通常(不是回回如此,但频率挺高)会发现某种地球植物先压制并驱逐当地的植物群,于是别的地球植物就能在此

---

[1] 当温度、压力和其他决定系统状态的因素稍微离开其真正平衡数值时,在某种条件下,系统仍可保持一定稳定性的状态。

扎根。

好些行星都用这种方式被转化成了新地球。在这个过程中,地球的植物发展出几百个坚韧的品种,能在极端条件下蓬勃生长——能播种在下一个行星自然是更好了。

氨会杀死一切地球植物,但"约翰号"携带的种子并非真正的地球植物,它们是地球植物在其他世界发展出的变种。它们顽强地战斗,不过结果不够理想。有些品种长成病恹恹的虚弱模样,然后就死了。

在这方面它们倒是比微生物还强些。这个行星的细菌可远比那些散乱的蓝色植物茁壮多了。来自地球的样品试图与本地的微生物竞争,结果全被压垮。所以他们本打算在异星土壤中植入地球类型的细菌菌群,借此帮助地球植物生长,但这一类的尝试也失败了。

弗拉索夫摇摇头:"本来也行不通。如果我们的细菌成活,那也只能是通过适应氨的存在。"

桑德罗普洛斯说:"细菌帮不上忙。我们需要植物,它们才有造氧的系统。"

"造氧的系统我们可以自己造一些,"彼得森说,"我们可以电解水。"

"咱们的设备能坚持多久?只要能把植物养活,就等于是永不停息地电解水,每次只一点点,但年复一年,直到行星放弃抵抗。"

巴雷尔说:"那咱们就来处理土壤。土壤里充满了讨厌的氨盐。咱们把盐烤出来,再换上没有氨的土。"

"可大气又怎么办?"周问。

"等有了无氨土,说不定就算在这种大气底下植物也能挺住。哪怕现在它们也只差一点儿就要成功了。"

他们像码头工人一样辛勤劳作,只不过前方看不到终点。没有一个人觉得真能成功,而且就算成功了,对他们个人来说也没有未来可言。但工作能消磨时间。

下一个生长季,他们有了无氨土,但长出来的地球植物仍然羸弱不堪。他们甚至给几株幼苗加了罩子,又往罩子里注入不含氨的空气。这一招有些效果,但还不够。他们用能想到的一切组合调整土壤的化学成分,仍然收效甚微。

羸弱的幼苗制造出丝丝缕缕的氧气,但还不足以将含氨的大气推下狭窄的基座。

"再加把劲儿,"桑德罗普洛斯说,"再推一下。我们已经把它晃动了,已经晃动了,但就是掀不翻它。"

时光荏苒,他们的工具和设备都钝了,磨损了,未来也在稳步逼近。每过去一个月,他们回旋的余地都在缩小。

结局终于到来,发生得那么突然,几乎叫人高兴。那种虚弱和眩晕无法冠以名字。他们倒并不疑心那是直接的氨中毒。但无论如何,这几年里他们一直用老飞船的水培系统培植藻类维生,这些藻类本身也可能因氨污染而发生了变异。

也可能是某种当地的微生物,它终于学会了如何以他们为食;甚至有可能是某种地球的微生物,在这个奇异的世界里变异了。

于是终于有三个人死了,谢天谢地,死时没有任何痛苦。他们很乐意离开,抛下这徒劳的斗争。

周无声地低语:"这样惨败,真傻啊。"

五人里唯有彼得森还站着(他会不会对那不知什么东西免疫?)。他将哀恸的面孔转向唯一活着的同伴。"别死,"他说,"别抛下我一个人。"

周试着微笑:"我别无选择。但你可以跟上来,老朋友。为什么要战斗呢?工具已经没了,现在已经没有胜利的可能,也许从来不曾有过。"

即便这时彼得森也专注于与大气的斗争,借此抵御最终的绝望。

然而他的精神已经疲惫不堪，他已经心力交瘁。下一个钟头周也死了，便留给了他四具尸体去处理。

他盯着那些尸体，一桩桩回忆涌上心头，一路回溯直到地球（现在只剩他一个人了，所以他敢号啕大哭）。将近十一年前他曾去过地球一趟，那是他最后一次见到地球。

他得埋葬尸体。他要从当地的无叶之树上折下泛蓝的枝条，用它们造出十字架。他要把每个人的头盔挂在十字架上，再把他们的氧气瓶支在底下。空空如也的氧气瓶，用来象征失败的战斗。

多么愚蠢的感情用事。死者已不再介怀，将来也未必会有眼睛看见这一切。

但他是为了自己做这一切，向朋友们致敬，也向他自己致敬。因为他就是这种人：只要他还能站着，就不会丢下死去的朋友不管。

再说了——

再说什么？他坐下来，在困顿的思绪中停留片刻。

只要他还活着，他就要用手头仅剩的工具战斗。他要埋葬他的朋友。

他把每个人都埋在一片无氨的土壤中，那是他们花费无数心血才积累起来的。他埋葬他们的时候没有裹尸布，也没有衣裳；他把他们赤裸的身体留在敌对的土壤里，让他们在自身微生物的作用下慢慢分解，直到这些微生物也无可避免地被入侵的当地细菌杀死。

彼得森立好每一个十字架，上面挂着头盔，下方用石头支起氧气瓶。然后他转身离开，面色沉肃，眼中含悲；他回到埋在地下的飞船里，如今那里只有他一个人住了。

他每天都在工作，最后他也出现了相同的症状。

他挣扎着穿上太空服，来到地表。他知道这将是最后一次。

他跪倒在园地里。地球的植物是绿色的。它们存活的时间已经超过了以往的植物。它们看上去很健康，甚至堪称强壮。

之前他们修补土壤，对大气百般呵护，现在彼得森用上了最后的工具，他手头仅剩的工具，给了它们肥料——

地球人缓慢腐烂的身体产生养料，提供了最后的推力。从地球的植物中会产生氧气，氧气会击退氨气，把行星推出它被卡在其中的这个无法解释的生态位。

如果将来再有地球人来到这里（什么时候？一百万年后？），他们会发现氮／氧的大气，以及数量有限的植物群落，让人莫名联想起地球的植物。

十字架会腐烂，衰朽；金属会生锈，分解。骨头或许会变成化石留下来，暗示这里曾经发生了什么。他们封存的记录也可能被人找到。

但这些都无关紧要。哪怕这一切永远无人发现，这星球本身，这整个星球，就是他们的纪念碑。

彼得森躺下来，躺在他们的胜利中间迎接死亡。

钥 匙[1]

卡尔·詹宁斯知道自己要死了。他只有几个钟头可活,却有好多事要做。

他等于被判了死刑,而且没有商量的余地,在月亮上是不会有的,尤其是在通信不畅的时候。

其实即便在地球上也仍然存在少数几块逃亡之地,倘若手头没有无线电可用,人就可能死在那里;没有同胞的手救他脱困,没有同胞的心怜悯他的不幸,甚至没有同胞的眼睛来发现他的尸体。而在月球这边,绝大多数地方都是如此。

地球上的人当然知道他在月球。他参加了一支地质学科考队——不,应该说是月质学科考队!多么古怪,他的大脑总是以地球为中心,硬要说成"地"质。

他一面做事一面还不顾疲惫地逼迫自己思考。尽管他快死了,却仍能感受到那种外力加诸大脑的清晰感。他焦急地四下张望。没什么可看的。他身处环形山北面内壁造就的永恒阴影中,周围一片漆黑,只有他的手电筒间歇闪亮,刺破黑暗。他让手电筒间歇亮起,一方面是怕事情还没做完就把电耗光了,另一方面也是担心亮光被看见,他只敢冒最低限度的风险。

在他的左手边,顺着近处的地平线往南,可以看到新月似的一弯

---

[1] Copyright © 1966 by Mercury Press, Inc.

亮白色，那是太阳的光芒。在地平线背后是环形山对侧的坑缘，他是看不见的。太阳只堪堪从他这一侧的坑缘上方露出头来，高度不够高，也就不会照亮他脚下的这一方地面。因此，他没有遭受辐射的危险——至少这一危险是不必担心了。

他挖掘时很用心，但动作难免笨拙，毕竟他严严实实地裹在太空服里。他的侧腰痛得要命。

灰尘和破碎的岩石并未形成"仙女城堡"的形态，这种特殊现象只会发生在经历过明暗更迭、冷热交替的月球表面。他所在的位置永远寒冷，当环形山的坑壁缓慢碎裂，细碎的石子只会堆出不均匀的小石堆。若光看外表，很难看出这里曾经有人挖掘过。

黑漆漆的地面凹凸不平，有一次他判断失误，结果失手撒了捧在手里的碎屑。微小的颗粒以月球特有的缓慢速度纷纷坠落，然而看上去又仿佛快如闪电；这是因为月球上没有空气阻力，碎屑不会进一步降低速度，也不会散开变成一片尘雾。

詹宁斯的电筒亮了片刻，他把一块绊脚的石头踢开。

时间不多。他往灰尘里挖得更深些。

只要再深一点儿他就能把那装置推进凹陷处，再把它盖起来。一定不能让斯特劳斯找到！

斯特劳斯！

科考队的另一名成员。这次的发现有他一半。随之而来的荣誉也有一半归他。

假如斯特劳斯只是想独占功劳，詹宁斯或许会答应的。这次的发现太重要了，个人的荣誉不值一提。但斯特劳斯想要的远不止这些，他想要的东西詹宁斯拼了命也要阻止。

詹宁斯愿意用生命去阻止的事很少，这就是其中之一。

而他就快要死了。

东西是他俩一起发现的。事实上是斯特劳斯发现了飞船，或者准确地说是飞船的残骸，或者更准确一点儿，可能是由某种类似于飞船的东西留下来的残骸。

"金属。"斯特劳斯捡起一样东西，外表粗糙，几乎说不出是什么形状。太空服的面罩是厚实的铅玻璃，他的眼睛和脸只隐约露出轮廓，但那相当刺耳的声音倒是通过太空服的无线电清清楚楚地传过来了。

詹宁斯从半英里外自己的位置飘过来。他说："真奇怪！月球表面是没有游离金属的。"

"不该有。但你很清楚，他们探索过的区域还不到月球表面的百分之一。能找到什么谁说得清？"

詹宁斯哼哼两声表示同意，又伸出戴手套的手接过那个物体。

说起来还真是的，谁也说不好月球上到底能找到什么，所以几乎任何东西都有可能。他们是有史以来第一支由私人资助的月质学科考队。在那之前向来都是政府组织科考，每次都有半打考察目标，广撒网，能不能有成果全看运气。这一次地质学会竟有能力派两个人去月球，专门进行月质学研究，这也是太空时代快速发展的标志。

斯特劳斯说："看它的表面，似乎曾经是平整的。"

"没错，"詹宁斯道，"也许周围还有别的。"

他们又找到了三样东西，其中两样体积很小，微不足道；第三个物体形状很不规整，表面能隐约看出有条接缝。

斯特劳斯说："我们把它们带回飞船去。"

他们驾驶滑行艇回到母船。一上飞船他们就剥下太空服——两人中至少詹宁斯总是很乐意摆脱太空服的。他用力挠肋骨，又使劲搓脸，直到浅色的皮肤开始红肿。

斯特劳斯避开了这类软弱的行为，他径直投入工作。激光在金属上留下斑点，蒸汽在光谱仪上留下记录。基本上是钛钢合金，再加上一点点钴和钼。

"确实是人造物体没错。"斯特劳斯说。在那张骨架宽大的脸上,他的表情一如既往地阴沉、硬朗。他脸上一丝喜气也没有,而詹宁斯自己的心脏已经开始加速跳动。

或许就是因为兴奋,詹宁斯忍不住开口说:"面对这一进展,我们需要铁一般的信念——"他微微强调"铁"字,表示此处一语双关。

然而斯特劳斯看他的眼神冷冰冰的,满是嫌恶,于是那一组双关语就被咽进了肚子里。

詹宁斯叹口气。也不知怎的,他就是搞不定。从来都不行!他还记得在大学的时候——嗯,算了。面对斯特劳斯心如铁石的冷静态度,他再怎么绞尽脑汁,想出来的双关语也不可能配得上这次的发现。

詹宁斯不知道斯特劳斯有没有意识到这件事的意义。

事实上他对斯特劳斯的了解很少,仅限于对方在月球学圈子里的名声。也就是说,他读过斯特劳斯的论文,他推测斯特劳斯也读过他的。虽说大学期间两人的轨迹很有可能曾经交织,他俩却从未碰过面,直到他们毛遂自荐参加这次的科考,并双双被接受。

在为期一周的航行期间,詹宁斯越来越多地留意到对方的存在——魁梧的身材、沙色的头发、青花蓝的眼睛、咀嚼时下颌骨上肌肉的动作——这些都令詹宁斯不自在。詹宁斯自己的身材要瘦小许多,他的眼睛也是蓝色,发色却更深些;面对对方浑身散发的强大力量和冲劲儿,詹宁斯渐渐开始自发地退避。

詹宁斯说:"现存的记录里没有任何飞船曾经降落在月球的那个部分。失事坠落的就更没有了。"

"如果它是飞船的部件,"斯特劳斯说,"那它应该是光滑平整的。这东西已经被腐蚀了,这里又没有大气,也就意味着它曾在很多年里被微小的流星轰击。"

原来他已经看出这件事的意义了。詹宁斯近乎狂喜:"这是来自非人类的造物。地球以外的生物曾经造访月球。谁知道是多久以前呢?"

"谁知道呢?"斯特劳斯干巴巴地附和道。

"我们的报告——"

"等等,"斯特劳斯口气蛮横,"等确实有东西可报告了,我们有的是时间写报告。如果真是一艘飞船,那边肯定还有别的东西,远不止我们手头这些。"

不过当时是不可能再去找了。他们已经连续搜索好几个钟头,早就该进餐和睡觉了。最好还是休整过后再重新开始,一连干他几个小时。两人似乎不必开口就达成了共识。

地球低悬在东边的地平线上。此刻几乎已经能看到整个地球,那么明亮,满是蓝色条纹。他们吃饭时詹宁斯望着它,照例感到尖锐的思乡之情。

"看着倒是挺平静的,"詹宁斯道,"可上头却有六十亿人在忙忙碌碌呢。"

斯特劳斯本来沉浸在内心深处自己的世界里,闻言抬头说:"六十亿人在毁灭它!"

詹宁斯皱眉道:"你不会是极端派吧,啊?"

斯特劳斯道:"你说的什么鬼话?"

詹宁斯感到自己脸红了。他肤色浅,脸红时总是分外明显;最微不足道的情绪波动也会把他的脸皮变成粉红色。对他来说,这实在是难堪极了。

他什么也没说,继续吃饭。

地球的人口已经稳定了整整一代人。毕竟人口再增加也实在负担不起了,这是谁都承认的。事实上还有一批人说"不再增加"还不够;人口必须减少。詹宁斯自己就赞同这种观点。地球承载的人类太重了,这个星球正活生生地被人类这一沉重的负担吃掉。

然而怎样才能使人口下降?鼓励大家进一步降低出生率,然后愿不愿意做、愿意怎么做都随他们,这样随机进行?近来隐约有一种声音渐渐起来了,主张人口不但应该下降,还应该有选择地下降——适者生存,并且不消说,自然是由那些自称为适者的人来择定判断适者的标准。"

詹宁斯心想:我猜我是冒犯到他了。

后来,他都快睡着了,突然想起一件事:他对斯特劳斯这人的性格几乎一无所知。万一对方打算趁夜悄悄出去搜索,以便独霸功劳——?

他警惕地用胳膊肘撑起上半身,然而斯特劳斯的呼吸声沉沉的,而且就在詹宁斯侧耳倾听的当口儿,对方的呼吸渐渐变成了打鼾时那种特有的呼呼声。

接下来的三天他们一心一意搜索更多碎片。他们找到了一些。还不只是碎片。他们找到一片区域,满是月球细菌,闪着星星点点的磷光。这类细菌是挺常见的,但之前从没有报告说某处的细菌浓度如此之高,竟发出了肉眼可见的光。

斯特劳斯说:"这里或许曾经有过一个有机生命,或者是他的遗体。他死了,但他体内的微生物却没死。最后它们把他吃光了。"

"而且或许还扩散开了,"詹宁斯补充道,"这有可能就是月球细菌的普遍来源。它们很可能根本不是月球自有的,而是受到污染的结果——在万古之前。"

"反过来也一样,"斯特劳斯道,"既然这种细菌在许多根本的方面与地球的微生物截然不同,那么它们寄生的生物——假设这确实是它们的来源——肯定也从根本上不同于地球生物。这同样表明它们来自外星。"

细菌的痕迹消失在一座小环形山的坑壁里。

"挖这个可是大工程,"詹宁斯的心沉下去,"我们最好还是先打报告,找人支援。"

"不,"斯特劳斯面色冷峻,"说不定根本没有用得上支援的地方。环形山完全有可能是在飞船坠落后一百万年才形成的。"

"你的意思是说它形成时把飞船的大部分都汽化了,只留下我们找到的那些?"

斯特劳斯点点头。

詹宁斯说:"我们还是可以试试,先挖一点点。比如我们画一条线,把目前为止找到的东西留在线的一侧,然后继续……"

斯特劳斯有些犹豫,接下来工作时也并不很尽心,因此真正的大发现是詹宁斯找到的。这点肯定算很有分量吧!虽说斯特劳斯发现了第一片金属,詹宁斯却找到了那个最重要的人造物体。

它确实是人造物体——蜷缩在地表之下三尺,上方罩着一块形状不规则的大岩石;岩石落地时有一部分没有接触地面,正好留下一个空洞,器皿就躺在空洞中。它在一百万年或者更长的时间里受到保护,躲过了一切侵害——辐射、微流星、气温变化,通通没有伤到它,因此它永远保持着当初的样子,跟新的一样。

詹宁斯立刻认定它是最重要的"装置"。它的模样跟两人见过的任何仪器都毫无相似之处,但话说回来,正如詹宁斯所说,它又为什么要跟它们相似呢?

"我看不见任何粗糙的边缘,"他说,"它有可能并没有损坏。"

"不过说不定有些部件散失了。"

"也许,"詹宁斯道,"但看上去没有哪个部分是活动的。一个整体,却又不均匀得古怪[1]。"他注意到自己玩的文字游戏,接下来说话时便有意控制自己,不过并不完全成功:"这正是我们需要的东西。一块磨损的金属,一片富含细菌的区域,它们都只是推理和争论的材料。但这却是货真价实的——一个明显是由外星生命制造的装置。"

现在它就摆在桌子上,放在两人中间,两人都严肃地望着它。

---

[1] 詹宁斯说的是 oddly uneven,odd 是奇数,even 是偶数,若把 uneven 当成"非偶数",则两个词同义。——译者注

詹宁斯道:"现在我们就提交初步的报告吧。"

"不!"斯特劳斯的反对声尖锐而强烈,"绝不!"

"为什么不呢?"

"因为如果我们报告,它就会变成协会的项目。他们会蜂拥而上,等这一切结束,我俩连个脚注都捞不上。不!"斯特劳斯几乎显得有些狡黠,"在那些贪得无厌的妖怪冲下来之前,我们先尽我们所能挖掘它的信息。"

詹宁斯考虑片刻。不可否认,他也希望确保自己的功劳得到承认。但即便如此——

他说:"我不知道,我觉得我不愿意冒这个险,斯特劳斯。"他第一次有了冲动,想用对方的名字而非姓氏称呼对方,但他忍住了。"你瞧,斯特劳斯,"他说,"再等下去是不对的。如果这东西来自外星,那它肯定来自其他行星系统。因为在太阳系里,除了地球没有哪个地方能供养高级的生命形态。"

"这一点确实没有证明,"斯特劳斯嘀咕道,"但就算真像你说的又怎样?"

"那就意味着飞船上的生物拥有星际旅行的能力,因此在技术上必然远超我们。我们能从装置了解到怎样的先进科技,这谁能说得清?它或许是一把钥匙,能开启——谁知道能开启什么?它或许是一条线索,引向我们难以想象的科学革命。"

"浪漫主义的无稽之谈。如果制造它的是远超我们的科技,我们不会从中学到任何东西。你让爱因斯坦活过来,给他看微原翘曲场[1],他能理解吗?"

"我们也不能就认定肯定学不到任何东西。"

"就算如此又怎样?推迟一点点有什么关系?我们先确保自己得

---

[1] 作者为剧情需要虚构出来的物理学概念。

到荣誉有什么关系？我们先确保自己能跟进这件事，确保我们不必把它交给别人又有什么关系？"

"可是斯特劳斯，"詹宁斯急于让对方理解自己感到装置多么重要，激动得都快哭出来了，"万一我们带着它一起坠毁了呢？万一我们没能回到地球呢？我们不能拿它冒险。"说到这里他轻叩装置，仿佛爱上它了似的："我们应该马上报告，让他们派几艘飞船来把它带走。它太宝贵了，不能——"

他的情绪激荡到了极点，刹那间他手下的装置似乎变得温暖了。它有一部分表面原本是半掩在一片金属挡板底下的，这时候发出了磷光。

詹宁斯痉挛似的抽开手，装置的光暗淡下去。然而已经够了，刚才的片刻已经揭示了一切。

他几乎窒息："刚才就好像你的头骨上开了一扇窗。我能看到你的思想。"

"我也读到了你的想法，"斯特劳斯说，"或者说体验到了，或者是进入了，或者随你怎么形容。"他用自己那种冷淡、自矜的方式碰碰装置，然而什么也没有发生。

"你是极端派。"詹宁斯怒道。"我触碰它时，"说时他又碰了装置，"又来了。我看见了。你难道疯了吗？你扪心自问，你当真相信应当判处几乎全部人类走向灭绝，同时摧毁这个物种的多变性和多样性？你当真觉得这样做公平正派，符合人性？"

对方的想法被揭示出来，詹宁斯一瞥之下心里反感极了，于是手从装置上滑落，装置再度暗淡。斯特劳斯再一次小心翼翼地碰了碰装置，依然什么也没有发生。

斯特劳斯说："看在上帝的分儿上，我们现在别争论这种事。这东西是用来辅助沟通的——心灵感应放大器。有什么不可能呢？每一个脑细胞都有自己的电势。思想可以看作微强度的电磁场在发生摆动——"

詹宁斯转开脸。他不愿跟斯特劳斯说话。他说："我们现在就报告。我不在乎见鬼的荣誉。你都拿去好了。我只想把它交出去。"

有片刻工夫，斯特劳斯沉浸在自己的想法里没有反应。然后他说："这不只是沟通器。它对情感做出回应，同时也放大情感。"

"你说什么？"

"刚才它已经因你的碰触启动两次了，虽说你之前摆弄了它一整天也不见有效果。我触碰它的时候仍然没有效果。"

"所以呢？"

"当你处在高度紧张的情感状态，它就对你做出反应。我猜这就是激活条件。先前你握着它痛骂极端派的时候，我体会到了跟你一样的情感，就一刹那。"

"你本该如此。"

"可是，听我说，你就笃定你是对的？地球的人口如果从六十亿变成十亿，对于整个星球会好得多，地球上随便哪个有头脑的人都同意的。如果我们全面使用自动化机器——正像如今的愚民不肯允许我们做的那样——我们多半可以得到一个完全高效、能够独立生存的地球，其人口不会超过，嗯，就说五百万吧。听我说，詹宁斯。别转开脸去，伙计。"

斯特劳斯努力想要打动对方，声音里惯有的严苛几乎消失殆尽。"但我们不能用民主的办法减少人口，这你是知道的。问题不在于性冲动，因为节育问题早就用子宫植入装置解决了，这你也知道。问题在于民族主义。每一个族群都希望其他族群率先减少人口，而我也赞同。我希望我的族群，我们的族群，最终胜出。我希望由精英继承地球，也就是你我这样的人。我们是真正的人，而那些半猿半人的愚民在拖累我们，他们会毁了我们所有人。他们反正也注定难逃一死，为什么我们不救救自己？"

"不，"詹宁斯极力反对，"任何群体都无权垄断人类。你那五百万照镜子似的人，他们被困在剥去了多变性和多样性的人类空壳里，最终会无聊死的——而且也是活该。"

"多愁善感的无稽之谈，詹宁斯。这话你自己并不相信。全怪那些该死的平等主义蠢货，是他们训练你相信这种说法的。听着，我们需要的正是这装置。就算我们造不出仿品，弄不懂它的机制，单这一个装置说不定也够了。如果我们能控制或者影响关键人物的想法，我们就能逐步把我们的观点加诸全世界。我们已经有了组织。这你肯定已经知道了，因为你刚才看见了我的想法。我们的组织为了达成目标干劲十足，设计也非常精妙，远超世上的任何组织。人类最有头脑的那批人每天都在涌向我们，你也加入进来又有什么不可以的？你看得出来，这仪器是一把钥匙，但它开启的不单是一点点新知识。这把钥匙是人类问题的终极解决方案。加入我们！加入我们！"他如此情真意切，这是詹宁斯从未见到过的。

斯特劳斯的手落在装置上，后者闪烁了一两秒，旋即又熄灭了。

詹宁斯的微笑毫无喜悦之意，他看穿了对方的意图。斯特劳斯故意挑动自己的情绪，希望情绪的强度足够激活装置，结果失败了。

"你没法使用它，"詹宁斯道，"你的自制力跟那见鬼的超人一样强，就算想突破也做不到，是不是？"他用颤抖的双手捧起装置，它立刻就闪出磷光。

"那么你来使用它。拯救人类的荣誉归你了。"

"再过一亿年我也不干，"詹宁斯大口喘气，他情感激荡得厉害，几乎没法呼吸，"我现在就报告这件事。"

"不，"斯特劳斯说着拿起一把餐刀，"这个够尖了，也够锋利。"

"你不必非把话说得那么尖锐，"即便此刻在巨大的压力下，詹宁斯仍然意识到自己又说了双关语，"我能看出你的计划。有了这装置，你就能说服所有人相信我从未存在过。你能为极端派带来胜利。"

斯特劳斯点头："我的心思你全看透了。"

"但你做不到，"詹宁斯喘息道，"只要我还拿着这个你就做不到。"他尝试用意念迫使斯特劳斯原地不动。

斯特劳斯挣扎着前进,可是功败垂成。他僵着手把餐刀往前送,他的胳膊在颤抖,但他没能前进一步。

两个人都大汗淋漓。

斯特劳斯咬牙道:"你不可能一直——坚——持的——"

那感受十分清晰,但詹宁斯不确定自己是否能用语言去描述它。从身体的角度讲,就好像抱着一头力大无穷、滑不溜秋的野兽,后者还不断扭动挣扎。詹宁斯必须集中精神在"原地不动"这个感觉上。

他对装置并不熟悉,无法熟练使用。就好像一个人从没见过剑是什么模样,你没法指望他随手拿起一把剑,马上就像火枪手一样优雅地挥舞它。

"正是。"斯特劳斯追踪着詹宁斯的思路。他跌跌撞撞地往前迈了一步。

詹宁斯知道斯特劳斯有着疯狂的执念,自己比不过他。这点两人都心知肚明。但还有滑行艇[1]呢。詹宁斯得逃走。带着装置逃走。

詹宁斯加倍努力,这次不是原地不动,而是失去意识。睡觉,斯特劳斯,他绝望地想。睡觉!

斯特劳斯滑向地面跪倒,眼皮发沉,眼睛闭起来。

詹宁斯的心怦怦直跳,他往前冲。要是能拿什么东西狠狠给对方一下子,夺过餐刀——

然而他的思想偏离了那无比重要的轨道,他不再专注于"睡觉"这个念头,于是斯特劳斯一把抓住了他的膝盖,用蛮力往下拉。

斯特劳斯没有犹豫。趁詹宁斯脚下踉跄,拿刀的手快速起落。詹宁斯感到一阵锐痛,恐惧与绝望将他的大脑染成一片血红。

情感大量涌入,装置从闪烁一跃化作一片炙热的亮光。詹宁斯发

---

[1] 原文是 Skim boat,接近于冲浪板,但可以自我驱动,发明于20世纪。

出无声的、支离破碎的尖叫,将恐惧和暴怒从自己的大脑传入对方的大脑,于是斯特劳斯的桎梏放松了。

然后斯特劳斯面孔扭曲,身体翻倒。

詹宁斯摇摇晃晃地站起来往后退。他不敢分心他顾,只是集中全副注意力让对方继续昏迷。假如他试图采取任何暴力行动,他自己的心灵力就会被阻塞很大一部分,他那不熟练的笨拙心灵力就无法发挥真正有效的作用。

他朝滑行艇退却。艇上会有一套太空服,还有绷带。

滑行艇其实并不适合长距离旅行。此刻的詹宁斯也一样。虽然裹了绷带,他的右边腰侧还是滑溜溜的全是血,太空服的内部也满是血。

他身后看不到有飞船追来的迹象,但肯定迟早会来的。飞船的动力比滑行艇强许多倍;再说滑行艇的离子驱动反应器会留下大片高浓度的电荷,很容易被飞船的探测器捕捉到。

詹宁斯走投无路。他尝试用无线电联络月球总站,然而没有回音;绝望之下他便不再尝试了。他发出的信号只会帮斯特劳斯追踪他。

也许他可以亲身抵达月球总站,但他并不认为自己能平安抵达。他会在半路上被截住,或者不等抵达他就会死掉,滑行艇也会坠毁。他到不了月球总站。他得把装置藏起来,放到某个安全的地方,然后再往月球总站去。

装置……

他不确定自己的决定是否正确。它或许会摧毁人类,但它的价值无法估量。他应该干脆销毁它吗?它是某个非人类智慧生命留下的唯一遗存。它掌握着某个先进技术文明的秘密;它是某种先进心灵科学的工具。无论有多大危险,考虑到它的价值——它潜在的价值——

不,他必须把它藏好,还要保证之后能再找到——但只能被政府内部开明的温和派找到。绝不能被极端派……

滑行艇顺着环形山北面内缘快速下落。他知道这是哪座环形山，装置可以埋在这里。有可能之后他无法亲自抵达月球总站，无线电也联系不上，那他至少要离开藏东西的地点；远远地离开，免得他自己泄露了它的所在。他还必须留下某种钥匙，指明它的位置。

他思考时头脑如此清晰，他觉得仿佛到了超自然的地步。是因为他拿着装置，受了影响吗？是不是它刺激了他的思维，引导他留下了这条完美的信息？又或者这只是濒死之人的幻觉，其实任何人都看不出这条信息的意义？他不知道，但他别无选择。他总得试一试。

因为卡尔·詹宁斯知道自己要死了。他只有几个钟头可活，却有好多事要做。

地球调查局美国分局的 H. 西顿·达文波特有些出神，他随手摸了摸自己左颊上那块星形伤疤："我明白，长官，极端派很危险。"

分局局长 M. T. 阿什利仔细审视着达文波特。局长的脸颊瘦削憔悴，面部线条流露出不以为然的态度。之前他又一次赌咒发誓要戒烟，所以他强迫渴望香烟的手指抓起一片口香糖。他剥去包装，把口香糖叠起来一捏，闷闷不乐似的塞进嘴里。他岁数大了，脾气也越来越愤懑；他用指关节摩挲自己铁灰色的短胡子，发出刺耳的刮擦声。

他说："你哪知道有多危险。我怀疑谁都不知道。他们人数不多，但在有权有势的人中间却很有力量，毕竟这些人是很乐意把自己当成精英看待的。没人确切知道他们到底是哪些人，数量又有多少。"

"连调查局都不知道？"

"调查局施展不开。就此而言，我们自己也难免沾上些污点。你怎么样？"

达文波特皱眉道："我不是极端派。"

"我也没说你是，"阿什利道，"我是问你有没有沾上些。过去的两个世纪地球遭遇了什么，你考虑过吗？你难道从没想过人口适度减少是好事？你难道从没觉得最好能摆脱那些愚蠢的、无能的、麻木的家伙，让剩下的人留下来，那就太棒了？见鬼，我是想过的。"

"我有时也这么想，这我承认，是的。但把它当成希望实现的愿望去想一想是一回事，我可不会把它当成实际的行动方案，学希特勒一样去策划再推行，那可就是另外一码事了。"

"愿望和行动之间的距离可不像你想得那样遥远。只要你说服自己相信目标足够重要、危险，足够迫切，手段就渐渐显得不那么叫人反感了。反正呢，现在伊斯坦布尔的事已经解决，这里另有一件事，我来给你介绍一下最新情况。伊斯坦布尔跟它比起来简直无足轻重。你认识费兰特探员吧？"

"失踪的那个。没打过交道。"

"好吧，两个月以前，月球表面发现一艘停飞的飞船。它本来是由私人资助去月球做月质学考察的。赞助航行的是俄美地质学会，他们报告说飞船没有按时汇报情况。通过常规搜索很容易就确定了飞船的位置，距离上一次发出报告的地点有一段合情合理的距离。

"飞船完好无损，但船载滑行艇不见了，一起消失的还有科考队的一名成员。姓名——卡尔·詹宁斯。另一名成员詹姆斯·斯特劳斯还活着，但精神错乱了。斯特劳斯的身体上看不出受伤的迹象，就是疯得厉害。到现在也还是如此，而这点很重要。"

"为什么？"达文波特插话。

"因为据替他做检查的医疗小队报告，他们发现了大量神经化学和神经电学异常，简直见所未见。他们从未见过类似的病例。人类的任何手段都不可能制造出这种效果。"

达文波特庄重的面孔上闪过一丝微笑："你怀疑是外星人入侵？"

"也许，"对方毫无笑意，"但听我往下讲。他们在停飞的飞船周围开展常规搜索，没有发现滑行艇的踪迹。然后月球总站报告说曾经收到来源不明的微弱信号。据信号标记显示，信号来自雨海[1]的西缘，但无法确定它们是不是由人类发出的；再说总站当时以为那附近并没有任何船只，最后也就没理会。不过后来出了滑行艇的事，搜索小队便前往雨海，并找到了滑行艇。詹宁斯在滑行艇上，已经死了。侧腰有刀伤。他活了那么久其实还挺不可思议的。

"与此同时，大夫们听了斯特劳斯的呓语，心里越来越不安。他们联系了调查局，咱们在月球的两个探员——其中之一正好是费兰特——就去了飞船那边。

"费兰特研究了记录斯特劳斯呓语的录音带。向斯特劳斯提问是没用的，他根本没法跟人交流，无论当时还是现在。在宇宙和斯特劳斯之间竖着一堵高墙——多半是永久性的。不过他在谵妄中说了很多话，尽管大量重复，前后也不连贯，里头却能找出意义来。费兰特把它像拼图一样拼出来了。

"事情似乎是这样的：机缘巧合，斯特劳斯和詹宁斯发现了某种物件，他们认为是古物，而且由非人类制造，一件来自远古失事飞船的制品。看来它似乎可以扭曲人类的心智。"

达文波特打断他："而它扭曲了斯特劳斯的心智？是这样吗？"

"正是如此。斯特劳斯是极端派——我们也可以说他'曾经是'极端派，因为如今他仅仅从理论上讲还算是活人——而詹宁斯不愿把那物件交给他。他做得很对。斯特劳斯颠三倒四地说什么要用它影响那些不受欢迎的人，让他们实施他所谓的自我消灭。他希望最终的理想人口可以降低到五百万。两人争斗起来，似乎只有詹宁斯能使用那个影响心智的东西，但斯特劳斯有一把刀。詹宁斯离开，离开时已经受了刀伤；斯特劳斯则是心智被摧毁了。"

"那影响人心智的东西在哪儿？"

---

[1] 一处月球表面的平原，从地球上用肉眼观察为月球表面上的暗淡黑块。

"费兰特探员果断行动,他再次搜索飞船和附近区域,结果并无收获。周围的一切要么是自然形成的月球形态,要么显然是人类科技的产物。没有任何东西有可能是那个影响心智的东西。接着他又搜索了滑行艇和附近区域。同样一无所获。"

"第一支搜索小队,就是没疑心有任何不妥的那支——有没有可能他们带走了什么?"

"他们发誓说没有,而且也没有理由怀疑他们撒谎。然后费兰特的搭档——"

"跟他搭档的是谁?"

"戈尔班斯基。"分局长说。

"我认识他。我们共事过。"

"这我知道。对他这人你是什么看法?"

"有能力,而且诚实。"

"好吧。戈尔班斯基有了发现。不是外星造物,反而是最常规的人类物件。一张普普通通的白色卡片,三英寸乘五英寸大小,上面写了字,折成细长的一条塞在右手太空手套的中指里。据推测那是詹宁斯死前写的,另外同样也是推测,它应该是一把钥匙,指向他藏东西的地点。"

"凭什么认为他把它藏起来了?"

"我说了,到处都没找到它。"

"我的意思是,说不定他觉得那东西太危险,不能就这么完好无损地留下,于是干脆把它销毁了呢?"

"可能性很小。如果我们接受根据斯特劳斯的呓语重新构建出的对话——而且费兰特似乎是把对话逐字拼凑出来了——那么詹宁斯认为那影响心智的东西仿佛一把钥匙,对人类有着关键性的重要意义。他管它叫'引向难以想象的科学革命的线索'。他不会毁掉这样一件东西,只会把它藏起来,免得被极端派找到。他还会尝试把它的位置报告给政府,否则又何必留下关于它位置的线索呢?"

达文波特摇摇头:"你这是循环论证,局长。你之所以说他留下了一条线索,是因为你认为存在这么一样被藏起来的东西;而你之所以认为存在这么一样被藏起来的东西,又是因为他留下了一条线索。"

"这我承认。一切都没有把握。斯特劳斯的精神错乱是不是有意义?费兰特的重建是不是可靠?詹宁斯的线索到底是不是线索?这个影响心智的东西,或者照詹宁斯的叫法,这个装置,它到底存不存在?问这类问题没有任何意义。眼下我们必须假定确实存在这么一个装置,而且必须找到它,并据此去行动。"

"因为费兰特失踪了?"

"完全正确。"

"被极端派绑架了?"

"根本不是。那张卡片跟他一起失踪了。"

"噢——明白了。"

"我们一直怀疑费兰特是隐秘的极端派,已经很久了。而且局里受怀疑的也不止他一个。证据不足,没法授权公开采取行动。我们总不能光凭怀疑就出手,你知道的,否则调查局从上到下都要开膛破肚。我们派了人监视他。"

"派了谁?"

"当然是戈尔班斯基。算我们走运,戈尔班斯基拍下了卡片的照片,把复制品传回了地球总部。但他自己承认,他以为那不过是个叫人费解的小玩意儿,他之所以把它纳入送回地球的信息里,只不过是例行公事,想要报告尽可能完整。我猜这两个人里费兰特是脑子比较好使的那一个,他倒是看出了它的意义,而且采取了行动。他这么做付出了很大的代价,因为他暴露了自己的身份,未来对极端派就派不上用场了。但或许未来他也不必再派什么用场。假如极端派掌握了装置——"

"也许费兰特已经拿到装置了。"

"别忘了,一直有人监视他。戈尔班斯基发誓说装置没有出现在任何地方。"

"戈尔班斯基没能阻止费兰特带着卡片离开,也许他同样没能阻止对方悄悄把装置搞到手。"

阿什利用手指轻叩隔在两人中间的办公桌,敲出一种紧张而不均匀的节奏。最后他说:"我不愿去想这种可能性。如果我们能找到费兰特,或许能弄清他造成了多大损失。在那之前我们必须寻找装置。如果詹宁斯把它藏起来了,他肯定尽力远离了藏匿点,否则有什么必要留下线索?在附近肯定是找不到的。"

"他也可能很快就死了,没能远离。"

阿什利再次敲击桌面:"有迹象表明滑行艇曾经长距离高速飞行,最后几乎是坠落地面的。这一情况与之前的观点一致,也就是说詹宁斯在某个地方藏了东西,并努力与它拉开了距离。"

"你能告诉我他是从哪个方向来的吗?"

"可以,但多半无济于事。从侧面通风口的状况判断,他应该故意做过多次'之'字形航行和转向。"

达文波特叹口气:"我猜你手头应该有那张卡片的复制品吧?"

"是的。喏。"他把一张三英寸乘五英寸大小的复制品抛给达文波特。后者仔细研究了一会儿。它看起来是这样的:

$$XY^2$$
$$PC/2$$
$$\equiv$$
$$F/A$$
$$SU$$
$$C-C$$
$$出$$

⊕
↑

达文波特说:"我看不出它有什么含义。"

"我也一样,一开始什么也看不出来,我最早咨询的那批人也是。但想想看,詹宁斯肯定以为斯特劳斯会追上来;他很可能不知道斯特劳斯已经无力行动,至少不会以为已经一劳永逸摆脱了对方。因此他怕得要命,生怕极端派抢在温和派之前找到自己。他不敢让线索太明显。这条线索,"分局长轻敲复制品,"肯定表面上云遮雾绕,但对于心思机敏的人又足够清晰。"

"这条线索能靠得住吗?"达文波特似有疑虑,"他毕竟是个惊恐的垂死之人,他自己的心智说不定也被那东西改变了。他的头脑不一定很清楚,甚至他的想法可能都不是人类的想法。举个例子,他为什么不尝试前往月球总站?他最终死去的地点几乎在半个圆周之外了。他是不是心智扭曲得厉害,没法清晰地思考?是不是疑神疑鬼到连总站也不信任?但他肯定又试过联络总站,因为他们收到过信号。我的意思是,这张卡片上的东西看上去好像是信手涂鸦,说不定它确实就是信手涂鸦。"

阿什利缓慢而郑重地摇头,活像敲钟似的:"他当时的确很惊慌,没错。而且我猜他也缺了一份遇事不乱的沉着,想不到要去月球总站。他的头脑完全被'跑和逃'的想法占据了。但即便如此这也不可能是信手涂鸦。它的一致性太强了。卡片上的每一个标记都能找到合理的解释,全部加在一起也是连贯的。"

"那么解释是什么呢?"达文波特问。

"请你注意,左侧有七个标志,右侧有两个。先来看左侧。从上往下数,第三项仿佛是个等号。等号对你有什么意义吗?某种特殊的意义?"

"代数方程。"

"那是普遍的含义。有什么特别的意义没有?"

"没有。"

"假设你把它看作一组平行线呢?"

"欧几里得第五公设[1]?"达文波特摸索着说道。

"很好!月亮上有一座环形山就叫欧几里得斯——我们称之为欧几里得的那位数学家的希腊文名字。"

达文波特点点头:"我大概明白你的意思了。至于 F/A,那是力除以加速度,正好是牛顿第二运动定律里对于质量的定义——"

"对,而月亮上也有一座被命名为牛顿的环形山。"

"好,不过,等等,最底下的一项是天文学里代表天王星的符号,但是肯定没有哪座环形山——或者据我所知月亮上的任何物体——是叫天王星的。"

"你说得对。但发现天王星的是威廉·赫歇尔[2],而参与构成那个天王星符号的 H 正好是他姓氏的首字母。巧了,月亮上正好有环形山是以赫歇尔命名的——实际上有三座,除他之外,一座以卡罗琳·赫歇尔的名字命名,那是他妹妹;还有一座约翰·赫歇尔,他儿子。"

达文波特想了想,然后说:"PC/2——压力乘以一半光速。这公式我不熟。"

"试试环形山的名字。P 代表托勒梅乌斯,C 代表哥白尼库斯。"

"再取平均值?意思是位于托勒梅乌斯环形山和哥白尼库斯环形山正中间的那个地点?"

"我可是失望了,达文波特,"阿什利讥讽道,"真没想到你对天文学历史的了解不过尔尔。托勒密,或者拉丁语托勒梅乌斯,代表了以地球为中心的太阳系地心说,而哥白尼代表以太阳为中心的日心说。曾有一位天文学家试图调和两者,他提出的图景正好是托勒密和

---

1 亦称平行公理,是刻画平行关系的公理,即在同一平面上两直线被另一直线所截,若同旁的两内角之和小于两直角,则此两直线在这一侧必定相交。
2 威廉·赫歇尔(William Herschel,1738—1822),英国天文学家,恒星天文学的创始人。他用自制大型反射望远镜发现天王星及其两颗卫星和土星的两颗卫星。——译者注

哥白尼各取一半——"

"第谷·布拉赫[1]！"达文波特道。

"对。而第谷环形山正好是月球表面最显著的地形特征。"

"好吧。咱们再来看看剩下的。C-C是一种常见的化学键的写法，我记得有一座环形山就叫邦德[2]。"

"对，以美国天文学家W. C. 邦德的名字命名。"

"最顶上那一项XY^2。嗯。XYY。一个X和两个Y。等等！阿方索十世。他是中世纪西班牙一位爱好天文学的国王，也被称作智者阿方索。智者十世。XYY。阿方索斯环形山[3]。"

"很好。SU是什么？"

"这一个可把我难住了，局长。"

"我们有一种理论，我来跟你讲讲。它代表苏维埃社会主义共和国联盟，是俄罗斯地区的旧称。最早绘制出月球背面地图的就是苏联，所以有可能指的是那里的某座环形山。比方说齐奥尔科夫斯基[4]环形山。你瞧，这样一来，左侧的所有符号都可以这样理解，每个符号代表一座环形山：阿方索斯、第谷、欧几里得斯、牛顿、齐奥尔科夫斯基、邦德、赫歇尔。"

"右手边的符号呢？"

"那是一望而知的。分成四等分的圆圈是天文学里代表地球的符号。一个箭头指向它，表明地球肯定就在正上方。"

1　第谷·布拉赫（Tycho Brahe，1546—1601），丹麦天文学家。
2　化学键的英文为bond，同姓氏邦德Bond。——译者注
3　阿方索十世（Alfonso X，1221—1284），罗马数字的十写作X，此为谜题中的第一个X。此人别称智者阿方索（Alfonso the Wise），英文中wise的发音恰如字母Y加上代表复数的s的发音，此即为谜题中的两个Y。——译者注
4　康斯坦丁·齐奥尔科夫斯基（Konstantin Tsiolkovsky，1857—1935），苏联火箭和航天事业先驱。

"啊,"达文波特道,"中央湾[1]——从那里看,地球永远位于天顶。它不是环形山,所以放在右手边,跟其他符号隔开。"

"好,"阿什利说,"所有的记号都有意义,或者说我们都可以给它们找出一个意义,所以至少有很大可能它不是信手涂鸦,而是试图告诉我们一些信息。但到底是什么信息?目前为止我们分析出它提到了七座环形山和一种非环形山地貌,这是什么意思?照理说装置只能在一个地方。"

"嗯,"达文波特心情沉重,"要搜索的话,一座环形山也够大了。即便我们假设他为了躲避太阳辐射而紧贴着阴影,每一座环形山也有几十英里要检查。或许指向地球符号的箭头是用来定义他藏东西的环形山,也就是说从那里看过去,能看到地球最靠近天顶。"

"这点我们也已经想到了,老伙计。用它可以剔除一个地方,还剩下七座精确限定位置的环形山——月球赤道以北的环形山的最南端,月球赤道以南的环形山的最北端。但到底是七座中的哪一座?"

达文波特直皱眉。到目前为止,他想到的一切都是别人早就想到的。"全部搜一遍。"他莽撞道。

阿什利发出几声清脆的大笑:"这档子事闹出来以后,我们花了几个星期,做的就是这个。"

"找到什么了?"

"什么也没找到。一样东西都没找到。不过我们还在继续。"

"显然其中一个符号的解读不正确。"

"显然!"

"你自己也说有三座环形山都叫赫歇尔。SU 如果是指苏联,指向月球背面,那么它可以代表背面的任何一座环形山:罗莫诺索夫、儒勒·凡尔纳、约里奥-居里,随便哪个。这么说起来,地球符号也

---

[1] 月球表面的一个小型月海。

可能代表阿特拉斯环形山,因为在某些版本的神话里,阿特拉斯被描述成托起地球的神祇。箭头也可能指代直壁[1]。"

"你这些想法我都没意见,达文波特。但就算我们为正确的符号找到了正确的诠释,我们又怎么能从所有那些错误的诠释里把它挑出来呢?或者从对错误符号的正确诠释里挑出来?这张卡片上总该有什么东西脱颖而出,给我们一条无比清晰的信息,让我们一眼就能看出它是真的,完全不同于其他那些障眼法。我们全都失败了,需要有人提供新思路,达文波特。你从这里面看出了什么?"

"依我说有一件事我们可以试试,"达文波特迟疑道,"我们可以咨询一个我认——噢,上帝啊!"他几乎站起身。

阿什利立刻兴奋起来,他控制住情绪:"你看出什么了?"

达文波特感到自己的手在发抖。他希望嘴唇没有哆嗦。他问:"我说,你们调查过詹宁斯的过去吗?"

"当然。"

"他在哪儿上的大学?"

"东部大学。"

一阵强烈的喜悦贯穿达文波特全身,但他按捺住情绪。这还不够:"他修过外星学的课程没有?"

"当然修过。对地质专业的学生来说这是常规课程。"

"那好,难道你不知道东部大学教外星学的是谁?"

阿什利打个响指:"那个怪人。叫什么来着——温德尔·厄斯。"

"正是,一个在自己的领域十分出色的怪人。他好几次替调查局担当顾问,每一次的结果都完全令人满意。我刚刚想建议我们咨询这个怪人,这时候我意识到这张卡片正好告诉我们去找他。一个箭头指向地球符号。这是一个图形字谜,既然出谜题的人曾是厄斯的学生,

---

[1] 直壁(Straight Wall)是月球上最长、最壮观的断层线。——译者注

肯定认识厄斯,那么它的含义就再清楚不过了:去找厄斯[1]。"

阿什利瞪眼看着卡片:"上帝啊,的确有可能。但厄斯又能告诉我们什么我们自己看不出来的东西呢?"

达文波特礼貌又耐心地说:"我建议我们去问他,长官。"

阿什利好奇地四下打量,他从一个方向转向另一个方向,差点儿就要龇牙咧嘴。他感到自己仿佛置身于神秘的古玩店,阴森而危险,随时可能有恶魔尖叫着冲出来。

屋里光线昏暗,阴影密布。墙壁似乎离得很远,靠墙放满了胶片书,从地板一直堆到天花板,看上去好像活的生物,有些吓人。房间一角摆着一台显示柔和的 3D 效果的银河透镜,它背后勉强能看出有许多星图。房间另一角有一张月球地图,不过也可能是火星地图。

只有房间中央的书桌用一盏集束灯照得亮堂堂的。桌面上乱七八糟摆满了纸张和印刷版的图书。一台小型观片机上挂着胶片,一只老式的圆面闹钟嘀嘀嗒嗒地走着,发出低沉的欢笑声。

阿什利发现,自己竟想不起屋外其实是下午,太阳也确定无疑还在天上。房间里是永恒的黑夜,看不见半扇窗户;虽然能明显感觉到空气在循环,但他依然有种幽闭的压迫感。

他发现自己不由自主地靠近了达文波特,后者似乎对这叫人不快的氛围毫无知觉。

达文波特用低沉的声音说:"他马上就到,长官。"

阿什利问:"一直都是这样?"

"一直是。据我所知他从不离开这里,除非是在大学里走走,还有去上课。"

"先生们!先生们!"一个尖细的男高音响起,"看见你们我实

---

[1] 厄斯(Urth)发音同地球(Earth)。——译者注

在高兴。你们能来真是太好了。"

一个圆乎乎的男人从另一间屋子里匆匆忙忙地走进来,只见他走出阴影,出现在光亮中。

那人朝他们露出灿烂笑容,又抬手把厚实的圆眼镜往上扶,好透过镜片看他们。他的手指刚一离开,眼镜立刻就顺着塌鼻子往下滑,最后险象环生地架在圆乎乎的鼻头上。他说:"我是温德尔·厄斯。"

他那肉乎乎、圆滚滚的下巴上留了一撮范戴克式的灰胡子[1];那张笑眯眯的脸和粗壮的椭圆形躯干本来就说不上端庄,这把稀疏凌乱的胡子更是雪上加霜。

"先生们!你们能来真是太好了。"厄斯又说了一遍。他把自己往后推进椅子里,坐好以后双脚悬空,鞋子的脚趾尖距离地面足足一英寸:"达文波特先生或许记得的,我需要待在这里,这件事对我有着……嗯……相当的重要性。我不爱旅行,当然散步除外,在大学校园里走一走对我就很够了。"

阿什利仍然站着,脸上露出困惑的表情;厄斯盯着他,自己也越来越困惑。他抽出一张手帕擦擦眼镜,又重新把眼镜戴上,然后说:"噢,我看出困难在哪儿了。你们想要椅子。对。啊,拿就是了。如果椅子上放了东西,只管推到地上去。推下去。请坐吧。"

达文波特抱起一张椅子上的书,小心翼翼地放到地板上。他把椅子推给阿什利。接着他从第二张椅子上拿起人的头骨,加倍小心地放到厄斯的书桌上。头骨的下颌骨没有牢靠地连接住,在被他搬动时松开了,放下来以后下巴是歪的。

"不必管它,"厄斯态度和蔼,"它感觉不出痛的。现在,先生们,跟我讲讲你们有什么心事。"

---

[1] 一种胡子的风格,以17世纪比利时画家安东尼·范戴克(Anthony van Dyke,1599—1641)命名,他标志性的胡子是下巴上的山羊胡外加唇上的小胡子,但二者必须分开。——译者注

达文波特等了一会儿，见阿什利不开口才接手谈话，他其实还挺乐意的。他说："厄斯博士，你还记得你有个叫詹宁斯的学生吗？卡尔·詹宁斯？"

厄斯努力回想，笑容暂时消失。他眨巴眨巴那双有些外凸的眼睛。"不，"最后他说，"一时想不起来。"

"地质学专业。几年前他上过你的外星学课程。我这儿有张照片，或许能帮上忙。"

厄斯接过对方递过来的照片，用近视眼特有的专注表情研究一番，但他似乎还是拿不准。

达文波特自顾自说下去："他留下了一条晦涩的信息，有一件极重要的事，非得一把钥匙才能打开。迄今为止我们都没能做出满意的解读，但有一点我们看出来了——它表示我们应该来找你。"

"当真？真有趣！让你们来找我的目的是什么呢？"

"想来应该是寻求你的建议，帮我们解读这条信息。"

"能给我看看吗？"

阿什利默默地把纸片递给温德尔·厄斯。外星学家随意瞟了一眼，又把纸片翻过来，瞪着背面的空白看了片刻。他说："哪里提到来问我的？"

阿什利似乎吓了一跳，达文波特抢在他前面说："指向地球符号的箭头。看来似乎很明显。"

"它很明显是指向地球符号的箭头。我猜如果这东西是在地球之外找到的，那也可能就是字面上那个意思——到地球去。"

"它是在月球上找到的，厄斯博士，我猜也的确有可能是那个意思。但我们意识到詹宁斯曾经是你的学生，这么一看似乎明显是指向你了。"

"他在大学这边修过外星学课程？"

"没错。"

"哪一年，达文波特先生？"

"18年。"

"啊。谜底解开了。"

"你的意思是你知道信息的含义了？"达文波特问。

"不，不。这条信息对我没有任何意义。我指的是为什么我不记得他，真是挺费解的。不过现在我想起来了。他这人很安静，焦虑，羞怯，自卑——根本不是那种能给任何人留下印象的人。要是没有这个，"他敲敲卡片，"我可能永远都想不起来。"

"怎么有了这张卡片就不一样了呢？"达文波特问。

"指向我的部分是一个文字游戏。地球——发音同厄斯。当然算不上很精妙，不过詹宁斯就是这样。双关语是他永远可望而不可即的乐趣。关于他，我能清晰记起的只有一件事，就是他偶尔尝试讲双关语的样子。我享受双关语，我喜爱双关语，但是詹宁斯——没错，现在我清清楚楚记起来了——他在这方面简直一塌糊涂。一塌糊涂，要不就是太过明显，就像这张卡片上这种。他毫无双关语的才能，却偏偏如此渴望——"

阿什利突然打断他："这条信息完全是由文字游戏组成的，厄斯博士。至少我们相信是这样，这也跟你的说法相符。"

"啊！"厄斯扶正眼镜，再次透过镜片瞅瞅卡片和上边的符号。他噘起丰满的嘴唇，然后开开心心地说："我什么也看不出来。"

"那样的话——"阿什利攥紧了拳头。

"但如果你们告诉我事情的前因后果，"厄斯接着说道，"那也许它会显露出含义来。"

达文波特赶紧说："可以吗，长官？我确信此人可靠——而且说不定会有帮助。"

"行吧，"阿什利嘀咕道，"都到这地步了，试试也无妨。"

达文波特把故事浓缩，像打电报一样干脆利落地讲完了故事。厄斯认真听着，短粗的手指在闪亮的奶白色桌面上来回移动，仿佛在清扫看不见的烟灰。故事讲到最后，他收起两条腿盘腿而坐，活像一尊可亲的大佛。

达文波特讲完后厄斯思考了一会儿，然后他说："你们不会正好带了费兰特重构的对话记录吧？"

"带了，"达文波特道，"你想看吗？"

"劳驾。"

厄斯将微缩胶片放进扫描机，从头到尾快速读了一遍；在某些位置他还动了嘴唇，只是听不出说的是什么。接着他敲敲那神秘信息的复制品："而这个，据你们说，是整件事的钥匙？是关键线索？"

"我们认为是这样，厄斯博士。"

"但它不是原件。它是复制品。"

"没错。"

"原件被那个叫费兰特的人带走了，你们相信它已经落到极端派手里。"

"很有可能。"

厄斯摇摇头，似乎感到困扰："我不赞同极端派的主张，这是众所周知的。我愿意采取一切手段对抗他们，所以我不愿意显得好像裹足不前，可是——有什么证据表明这个影响心智的东西确实存在？你们唯一的证据就是一个疯子的胡言乱语，外加你们对一组神秘记号的复制品做出的很可疑的推断，而这些符号完全可能根本就没有意义。"

"是的，厄斯博士，但以防万一，我们不能置之不理。"

"对这份拷贝的准确性你们有多大把握？万一它缺了原件上的什么东西呢？某种会把信息变得十分清楚的东西，某种缺了它信息就无法破解的东西？"

"我们确定这份拷贝是准确的。"

"背面呢？复制品的背面什么也没有。原件的背面如何？"

"复制它的探员告诉我们，原件的背面一片空白。"

"人是有可能犯错的。"

"我们没有理由认为他犯了错，而且我们必须假定他没有犯错，并在这个基础上去工作。至少直到找回原件为止。"

"那么你们是要我相信，"厄斯说，"对这则信息所做的一切诠释都必须完全以这里看见的东西为基础。"

"我们认为是这样的。基本上可以肯定。"说话间，达文波特感到自己的信心正在逐渐消退。

厄斯还是一脸困扰的表情。他说："为什么不把那仪器留在原处呢？要是哪一方都找不到它，那不是更好吗？我不赞成对人的心智动手脚，也不愿帮助它实现。"

达文波特感到阿什利准备开口说话，于是把手放到他的胳膊上拦住他。达文波特说："我请你考虑这样一种可能性，厄斯博士，就是干扰人的心智只是装置的一个方面，不是全部。假设地球派出的探险队来到一个遥远的原始星球，并在那里遗失了一台老式收音机，再假设当地人已经发现了电流，但他们尚未发展出真空管。

"那么当地人可能会发现，如果把收音机接上电，里面有些玻璃做的东西就会变热，发光，但他们当然接收不到任何可识别的声音，最多只会听到嗡嗡声和噼啪声。但是呢，假如他们在收音机接通电流期间失手让它落进浴缸里，浴缸里的人就可能被电击而死。那么这群想象中的外星人是否应该据此断定，说他们研究的这个装置是专门设计来杀人的？"

"我理解你的类比，"厄斯说，"你认为干扰心智的特性只是装置的一个次要功能？"

"我确信无疑，"达文波特热切地说，"如果我们能推测出它真正的用途，地球的技术或许能往前跃进好几个世纪。"

"那么你们是同意詹宁斯的说法了？"说到这儿厄斯看了看微缩

胶片,"他说:'它或许是一把钥匙,能开启——谁知道能开启什么?它或许是一条线索,引向我们难以想象的科学革命。'"

"一点儿不错!"

"然而干扰心智的那一面也是确实存在的,其危险不可估量。无论收音机的用途是什么,它确实能电死人。"

"所以我们才不能让极端派得到它。"

"或许也不应该让政府得到它?"

"可我必须指出,谨慎虽然可取,但也有一个合理的限度。想想看,人类向来都是把危险握在手中的。比如石器时代的第一柄燧石匕首;而那之前的第一根木棍也同样可以杀人。它们可以被用来施加暴力的威胁,迫使弱者屈服于强者的意志,而这也同样是一种对心智的干扰。真正重要的不是装置本身,厄斯博士,无论从抽象的角度看它可能有多大危险,重要的是使用装置的人的意图。极端派已经明确宣称,他们的意图就是杀死超过 99.9% 的人类。而政府呢,无论组成政府的各色人等有哪些不足,至少它不会有这样的意图。"

"政府的意图又会是什么呢?"

"对装置进行科学研究。即便干扰心智的部分也可能产生无限的益处。要是以开明的方式利用它,它可能教我们了解心理功能的物理基础。我们或许能学会如何纠正精神疾病,或者治愈极端思想。人类或许能学到如何普遍地提升智力水平。"

"我如何能相信这样的理想主义会付诸实践呢?"

"我如此相信。想想看,如果你帮助我们,你面临的问题是政府有可能变得邪恶;但如果你不帮助我们,极端派的邪恶意图却是早就公开宣布、确凿无疑的。"

厄斯若有所思地点点头:"也许你说得对。不过我还有件事想请你们帮忙。我有个侄女,我相信她是挺喜欢我的。不过呢,因为我坚定地拒绝沉湎于旅行这类疯狂的活动,她一直对我感到气恼。她宣布她绝不善罢甘休,直到哪天我陪她去欧洲或者北卡罗来纳,或者诸如此类奇奇怪怪的地方——"

阿什利拨开达文波特拦阻自己的手,热切地俯身过去:"厄斯博士,如果你帮我们找到装置,而且最后它能用起来,那么我向你保证,我们会很乐意帮你摆脱你对旅行的恐惧,让你能够和你侄女去你想去的任何地方。"

厄斯睁大了鼓胀的眼睛,整个人仿佛都往身体里缩小了。他狂乱地四下乱瞅,仿佛自己已经被困在陷阱里。"不!"他喘息道,"根本不是那个!绝不!"

他的声音低下去,变成沙哑的低语,他情真意切地说道:"我来解释一下我要的报酬是什么性质。如果我帮助你们,如果你们拿回装置并摸清它的用途,如果我帮了忙这件事传开去,那么我侄女会像复仇女神一样朝政府扑上去。那女人固执得吓人,而且声音也很尖厉。她会征集民众签名,会组织游行,她会无所不用其极。然而你们绝不能向她屈服。绝对不能!你们必须顶住一切压力。我只希望人家不要来烦我,让我像现在这样就好。这就是我必须要求的最低报酬,没有商量的余地。"

阿什利涨红了脸:"好,当然,既然你希望这样。"

"你向我保证?"

"我向你保证。"

"请你记得自己的话。我也指望着你呢,达文波特先生。"

"会如你所愿的,"达文波特安抚道,"那么,我猜你能解读这些标志。"

"这些标志?"厄斯似乎费了很大力气才把注意力集中到卡片上,"你是指这些记号?XY^2之类的?"

"对。它们是什么意思?"

"我不知道。你们对它的解读不比任何解读差,我猜。"

阿什利气炸了:"你说了半天要帮我们,难道全是说着玩的?那你又唠叨什么报酬?"

温德尔·厄斯似乎感到困惑,又吃了一惊:"我愿意帮助你们。"

"但你不知道这些标志是什么意思。"

"我……我不知道。但我知道这则信息是什么意思。"

"你知道?"达文波特嚷起来。

"当然。它的含义一望而知。你故事讲到一半我就已经疑心会是这样。我又读了重构的斯特劳斯和詹宁斯的对话,之后我就确信无疑了。只要你们停下来想一想,先生们,你们自己也会明白的。"

"我说,"阿什利恼道,"你刚刚才说你不知道这些标志是什么意思。"

"我是不知道。我说的是我知道这则信息是什么意思。"

"这则信息难道不就是这些标志吗?看在上帝的分儿上,难道答案在纸张里?"

"对,也可以这么说。"

"你是指隐形墨水或者那之类的东西?"

"不是!你们明明已经摸到边了,怎么就是想不明白呢?"

达文波特凑近阿什利,然后小声说道:"长官,请让我来处理,好吗?"

阿什利哼了一声,接着强压火气道:"你来。"

"厄斯博士,"达文波特说,"能把你的分析说给我们听吗?"

"啊!嗯,好吧。"小个子外星学家往椅子里舒服坐好,用袖子抹一抹湿漉漉的前额,"我们来看一看这则信息。如果你们接受四等分的圆圈和箭头是指引你们来找我,那就还剩七个标志。如果它们确实指的是七座环形山,那么至少其中六座只是设计来分散注意力的,因为装置肯定只可能在一个地方。它并没有活动的或者可拆卸的部件——它是一整个。

"也就是说,所有标志都不是直截了当的。照你们的解读,SU可能意味着月球背面的任何地方,而月球背面可是南美洲那么大一块区域。同样的,PC/2可能如阿什利先生所说代表'第谷',也可能如达文波特先生所想,代表'托勒梅乌斯环形山和哥白尼库斯环形山的中间点',这么说起来也完全可能代表'柏拉图环形山和卡西尼环形山的中间点'。至于XY^2,的确有可能代表'阿方索斯'——真是巧妙,这解读——但同时也可能代表某种坐标系统,其中y轴坐标等于x轴坐标的平方。类似的,C-C可能代表'邦德',也可能代表'卡西尼环形山和托勒梅乌斯环形山的中间点';F-A可能代表'牛顿',也可能代表'在法布里修斯环形山和阿基米德环形山之间'。

"简言之,这些标志有太多含义,于是最终就变得无意义了。即便其中一个确有意义,也没法把它从其他标志中间挑出来,因此唯一明智的做法就是假定所有标志都是用来掩人耳目的。

"那就有必要思考,这则信息中有什么东西是毫不含糊的,有什么是完全清楚的。对此唯一的答案只可能是:它是一则信息,是通往藏东西地点的线索。这一点我们是完全拿得准的,不是吗?"

达文波特点点头,然后谨慎地说:"至少我们觉得我们对这一点是拿得准的。"

"好吧,你们提到这则信息时,说它是整件事的钥匙。看你们的表现,好像把它当成关键线索。詹宁斯自己在提到装置时也说它是钥匙或者线索。如果我们把这一严肃的看法同詹宁斯对双关语的喜好结合起来看——这一喜好或许还被他携带的那个干扰心智的装置强化了——那么让我讲个故事给你们听。

"在16世纪后半叶,有个德国耶稣会教士住在罗马。他是有名的数学家和天文学家,1582年协助格里高利十三世教皇改革了历法,其中涉及的巨量计算都是他完成的。这位天文学家钦佩哥白尼,但并不接受太阳系的'日心说'。他仍然坚守古老的信念,认定地球是宇宙的中心。

"在1650年,这位数学家逝世将近四十年后,另一位耶稣会教士绘制出了月亮的地图,那是意大利天文学家乔瓦尼·巴蒂斯塔·利奇奥里。他用故去的天文学家的名字给环形山命名,他也排斥哥白尼,所以他选了最大、最壮观的环形山给那些把地球置于宇宙中心的人——托勒密、希帕克斯、阿方索十世、第谷·布拉赫。利奇奥里把他能找到的最大的环形山留给了自己那位德国的耶稣会前任。

"这座环形山其实只是从地球上能看到的第二大环形山。比它更大的还有巴伊环形山,但后者刚好在月球的边缘,因此很难从地球上观察到。利奇奥里忽略了它,后来它被冠以另一位天文学家的名字,此人生活的年代比利奇奥里晚了一个世纪,最后在法国大革命时死在了断头台上。"

阿什利坐立不安地听他说这一切:"可这跟那则信息有什么关系呢?"

"怎么?关系可大了,"厄斯有些诧异地说,"难道你们不是管这则信息叫整件事的钥匙?难道它不是关键线索?"

"是,当然是。"

"摆在我们面前的是通往另一个东西的线索或钥匙,对此有任何疑义吗?"

"不,没有。"阿什利道。

"嗯,那么——我刚刚提到的德国耶稣会教士,他名叫克里斯托夫·克鲁。你们看出这双关语了吗?克鲁——线索[1]?"

阿什利失望至极,整个身体都好像变松弛了。他嘀咕道:"牵强附会。"

达文波特焦急道:"厄斯博士,据我所知月亮上并没有任何地貌

---

[1] 线索(clue),发音同克鲁(Klau)。——译者注

是以克鲁命名的。"

"当然没有,"厄斯兴奋地说,"关键就在这里。在历史上的这个时期,也就是16世纪后半叶,欧洲的学者都会把自己的名字拉丁化。克鲁也一样。他把德语的'u'换成了拉丁语里对应的字母,也就是拉丁语的'v'。然后他又在后面加上了拉丁语名字典型的结尾'ius',于是克里斯托夫·克鲁就变成了克里斯托夫·克拉维乌斯[1],而我猜你们应该都知道我们叫它克拉维乌斯的那座巨大的环形山吧。"

"可是——"达文波特开口道。

"别跟我'可是',"厄斯道,"容我指出一点:在拉丁语里,'克拉维斯'[2]的意思是'钥匙'。现在你们看出这个双语的双重双关语了吗?克鲁——线索,克拉维乌斯——克拉维斯——钥匙。要是没有那装置,詹宁斯这辈子也造不出双语的双重双关语。但最后他做成了,我在想,这么一来,死亡会不会几乎就成了胜利呢?而且他指引你们来找我,正是因为他知道我肯定记得他对双关语的爱好,还因为他知道我也好这个。"

调查局的二位瞠目结舌地看着他。

厄斯郑重其事道:"我建议你们搜索克拉维乌斯环形山边缘的阴影处,地球最靠近天顶的点。"

阿什利站起来:"你的视频电话在哪儿?"

"隔壁房间。"

阿什利冲过去。达文波特留在后面:"你确定吗,厄斯博士?"

"相当确定。但就算我想错了,我怀疑也没什么关系。"

"什么东西没关系?"

"你们能不能找到它。因为如果极端派找到它,他们多半没法

---

[1] 原文是 Clavius。——译者注
[2] 原文是 Clavis。——译者注

使用。"

"此话怎讲?"

"你问我詹宁斯过去是不是当过我的学生,但你却从没问过斯特劳斯。他也是地质学家,也是我的学生,比詹宁斯晚了一两年。他这人我记得很清楚。"

"哦?"

"一个不讨人喜欢的人。非常冷漠。这是极端派的标志性特征,我想。他们全都非常冷漠,非常死板,还对自己非常有信心。他们没法对其他人感同身受,否则也不会说要杀掉几十亿人类了。他们拥有的那一点点情感是冰冷的、自我陶醉的情感,这种感觉无法跨越两个人之间的距离。"

"我想我明白了。"

"我敢说你明白。看看依靠斯特劳斯的呓语重构的对话,它表明斯特劳斯没法操控装置。他缺乏情感的强度,也可能是他缺少某种必要的情感。我想所有的极端派都是如此。詹宁斯不是极端派,他能操控装置。据我猜想,任何能够操控装置的人都做不到刻意怀有冷血残忍的心理。这样的人也可能因为惊慌和恐惧发起攻击,就好像詹宁斯朝斯特劳斯出手,但他永远不会出于算计对人动手,就像斯特劳斯企图袭击詹宁斯那样。一言以蔽之,我认为装置可以被爱驱动,但绝不可能被仇恨驱动,而极端派除了仇恨还有什么呢?"

达文波特点点头:"我希望如你所说。可话说回来——如果你觉得错误的人无法操控装置,你又为什么对政府的动机那么疑神疑鬼?"

厄斯耸耸肩:"我要确保在需要虚张声势、强词夺理的时候你们能即兴发挥,确保你们能随时施展出叫人信服的说服力。毕竟你们可能需要对上我侄女呢。"

台　球[1]

詹姆斯·普里斯——我想我该称他詹姆斯·普里斯教授,虽然哪怕不加头衔,大家肯定也知道我说的是谁——他说话向来都很慢。

我有发言权。我采访他的次数够多。他拥有自爱因斯坦以来最伟大的头脑,但它运转的速度并不快。他经常承认自己的迟缓。也许正是因为他的大脑如此了不起,所以它才快不起来。

他会慢吞吞地说些抽象的东西,接着他就要思考一阵,然后再说点儿什么。即便在琐碎的小事上,他那巨人的大脑也会迟疑不决,在这边加上一画,又在那边添上一笔。

明天太阳会升起吗?我能想象他在心里这样琢磨。我们说"升起"具体是什么意思?我们能确定明天一定会到来吗?在这一语境里,"太阳"一词是否毫无含混之处?

除开说话时的这种习惯,他的面容也很平淡——脸色苍白,除一种举棋不定的惯有神情之外没有别的表情。他有一头挺稀疏的灰色头发,梳得整整齐齐。西装的剪裁也历来保守。所有这一切加在一起,你就得到了詹姆斯·普里斯教授的形象——一个孤僻的人,完全欠缺个人魅力。

正因如此,世上没有任何人会疑心他杀了人,只除了我。而就连我也没法确定。毕竟他想事情本来就慢,他一直都那么慢。难道在关

---

[1] Copyright © 1967 by Galaxy Publishing Corporation.

键时刻他竟做到了迅速思考、立即行动？这可信吗？

其实无关紧要。就算他杀了人，他也逃脱了。现在想扭转局面已经太迟，我肯定不会成功的，哪怕我决定把这篇东西发表出来。

爱德华·布卢姆跟普里斯是大学的同班同学，之后机缘巧合，两人又在整整一代人的时间里成了合作伙伴。他俩年龄相当，也都倾向于过单身生活，但除此之外在其他一切重要方面都截然相反。

布卢姆是一道活生生的闪光：活泼有趣、高大结实、声音洪亮、傲慢无礼、自信满满。他的大脑能出其不意地突然抓住事情的本质，在这方面它堪比撞向地球的流星。他不是普里斯那种理论家；布卢姆没耐心搞理论，也没有能力把激烈的思想绝对集中到单一的抽象问题上。这一点他自己也承认，还引以为荣呢。

他的才能在于以常人无法理解的方式看出理论的实际用途，看出它能如何派上用场。如果把抽象的建构比作冰冷的大理石，他似乎毫不费力就能看出其中蕴含着某个非凡装置的繁复设计。他一伸手大理石就会裂开，只留下那装置。

有一件事众所周知，而且也不算过度夸张：布卢姆造的一切物件从来没有运转不灵、拿不到专利、挣不到钱的。等到了四十五岁，他已经跻身地球上最富有的人之列。

而如果说技术员布卢姆对某样东西特别得心应手，那就是理论家普里斯的思维方式。布卢姆最伟大的发明全都是基于普里斯最伟大的想法，于是布卢姆的财富和名望日渐增长，普里斯也在同行中间赢得了超乎寻常的尊重。

可以想见，等普里斯提出自己的二场理论，布卢姆自然立刻行动，着手建造第一台实际可用的反重力装置。

我就职于《电讯新闻报》报社，我的工作是替读者找出二场理论中的人情味；要做到这一点光讲抽象的理论可不行，你得跟人打交道。不过我的采访对象是普里斯教授，因此事情不会太容易。

我自然会问到反重力的可能性，因为人人都对反重力感兴趣；我可不会问二场理论，那是谁都听不明白的。

"反重力？"普里斯抿着嘴唇思忖起来，"我不能完全确定它已经有可能成真，或者将来有可能成真。我还没有……呃……完全解开这一问题，没到我自己满意的程度。我还不能完全看出二场方程是否可以有一个有限的解，当然它们必须有一个有限的解，如果……"说到这里他就进入自己的世界沉思起来。

我催促道："据布卢姆说，他认为这样一台装置是能够造出来的。"

普里斯点点头："嗯，是的，但我仍然有些怀疑。埃德[1]·布卢姆有种很惊人的才能，过去他许多次看出了大家看不到的东西。他的头脑很不同寻常。倒真是替他赚到了不少钱。"

当时我们坐在普里斯的公寓里。普通的中产阶级水准。我忍不住飞快地左右溜了一眼。普里斯可算不上富。

我并不觉得他看透了我的心思。他看见我在打量了。我觉得这其实是他的心思。他说："财富通常不会成为纯理论家的奖赏。甚至对纯理论家来说，它都不算是特别理想的奖赏。"

说起来没准真是这样，我暗想。普里斯确实也得到了另一种奖赏。他是历史上第三个两次获得诺贝尔奖的人，同时也是头一个两次都因科学成就获奖、两次都独享诺奖的人。这样的成就是没什么可抱怨的。再说哪怕他不算富有，他也并不穷。

然而他听上去不像是心满意足的样子。刺激普里斯的可能不仅仅是布卢姆的财富；也许还因为布卢姆在整个地球家喻户晓，因为布卢姆无论走到哪里都是名人。相反，普里斯只在科学会议和大学教师

1　爱德华的简称。

俱乐部享有声望，除此之外就没什么人认识他。

上述想法在我的眼神中或我额头皱起的纹路里流露了多少呢？我说不好，反正普里斯接下来就说："不过我们是朋友，你知道。我们一起打台球，每周都有一两次。我老是打败他。"

（我从未刊登过这番言论，不过倒是跟布卢姆求证过。后者说了好长一段话反驳普里斯，开篇头一句就是："他在台球桌上打败我？那浑蛋……"之后还有越来越多的人身攻击。事实上两人打台球都不是新手。在普里斯的言论和布卢姆的反驳发表后，我有机会看过一次他们打台球。两人拿起球杆都有专业选手的沉着，而且都是招招见血。那次的较量里我是没看出任何友谊的影子。）

我说："你是否愿意预测一番，布卢姆能否成功造出反重力装置？"

"你的意思是问我愿不愿意公开明确表态？嗯。好吧，咱们来想一想，年轻人，我们所谓的反重力究竟是什么意思？我们对重力的理解是围绕爱因斯坦的广义相对论建立的，从它问世至今已经一个半世纪了，但在其自身的限度内它仍然很牢靠。我们可以这样描绘它……"

我礼貌地听着。这个题目我早就听普里斯讲过，不过要是想从他嘴里搞到点儿好料——能不能办到是说不准的——那我就得让他用自己的方式慢慢来。

"我们可以这样描绘它，"他说，"想象宇宙是一片薄而平坦、超级柔韧、不会撕裂的橡胶板。如果我们想象物质与重量相关，就好像在地球表面那样，那么可以想见，当一定的质量放置到橡胶板上时，它就会压出一块凹痕。质量越大凹痕也就越深。

"在现实的宇宙里，"他接着说道，"存在质量不一的各种物体，所以我们必须想象橡胶板上密布着凹痕。当物体沿橡胶板表面滚动，经过凹痕时就必然会沉下去再滚出来，与此同时也会偏转和改变方向。正是这种偏转和方向的改变被我们解读成了重力存在的表现。如果移动的物体来到足够靠近凹痕中心的位置，同时移动速度足够缓慢，它就会被困在凹痕内，不断地绕凹痕转圈。在没有摩擦的情况下，转圈会永远持续下去。换句话说，被艾萨克·牛顿解读为一种力的东西，阿尔伯特·爱因斯坦把它解读成了几何上的扭曲。"

说到这里他停顿了片刻。之前那番话他说得挺流畅——照他平日的标准算是挺流畅的——因为讲的是他过去经常谈到的东西。但从这里开始他就谨慎起来了。

他说："所以当我们尝试制造反重力，我们就是在尝试改变宇宙的几何形态。假设沿用刚才的比喻，我们就是在尝试抚平有凹痕的橡胶板。我们可以想象自己来到造成凹痕的质量下方，然后把那质量往上举起来，并一直支撑着它以避免它造成凹痕。如果我们用这种方式抚平橡胶板，那我们就创造出了一个不存在重力的宇宙——或者至少是一部分宇宙。在经过不会造成凹痕的质量时，滚动的物体一点儿也不会改变自己的行进方向，我们可以把这解读为该质量没有施加任何重力。不过呢，要想完成这一壮举，我们就需要一块与造成凹痕的质量同等的质量。用这种方式在地球制造反重力，我们就必须使用一块与地球等大的质量，并把它举在我们头顶，可以这么说。"

我打断他："但你的二场理论——"

"正是。广义相对论并不能用一组公式同时解释重力场和电磁场。爱因斯坦花了半辈子时间寻找一组能同时解释二者的公式——也就是统一场论——最终他失败了。所有追随爱因斯坦的人也都失败了。但我不一样，我一开始就假定存在两种无法被统一的场，并沿着这一假设的结论前进，其中一部分想法我可以借助'橡胶板'这个比喻来解释。"

这部分内容我就不确定以前是不是听过了。我问："是怎么一回事？"

"假设我们不是尝试举起造成凹痕的质量，而是尝试让橡胶板本身变僵硬，变得不容易起凹痕。那么橡胶板会收缩，至少在一小块区域会收缩，并变得比之前更平整。重力会减弱，质量也一样，因为在凹痕的宇宙里这二者在本质上是同一个现象。如果我们能让橡胶板完全平展，重力和质量就会一起消失。

"在恰当的条件下，电磁场可以被用来对抗重力场，用来使宇宙那起了凹痕的材质变得僵硬。电磁场比重力场强得多，因此前者可以被用来克服后者。"

我有些拿不准："但你刚才说'在恰当的条件下'。你提到的这些恰当的条件能够达成吗，教授？"

"这我就不知道了，"普里斯沉吟着缓缓说道，"如果宇宙真是一片橡胶板，它的僵硬程度必须达到一个无限大的值，否则我们没法指望它在承受一个能造成凹痕的质量的情况下完全保持平整。如果在真实的宇宙中也是如此，那么我们就需要无限强的电磁场，而这就意味着反重力是不可能的。"

"但是布卢姆说——"

"对，我想象布卢姆认为有限的场也能行，只要使用方法得当。可无论他多么才华横溢，"这时普里斯绷着脸笑笑，"我们也不必当他永远正确。他对理论的把握是很有问题的。他——他从没拿到过大学文凭，这你知道吗？"

我本来想说我知道，毕竟这件事人人都知道。但普里斯说话时声音里带了一丝热切，我抬头一看，正好捕捉到他眼神中的活力，就好像他很高兴能散播这消息。于是我点点头，好像我正把它归档，留待以后参考。

"那么据你看，普里斯教授，"我再次催促他，"布卢姆多半是错了，反重力没有实现的可能？"

普里斯终于点头了，他说："重力场当然可能被削弱，但如果我们所谓反重力是指真正的零重力场——在相当可观的空间范围内完全没有重力——那么我怀疑我们最终会发现反重力不可能实现,就算是布卢姆也不行。"

于是我也算得到了我想要的东西。

那之后将近三个月,我都没能见着布卢姆,等好不容易见到他了,他还在发脾气。

当然了,普里斯的论调刚一刊登出来,布卢姆立马就炸了。他告诉大家,一等反重力装置建造完毕就会邀请普里斯来出席最终的成果展示,甚至还会请普里斯亲自参与示范。有个记者——可惜不是我——在他两个工作约会的间隙逮住他,请他对此加以说明。他说:"最终我一定会造出反重力设备,也许很快就能完成。到时候欢迎你来,媒体愿意派什么人来都可以。詹姆斯·普里斯教授也可以来。他可以代表理论科学,等我示范了反重力以后,他就可以调整自己的理论来解释它。我敢说,到时候他肯定能以精妙的方式做出调整,并让大家确切地明白为什么我根本就不可能失败。其实他可以现在就调整,还能节省时间呢,不过我猜他是不会这么干的。"

他说这番话的时候,用词从头到尾都彬彬有礼,但你能从他飞快的、滔滔不绝的话中听出他在龇牙低吼。

然而他仍然偶尔跟普里斯打台球,见面时双方的言行举止都十分得体。要是你想知道布卢姆的进展如何,只消看看二人面对媒体的态度就够了——布卢姆讲话越来越简单失礼,甚至有些暴躁,而普里斯的心情则越来越愉悦。

我不知第几次请求采访布卢姆,这一回请求终于被接受了。我寻思这是否表明布卢姆的探索有了突破。我还做起了小小的白日梦,梦想他能对我宣布最终的成功。

事情并未如我所愿。我前往位于纽约州北部的布卢姆公司大楼,布卢姆会在他的办公室里接待我。公司大楼的环境妙极了,远离人口稠密的地区,景观设计十分精致,占地面积比得上颇具规模的工厂。两个世纪前,巅峰时期的爱迪生也从未拥有布卢姆这般惊人的成就。

不过布卢姆显然心绪不佳。他迟到了十分钟才大步冲进办公室;从秘书的办公桌旁走过时他低声怒吼,只朝我的方向微微点了点头。他穿着实验室大褂,没扣扣子。

他一屁股坐在椅子里:"要是害你等了我很久,那很抱歉,但今天我的空闲时间不像我希望的那么多。"布卢姆天生喜欢出风头,他完全知道不能跟媒体为敌;但我感觉得出来,当时他坚守这条原则似乎很有困难。

我说出了最明显的猜测:"据我了解,先生,你最近的测试并不成功。"

"谁告诉你的?"

"要我说此事众所周知,布卢姆先生。"

"不,并非如此。别这么说,年轻人。我的实验室和工坊里在进行什么,那是不会众所周知的。你说的是那位教授的看法,不是吗?普里斯的看法,我指的是。"

"不,我——"

"当然是了。他那番言论不就是朝你说的吗——就是关于反重力不可能的那番话?"

"他的言论没这么平铺直叙。"

"他说话从来不会平铺直叙,但对于他这就已经够平铺直叙了,不过你等着,总有一天我要把他那见鬼的橡胶板宇宙弄平,弄得比他的话还要平。"

"这是否意味着你已经有进展了,布卢姆先生?"

"你知道我有进展,"他厉声喝道,"或者你应该知道。上周的演示你不是在场吗?"

"对,我在。"

我判断布卢姆遇到了麻烦,否则他不会提起那次演示。演示确实成功了,但算不上什么举世无双的大胜利。在一块磁铁的两极之间,他制造了一块重力减弱的区域。

手法是挺巧妙的。一个穆斯堡尔效应天平秤被用来探测两极之间的空间。如果你从没见过穆斯堡尔效应天平秤如何运作,它主要就是将一束窄波束单色伽马射线射入低重力场。由于重力场的影响,伽马射线会改变波长,变化很小,不过能够测得出来;而如果有什么东西碰巧改变了重力场的强度,波长的变化也会相应地转变。用这法子探测重力场是极精细的,最终的效果也出类拔萃。毫无疑问,布卢姆确实减弱了重力。

问题在于减弱重力已经有其他人做过了。当然,布卢姆用了不同的电路,于是他达成这一效果比旁人轻松了许多——他的系统照例是巧夺天工,也理所当然地申请到了专利——而且他还坚称就是靠这个办法,最终反重力将不再只是科学上的奇谈怪论,它会成为能运用在工业领域的现实。

也许吧。但他的演示并没有完全成功,而他平时是不会对不完全的成功大惊小怪的。本来这回他也不会如此,但他急于展示点儿什么,所以孤注一掷了。

我说:"我印象中你在那次初步演示中达成了 $0.8g^1$,春天在巴西有人取得过更好的成绩。"

"当真?好吧,你算算巴西和这儿的能量输入,然后告诉我平均每千瓦时达成的重力下降有多大差别。你会大吃一惊的。"

"但关键在于,你能否达成 $0g$ ——零重力?普里斯教授认为或许不可能的就是这一条。大家都同意,单单降低重力场的强度不是什

1　g 表示重力加速度,指物体由于重力作用而得到的加速度,约为 $9.8 m/s^2$。

么了不起的大事。"

布卢姆捏紧了拳头。我有种感觉,那天应该有一项关键实验出了岔子,他又气又恼,简直快忍无可忍了。布卢姆最恨宇宙挡他的道。

他说:"理论家叫我恶心。"他说话时的声音低沉而冷静,仿佛他终于厌倦了沉默,现在决意要说出真心话,管他有什么后果:"普里斯靠摆弄方程式得了两次诺贝尔奖,但他拿重力减弱的理论派上什么用场了吗?一点儿也没有!我已经拿它派上了实际的用场,今后还会做得更多,不管普里斯乐意不乐意。

"我才是大家会记住的人,我才是会得到荣誉的人。他大可以留着他那见鬼的头衔和他的诺贝尔和学术圈的名望。听着,我来告诉你是什么叫他气不平。其实就是简简单单的、老式的嫉妒。我通过行动得到了我拥有的一切,这简直要了他的命。他希望光靠想就得到这一切。

"有一次我跟他说——我们一起打台球,你知道——"

就是在这时候我引用了普里斯关于台球的言论,并得到了布卢姆的反驳。两者我都没有发表,因为这些不过是细枝末节。

"我们一起打台球,"等心绪平稳了,布卢姆说,"一半的时间是我赢的。我们玩台球一直挺友好。见鬼——我们在大学里就是老朋友之类的——但他是怎么毕业的我从来都不明白。他的物理当然很好,还有数学,但他修过的人文学科课程全都是勉强及格——因为教授可怜他。"

"你没拿到大学学位,对吧,布卢姆先生?"问这个完全是我存心使坏。我很享受看他大发雷霆。

"该死的,我休学去创业了。我上了三年大学,那三年里我的平均成绩可是 B+。你可别瞎猜,听见了?见鬼,等普里斯拿到博士学位的时候,我已经在挣我的第二个一百万了。"

他显然愤愤不平,一口气继续说下去:"反正有一次我们在打台球,而我对他说:'吉姆[1],普通人永远想不明白,我才是做出实际成果的人,怎么是你得了两次诺贝尔?你拿两个诺贝尔奖做什么呢?给我一个得了!'他站在那儿往球杆上擦巧克粉,然后用他那种软塌塌、缺少活力的声音说:'你有二十亿美元,埃德。给我十个亿得了。'所以你瞧,他想要钱。"

我说:"那么你是不介意他得了荣誉的吧?"

有片刻工夫我以为他会命令我离开,但他没有。他反而哈哈大笑,他抬起一只手在身前挥舞,仿佛要从一块看不见的黑板上擦去什么东西。他说:"噢,好吧,忘了那些话。刚才那些都是非公开的。听着,你想要我表态?行。今天事情进展不顺利,我也发了点儿脾气,但是会好起来的。我觉得我知道问题出在哪里。就算现在还不知道,我也总归会弄明白。

"听着,你可以写我说的了,我们不需要无限的电磁强度,我们会抚平橡胶板,我们会拥有零重力。等我们得到它,我会进行你从没见过的最震撼的演示,仅限媒体和普里斯参加,你也会收到邀请。你还可以写这一天不会太久了。好吧?"

好!

那之后我又分别见过两人一两次。有一次甚至同时见到了他俩,就是我到场看他们打台球那回。正如我之前所说,两个人都很有水准。

不过召集我们参观演示的邀请可没那么快就来。等它来的时候,距离布卢姆对我发表宣言的那天已经过了很久,只差六个星期就一年了。说起来或许也不该期待它更快些,这不公平。

我收到一张特别镌刻的请柬,上面承诺演示前首先会有鸡尾酒酒会的时间。布卢姆做事从来都做足全套,他是打算先把到场的记者

---

[1] 詹姆斯的昵称。

哄高兴。他还安排了三维电视直播。显然布卢姆信心十足；他足够坚信演示会成功，所以才愿意让它在这个星球的每一间客厅同步播出。

我打电话给普里斯教授，确保他也受到了邀请。他收到请柬了。

"你计划出席吗，先生？"

片刻的停顿，屏幕上的教授满脸纠结，似乎举棋不定，不太情愿："涉及严肃的科学问题，这类演示是非常不合适的。我不愿鼓励这种行为。"

我真担心他会托词不去，要是他不在场，戏剧效果就要大打折扣了。不过他或许觉得自己实在不能在全世界面前露怯，所以最后他用显著的厌恶口气说："当然，埃德·布卢姆也不是真正的科学家，他是非要出一回风头不可的。我会到场。"

"你认为布卢姆先生能制造出零重力吗，先生？"

"嗯……布卢姆先生寄了他的装置设计图副本给我，我呢……我说不好。也许他能做到，如果……呃……如果他说他能做到的话。当然——"他又停顿了挺长一段时间，"我觉得我想亲眼看看。"

我也一样。其他许多人也一样。

舞台布置无可挑剔。布卢姆公司的主楼，就是建在山顶上的那一栋，清理出了整整一层楼。有承诺的鸡尾酒和各色诱人的开胃菜，有轻柔的音乐和灯光，还有精心打扮、喜笑颜开的爱德华·布卢姆扮演完美的主人，同时又有一群彬彬有礼、行事低调的侍应生来来回回为大家服务。整个氛围是那么亲切友好，充满惊人的信心。

詹姆斯·普里斯迟到了。我无意中看到布卢姆盯着人群的角落看，神色间稍微透出些阴沉。然后普里斯到了，随身带进来好一派单调平淡的气氛。他看上去毫无光彩，满屋的喧哗热闹和璀璨华美对他毫无影响（除了璀璨华美没有别的词可以形容这里，或者也可能是我肚子里的那两杯马丁尼在发光发热）。

布卢姆看见普里斯，马上容光焕发。他蹦蹦跳跳地穿过房间，一把抓住对方的手拽到吧台前——他比普里斯要高壮些。

"吉姆！见到你真高兴！喝点儿什么？见鬼，伙计，要是你不来，我是准备临时取消的。明星不到场，这事可进行不下去，你知道。"他用力捏捏普里斯的手，"是你的理论，你知道。没了你们少数几个精英指路，我们这些可怜的凡人什么也干不成，你们这些少得见鬼的精英。"

他热情洋溢，不住恭维对方，因为现在他有底气这么做了。他是在把普里斯养肥了好宰呢。

普里斯嘴里嘟囔着想拒绝对方给的饮料，但玻璃杯被硬塞进他手里；布卢姆抬高嗓门儿，声音活像公牛在咆哮。

"先生们！请安静片刻。敬普里斯教授，爱因斯坦以来最伟大的头脑，两度诺贝尔奖获得者，二场理论之父，也是他启发了我们即将看到的演示——即便他并不相信它能成功，而且有胆量公开说出来。"

四下里能清楚听到一阵窃笑，但很快就消散了；普里斯竭尽全力摆出了最阴沉的脸色。

"现在既然普里斯教授已经到了，"布卢姆说，"也已经祝酒了，咱们就开始吧。跟我来，先生们。"

比起上次进行演示的房间，这回的布置要复杂许多。演示地点设在大楼的顶楼，用的磁铁也不一样——这回的磁铁竟然更小了，千真万确，不过据我观察，摆出来的穆斯堡尔效应天平秤还是之前那个。

不过有一样东西是之前没有的，它吸引的注意力比屋子里的任何东西都多，所有人看了它都惊诧莫名。那是一张台球桌，摆在磁铁的一极底下，而台球桌下方就是磁铁的另一极。桌子正中央挖出了一个直径大约一英尺的圆洞，很显然，如果零重力真能造出来，它就将出现在中央的这个洞里。

整个演示似乎都是为了一个目的设计的：用一种超现实主义的手法彰显布卢姆对普里斯的胜利。今天的演示是用另一种形式继续他俩之间那永恒的台球比赛,而且这一次布卢姆会赢。

不知道其他记者是否也像我这样看待这件事,但我知道普里斯的看法跟我一致。我转身去看他,发现他手里端着人家硬塞给他的酒杯。我知道他很少喝酒,但现在他却把杯子凑到唇边,两口就喝干了杯里的酒。他眼睛盯着台球看,而我不必拥有心灵感应的天赋也知道他在想什么:在他眼里,这东西等于是对方故意在他鼻子底下打响指挑衅。

布卢姆领我们到桌旁就座。围绕台球桌有三面摆了二十张椅子,第四面空出来充当工作区。普里斯被慎重地护送到视野最佳的位置。他快速瞟了一眼三维摄像机,摄像机正在拍摄。我好奇他是不是本来想走,最后又决定他不能在全世界都眼睁睁看着时一走了之。

本质上讲,这次的演示很简单,关键在于播出的效果。有好些测量能量消耗的刻度盘摆在显眼的地方,另有一些刻度盘专门显示穆斯堡尔效应天平秤的读数,其位置和大小能确保所有人看清楚。一切安排都是为了三维观影方便。

布卢姆亲切地解说了每一个步骤,途中他还停顿了一两次,每次都转向普里斯,逼着对方表示肯定。他这么干的次数不太多,所以并不太惹眼,但刚好够他拿普里斯自己内心的煎熬把普里斯串起来,架在火上翻着面儿烤。我的座位在台球桌的另一侧,正好能看见对面的普里斯。

他活脱脱是一副身在地狱的表情。

众所周知,这一次布卢姆成功了。据穆斯堡尔效应天平秤显示,随着电磁场的增强,重力的强度稳步下降。降到 $0.52g$ 以下时现场一片欢腾。刻度盘上有一根红线专门标出了这个数值。

"众所周知,"布卢姆信心满满地说,"$0.52g$ 这个标记代表了之前重力强度的最低纪录。现在我们已经低于这个值,同时用电量还不到创造纪录时用电量的十分之一,并且我们还会进一步下探。"

接近尾声时，布卢姆放慢了重力减弱的速度——我怀疑他是故意的，为的就是制造悬念；三维摄像机交替对准台球桌中央的空洞和穆斯堡尔效应天平秤读数正在下降的刻度盘，在两者之间来回切换。

布卢姆突然说："先生们，每张椅子侧面的小袋里都有一副深色护目镜。现在请把护目镜戴上。零重力场很快就会建立，它会放射富含紫外线的光。"

他自己也戴上护目镜，接下来有片刻的忙乱，大家纷纷照做。

最后一分钟，刻度盘的读数落到零，然后就不动了；我觉得此刻没有一个人在呼吸。就在这时，一根发光的圆柱突然凭空出现；它穿过台球桌上的洞，从磁铁的一头延伸到另一头。

二十个人同时发出一声轻叹。有人喊话："布卢姆先生，出现光柱的原因是什么？"

"这是零重力场特有的现象。"布卢姆的回答极顺滑，不过这当然根本算不上什么答案。

现在记者们纷纷起身，人人都往台球桌边挤。布卢姆挥手示意大家退后："先生们，请站开些！"

只有普里斯还坐在原位，他似乎陷入了沉思。那之后我一直坚信，是护目镜遮蔽了我们的眼睛，使我们没有看出接下来发生的一切可能有什么含义。我没看见他的眼睛。我看不见。这就意味着无论是我还是其他人都不知道那双眼睛背后发生了什么，连猜都无从猜起。好吧，也许就算没有护目镜也一样，这种事我们一样猜不出来，可谁能说得准呢？

布卢姆再次抬高嗓门儿："各位！演示还没有结束呢。到目前为止我们只是重复了我过去做过的内容。现在我制造出了零重力场，我证明了在实践中它是可以达成的。但我还想再做一个演示，让大家看看这样一个场能做什么。我们接下来要看到的内容是谁也没见过的，就连我自己也没见过。我尚未在这个方向上开展试验，虽然我心里是非常愿意的，但我感到这一荣誉理应由普里斯教授——"

普里斯猛地抬起头："什么——什么——"

"普里斯教授，"布卢姆笑容灿烂地说，"涉及固体与零重力场相互作用的试验，人类历史上的第一次，我想请你来操作。请看，零重力场形成于台球桌中央，而世人都知道你在台球方面的造诣，教授，在这方面，你的才华仅次于你在理论物理学上的惊人天资。你不愿意将一颗台球打进零重力柱形区吗？"

他急不可耐地把一颗球和一支球杆递到教授跟前。普里斯用藏在护目镜背后的眼睛盯着它们，然后很慢很慢、犹豫不决地伸手接过来。

我真想知道那双眼睛里流露了什么。我还想知道为什么决定让普里斯在现场演示击球——这一决定有几分是因为我引用了普里斯关于两人定期比赛的那番话激怒了布卢姆？接下来发生的一切是不是也有我的一份责任？

"来吧，站起来，教授，"布卢姆说，"你的位置让给我来坐。从现在开始归你表演了。上吧！"

布卢姆坐下来，他还在继续讲话，声音越来越像洪亮的管风琴："一旦普里斯教授把球打进零重力柱形区，球就不再受地球的重力场影响。地球会绕自转轴自转，绕太阳公转，球则会真真切切地保持不动。据我计算，在这个纬度、在一天中的这个时间，运动中的地球应该是略向下沉的。我们会随地球一起运动，而这颗台球会原地不动。所以从我们的角度看会觉得它向上升起并远离地球的表面。看吧。"

普里斯站在台球桌前，瘫痪了似的僵立不动。是因为措手不及？震惊？我不知道。我永远不会知道。他是否曾企图打断布卢姆这番小小的演说？或者他只是在忍受痛苦的不情愿，因为他不愿扮演对手逼迫他扮演的这个不光彩的角色？

普里斯转身面对台球桌,他先看看台球桌,又回头看看布卢姆。记者们全站起来挤在台球桌旁,每个人都尽可能靠近,好看得更清楚些。只有布卢姆自己端坐不动,一个人留在原地微微笑着。他眼里看的当然不是球桌、台球和零重力场。我透过护目镜仔细分辨,我几乎可以看出他在看普里斯。

普里斯转向台球桌,把球放到台面上。他将为布卢姆带来戏剧化的最终胜利,并把他自己——那个宣称这件事不可能做到的人——变成永远被人嘲笑的替罪羊。

或许他觉得自己无路可退。又或许——

球杆稳稳击打,球动了。它的速度并不快,每一双眼睛都在追随它。它撞上库边后反弹。现在它的速度越发慢了,就好像普里斯自己也在增加悬念,让布卢姆的胜利变得更有戏剧性。

我的视角很完美,因为我站在桌旁,正好跟普里斯隔桌相向。我能看到台球滚向发光的零重力场,在其背后我还能看到坐着的布卢姆,看见他身体没被闪光遮挡的那部分。

台球靠近了零重力柱形区,它似乎在边缘悬停了片刻,然后就消失了,随之而来的是一道流光、一声轰雷,还有突如其来的布料烧焦的烟味。

我们嚷起来。我们全都在嚷嚷。

那之后我又在电视上看了那一幕——跟全世界的其他人一起。十五秒钟疯狂的混乱,我能在影片上看见我自己,但我实在认不出那是我的脸。

十五秒钟!

然后我们发现了布卢姆。他仍然坐在椅子里,双臂仍然折叠在胸前,然而一个台球大小的洞贯穿了他的前臂、胸口和后背。后来验尸时才知道,他心脏的大部分都被干净利落地洞穿了。

他们关掉设备。他们叫来警察。他们把彻底瘫软的普里斯拖走。

说实话，我自己也不比普里斯强多少。当时在场的记者不少，但如果有谁声称自己一直冷静地观察现场的情状，那他就是个冷静的撒谎精。

又过了几个月我才再次见到普里斯。他瘦了些，但除此之外气色不错。真的，他脸上有了血色，身上还散发出一种果决的气息，穿衣打扮也远胜过去。

他说："现在我知道到底是怎么回事了。如果当初我有时间思考，我应该当时就能知道。但我想事情很慢，可怜的埃德·布卢姆又一心要演一出精彩绝伦的大戏；而且他做得很成功，连我也不由自主地被他带跑了。自然地，我一直在努力弥补我无意中造成的损害。"

"你没法让布卢姆死而复生。"我严肃地说。

"是的，我做不到，"他跟我一样严肃，"但我们也需要考虑布卢姆公司。演示期间的事全世界都看在眼里，这实在是对零重力最糟糕的宣传，而我们必须把故事讲明白，这非常重要。所以我才要求见你。"

"哦？"

"当时埃德说台球会在零重力场里缓慢上升，如果我思维敏捷，就会明白那是最缺乏根据的胡说。不可能会那样。布卢姆太鄙视理论了，他专门要以自己对理论的无知为荣，否则他自己也能想明白的。

"毕竟这里涉及的并不仅仅是地球的运动，年轻人。太阳自己就在一条围绕银河系核心的巨大轨道上运动，而银河系本身也在做着某种尚未清晰界定的运动。如果台球受了零重力支配，你就可以把它想象成不受以上任何运动影响，因此就等于突然坠入一种绝对静止的状态——然而世上根本不存在绝对静止这种事。"

普里斯慢吞吞地摇摇头："依我看，埃德想到的零重力是宇宙飞船做自由落体运动时飞船内部产生的那种零重力，就是让人飘浮在半空中的那种。他的问题就在于此，他指望台球也会飘浮在半空。然而在宇宙飞船里,零重力并非因为重力不存在,它只不过是因为有两个物体,飞船和飞船里的人,双方都在以相同的速率下落,在以完全一样的方式对重力做出反应,因此双方相对于彼此都是静止不动的。

"埃德制造的零重力场是抚平了宇宙这块橡胶板,这就意味着确实失去了质量。那个场中的一切,包括困在其中的空气分子,以及被我推进去的台球,只要还留在其中就完全失去了质量。而一个完全没有质量的物体只可能以一种方式运动。"

他停下来,仿佛邀请我提问。我问:"会是什么样的运动呢?"

"以光速运动。任何没有质量的物体,比方说中微子和光子,只要仍然存在就必然以光速运动。事实上光之所以以光速运动,仅仅是因为它是由光子构成的。一旦台球进入零重力场并失去自身的质量,它也会立刻达到光速并离开。"

我摇头:"可是一旦离开零重力柱形区,难道它不会马上恢复原本的质量?"

"那是当然,同时它也马上被重力场影响,并因空气摩擦和台球桌台面的摩擦而减速。但是想象一下,一个有着台球质量的物体在以光速移动,那得要多少摩擦才能降低它的速度啊。它只需千分之一秒就穿透了我们上百英里厚的大气层,在这期间我怀疑它降速的幅度不会超过每秒几英里,想想看,每秒186 282英里的光速,只减少几英里。这一路上它烤焦了台球桌的台面,干净利落地撞穿了台球桌的桌缘,又穿透了可怜的埃德和窗户;它打穿的洞全都是整齐的圆圈,因为它通过的速度太快了,物体与它发生接触的部分根本来不及劈开,迸裂,哪怕是玻璃这般易碎的东西。

"万幸大楼坐落在乡间,我们又身处顶层。如果我们是在城里,台球可能会击穿好些建筑,杀死好些人。现在它已经进入太空,早就越过了太阳系的边缘,它会继续这样以接近光速的速度旅行,永不停歇,直到它凑巧撞上某个体积够大、足以拦下它的物体。届时它就会撞出一个很大的陨石坑。"

我把这个想法玩味一番，但我拿不准我自己是不是喜欢它："这怎么可能呢？台球进入零重力柱形区时速度几乎为零。我亲眼看见的。而你说它离开时却带着惊人的动能。这能量从哪儿来？"

普里斯耸耸肩："不从任何地方来！能量守恒定律只在广义相对论成立的前提下才适用；也就是说，在橡胶板有压痕的宇宙里才适用。当压痕被抚平，广义相对论就不成立了，能量也就可以自由地创生和消亡。这也能解释零重力柱形区的圆柱形表面为什么会辐射发光。你还记得吧，布卢姆没有解释辐射的来历，恐怕他是解释不了的。要是他先做进一步的试验就好了，可他一心急着表演，蠢头蠢脑的，什么都不顾了——"

"那辐射是怎么来的，先生？"

"那是零重力柱形区内部的空气分子。每一粒分子都达到光速、往外撞出去。它们只是分子，不是台球，所以被拦住了，但其运动的动能被转化成了能量辐射。它是持续不断的，因为一直有新的分子飘进去，然后获得光速，往外撞击。"

"也就是说能量被不断地创造出来？"

"完全正确。而这就是我们必须对公众阐明的问题。反重力的首要用途不是让飞船升空或者革新机械运动。它其实是无限的自由能源[1]的来源，因为制造出的一部分能量可以被转化，用来维持使得那部分宇宙保持平整的场。埃德·布卢姆不知道自己发明了什么，他发明的不仅仅是反重力，还是第一台第一流的永动机——一台能无中生有制造能量的永动机。"

我缓缓说道："我们中的任何人都可能被那只台球杀死，是这样

---

[1] "自由能源"（free energy）区别于热力学概念里的"自由能"，是科幻作品中常见的一种虚构设定，指理论上不产生污染和消耗，近乎无限和免费的能源。

吗，教授？它可能从任何角度离开零重力场。"

普里斯道："嗯，无质量的光子以光速离开光源时，其方向是不确定的，所以蜡烛才会把光洒向四周。无质量的空气分子离开零重力柱形区时方向也是不确定的，所以整个圆柱体都在辐射发光。不过台球只是一个单一的物体，它固然可能从任何方向出来，但它非得从某个特定的方向出来不可，一个随机选定的方向，而选定的那个方向恰好就是击中埃德的方向。"

就这样了。结果大家都知道。人类拥有了自由能源，于是就有了我们如今拥有的这个世界。布卢姆公司任命普里斯教授负责这一项目的开发，不久他就比巅峰时的爱德华·布卢姆更富有，更出名了。而普里斯仍然比对方多两个诺贝尔奖呢。

只不过……

我一直在思考。光子从每一个方向离开光源，那是因为它们是在当下产生的，也就没有理由偏好其中一个方向胜过另一个方向。空气分子从每一个方向离开重力场，那是因为它们从各个方向进入重力场。

可一枚从特定方向进入零重力场的台球又如何？它会从某个特定方向离开还是会从任意方向离开？

我小心求证，但理论物理学家们似乎说不准，我也找不到任何记录表明布卢姆公司曾就此进行过任何试验，而布卢姆公司是唯一运行零重力场的组织。公司内部有人跟我说过，不确定性原理[1]会确保从任何角度进入零重力场的物体都会从随机角度离开。但如果是这样，他们为什么不测试一番？

那么有没有可能……

---

[1] 德国物理学家海森伯于1927年提出的关于量子力学的重要原理，即不可能同时精确确定一个基本粒子的位置和动量。

有没有可能普里斯的大脑这辈子终于敏捷了一回？会不会因为布卢姆企图让他出丑，压力之下普里斯突然看清了一切？之前他一直在仔细审视零重力柱形区周围的辐射光，或许他意识到了它的成因，并确定了任何进入零重力柱形区的物体都会以光速运动。

那么他为什么只字不提呢？

有一件事是确定无疑的。普里斯在台球桌旁做的任何事都不可能是出于偶然。他有着专业水准，台球完全是照他的意志运动。我就站在现场。我亲眼见他看了布卢姆，然后又看了台球桌，就好像他在判断角度。

我亲眼见他击出那颗球。我亲眼见球从库边反弹，滚进零重力柱形区，从一个特定的方向进入零重力场。

因为当普里斯将那颗球朝零重力柱形区送进去时——有三维录像替我做证——台球已经瞄准了布卢姆的心脏！

意外？巧合？

……谋杀？

流放到地狱[1]

"在太空旅行普及之前,"道林说话字正腔圆,"俄国人曾把犯人送去西伯利亚。法国人拿恶魔岛派了同样的用场。英国人则用船把犯人运去澳大利亚。"

他望着棋盘仔细思量,一只手悬在"象"的上方迟疑片刻。

坐在棋盘对面的帕金森看着棋子的局面,不过心思并不在棋局上。他俩是计算机程序员,象棋自然是本行业的专业游戏;然而此情此景,他实在生不出热情。他还有些恼火,因为照理说道林的处境比自己还更糟些——道林可是为检方编写程序的。

当然了,程序员中间一直存在一种倾向,他们会想象计算机拥有某些特质——不动感情、除逻辑外不受任何东西影响——并把它们嫁接到自己身上。在道林身上,这一倾向的反映就是他头上分得一丝不乱的发缝,还有穿衣打扮那种克制的优雅风格。

帕金森跟他不同,每回参加诉讼案件,他都情愿替辩方编写程序,生活中也喜欢在衣着的小细节上故意流露出漫不经心的态度。

他说:"你的意思是说,流放之刑古已有之,因此并不特别残忍?"

"不,它的确特别残忍,但同时它也的确古已有之,如今它已经变成了完美的震慑手段。"

道林动了自己的象,没有抬头向上看。帕金森完全是不由自主地

---

[1] Copyright © 1968 by Condé Nast Publications, Inc.

抬了头。

当然他并不能看见什么。他们身处室内，周围是根据人类需求量身打造的现代世界，十分舒适，细心呵护人类免遭外界原始环境的影响。但在那外头，夜空该是被它的光芒照亮的。

他最后一次看见它是什么时候？已经很久了。他一时兴起，开始琢磨它目前处于盈亏周期的哪个阶段。是圆是亏？或者是月牙形的？它是不是一块指甲盖似的亮斑，低低地挂在天上？

照理说那景象应该很可爱。曾经的确如此。但那已经是好几个世纪之前，在太空旅行变得普及而廉价之前，在大家的生活环境变得精细和可控之前。现如今，天上那块可爱的光亮变成了新的恶魔岛悬在太空中，比过去的恶魔岛还更可怕。

——甚至再没有人用它的名字称呼它，而这纯粹是出于厌恶。它变成了"它"，或者连"它"也不是，大家只需默默一抬头，一切尽在不言中。

帕金森说："替这件案子编程的时候，你本来可以让我对流放本身提出一般性的反对。"

"为什么？又不可能对结果产生任何影响。"

"不会影响这回的案子，道林，但有可能影响未来的案子。未来类似的案子说不定可以减刑为死刑。"

"针对犯下破坏设备罪的人？你做梦呢。"

"那是一怒之下的盲目冲动。想伤害一个人的意图是有的，这我承认，但并不存在损害设备的意图。"

"没用，根本没用。在这类案件里，不能拿缺少犯罪意图当成辩护理由，这你是知道的。"

"它应当是辩护理由。这就是我的论点，是我想要证明的。"

此时帕金森进了一"兵"，好掩护自己的"马"。

道林思考片刻。"你还想继续维持皇后的攻势，帕金森，我不会让你如意的。现在咱们来瞧瞧。"他一面思索一面说道,"如今不是原始时期了,帕金森。如今我们生活在拥挤的世界里,没有容错率。连电阻器炸毁这种小事也能令我们之中相当一部分人口陷入险境。当愤怒危及并破坏了一根电线,这是很严肃的事。"

"我并不质疑这种——"

"你看起来倒正像是在质疑的样子,在你构建辩护程序的时候。"

"我没有。听着,当詹金斯的激光光束切开场翘曲机,我自己也跟其他人一样命悬一线。要是再多耽搁十五分钟,我也要完蛋,对这一点我是完全清楚的。我的观点只不过是流放不是恰当的刑罚!"

他用一根手指轻敲棋盘,借此强调自己的论点,道林赶在皇后跌落前接住了它。他喃喃道:"调整,但不移动。"

道林的目光在各个棋子之间往返,一直拿不定主意:"你错了,帕金森。这就是恰当的刑罚,因为再也没有比它更糟糕的刑罚,所以只有它能匹配最恶劣的罪行。你瞧,我们都能感觉到,我们完全依赖一种相当脆弱的复杂科技。一次故障就可能杀死我们所有人,至于引起故障的究竟是故意的破坏还是意外的事故,抑或是人的无能,这根本无关紧要。人类要求对这类行为施加最大限度的惩罚,只有这样他们才能感到安全。单单死亡,威慑力是不够的。"

"是够的。谁也不想死。"

"他们更不想上去那边过流放的生活。所以过去的十年里我们只遇到一例这类案件,也只有一个人被流放。瞧这儿,看你怎么办!"道林把后翼"车"轻轻往右推了一格。

一盏灯闪亮。帕金森立刻站起来:"编程结束了。计算机马上要得出判决。"

道林镇定自若地往天上看了一眼:"判决结果会如何,你总不会有任何疑问吧?留着这盘棋别动,等完事了咱们接着下。"

帕金森很确定自己不会有心情继续下棋。他快步穿过走廊,进入法庭,像往常一样脚步又轻又快。

他和道林抵达法庭不久,法官也就座了。然后詹金斯走进来,左右各有一名警卫。

詹金斯面容憔悴,但显露出一种听天由命的态度。当初盲目的暴怒战胜理智,他攻击了一位同事,结果一不小心将整个区抛入电力中断的黑暗中,自那时起他肯定已经想明白了——自己犯下了一切罪行中最恶劣的罪,随之而来的后果无可避免。不抱幻想更好些。

帕金森可做不到听天由命。他不敢直视詹金斯,否则难免要琢磨詹金斯此刻内心的想法,而这令他痛苦——对方会不会正在用自己所有的感官吸收所有这些完美的、熟悉的舒适,直到被永远扔进飘浮在夜空中的那座明亮的地狱?

他是不是在品味鼻孔中清洁而美好的空气,以及柔和的光线、均衡的温度、唾手可得的纯净水,还有那设计来用平淡枯燥的舒适将人类抱在怀里的安全环境?

而在那上头——

法官按下一个触摸键,于是计算机的决定就被转化成了温暖而不做作的标准化人声。

"参照本土法律及所有相关判例,通过对全部相关信息进行权衡,最终得出结论,对安东尼·詹金斯损坏设备罪的多项指控全部成立,判处其接受最高刑罚。"

法庭现场只有六个人,但不用说,全体民众都在电视机旁倾听。

法官用规定的措辞说:"被告将从此处被带往最近的太空港,并由最快可用的交通工具带离这个世界,送往流放地,直至其自然生命终结。"

詹金斯的内心似乎畏缩了,但他一个字也没说。

帕金森打个哆嗦。他不禁想,无论一个人犯下何种罪行,这刑罚也太重了。此刻有多少人感受到了这一点呢?还要多久人类才会拥有足够的人性,乃至将流放这一惩罚永远抹去?

詹金斯要去头顶的太空,真有人能在想到这件事时毫不畏惧吗?他们把自己的同胞终生放逐到另一个世界,他们真能思考这件事,真能受得了这个念头吗?他一辈子都要生活在那个世界,生活在那些凶猛、不友善的怪人中间,那个世界白天热得难以忍受,夜晚冻得人身体发僵;那个世界的天空是刺眼的蓝色,地面是更加刺眼并与蓝色毫不搭调的绿色;那个世界尘土飞扬的空气总在喧嚣躁动,黏稠的大海永远都在起起伏伏。

还有那重力,那么沉重——沉重——沉重,永恒地拉扯着你!

无论有什么理由,谁能忍心做出如此残忍的判决呢?谁能忍心判某人离开月球上友好的家园,去那空中的地狱——地球?

关键项[1]

杰克·韦弗从马尔蒂瓦克的内部核心里出来，筋疲力尽，满脸厌烦。

他的同事托德·尼默生坐在凳子上，无动于衷地守在一旁。他问韦弗："没有发现？"

"什么也没有，"韦弗说，"没有，没有，没有。谁也找不出它有任何问题。"

"只除了它不工作，你的意思是。"

"你就坐着，也不帮帮忙！"

"我在思考。"

"思考！"韦弗一侧嘴角露出一颗犬齿。

尼默生坐在凳子上，不耐烦似的扭扭屁股："有何不可？有六组计算机技术专家在马尔蒂瓦克的内部通道里游荡，整整三天了还一无所获。你们就不能派一个人负责思考？"

"这不是思考能解决的事。我们得找。在不知什么地方肯定有个继电器卡住了。"

"没那么简单，杰克！"

"谁说简单来着。你知道那里头有几百万个继电器吗？"

"无关紧要。如果只是一个继电器出了问题，马尔蒂瓦克自己就

---

[1] Copyright © 1968 by Mercury Press, Inc.

有备用线路、定位错误的设备，还有专门的设施可以修复或者替换故障部件。问题在于，马尔蒂瓦克不仅不肯回答最初的问题，还不肯告诉我们它是怎么回事。与此同时，如果我们不做点儿什么，所有的城市都会陷入恐慌。世界经济依赖马尔蒂瓦克，这是人人都知道的。"

"我也知道。但我们还能怎么办？"

"我跟你说了，思考。肯定有什么东西被我们完全忽略掉了。你瞧，杰克，过去的一百年里，世上的每一位计算机大师都在马尔蒂瓦克上花了无数心血，把它变得越来越复杂。现在它能做的事已经这么多了——见鬼，它都能说话和听人说话了。基本上它跟人类的大脑一样复杂。我们都没法理解人类的大脑，为什么我们就该理解马尔蒂瓦克？"

"哦，得了吧。下一步你就该说马尔蒂瓦克是人了。"

"为什么不行？"尼默生越来越投入，仿佛完全沉浸在自己的内心世界里，"被你一说我才觉得，为什么不行？马尔蒂瓦克有没有越过那条分隔机器与人类的细线，这我们能判断吗？说起来，真的存在这样一条分界线吗？如果人类大脑只不过是比马尔蒂瓦克更复杂，而我们又一直在让马尔蒂瓦克变得更加复杂，难道它就不会在某个点上……"他低声嘟囔，最后沉默下去。

韦弗不耐烦道："你说到哪儿去了？就假设马尔蒂瓦克是人吧，难道这就能帮我们弄清它为什么不工作吗？"

"出于某个人性化的原因，也许是。假设你被问到明年夏天小麦最可能是什么价格，而你没有回答，你会出于什么原因不回答呢？"

"因为我不知道。但马尔蒂瓦克是知道的！我们给了它全部的要素。它可以分析气候、政治和经济的期货。我们知道它能。它以前干过。"

"好吧。假设我问了这个问题，而你知道答案却不告诉我，那你又是为了什么不告诉我呢？"

韦弗咆哮道:"因为我脑袋里长了瘤子。因为我被打晕了。因为我喝多了。见鬼,因为我的机械出了故障。这正是我们想找到关于马尔蒂瓦克的问题。我们正在寻找它的机械出故障的位置,寻找那个关键项。"

"只不过你们一直找不到。"尼默生从凳子上下来,"听着,你来向我提问,就问马尔蒂瓦克不肯答的那个问题。"

"怎么问?给你喂纸带?"

"得了,杰克。把随纸带一起说的话讲给我听。你确实会对马尔蒂瓦克说话的,对吧?"

"非说不可。这是心理治疗。"

尼默生点点头:"对,是这么说的。心理治疗。这就是官方的说法。我们跟它说话,好假装它是人类,不然看到一台机器比我们自己还渊博得多,我们难免要变得神经质。我们把一个可怕的金属怪物变成了保护我们的父亲形象。"

"你愿意这么说也行。"

"好吧,这么干不对,你心里明白。马尔蒂瓦克这样复杂的计算机,它是必须听和说的,否则会影响它的效率。仅仅是把打孔的纸带送进去再取出来根本不够。复杂到一定程度以后,马尔蒂瓦克必须被做成类似人类的样子,因为上帝在上,它就是人类。来吧,杰克,向我提问。我想看看我会有什么反应。"

杰克·韦弗红了脸:"真是傻透了。"

"来吧,好吗?"

韦弗同意了,这足以说明他的抑郁和绝望有多么深。他怏怏不乐,假装把程序输入马尔蒂瓦克,同时照平常那样说话。他对关于农场骚动的最新消息发表评论,他谈到描述喷气流扭曲的新方程,他长篇大论地讲解太阳常数。

刚开始时他的态度挺僵硬,但长久养成的习惯让他很快进入了角色；等程序终于输入完毕,他习惯性地想合上开关,结果险些伸手去拍托德·尼默生的腰。

他很干脆地结束提问:"好了,现在。把它算出来,然后立刻告诉我们答案。"

一切完成之后的片刻,杰克·韦弗站在原地,鼻翼翕张,就好像他再次感受到了那种兴奋战栗——驱动由人类的手与脑建造出来的最大、最辉煌的计算机运转,谁都难免要觉得兴奋的。

然后他回过神来,嘀咕道:"好了。就这么多。"

尼默生道:"至少我知道我为什么不会回答,所以咱们在马尔蒂瓦克身上试一试。听着,所有人离开马尔蒂瓦克,确保调查员把他们的爪子都挪开。然后再次运行程序,这回由我负责说话。就这一次。"

韦弗耸耸肩,朝马尔蒂瓦克的控制墙转过身去。墙上满是刻度盘和指示灯,暗淡的灯光一直亮着。他慢慢清空马尔蒂瓦克,依次命令各个小组离开。

然后他深吸一口气,再次将程序输入马尔蒂瓦克。算上这回已经是第十二次了,刚好一打。远方的某个新闻评论员会把消息传开,说他们又在再次尝试。全世界依赖马尔蒂瓦克的人集体屏住呼吸。

韦弗默默输入数据,尼默生在一旁说话。他说话的方式跟韦弗不同,他在努力回忆韦弗说了什么,但同时他还要等待可以加入关键项的那个时刻。

韦弗完成输入,此刻尼默生的声音里多了一丝紧张。他说:"好了,现在,马尔蒂瓦克。把它算出来,再告诉我们答案。"他停顿片刻,添上关键项:"劳驾!"

在马尔蒂瓦克的全身上下,所有的阀门和继电器都欢快地投入了工作。毕竟机器也是有感情的——当它不再是机器的时候。

女性的直觉[1]

机器人学三大法则：

一、机器人不得伤害人类，或因不作为而使人类受到伤害。

二、除非违背第一法则，机器人必须服从人类的命令。

三、在不违背第一法则及第二法则的情况下，机器人必须保护自己。

一个机器人因意外被摧毁，地点是在地球，这在美国机器人与机械人公司的历史上还是头一次。

任何人都没有过错。飞行器是在半空被破坏的，调查委员会自己都不敢相信调查结论，惴惴不安地不敢宣布：证据表明飞行器是受了陨石撞击。飞行器配有自动闪避系统，世上只有陨石速度够快，能让系统失灵；再说如此严重的破坏也只可能是陨石——除非是核爆炸，而核爆炸当然是不可能的。

此外又有报告说，就在飞行器爆炸之前不久，夜空中曾有一道闪光——这可不是业余爱好者的说法，报告来自弗拉格斯塔夫的天文台，然后在距爆炸现场一英里处又发现地面上新出现一个大坑，明显是陨石撞击形成的。把这一切联系起来，还能得出什么结论呢？

---

[1] Copyright © 1969 by Mercury Press, Inc.

可这样的事过去从未发生过，大家计算一通概率，得出的数字吓人一跳。不过话说回来，就算可能性极低的事情有时也还是会发生的。

在美国机器人公司的办公室，事件如何发生、为什么发生都是次要的。真正的问题在于有一个机器人被摧毁了。

这一点本身就令人痛心。

再加上JN-5是全新的原型机，之前的四次尝试全部失败，它是该型号第一个投入使用的机器人，于是就令人加倍痛心了。

再加上JN-5是一种革命性的新型号，跟之前建造的所有机器人都大不相同，于是更加令人痛心疾首。

再加上JN-5在被摧毁之前似乎刚刚完成了某项价值无法估量的工作，而这一成就或许永远找不回来，至此痛心的程度语言已经无法形容。

相形之下，另一件事就显得几乎不值一提：美国机器人公司的首席机器人心理学家也跟机器人一道死了。

克林顿·曼德利安是十年前加入公司的。其中有五年他一直在苏珊·凯文手下工作，他接受这位坏脾气上司的监督，任劳任怨，毫无怨言。

曼德利安显然才华出众，苏珊·凯文也默默地提拔他，让他越过了许多资历更老的同事。破格提拔曼德利安的原因她自然不屑于向研发主任彼得·玻格特说明，巧的是这事倒也用不着解释。或者应该说原因是一目了然的。

在好几个非常明显的方面，曼德利安都跟著名的凯文博士完全相反。他长了明显的双下巴，虽然实际上没有看上去那么胖，但依然存在感极强，而苏珊是走到哪里都不会引人注意的。曼德利安一张大脸，满头浓密的红棕色头发闪闪发光，肤色红润，说话活像打雷，笑声十分响亮,尤其他还拥有压不垮的自信,再加上宣布自己成功时那种急不可耐的劲头,这一切综合起来,任何人与他同处一室都难免感到此地空间不足。

等苏珊·凯文终于退休(她提前声明,说要是公司办什么感谢宴向她致敬,那可绝不要指望她会配合;她的态度十分坚决,以至于她退休的消息都没向新闻机构宣布),是曼德利安接替了她的位置。

他新官上任刚刚一天就启动了 JN 项目。

这一项目意味着美国机器人公司要投入大量资金,远超之前公司在任何单一项目的投入。但曼德利安只是和悦地把手一挥,表示无须介怀。

"每一分钱都值得,彼得,"他说,"而且我可指望你说服董事会哟。"

"说说你的理由。"玻格特边问边怀疑对方不会解释。苏珊·凯文是从来不肯解释什么的。

可曼德利安说:"当然。"然后就在主任办公室那张大扶手椅里舒舒服服地坐了下来。

玻格特望着对方,眼里流露出近乎敬畏的神色。他自己的一头黑发如今差不多全白了,十年之内他就会追随苏珊退休,这也就意味着创建美国机器人公司的原始团队将彻底退出舞台。他们创建了公司,把它建成一家覆盖全球的大企业,其复杂程度和重要性足以与美国政府媲美。不知怎的,无论是他还是那些在他之前离开的人,他们从来没能完全领会公司已经扩张到了什么地步。

但眼前是新一代人了。这些新人面对这个庞然大物时很自在。他们缺乏那种惊奇的心情,因此不会犹犹豫豫、缩手缩脚。他们一往无前,这是好事。

曼德利安说:"我提议开始建造不设限制的机器人。"

"没有三大法则的机器人?这怎么能——"

"不,彼得。你能想到的限制难道就只有三大法则?见鬼,你参加过设计早期正电子脑,撇开三大法则不谈,正电子脑里的每一条通路也都是精心设计和固定好的,这点难道还要我来告诉你?我们造的机器人是为特定的任务准备的,是植入了特定能力的。"

"而你提议——"

"我提议在三大法则以下的每一个层面,把所有通路都变成开放式。这并不难。"

玻格特干巴巴地说:"确实不难。没用的东西从来都不难。难的是固定那些通路,让机器人变得有用。"

"可是它为什么难呢?固定通路要花很大力气,因为不确定性原理对正电子脑中的粒子影响很大,而不确定性效应必须降到最低。可是又为什么必须这样?如果我们安排让不确定性原理发挥恰到好处的功效,让通路的交叉变得不可预测——"

"我们就得到一个无法预测的机器人。"

"我们就得到一个有创造性的机器人,"曼德利安的口气里带出一丝不耐烦,"彼得,如果说有任何东西是人类大脑拥有而机器人大脑从未拥有的,那就是由亚原子层面的不确定性效应生出的那一丝不可预知性。我承认,这一效应从未在人类神经系统里用试验证明过,但如果没有它,原则上说来人类大脑并不比机器人大脑强。"

"而你认为,如果你将这一效应引入机器人大脑,原则上说来人类大脑就不再比机器人大脑强了。"

"完全正确,"曼德利安说,"我就是这么想的。"

那之后他们又继续谈了很久。

董事会显然不打算轻易被他俩说服。

斯科特·罗伯森是公司最大的股东,他说:"公众对机器人的敌意永远都在爆发的边缘,这种情形下经营机器人工业已经够难了。

如果公众生出机器人将不经控制的想法……噢，别跟我说什么三大法则。哪怕仅仅是听到'不经控制'四个字，普通人都绝不会相信三大法则能保护他。"

"那就别这么说，"曼德利安道，"管那机器人叫——叫它讲'直觉'的机器人。"

"直觉机器人，"有人嘟囔道，"姑娘机器人？"

会议桌旁的诸位面露微笑。

曼德利安抓住这个机会："行啊，姑娘机器人。我们的机器人当然是无性别的，这一个也不会有性别，但以前我们举动间总好像把它们当成男性。我们给它们取男性的小名，还用'他'来指代它们。现在这一个，如果我们考虑我刚才提议的大脑数学建构，它应该归属于JN坐标体系。造出的第一个机器人就是JN-1，而我也一直假定我们会叫它约翰1号……恐怕机器人学家的创新水平也就这样了。但为什么不叫它简1号呢？见鬼！如果非要让公众知道我们在做什么，就说我们在建造一个依赖直觉的女性机器人。"

罗伯森直摇头："又有什么区别？你说的意思是，你准备取消从理论上讲使得机器人大脑不如人类大脑的最后一道障碍。等公众听到这个，你想象他们会有什么反应？"

"你们计划把这一点公开？"曼德利安问。他想了想又说："听着，有一件事公众是相信的：他们都相信女人不如男人聪明。"

桌旁不止一个男人脸上顷刻浮现出忐忑不安的神情。他们迅速左右打量，就好像苏珊·凯文还坐在她的老位置上。

曼德利安道："如果我们宣布开发一个女性机器人，那么她到底是怎么回事就不重要了。公众会自动认定她智力低下。我们只需要宣布开发机器人简1号，此外一个字不必提。安全得很。"

"事实上，"彼得·玻格特安静地说，"不仅仅是这样。我和曼德利安仔细研究过其中涉及的数学，JN系列，无论它是叫约翰还是简,总之都是相当安全的。从正统的角度看,它们的复杂程度和智力能力都不如我们之前设计建造的许多其他系列。JN系列只多了一个附加因素,那就是——嗯,让我们养成习惯,管它叫'直觉'吧。"

罗伯森喃喃道:"谁说得清它会做什么?"

"据曼德利安的想法,有一件事是它能做的。你们都知道空间跃迁在理论上已经开发完成了。人类已经有实际能力以超出光速的超速度航行,也就有能力造访其他恒星系,并在短到可以忽略不计的时间内返回——至多也就几周。"

罗伯森道:"这对我们不是什么新闻。这件事没有机器人也做不成。"

"完全正确,而我们没能从中获得任何好处:我们至多只能用超速度引擎做一次示范航行,所以美国机器人公司分不到多少功劳。空间跃迁有风险,还要挥霍大量能量,因此贵得吓人。如果我们确实准备用它,那么最好返航时能报告说发现了适宜人类居住的行星。这是所谓的心理需求。花两百亿美元进行一次空间跃迁,要是最后的报告里除了科学数据什么也没有,公众会质疑为什么要浪费他们的钱。要是报告说存在一颗宜居的行星,那你就成了星际哥伦布,再也不会有人关心你花了多少钱。"

"所以呢?"

"所以我们上哪儿找宜居的行星呢?或者换个说法——在现有的空间跃迁的能力范围内,在方圆三百光年范围内,在这三十万恒星和恒星系统里,哪一颗恒星最有可能拥有一颗宜居的行星?附近三百光年内的每一颗恒星我们手头都有巨量细节,我们还知道几乎每颗恒星都有一个行星系统。但谁拥有宜居的行星?我们该去哪里拜访?……我们不知道。"

一位董事问:"这个机器人简能帮上什么忙呢?"

曼德利安正准备回答,结果转而朝玻格特做了一个不显眼的手势，玻格特立刻看懂了对方的意思——研发主任的话自然更有分量。玻格特并不十分喜欢这么干；要是 JN 系列最终变成一场惨败，他现在替它陈情就等于摆明车马把自己跟它绑在一块儿，等到需要推卸责任的时候，对他的指责必定是摆脱不了的。不过话说回来，退休的日子已经不太遥远，如果项目成功，他就能在耀眼的光环中功成身退。也许只是因为曼德利安那自信的气质吧，反正玻格特渐渐真心相信事情能成。

于是他说："我们已经收集了关于这些恒星的大量数据，而在相应数据库中的某个地方很可能存在一些方法，可以用来估算类地宜居行星存在的概率。我们要做的仅仅是以恰当的方式去理解数据，以适宜的创造性眼光去看待数据，然后建立正确的关联。这一点我们至今没有做到。或者也许某个天文学家已经做到了，但他不够机灵，没有意识到自己做成了什么。

"JN 型机器人能够建立关联，而且远比人类更快，更准确。它在一天之内建立和抛弃的关联比得上一个人十年的努力。再说了，它会以真正随机的方式工作，而人类则难免抱着强烈的偏见，人总是先入为主，受他已有的信念影响。"

他说完这番话后大家沉默了好一阵。最后罗伯森说："但这仅仅是概率问题，不是吗？假设这个机器人说'在多少多少光年内，最可能拥有宜居行星的恒星是小章鱼 17'，或者随便什么，然后我们去了，结果发现概率也就只是概率而已，那个恒星系根本没有宜居行星。到时候我们怎么办？"

这次曼德利安出手了："我们还是赢了。我们会知道机器人是如何得出结论的，因为它——她——会告诉我们。借此我们将获得大量关于天文学细节的洞见，说不定就算最后不进行空间跃迁也值回票价。再说我们还可以计算出五个最有可能的地点，那么其中确实有一颗宜居行星的概率就会超过 0.95。这基本上就是板上钉钉了——"

之后他们又继续谈了很久。

公司的拨款远远不够,但曼德利安信心很足,因为他知道大家都有砸钱填坑的习惯。假设眼看着两亿美元马上就要打水漂,这时候告诉他们再追加一亿说不定就能扭转乾坤,那么追加的这一亿是肯定会投票通过的。

简1号终于完成,并被展示出来。彼得·玻格特满脸严肃地打量它——她。他说:"为什么要把腰收窄?这肯定会导致机械性能上的弱点吧?"

曼德利安轻声笑了:"听着,如果我们准备叫她简,那就没必要把她造得好像泰山嘛。"

玻格特摇摇头:"我不喜欢这样。下一步你就该把她上半身往外鼓,做成她好像有胸部的样子了,这主意烂透了。要是女人突然觉得机器人可能做成女人的模样,我现在就可以告诉你她们会生出什么样的怪念头,到时候你才真要尝到她们的敌意呢。"

曼德利安说:"这件事上你或许言之有理。哪个女人也不愿觉得自己可以被替代,而且是被一个完全没有她的缺点的东西替代。好吧。"

简2号少了纤腰。她是一个忧郁的机器人,动作极少,讲话就更稀罕了。

在建造简2号期间,曼德利安只偶尔带着新消息冲过来找玻格特,而这无疑表明事情进展并不顺利。成功时曼德利安奔放的热情能压倒一切。要是有什么劲爆的新进展,他绝不会等到第二天早上,他会毫不迟疑地在凌晨3点闯入玻格特的卧室。玻格特对此深信不疑。

现在曼德利安的气焰似乎被压制住了,平时夸张的措辞几乎有些苍白无力,圆鼓鼓的脸颊也像是清瘦了些。玻格特用肯定的口气说:"她不肯说话。"

"噢,她说的。"曼德利安一屁股坐下来,他咬着下嘴唇说,"反正有时候是说的。"

玻格特起身绕机器人走了一圈："而当她说的时候，我猜说出来的东西谁也听不懂。好吧，要是她不说话，她也不算是女人了，对吧？"

曼德利安试探着挤出一个虚弱的微笑，很快又放弃了。他说："大脑是没问题的，单独看来没问题。"

"我知道。"玻格特说。

"可一旦大脑要掌管机器人的身体设备，它当然必须有所改动。"

"当然。"玻格特的话完全无济于事。

"但这改动是不可预测的，而且很叫人灰心。问题在于，你面对的是 n 维不确定性微积分，在这种时候，事情是——"

"不确定？"玻格特道。他对自己的反应感到吃惊。公司投入的资金已经非常可观，现在快两年了，获得的成果嘛，礼貌的说法是令人失望。可他发现自己忍不住就想戳一戳曼德利安，而且这么干的时候还挺乐呵。

玻格特几乎是偷偷摸摸地琢磨起来：自己真正想戳的会不会是不在场的苏珊·凯文呢？在事情进展顺利的时候，曼德利安热情奔放，情感外露，苏珊是永远不会这样的。如果事情不顺利，低谷里的曼德利安也更容易受伤，而苏珊恰好是在遇到压力时绝不崩溃的。曼德利安仿佛一个清楚标明了靶心的活靶子，正好弥补了从不允许自己成为靶子的苏珊。

不过听了玻格特的最后一句话，曼德利安并没有反应，就算换了苏珊·凯文也不会更淡定；当然，苏珊对这种话没反应肯定是出于轻蔑，而曼德利安却是因为他根本没听见。

他争辩道："问题在于识别。简 2 号已经能做出很棒的关联。她能对任何主题进行关联，但完成关联以后，她没法把有价值的结果和没有价值的结果区分开。你不知道她做了哪些关联，同时你又需要判断该如何编程以便让她识别出有意义的关联,这个问题可不容易解决。"

"我猜你已经考虑过降低 W-21 二极管结的电势,点亮整个——"

"不,不,不,不——"曼德利安声音越来越低,最后变成微弱的耳语,"你想干脆让她不加分辨,有什么说什么,那不行。这种事我们自己就能做到。重点在于让她识别出关键的关联,并得出结论。一旦做到这一点,你看,机器人简就能凭直觉直接说出答案。这件事是我们自己做不到的,除非是撞上了最稀奇的好运气。"

"在我看来,"玻格特冷淡地说,"如果有了这样一个机器人,你会把人类中间偶然出现的天才能做到的事变成她的日常工作。"

曼德利安拼命点头:"就是这话,彼得。我自己早就想这么说了,只不过我怕吓跑了公司的执行层。这话请你千万别跟他们提起才好。"

"你真想造一个机器人天才?"

"词语是什么?我想造的机器人,要能以极高的速度进行随机关联,再加上对关键含义的高识别商数。我尝试把那些词语放进正电子场方程式里。我以为我成功了,结果没有。目前还没有。"

曼德利安一脸不悦,看着简 2 号说:"你得出的最佳含义是什么,简?"

简 2 号扭头看向曼德利安,不过没有出声。曼德利安无可奈何,低声说道:"她正把这话输入关联库。"

最后简 2 号用毫无起伏的声音说:"我不确定。"这是她今天说的第一句话。

曼德利安往上翻白眼:"她现在等于是在设立拥有不确定解的方程。"

"看出来了。"玻格特道,"听着,曼德利安,目前看来你能做出什么成果来吗?或者我们现在就撤出来,把损失定格在五亿?"

"噢,我会成功的。"曼德利安嘟囔道。

简 3 号也没成功。她根本都没启动过，曼德利安气坏了。

是人为过失。如果把话说得完全准确，是他自己的错。然而即便曼德利安无地自容，其他人却一言不发。正电子脑的数学复杂得可怕，有谁在这上头从没犯过错的，就可以先来填写更正备忘录[1]。

又过了快一年，简 4 号才准备就绪。曼德利安再次眉飞色舞。"她能成，"他说，"她有良好的高识别商数。"

他信心很足，竟把她展示给各位董事，让她现场解决问题。不是数学问题，数学问题随便哪个机器人都能解决；拿给她的问题都在措辞上故意误导，但其实又不能算是用语不准确。

事后玻格特说："说真的，这些不算难。"

"确实。对简 4 号而言，这是基本的。但我总得拿出点儿什么来给他们看，不是吗？"

"你知道迄今为止我们花了多少钱吗？"

"得了，彼得，别跟我来这套。你知道我们赚回了多少钱吗？这些东西可不是在真空里发生的，你知道。我实话告诉你，为了它我这三年多日子惨透了，但我已经研究出新的计算技术，从现在起直到永远，我们设计的每一个新型号正电子脑都能节省至少五万美元。明白？"

"这个嘛——"

"别跟我这个那个的。事实就是如此。而且我个人觉得，n 维不确定性微积分可能有许多不同的用途，只要我们有足够的智慧去发现它们，而我的机器人简肯定会发现它们。一旦我完全实现我的想法，新的 JN 系列就能在五年内赚回所有投入，哪怕把我们迄今投入的资金再增加两倍。"

"什么叫'完全实现你的想法'？简 4 号有什么问题？"

---

[1] 用于沟通和纠正先前文件或交易中发现的错误或差异的文件。

"什么问题也没有。或者说问题不大。她已经在正确的道路上了,但还可以再改进,我也预备要改进。设计她的时候我觉得我已经知道自己要往哪里去。现在我已经测试过她,我的确知道我要往哪儿去了。我是打定主意要抵达的。"

简5号就是最终答案。曼德利安花了一年多造她,这次他毫无保留,他有绝对的信心。

简5号比普通机器人矮些,瘦些。她倒不像简1号那样模仿女性的外形,尽管她全身上下没有一处显著的女性特征,她却表现出一种女性的风度。

"是因为她站立的姿态。"玻格特说。她手臂静止时的动作很优雅,而且不知怎的,她转身时躯干似乎有种曲线美。

曼德利安说:"你听她说话……简,你好吗?"

简5号道:"非常健康,谢谢你。"那完全是女人的声音,很甜美,一种几乎扰乱人心的女低音。

"你为什么这么干,克林顿?"彼得吓了一跳,眉头也皱起来了。

"这在心理上很重要,"曼德利安说,"我希望大家觉得她是女人,把她当成女人对待,我希望大家向她解释各种事情。"

"哪个大家?"

曼德利安把双手揣进口袋里,盯着玻格特面露沉吟之色:"我希望公司安排,送我和简去弗拉格斯塔夫。"

玻格特不禁有些犯嘀咕:曼德利安没有说简5号,这一回他没加编号。她就是唯一的简。"去弗拉格斯塔夫?为什么?"

"因为那里是全球的普通行星学中心,不是吗?他们就是在那儿研究恒星,尝试计算宜居星球出现的概率,不是吗?"

"这我知道。但那地方是在地球上。"

"嗯,这点我肯定也是知道的。"

"地球上的机器人活动是受严格管控的。再说也没有必要。把普通行星学的图书馆带到这儿来，让简在这儿吸收知识就行了。"

"不！彼得，你怎么还不明白，简不是逻辑型机器人，她是直觉型的。"

"所以呢？"

"所以我们怎么知道她需要什么、什么东西能对她有用、什么东西能触发她？工厂里的任何金属型号都能读书；书上的数据是凝固的，而且早就过时了。简必须得到活生生的信息，她必须听到说话人的语气，她必须得到细枝末节的信息，甚至毫不相干的信息她也必须拥有。见鬼，我们怎么能知道什么东西会在什么时间豁然贯通，拼凑出完整的图景？要是我们知道，那我们根本也用不上她了，不是吗？"

玻格特渐渐难以招架。他说："那就把他们带到这儿来，那些普通行星学家。"

"到这儿来根本没用。他们离开了自己习惯的环境，反应不可能自然。我要简观察他们工作的样子；我要她看到他们的仪器、他们的办公室、他们的办公桌，尽可能看到跟他们有关的一切。我要你安排把她送去弗拉格斯塔夫。这件事我真的不想再讨论了。"

有一刹那他听上去简直活像苏珊。玻格特一时有些畏缩，他说："这类安排很复杂。运送实验阶段的机器人——"

"简不是实验品。她是本系列的第五个。"

"其他四个算不上能用的型号。"

曼德利安带着无助的沮丧高举双手："谁还逼你跟政府说实话不成？"

"我担心的不是政府。要是情况特殊，我们有办法让政府理解。我担心的是公众舆论。过去的五十年里我们已经取得了很大进步，我可不准备倒退回去二十五年，就因为你手头出了一个失控的——"

"不会失控的。你这些话傻透了。听着！美国机器人公司用得起私人飞机，我们可以静悄悄地降落在距离最近的商用机场，这类飞机每天降落好几百架次，谁也不会留意我们。接下来我们可以安排一台有密闭车厢的大型地面车，让它来机场接我们去弗拉格斯塔夫。简会待在板条箱里，从外表看，谁都会觉得那是跟机器人毫不相干的设备，正要送去实验室，谁都不会看我们第二眼。我们当然要预先提醒弗拉格斯塔夫的人，我们会明确告诉他们此次拜访的目的。他们肯定会合作，而且不会走漏消息，这事对他们有百利而无一弊。"

玻格特思忖片刻："风险在于飞机和地面车。如果板条箱出了什么问题——"

"什么问题都不会有。"

"只要运输期间停用简，我们或许能应付过去。那么一来，哪怕有人发现她在箱子里头——"

"不，彼得。不能这么干。绝对不行。简5号不行。听着，自从启动以来她就一直在进行自由联想。她拥有的信息可以在停用期间冻结保存，但自由联想绝对不行。不，先生，不能停用她。"

"可是，那万一有人发现我们在运输一台已启动的机器人——"

"不会有人发现的。"

曼德利安百折不挠，于是最终飞机起飞了。那是一架计算机自动驾驶的新型号喷气机，但机上还是带了一位人类飞行员当作后备——此人是美国机器人公司自己的员工。装着简的板条箱安全抵达机场，板条箱被转移到地面车上，很快顺利抵达弗拉格斯塔夫的研究实验室。

曼德利安抵达弗拉格斯塔夫还不到一个小时，彼得·玻格特就接到了来自对方的第一通电话。曼德利安喜不自禁，照他一贯的性格，马上就迫不及待要报告进展。

信息是用管道激光束传递的，有进行屏蔽和扰频处理，通常来说无法破解，但玻格特还是很恼火。他心里清楚，如果有谁下定决心要破解这类信息，那只需足够的技术能力就能做到——比方说政府。他们真正的安全保障其实只有一条，就是政府没有理由这么干。至少玻格特希望如此。

他说："看在上帝的分儿上，你非要打这通电话不可？"

曼德利安根本不理他。他颠三倒四地飞快地说："真是一着妙棋。简直天才极了，我跟你说。"

玻格特盯着话筒看了几秒钟。然后他吼道："你的意思是你已经得到答案了？这么快？"

"不，不！见鬼，给我们点儿时间。我指的是她的声音，真是一着妙棋。听着，司机把我们从机场送到弗拉格斯塔夫的主行政楼，我们拆开板条箱，简从箱子里走出来。当时在场的人全部都在往后退。吓坏了！一群白痴！要是连科学家都没法理解机器人学三大法则的意义，没受过相关训练的普通人还有什么指望？有那么一分钟我心里想：一切都白费了，他们不会开口的。他们满脑子想的都是赶紧脱身，免得她突然发狂，除了这件事他们再没法思考别的了。"

"好吧，所以你到底想说什么？"

"所以她照常跟他们打招呼。她说：'下午好，先生们。见到你们真是高兴。'她把话用那美丽的女低音说出来……这就成了。有一个人正了正领带，另一个人拿手指捋了捋头发。最叫我好笑的是年纪最大的那个人，他居然看了一眼自己裤子的拉链到底拉没拉上，千真万确。现在他们都对她着了迷。只需要声音就搞定了。她不再是机器人，她是个姑娘。"

"你的意思是他们愿意跟她说话了？"

"愿意跟她说话？那还用说！早知道我就该给她编程性感的语调，那样的话他们保准已经邀请她出去约会了。可真是货真价实的条件反射。我说，男人就是对声音有反应。在最亲密的时刻难道他们还用眼睛看？那时候靠的就是你耳朵里的声音——"

"对，克林顿，我好像还没忘。简现在在哪儿？"

"跟他们在一起。他们拉着她不放呢。"

"见鬼！快去守着她。别让她离开你的视线，伙计。"

曼德利安在弗拉格斯塔夫待了十天，第一通电话过后，他来电话的频率不算高，兴高采烈的劲头也渐渐低落下去。

据他报告，简一直在认真听，偶尔还有回应。她仍然很受欢迎，什么地方人家都允许她去，但就是没有结果。

玻格特说："完全没有？"

曼德利安立刻辩解道："也不能说完全没有。涉及直觉型机器人的时候是没法说什么完全没有的。你没法知道她脑子里在发生什么。今天早上她问詹森他早饭吃了什么。"

"那个天体物理学家罗西特·詹森？"

"对，当然是他。结果他今早没吃早饭。好吧，喝了杯咖啡。"

"那么说简在学习跟人闲谈。这可远远没法弥补我们投入的——"

"噢，别那么讨人厌。不是闲谈。简说的任何话都不是闲谈。她问这个问题是因为这跟她心里正在建构的某种交叉关联有关。"

"早饭吃了什么怎么可能跟——"

"我哪儿知道？要是我知道，我自己就成了简，你也不需要她了。但问题肯定是有意义的。我们给她的任务是回答哪颗行星拥有宜居性和距离的最佳比值，她的程序让她有极高的动力去获取答案，而且——"

"等她有答案了告诉我，那之前就不必多说了。真的不必把可能的关联全跟我详细描述一遍。"

其实玻格特并没指望会收到成功的消息。时间一天天过去，他也越来越不乐观，所以当消息最终传来，他压根儿没有心理准备。而且消息是在最后才来的。

那最后一次通话，那代表项目最高潮的信息，他几乎是压低了嗓门儿悄声说出来的。兴奋了一阵后，又回归了平静，曼德利安因为敬畏而变得安静了。

"她成功了，"他说，"她成功了，就在我几乎彻底放弃之后。她在那地方接收了一切信息，大多数还反复接收了两三次，其间却从没说过一句稍微像样的话，我还以为……我已经上飞机了，马上就回来。我们刚刚起飞。"

玻格特好不容易吸进一口气："别跟我闹着玩，伙计。你拿到答案了？如果拿到了你就说。明明白白说出来。"

"她得出答案了。她已经把答案告诉我了。她给了我八十光年范围内的三颗恒星的名字，据她说它们分别有60%～90%的概率拥有一颗宜居的行星。其中至少一颗确定为宜居行星的概率高达97.2%，几乎是板上钉钉了。这还不算什么。等我们回公司，她还可以明白告诉我们导向结论的推导思路，我估计整个天体物理学界和宇宙学界都要——"

"你当真确定——"

"你以为我生出幻觉了？我这儿还有个见证人呢。当简突然开始说话，用她那美妙的声音滔滔不绝地说出答案，那可怜人跳起来两尺高呢——"

陨石撞击就是在这时发生的。接下来飞机被彻底摧毁，曼德利安和飞行员化作一团团血淋淋的碎肉，也没能找到简可用的残骸。

美国机器人公司的气氛史无前例地低沉。罗伯森倒是试着自我安慰：既然破坏如此彻底，公司的违法行为倒也完全遮掩住了。

彼得摇头哀叹："这本来是最好的机会，美国机器人公司本来可以收获无与伦比的公众形象，击败那见鬼的弗兰肯斯坦情结，现在机会错失了。是机器人帮忙解决了空间跃迁问题，要是又有一个机器人解决了宜居行星问题，这对机器人会有怎样的意义啊！本来机器人要替我们打开整个银河系的，同时我们肯定还能把科学知识往十几个不同的方向大大推进……哦，上帝啊，人类本来能从中获益多少简直没法计算，当然还有我们公司。"

罗伯森说："我们还可以再造别的简，不是吗？哪怕没有了曼德利安。"

"当然可以。但我们能拿得准会再次得出恰当的关联吗？谁知道得出那最终结果的概率有多低？谁知道呢？也许曼德利安造她的时候正好撞上了新手才有的绝佳运气，然后又遭遇了更不可思议的坏运气呢？被陨石瞄准了撞上来……简直难以置信——"

罗伯森迟疑着悄声道："有没有可能——有没有可能是那个？我的意思是，也许那事本来就不该我们知道，而陨石就是审判——来自那个——"

玻格特愤怒的目光叫他无地自容，他渐渐噤了声。

玻格特说："这也不是什么不可挽回的损失，我猜。其他的简总归能帮上点儿忙的。我们还可以给其他机器人设定女性的声音，只要这能推动公众接受机器人——只不过我拿不准女人对此会有什么看法。要是我们知道简5号说了什么就好了！"

"最后一次通话的时候，曼德利安说他有一个见证人。"

玻格特道："我知道，我也在想这件事。你以为我没有联络弗拉格斯塔夫？整个地方谁也没听简说过任何不同寻常的话，谁也没听她提到任何类似于宜居行星问题答案的话；而如果听到答案，那儿的每一个人肯定都能辨别出那是答案——或者至少明白那是一种可能。"

"曼德利安会不会撒了谎？或者是疯了？有没有可能他只是想保护自己——"

"你的意思是，他也许想假装找到了答案，以此挽救自己的名誉，然后他还想办法耍花招欺骗简，免得她说出'噢，抱歉，出了点儿意外。噢，糟糕！'之类的话。这种说法我一点儿也不信。你还不如猜测是他安排了陨石撞击好了。"

"那我们怎么办？"

玻格特语气沉重："返回弗拉格斯塔夫。答案肯定在那儿。我需要再挖深些，仅此而已。我要过去，还要带曼德利安部门的两个人一起。我们得把那地方从上到下、从头到尾翻一遍。"

"可是，你知道，就算真有见证人，他也真听见了，可既然现在我们已经没有简来解释推导过程，光知道答案又有什么用呢？"

"一点一滴的信息都有帮助。简说出了恒星的名字——她说的多半是目录号，已经被命名的恒星肯定没机会。如果有人记得她说了那话，而且能记清目录号，或者听得足够清楚，即便缺乏清醒的记忆也能用心理探针把记忆找回来——那就有收获了。我们有了最终得出的结果，还知道起初提供给简的数据，那么我们就有可能重建推理思路，我们也许能找回直觉。如果能做到这一点，事情就有救了——"

三天后玻格特返回公司，他沉默不语，消沉到极点。罗伯森焦急地问他有没有收获，他摇头道："什么也没有！"

"什么也没有？"

"根本没有。我跟弗拉格斯塔夫的每一个人都谈过了——每一个科学家、每一个技术人员、每一个学生——只要是跟简有关系的人，哪怕只看过她一眼的人都包括在内。数量不算多；曼德利安行事很谨慎，这点值得称道。他只允许那些有可能提供行星学知识的人见她。总共有二十三个人见过简，其中只有十二个人跟简有过超出一般闲聊的对话。

"我把简说过的话梳理了一遍又一遍。每句话他们都记得很清楚。那些人本来就思维敏捷，这又是涉及他们专长的关键性试验，所以他们有很强的动机要记得简说过的话。再说他们面对的是一个会说话的机器人，这件事本身就很惊人，而且那机器人说话还活像电视女演员。他们想忘都忘不掉。"

罗伯森说:"或者用心理探针——"

"如果其中有谁隐约觉得似乎发生过什么,哪怕是最微不足道的印象,我都能想办法逼得他同意接受心理探针探测,可眼下根本连这么干的借口都找不到。你指望对二十几个靠大脑谋生的人使用心理探针,那绝对不可能。其实心理探针根本也不会有用。如果简提到三颗恒星,说它们的恒星系统中有宜居行星,那话会在他们脑子里炸开大烟花,这种事他们怎么可能忘记?"

"那么也许其中一个人没说实话,"罗伯森咬牙道,"他想拿这个信息替自己牟利,等过段时间当成自己的成果发表。"

"对他能有什么好处?"玻格特道,"整个机构都清楚曼德利安和简为什么去他们那儿,后来我是为什么去的他们也知道。如果未来某一天,如今在弗拉格斯塔夫的某个人突然想出了一种宜居行星新理论,跟过去的理论截然不同,然而却行之有效,那么无论是弗拉格斯塔夫还是美国机器人公司,大家立刻会明白这是他偷来的。他绝对别想蒙混过关。"

"那就是曼德利安自己不知怎么弄错了。"

"这我也实在没法相信。曼德利安的性格很烦人——我觉得所有机器人心理学家的性格都很烦人,肯定就是因为这个他们才不跟人工作,只跟机器人打交道——但他不傻。这样一件事他不可能弄错。"

"那就是——"然而罗伯森再也想不出其他可能。现在两人面前只剩一堵空空如也的白墙,他们好不凄惨地盯着它看了几分钟。

最后罗伯森率先动了动:"彼得……"

"怎么?"

"咱们问苏珊吧。"

玻格特浑身僵硬:"什么?!"

"咱们问苏珊。咱们打电话给她,请她来公司。"

"为什么?她又能做什么?"

"我不知道。但她也是机器人心理学家,说不定她比我们都更了解曼德利安。再说了,她……噢,见鬼,她本来就比咱们所有人都更有脑子。"

"她都快八十岁了。"

"你也七十岁了。怎么说?"

玻格特叹口气。退休这么些年,她那尖利的口舌有没有失去些许锋芒?他说:"好吧,我问问她。"

苏珊·凯文走进玻格特的办公室,她先慢吞吞地四下打量一圈,然后目光才锁定了研发主任。自退休以来她苍老了不少。她有一头细软的白发,脸仿佛整个皱起来了;整个人那么瘦弱,好像是透明的;只有她的眼睛还是一样的锐利,一样的强硬,似乎保留住了过去的全部风采。

玻格特热情地大步迎上去。他伸出手:"苏珊!"

苏珊·凯文跟他握手:"你气色看着倒不算差,彼得,对你这样的老年人来说还不错。我要是你,我可不等明年才退休。现在就退吧,让年轻人去施展……曼德利安也死了。你叫我来是想让我做回原来的工作?你是打定主意把老古董们留在岗位上直到肉体死亡一年以后?"

"不,不,苏珊。我叫你来——"他闭上嘴。说起来,这事他压根儿不知道从哪儿说起。

但苏珊像过去一样,轻而易举就能看穿他的想法。她坐下来,因为关节僵硬,动作分外小心。她说:"彼得,你叫我来是因为你遇上了大麻烦。否则你宁愿见我死了也不愿见我活着出现在你周围一英里以内。"

"得了,苏珊——"

"别白费时间说漂亮话了。我四十岁的时候都没工夫可浪费,现在就更没有了。曼德利安的死和你打电话给我,两件事都很反常,所以二者之间必有联系。发生两件毫无关联的反常事件,这种概率太低,不值得费心思量。你就从头说起,不必担心会暴露自己是个傻子。这一点你老早就暴露给我了。"

玻格特可怜巴巴地清清喉咙,然后就讲起来。苏珊认真听,偶尔抬起干瘪的手示意他暂停,她好问个什么问题。

中间有一次她哼了一声:"女性的直觉?你们造那机器人是为了这个?你们这些男人。你们见到一个女人得出正确的结论,又没法接受她在智力上跟你们旗鼓相当,甚至还胜过你们,你们就发明一个词叫'女性的直觉'。"

"嗯,是的,苏珊,不过让我接着说——"

他接着说下去。等听到简的女低音,她又说:"有时候真的很难抉择,究竟是该对雄性感到反感呢,还是仅仅把他们看成可鄙的家伙置之不理。"

玻格特说:"嗯,让我往下说——"

等他终于说完了,苏珊说:"这间办公室能给我用一两个钟头吗?只给我用?"

"可以,但是——"

她说:"我想查看各种记录——简的程序设计、曼德利安的电话、你在弗拉格斯塔夫的访谈。还有你那崭新漂亮的屏蔽式激光电话和电脑终端,我猜只要我愿意都可以用吧。"

"可以,当然。"

"好吧,那么出去吧,彼得。"

过了不到四十五分钟,她就蹒跚着走到门边,开门去找玻格特。

玻格特来了,一起来的还有罗伯森。两人走进办公室,苏珊毫无热情地招呼后者:"你好,斯科特。"

玻格特拼命想借苏珊的表情判断事情的进展，但他只看见一张老妇人的面孔，神色严厉，丝毫不打算轻松放他过关。

他小心提防着问："你觉得你能做点儿什么吗，苏珊？"

"除了我已经做的那些？不！已经没别的可做了。"

玻格特的嘴唇摆出懊恼的表情，但罗伯森问："你已经做了什么，苏珊？"

苏珊说："我稍微思考了一会儿；这件事我好像就是没办法说服别人也试试。首先我想到曼德利安。我了解他，你们知道的。他有头脑，但他是个非常烦人的外向型人格。我以为他接替我你肯定很乐意的，彼得。"

"也算是个改变。"玻格特忍不住回嘴。

"而且每次他有什么成果，马上就会跑来找你，是不是？"

"对，他是这样的。"

"可是呢，"苏珊道，"他那最后一条信息，就是他说简给了他答案的那次，却是从飞机上发出的。他为什么等了那么久？为什么他不在弗拉格斯塔夫打电话，就在简说了她说的不知什么话以后马上打给你？"

"据我猜想，"彼得说，"是因为他这辈子终于有一次想先彻底核实一下，而且……嗯，我不知道。那是他这辈子最重要的一件事，或许他终于想先等等，等确定了再告诉我。"

"恰恰相反，事情越重要，他肯定就越不会等。再说假如他真能按捺得住，为什么不干脆做到底，先回美国机器人公司，用公司可以提供的一切计算设备核实答案？简而言之，从一个角度看，他等了太久，从另一个角度看，他又等得不够久。"

罗伯森打断她："那么你是觉得他在耍什么花招——"

苏珊满脸反感："斯科特，请你别跟彼得抢着说蠢话。让我接着说……第二点涉及那个见证人。根据最后那通电话的记录，曼德利安说的是：'当简突然开始说话，用她那美妙的声音滔滔不绝地说出答案,那可怜人跳起来两尺高呢.'事实上这是他说的最后一句话。那么问题来了,见证人为什么会跳起来?曼德利安已经解释过,说所有人都为了简的声音发狂,再说他们跟机器人已经相处了十天——跟简相处了十天,那么她只不过是开口说话,他们为什么会吓一跳?"

玻格特说:"我猜是因为行星学家已经为那个问题绞尽脑汁快一个世纪了,突然听到简给出答案,他们觉得吃惊吧。"

"可是他们一直在等简给出答案。她去那儿的目的就是这个。再说了,看看这句话的措辞。照曼德利安的说法,见证人是吓了一跳,而不是吃惊,不知你们能不能看出区别。还不止,这个反应是因为'简突然开始',换句话说,简一开始说话对方就有了那个反应。见证人如果是因为简所说的内容而吃惊,那他必然需要先听一段时间,以便吸收话里的意思。曼德利安就会说那人听简说了一番话之后跳起来两尺高。他会说'之后'而不是'当',另外'突然'一词也不会出现了。"

玻格特不自在道:"只不过是一个词的差别,我觉得你不能抠字眼儿到这种地步。"

"我能,"苏珊冷冰冰地说,"因为我是机器人心理学家。而且我还可以期待曼德利安做一样的事,因为他也是机器人心理学家。所以说我们必须对这两个反常的点做出解释。曼德利安打电话之前古怪的延迟,以及见证人古怪的反应。"

"你能解释吗?"罗伯森问。

"当然,"苏珊说,"因为我用了一点儿简单的逻辑来推断,当时曼德利安按照他一贯的做法没有拖延,立刻打电话告知了新消息,或者是尽他所能尽快打了电话。如果简是在弗拉格斯塔夫得出了答案,他肯定会从那里打电话回来。既然他是从飞机上打的电话,那么很显然她是在离开弗拉格斯塔夫之后才得出答案的。"

"可那么一来——"

"让我说完。让我说完。当初曼德利安在机场着陆后，难道不是由一辆有封闭车厢的重型地面车送去弗拉格斯塔夫的？还有简，也在她的板条箱里跟他一起？"

"是。"

"那么可以假定，从弗拉格斯塔夫前往机场的时候，曼德利安和板条箱里的简也是搭乘同一辆有封闭车厢的重型地面车。我说得对不对？"

"对，当然！"

"而且地面车里也不是只有他俩。有一次打电话回来时曼德利安说：'司机把我们从机场送到弗拉格斯塔夫的主行政楼。'而据我想，我应该可以由此得出结论，既然提到司机，那就意味着车里有个司机，一个人类驾驶员。"

"上帝啊！"

"你的问题，彼得，就在于当你想到有见证人听到了关于行星学的话，你就想到行星学家。你把人类分成三六九等，并且对大多数人都鄙夷不屑。机器人是不能这么干的。第一法则说了：'机器人不得伤害人类，或因不作为而使人类受到伤害。'任何人类。这是机器人生命观的精髓。机器人不做区分。对机器人来说，一切人都是真正平等的，而对于一个必须从机器人层面跟人类打交道的机器人心理学家，一切人也都是真正平等的。

"曼德利安根本不会想到要说是有个卡车司机听到了那番话。在你眼里卡车司机不是科学家，他不过是卡车里一个有生命的附属品，但对曼德利安来说他是一个人，一个见证人。不多也不少。"

玻格特难以置信似的摇着头："可你真的确定吗？"

"我当然确定。否则你怎么解释那第二点，曼德利安说见证人吓了一跳那句话？简在板条箱里，不是吗？但她并没有被停用。根据记录，曼德利安一贯强烈反对在任何时候停用直觉型机器人。再说了，简5号也跟其他几个简一样，非常不爱开口，多半曼德利安从没想到要命令她在板条箱里保持安静；也正是在板条箱里，简最终拼出了整个模式。很显然，她开始说话了，美丽的女低音突然在板条箱里响起。如果你是卡车司机，那一刻你会如何？你当然会吓一跳。他没出车祸真是奇迹。"

"可如果卡车司机是见证人，他为什么没有主动站出来——"

"为什么？他怎么可能知道刚刚发生了关键性的事件？他怎么可能知道自己听到了重要的信息？再说了，你以为曼德利安不会给他一大笔小费，请他守口如瓶？难道你愿意消息传开，说有一个启动的机器人在地球表面被非法运输？"

"嗯，他会记得简说的话吗？"

"为什么不会？你或许觉得卡车司机记不住什么，彼得，毕竟在你眼里这种人只比猿猴高一级；但卡车司机也可以有头脑。简的话很不同寻常，司机很可能记住了一部分。就算他把其中一些字母和数字记错了，我们要处理的也是一个有限的集，八十光年内的五千五百颗恒星或者恒星系统——具体的数字我还没查，总之你很容易做出正确的选择。再说如果有必要，你也有充足的借口可以使用心理探针——"

两个男人瞪大眼睛望着她。最后是玻格特开口了，他就是不敢相信："可是你怎么可能确定呢？"

有那么一刹那，苏珊差点儿说出：因为我打电话去了弗拉格斯塔夫，你这蠢货，因为我跟卡车司机通了话，因为他跟我讲了他听到了什么，因为我让弗拉格斯塔夫的计算机核对过了，只有三颗恒星符合，还因为恒星的名字就在我口袋里。

但她没有这么说。让他自己去把这一套做一遍吧。她小心翼翼地站起身，然后讥讽道："我怎么能确定？……你可以说是女性的直觉。"

最宝贵的财富[1]

地球是一座大型公园。它已经被彻底驯化。

卢·坦索尼亚搭乘地月航天飞机,阴沉着脸看地球在眼前逐渐放大。他长了一个突出的鼻子,把瘦削的面庞分割成面积不足道的两半,每一半都总显得有些悲伤——但这次与平日不同,这次的悲伤神色准确地反映了他此刻的心情。

过去他从没离开地球这样久——将近一个月——再过一会儿,地球巨大的重力就会展现凶狠的手腕,他估计自己难免要经历一段叫人不大愉快的适应期。

但那是之后的事了。眼下他看着地球不断放大,心里的悲伤倒不是为此。

现在飞船距离地球还够远,地球只是一圈白色的螺旋,被飞船肩头的太阳照着闪闪发亮。此时的地球自有一种原始之美。云朵的缝隙里偶尔露出一片片柔和的棕色和绿色,看上去它仍然可能是曾经的那个星球——三亿年前,生命第一次从海洋里探出头来,转移到干燥的大地上,将绿色铺满山谷,自那时起地球似乎一直是这般模样。

还要等位置再低一些,再低一些——等飞船开始往下沉——那时候驯化的迹象才会显现。

哪里都没有荒野。卢从未见过地球的荒野;他只在书里读到过,

---

1 Copyright © 1971 by Condé Nast Publications, Inc.

在老电影里见到过。

森林里树木整齐排列,每棵树都被仔细标记下种类和位置。田里的作物有序地轮种,有休耕,也有自动施肥和除草。少数仍然存在的家畜都是有编号的;卢苦中作乐似的琢磨,恐怕就连一片草叶也是有编号的吧。

如今很少能看见动物,偶尔瞥见一眼都是激动人心的大事。就连昆虫也渐渐消失了。大型动物全部生活在数量逐渐减少的动物园里,别处再也看不见了。

就连猫都少了,因为如果你非要养个宠物不可,那么养仓鼠要比养猫爱国得多。

更正!减少的只是地球的非人类动物。动物生命的总量跟过去一样多,只不过其中大多数,大约总数的四分之三,都属于同一个物种——智人。而且无论地球生态局能做什么(或者无论它号称自己能做什么),这个分数都在年复一年地一点点变大。

每当想到这里,卢总感到一种仿佛要压垮他的怅然。没错,人类的存在倒是并不扎眼。航天飞机最后绕地飞行时看不见人类的踪影。卢知道,就算他们再降低高度也不会看见任何踪影的。

行星大一统前的那种混乱、那种城市无序蔓生的景象早已不复存在。曾经的高速公路还能从空中看出端倪,因为它们在植被上还留着印记,但从近处已经看不见了。人类个体很少搅扰地球表面,但他们确实存在,就在地下。整个人类都在地下,几十亿的人口,再加上工厂、食品加工厂、能源厂和真空隧道。

这个驯化的世界靠太阳能生活,再也没有纷争,在卢眼里它因此变得可憎了。

然而眼下他几乎可以暂时忘记这一切,因为在好几个月的失败之后,他终于要见到安德拉斯图斯了,安德拉斯图斯本人。他托尽关系才得到了这次的机会。

伊诺·安德拉斯图斯是生态秘书长。这一职务不由选举决定人选，也很少为人所知。它就只是地球上最重要的位置而已，因为它控制着一切。

简·马利就是这么说的，几乎一字不差，其时他坐在秘书长办公室，看上去衣冠不整，睡眼蒙眬，心不在焉。人家看了他这副样子，难免觉得幸亏人类的饮食受到严格控制，不允许任何人发胖，否则这人准成胖子。

他说："据我判断这是地球上最重要的位置，而且似乎谁都不知道它。我想写篇报道。"

安德拉斯图斯耸耸肩。此人身材粗壮，浓密的头发曾经是浅棕色，现在是灰色里带些棕色斑点；他脸上遍布细密的皱纹，长着一双淡蓝色眼睛，就嵌在周围深色的皮肤组织中间。在过去一代人的时间里，他一直是行政图景中一个不惹人瞩目的组成部分。自从地区生态议会合并成地球生态局，他就一直担当生态秘书长。对他稍有了解的人一想到生态就没法不想到他。

他说："真实的情况是，我几乎从未真正自己拿主意做过决定。我签署的指令其实也不是我的指令。我只是负责签字，因为由计算机签字人类在心理上会感到不适。但是你明白，能完成这一工作的只有计算机。

"生态局每天摄入的数据多到不可思议，这些数据从全球各地转到生态局，内容不仅涉及人类的出生、死亡、人口变化、生产和消费，还包括植物与动物数量的一切有形变化，更不必提环境的主要组成部分——空气、海洋、土壤——它们的测量状态。信息被分解、吸收、消化，形成交叉索引的记忆体指标，复杂得惊人，而我们提出的问题，其答案就来自那记忆体。"

马利精明地往旁边瞥了一眼："一切问题的答案？"

安德拉斯图斯微笑道:"我们学着不去问那些没有答案的问题。"

"而得到的结果,"马利说,"就是生态平衡。"

"正确,不过是一种特殊的生态平衡。纵观地球历史,平衡其实一直维系着,但总是以灾难为代价。在暂时的不平衡过后,平衡就借助饥荒、疫病、剧烈的气候变化重新恢复。如今我们维持平衡就用不到灾难了,我们靠的是日复一日的大小变化,靠的是绝不让不平衡积累到危险的程度。"

马利说:"这就是你曾经说过的话了——'人类最宝贵的财富就是平衡的生态'。"

"人家确实告诉我说这话是我说的。"

"它就在你背后的墙上。"

"只有开头几个字。"安德拉斯图斯实事求是地说。那几个字是在一块长条形微光板上,闪烁着,活跃着:人类最宝贵的财富……

"这句话不必写完大家也知道。"

"我还能跟你说点儿别的什么?"

"我能跟随你一段时间,看你如何工作吗?"

"你会看到一个盛名难副的书记员。"

"我觉得不会。你有没有约见什么人,我能在场旁听的那种?"

"今天有一个;一个名叫坦索尼亚的年轻人,是我们派去月亮上工作的。你可以旁听。"

"派去月亮上工作的?你是指——"

"对,来自月球实验室。谢天谢地,我们有月亮。否则那些试验全都得在地球进行,本来要维系生态就已经够难了。"

"你指的是核试验和放射性污染?"

"我指很多东西。"

卢·坦索尼亚脸上混合了勉强压抑的兴奋和忧虑。"很高兴有机会见到您,秘书长先生。"他在地球的重力之下急促地喘息,说话有些上气不接下气。

"很遗憾我们没能早些见面,"安德拉斯图斯顺溜地说,"许多报告里都对你的工作大加赞赏。今天在场的这位绅士是简·马利,科学作家,我们可以不必在意他。"

卢略瞟了作家一眼,他点点头,然后就急切地转向安德拉斯图斯:"秘书长先生——"

"坐。"安德拉斯图斯说。

卢坐下了。因为正在适应地球重力,他的动作有些笨拙;而他的神情则有些焦急,仿佛花时间坐下来也嫌浪费似的。他说:"秘书长先生,我以我个人的名义恳请您重新考虑我的项目申请,编号是——"

"我知道它。"

"您读过吗,先生?"

"不,没有,但计算机读过。你的申请被拒绝了。"

"对!但我恳请您驳回计算机的决定。"

安德拉斯图斯微笑着摇头:"这一请求对我是很困难的。我可不知道该从哪儿找到勇气,推翻计算机的决定。"

"但您必须这样做,"年轻人认真极了,"我研究的领域是基因工程。"

"对,我知道。"

"而基因工程,"卢就跟没听见对方插话似的径直往下说,"一直是医学的侍女,但是不应该如此。至少不应该完全如此。"

"你这么想真是奇怪。你拥有医学学位,还在医用遗传学方面做出过了不起的成绩。人家告诉我,由于你的工作,两年之内我们就可能一劳永逸地完成对糖尿病的全面抑制。"

"是的,但我不关心这个。我不想继续把它做完。让别人去做好了。治愈糖尿病不过是细枝末节,也只不过意味着死亡率会略微降低，同时往人口增长的方向上增加一点点压力。我没兴趣完成这种事。"

"你不重视人的生命？"

"不会无限度地重视人的生命。地球上已经有太多人了。"

"我知道有些人这样想。"

"您自己就是其中之一，秘书长先生。您写过好些文章表达这层意思。任何愿意思考的人——尤其是您——都明白会有什么后果。人口过剩意味着不舒适，而为了降低不舒适，个人的选择就必须消失。如果足够多的人挤进一块场地里，那么当他们想坐下，唯一的办法就是所有人同时一起坐。如果人群足够密集，那么当他们想从一个地方移动到另一个地方，唯一的办法就是结队齐步走。人类正在变成这副模样：一群盲目齐步行进的群众，不知道自己要去哪儿，也不知道为什么要去那儿。"

"这番演说你练习了多久，坦索尼亚先生？"

卢有点儿脸红："而其他生命形态的种类和个体数量都在减少，只有我们吃的植物除外。生态每年都在变得更加简单。"

"生态保持着平衡。"

"但它丧失了色彩，丧失了多样性，而且我们甚至不知道这个平衡到底有多好。我们接受这种平衡，只不过是因为我们没有别的选择。"

"换了你会怎么做？"

"问拒绝我的提议的计算机吧。我想启动一项基因工程项目，包含广泛的物种，从蠕虫到哺乳动物。我们手头可用的材料正在不断减少，我想赶在它们消失之前用它们创造出新物种。"

"为了什么目的？"

"为了建立人造生态。基于全然不同于地球物种的植物和动物，建立新的生态。"

"有什么益处?"

"我不知道。要是我确切知道会有什么益处,那也不必做研究了。但我知道我们应该能收获什么。我们应该能获得更多关于生态如何运转的知识。迄今为止我们只是被动接受大自然给我们的东西,然后我们摧毁它,破坏它,用肢解后的残肢对付着过日子。为什么不建造一点儿什么,再去研究它?"

"你是说盲目建造?随机建造?"

"我们没有足够的相关知识,只能如此。基因工程的基本驱动力就是随机突变。运用到医学上时,这种随机性必须不惜代价降到最低,因为医学上寻求的是某种特定的效果。我希望把基因工程的这种随机成分拿过来,把它利用起来。"

安德拉斯图斯皱眉片刻:"那你又如何建立起有意义的生态?难道它不会跟业已存在的生态互动,而且还有可能会令其失衡?这代价我们无法承受。"

"我不打算在地球开展试验,"卢说,"当然不行。"

"在月球?"

"也不在月球——在小行星上。自从把提议喂给计算机,我就一直在考虑这一点,虽然计算机又把我的提议吐出来了。也许这能改变决定。小行星如何?挖空内部,每颗小行星都是一个生态。分配一定数量的小行星来做这件事。进行恰当的工程设计,配备能源和传感器,送去可能形成封闭生态的各种生命体。看会发生什么。如果不成功,就尝试找出原因,然后减去某一项,或者更有可能是加进某一项,或者更改比例。我们会发展出所谓的应用生态学,或者如果您愿意,也可以叫它生态工程学。这门科学会在复杂性和重要性上比基因工程更进一步。"

"但你说不准它能有什么益处。"

"具体的益处当然没法说,但它怎么可能不带来好处呢?它会在我们最急需的领域增长我们的知识。"他指向安德拉斯图斯背后那些闪着微光的字,"您亲口说的:'人类最宝贵的财富是平衡的生态。'而我提供给您一个在实验性生态中进行基础研究的方法,这是前人从未做过的。"

"你想要多少颗小行星?"

卢有些犹豫。"十颗?"他说这话时语调上扬,"用来启动项目。"

"给你五颗。"安德拉斯图斯把报告拿到面前。他在报告上飞快地写字,推翻了计算机的决定。

事后马利说:"现在你能坐在那儿告诉我你是个盛名难副的书记员吗?你推翻了计算机的决定,给出了五颗小行星。就那样给出了五颗小行星。"

"还要等议会批准。我确信会批准的。"

"那么你认为那个年轻人的提议是好主意了?"

"不,我并不这样想。不会奏效的。尽管他一腔热忱,但问题太复杂了,要得出任何有价值的成果,所需的人手肯定超出了我们能提供的数量,所需的时间也肯定超出了那个年轻人的一生。"

"你确定?"

"计算机是这么说的。所以才拒绝了他的提议。"

"那你又为什么推翻计算机的决定?"

"因为我,以及政府全体,我们在这里是为了保存某种远比生态更重要的东西。"

马利身体前倾:"我不明白。"

"因为你错误地引用了我在许久之前说过的那句话。因为每个人都错误地引用了它。因为我其实说了两句话,它们被缩成了一句,而我一直无力把它们重新拆开。看来人类或许不愿意接受我的原话。"

"你的意思是,你没说过'人类最宝贵的财富是平衡的生态'?"

"当然没有。我说的是:'人类最大的需要是平衡的生态。'"

"但你那块微光板上也说'人类最宝贵的财富……'。"

"那是第二句话的开头,也就是大家拒绝引用的那一句,但我从没忘记它——'人类最宝贵的财富是躁动的头脑'。为了我们的生态,起先我没有推翻计算机的决定,我们需要生态才能生存。现在我推翻计算机的决定,以便拯救一颗有价值的头脑,让它继续工作。一颗躁动的头脑。我们需要这个,否则人将不成其为人——后者比仅仅生存下去要重要得多。"

马利站起身:"秘书长先生,我怀疑你一开始就想让我旁听这次会谈。你想要我发表的其实是刚才这番议论,不是吗?"

"可以这么说吧,"安德拉斯图斯道,"我想抓住机会,让大家正确引用我说过的话。"

镜　像[1]

机器人学三大法则：

一、机器人不得伤害人类，或因不作为而使人类受到伤害。

二、除非违背第一法则，机器人必须服从人类的命令。

三、在不违背第一法则及第二法则的情况下，机器人必须保护自己。

以利亚·贝莱正准备重新点燃烟斗，这时他办公室的门突然开了，事先既没有敲门也没有通报。贝莱满脸不高兴地抬起头，然后失手掉落了烟斗。有一件事可以很好地说明他当时的心理状态：他任由烟斗躺在了落下的位置。

"机·丹尼尔·奥利瓦，"他带着一种莫名其妙的激动，"约沙法[2]在上！真的是你，不是吗？"

"非常正确。"新来的访客高个子，深色皮肤，匀称的五官保持一贯的平静，连一丝起伏也没有，"抱歉我贸然来访，没有预先提醒你就进来了。然而情况微妙，即便在这里，也要尽可能避免让人类和机器人牵扯进来。至于我，无论如何，再次见到你我是很高兴的，以

---

[1] Copyright © 1972 by Condé Nast Publications, Inc.
[2] 约沙法（Jehoshaphat，公元前905—公元前849），犹大王国的国王，他的名字用于感叹语或者誓词时，用法类似于"上帝啊"。以利亚·贝莱将其用作表达惊讶或诅咒的口头禅。

利亚朋友。"

说罢机器人就伸出了右手,这举动和他的外表一样,都跟人类毫无二致。倒是贝莱吃惊之余忘了人类的礼节,一时间竟有些不解,只顾盯着那只手看。

然后他就用双手紧紧握住了对方的手,感受到它坚实的暖意:"但是丹尼尔,为什么?你随时来我都欢迎,但是——你说的那个微妙的情况是什么?我们又遇到麻烦了吗?我指地球,我们又有麻烦了?"

"不,以利亚朋友,跟地球无关。我所说的微妙情况,从表面上看是一件小事。数学家之间的争端,仅此而已。事有凑巧,我们刚好离地球不远,一个跃迁就能抵达——"

"那么这一争端是发生在一艘星舰上?"

"是的,确实如此。一场小小的争端,然而对涉及此事的人类来说,此事又严重得叫人吃惊。"

贝莱忍不住笑了:"我一点儿也不奇怪你会觉得人类叫你吃惊。他们是不遵守机器人学三大法则的。"

"这一点,说起来,实在是一个缺点,"机·丹尼尔严肃地说,"而且我觉得人类自己也对人类感到困惑。或许你比其他世界的人的困惑更少些,因为住在地球的人类数量很多,远超各个太空族世界。假如果然如此,而且我也相信的确如此,那么你就有可能帮助我们。"

机·丹尼尔停顿片刻,再开口时语速显得有点儿过于急促:"然而我也学到了一些人类行为的规则。比方说,我在礼仪上仿佛有所欠缺,依照人类的标准,我本该问候你的妻子和孩子。"

"他们都很好。儿子进了大学,洁西在参加本地的政治活动。喏,客套完毕。现在告诉我,你来这儿到底是怎么一回事。"

"如我刚才所说,我们只需一个跃迁就能很容易地抵达地球,"机·丹尼尔道,"于是我就建议舰长向你咨询。"

"而舰长同意了?"贝莱不由描绘出一幅画面:太空族的星舰上的一位骄傲而专横的舰长,竟然同意降落在地球——这个太空族最不愿意来的地方,而且还是为了咨询一个地球人——这种太空族最不愿接触的人。

"我相信,"机·丹尼尔说,"考虑到眼下他的处境,他是什么都愿意答应的。此外我还极推崇你;不过毫无疑问,我说的都是事实。最后我还答应由我来进行全部的协商,这样一来任何船员和乘客都无须进入地球人的城市。"

"也不必跟地球人说话,没错。但到底发生了什么事?"

"'船底座伊塔号'星舰的乘客中包括两位数学家,二人准备前往彩神星参加神经生物物理学的星际会议。争端就是围绕这两位数学家展开的。阿弗瑞德·巴尔·洪堡和界瑙·撒巴特。或许,以利亚朋友,你听说过他们中的一个,抑或两个都听说过?"

"一个都没听过,"贝莱断然道,"我对数学一无所知。听着,丹尼尔,你肯定没跟人说我热心数学吧,否则——"

"一点儿也没有,以利亚朋友,我知道你并非如此。再说你是与不是也都没有关系,因为所涉数学的确切性质跟有待解决的问题毫无关联。"

"嗯,那好,接着说。"

"既然你并不认识这二位,以利亚朋友,就让我先告诉你,洪堡博士早已步入人生的第二十七个十年——抱歉,怎么了,以利亚朋友?"

"没什么,没什么。"贝莱烦躁地说道。刚刚他不过是低声自语,说的东西也多少有些前言不搭后语,这是地球人对太空族寿命的自然反应:"即便这般年长,他仍然很活跃?在地球上,数学家过了三十岁左右就……"

丹尼尔平静地说:"洪堡博士久负盛名,他是银河系排名前三的顶尖数学家,毫无疑问,至今仍然活跃。另一方面,撒巴特博士则非常年轻,还不满五十岁,但他也已经确立了地位,在几个最深奥的数学分支中他是最杰出的新星。"

"那么说两人都很了不起了。"贝莱道。他记起烟斗,便把它捡起来。他觉得现在点上它也没意思,于是把残留的烟丝磕了出来:"怎么回事?是谋杀案吗?看起来好像是其中一个人杀了另外那个?"

"这两位赫赫有名的数学家,其中一位企图摧毁另一位的名声。根据人类的价值观,我相信这可以视为比肉体的谋杀更恶劣的行为。"

"有时候也许吧,我猜。是谁想毁了谁?"

"怎么?以利亚朋友,这正好是问题的关键呀。有罪的是哪一个?"

"继续。"

"洪堡博士的故事交代得很清楚。登上星舰后不久,他突然得到洞见,想到可能有一种方法可以根据局部皮层区域微波吸收模式的变化来分析神经通路。这一洞见是纯粹的数学技术,极尽精微,但我呢,自然既无法理解也无法有效地传达其细节。不过这不重要。总之洪堡博士思考了这一问题,每过一小时他的信心都越发坚定:自己手头是一种革命性的新东西,与之相比,他在数学上取得的全部成就都相形见绌。然后他发现撒巴特博士也在星舰上。"

"啊。于是他就讲给年轻的撒巴特听,试试对方的反应?"

"完全正确。两人之前在学术会议上见过面,也完全了解彼此的名声。洪堡非常详细地向撒巴特讲述了自己的想法。撒巴特完全支持洪堡的分析,并对这一发现的重要性和发现者的天才大加赞赏。于是洪堡又是欣慰又是放心,很快写好一篇论文大略概述自己的成果,并在两天后准备将论文用亚以太传给彩神星会议的联席主席,以便正式确立自己对这一发现的优先权,同时也想看看能否在会议结束前安排对其进行讨论。然而他吃了一惊,因为他发现撒巴特也准备好了一篇论文，本质上与洪堡的论文相同，而且撒巴特也准备用亚以太把论文传去彩神星。"

"我猜洪堡大概很愤怒了。"

"非常愤怒！"

"那撒巴特呢？他是什么说法？"

"跟洪堡的一模一样。一字不差。"

"那问题到底出在哪儿？"

"在于两人的名字有一个镜像般的互换。根据撒巴特的说法，洞见是他的，是他咨询了洪堡，洪堡同意并赞赏他的分析。"

"也就是说两人都宣称点子是自己的而对方是小偷。我听着根本不称其为问题。学术上的争端，依我看只需拿出研究记录就可以解决，那种标注了日期和作者首字母的记录，凭此就能判断优先权。即便其中之一是假冒的，也可以通过研究记录内部的前后不一致来拆穿。"

"在通常情况下，以利亚朋友，你的想法都是正确的。但这是数学，不是实验科学。洪堡宣称要点都是他在头脑中构想出来的，直到准备论文之前他都不曾把任何部分诉诸笔墨。撒巴特博士，不必说，也说了一模一样的话。"

"那好吧，那就更激进些，干脆下猛药把事情解决。让两人都接受心理探针的探测，看到底谁在说谎。"

机·丹尼尔缓缓摇头："以利亚朋友，你不明白这些人。两人都是帝国学院的研究员，级别和学术地位都很高。他们这种身份，只能由跟他们同样身份的人组成陪审团——职业上同样身份的人——否则根本不可能对其职业行为进行审判，除非他们自己自愿放弃这一权利。"

"那就直接征求他们的意见。有罪的一方不会放弃这一权利，因为他不敢面对心理探针；无辜的人则会立刻同意，甚至都不必真使用探针。"

"这是行不通的,以利亚朋友。在这样一件案子里放弃权利——这样一件由外行人调查的案子——对他们的声誉是一种严重的打击,或许是无法挽回的打击。事关尊严,双方都坚定地拒绝放弃特殊审判的权利。在这里,有罪还是无辜反而是非常次要的问题。"

"这样的话就先放一放。把事件放进冷藏室,等抵达彩神星再说。等到了神经生物物理学会议上,专业的同行要多少有多少,到时候再——"

"这将意味着对科学本身的巨大打击,以利亚朋友。两人都会因为涉嫌丑闻而蒙受痛苦。哪怕无辜的一方也将受到指责,因为他参与了这一如此可厌的局面。大家会觉得此事本该不惜一切代价在庭外悄悄解决。"

"好吧。我不是太空族,但我会试着设想他们这种态度说得通。涉事的两位怎么说?"

"洪堡衷心赞同。他说如果撒巴特愿意承认自己偷了这个点子,并同意让洪堡继续传送论文——或者至少在会议期间发表论文——他就不提出指控。撒巴特的错误行为由他保密,当然,同时也由舰长保密,舰长是唯一知晓这一争端的人类。"

"但年轻的撒巴特不肯答应?"

"正相反,他完全同意洪堡博士的意见,包括最微末的细节——颠倒下名字。仍然是镜像。"

"所以他们就干坐着僵持住了?"

"两个人,我相信,以利亚朋友,都在等对方屈服,等对方认罪。"

"好吧,那就等着。"

"舰长认定不能这样做。你看,除了等待还有另外两种可能。其一,两人都顽固不化,那么等星舰降落在彩神星,知识界的丑闻就会传开。舰长是在飞船上负责主持正义的人,由于没能安静地解决此事,他将要蒙受耻辱,而这,对他而言,是无法忍受的。"

"第二种可能呢?"

"第二种就是,两位数学家中的这一位,或者那一位,真的承认自己做了错事。但是认罪的人之所以认罪,会是因为他确实犯了罪吗?抑或是出于一种崇高的愿望,希望阻止丑闻发生?如果此人道德如此高尚,竟宁愿失去本该属于自己的荣誉也不愿看到整个科学蒙羞,难道我们应该就这样剥夺了他的荣誉?或者另一种情况,有罪的一方在最后一刻认罪,并惺惺作态,好像他仅仅是为了科学才认罪的,由此逃过自身行为带来的耻辱,同时在对方身上投下阴影。舰长将是知晓这一切的唯一一个人类,然而他不愿一辈子良心不安,一辈子怀疑自己是否一手促成了荒唐的不公正判决。"

贝莱叹气:"智力上的胆量博弈。当彩神星渐渐迫近,看谁先垮掉?那么这就是事情的全貌了吗,丹尼尔?"

"还不是。有目击者见证了两人的往来。"

"约沙法在上!你怎么不早说?什么目击者?"

"洪堡博士的贴身仆人——"

"是机器人吧,我猜?"

"是的,当然。他名叫机·普雷斯顿。这个仆人,机·普雷斯顿,在两人初次会面时就在场,并且在每个细节上都证实了洪堡博士的话。"

"你的意思是,他说这个点子一开始就是洪堡博士的,说洪堡博士向撒巴特博士做了详细介绍,说撒巴特博士很赞赏这个点子,如此等等。"

"是的,全部的细节都有。"

"明白了。事情是否就此有了定论?想来是没有。"

"你说得很对。事情并未有定论,因为还有第二个目击者。撒巴特博士也有一个贴身仆人，机·伊达，也是机器人。巧得很，他跟机·普雷斯顿同一型号，另外，我相信，还是同一年在同一家工厂制造的。两个机器人服务的时间也一样长。"

"古怪的巧合——非常古怪。"

"这是事实，恐怕也使人很难根据两个仆人之间的明显差异做出任何判断。"

"那么机·伊达也跟机·普雷斯顿一个说法？"

"说法完全相同，只除了名字的镜像颠倒。"

"那么机·伊达声称，年轻的撒巴特，还不到五十岁的那一位，"以利亚·贝莱没有完全抹去语气里的讥讽，他自己还不满五十岁呢，可他老早就不觉得自己年轻了，"是他最早想到了这个点子，是他向洪堡博士做了详细介绍，后者对其大加赞赏，如此等等。"

"是的，以利亚朋友。"

"那么其中一个机器人撒了谎。"

"看来似乎是这样。"

"应该很容易看出是谁撒谎。我想只要找到优秀的机器人学家，哪怕只做浅表的检查也能——"

"这件案子找机器人学家是不够的，以利亚朋友。要在如此重大的案子里做出决断，只有合格的机器人心理学家才有足够的分量和经验。星舰上没有拥有此等资质的人，因此必须等我们抵达彩神星才能检查——"

"而到那时就要炸锅了。好吧，你们来了地球。我们这儿是能勉强找来机器人心理学家的，再说无论地球上发生什么，反正也绝不会传到彩神星诸位的耳朵里，也就不会有丑闻了。"

"只不过，无论洪堡博士还是撒巴特博士，他们都不允许自己的仆人被地球的机器人心理学家检查。因为做检查的话地球人就必须——"他顿了顿。

以利亚·贝莱无动于衷地说道："必须触碰机器人。"

"这些都是多年的仆人，在主人心里很有地位——"

"因此不应被地球人的手玷污。那你到底想让我干吗？见鬼！"他停下来，扮个鬼脸，"对不起，机·丹尼尔，但我看不出你有什么理由要把我扯进来。"

"我因为一项跟这一问题毫无关系的任务也在星舰上。舰长向我求助，因为他非得找谁求助不可。我看起来足够像人，可以交谈；同时我又足够像机器人，把秘密告诉我十分安全。他把整件事告诉我，问我换了我会怎么办。我意识到下一次跃迁可以带我们到地球，跟前往本来的跃迁目的地一样容易。我告诉舰长说，尽管我和他一样，对如何解开这镜像之谜也毫无头绪，但地球上有个人或许能帮上忙。"

"约沙法啊！"贝莱低声嘟囔道。

"想想看，以利亚朋友，假如你成功解开谜团，对你的事业必定会有好处，地球也可能受益。当然，这件事不能公开，但舰长在他自己的母星有一定影响力，而他会感激你。"

"你这话不过是给我增加了压力。"

"我完全有信心，"机·丹尼尔不为所动，"你必定已经有了想法，知道该采取哪道程序了。"

"当真？我猜最显而易见的程序就是跟那两位数学家面谈，其中一个看起来该像小偷才对。"

"恐怕不行，以利亚朋友，两人谁也不肯进城，也都不肯让你去见他们。"

"而无论情况多么紧急，你也不可能强迫太空族跟地球人接触。是的，我理解，丹尼尔——不过我想的是用闭路电视进行会谈。"

"也不行。他们不肯接受地球人的盘问。"

"那他们想让我干吗？我能跟两个机器人说话吗？"

"他们也不肯让机器人过来。"

"约沙法在上,丹尼尔。你不是来了吗?"

"那是出于我自己的决定。我得到许可,在搭乘星舰期间,我可以自行做出类似的决定,除了舰长本人,任何人类的反对都对我无效——而舰长是急于联系上你的。我呢,因为我了解你,我觉得通过视频联系你还不够。我想来跟你握手。"

以利亚·贝莱态度缓和了:"谢谢你这么说,丹尼尔,但说实话,我还是真心希望这回的案子你能避免想到我。我至少能通过视频跟机器人交谈?"

"这个,据我想,是可以安排的。"

"也算是有点儿收获。这意味着我要做机器人心理学家的工作——只不过做法更粗略些。"

"但你是侦探,以利亚朋友,不是机器人心理学家。"

"嗯,这个不去管它。那么在见他们之前,让我先想一想。告诉我:有没有可能两个机器人说的都是实话?也许两位数学家之间的对话模棱两可,也许对话的性质就是如此,每个机器人都有可能真诚地相信那个点子属于自己的主人。又或者一个机器人只听到了讨论的一部分,另一个机器人听到了另一部分,于是双方都有可能猜想那个点子属于自己的主人。"

"绝无可能,以利亚朋友。两个机器人都以相同的方式重复了对话。而且两个机器人的复述在本质上是彼此矛盾的。"

"那么说确定无疑,必定有一个机器人撒了谎?"

"是的。"

"之前当着舰长的面给出的所有证词都有文字记录吧?如果我提出要求,能给我看吗?"

"我料到你会问这个,副本我随身带来了。"

"又一个天降的好运气。对机器人进行过交叉询问吗?交叉询问也包含在文字记录里吗?"

"机器人只是复述了各自的说法。交叉询问只能由机器人心理学家来做。"

"或者由我来?"

"因为你是侦探,以利亚朋友,不是——"

"好吧,机·丹尼尔,我会努力搞明白太空族是什么心理。侦探可以进行交叉询问,正因为他不是机器人心理学家。咱们再往下想想。通常情况下机器人不会撒谎,但假如需要撒谎才能维护机器人学三大法则,那他是会撒谎的。参照第三法则,他可能通过撒谎来以合法的方式保护自身。参照第二法则,如果需要撒谎才能遵循人类给他下达的命令,那他就更容易撒谎了。参照第一法则,如果需要撒谎才能拯救某个人类的生命,或者防止某个人类遭受伤害,这时候他是最容易撒谎的。"

"是的。"

"而在这起案子里,两个机器人都在试图维护主人的职业声誉,那么如有必要他们是会撒谎的。在这种情形下,职业声誉几乎等同于生命,因此谎言里就包含了一种近似第一法则的紧迫性。"

"可是如果撒谎,这个仆人就是在伤害对方主人的声誉,以利亚朋友。"

"的确如此,但两个机器人或许都更清楚自己主人的声誉,并且对主人的价值有更清晰的概念,因此真心认定自己主人的声誉比对方主人的声誉更有价值。那么他就会以为,自己的谎言造成的伤害会比真话造成的伤害要小。"

说完这番话后以利亚·贝莱沉默了一会儿,然后他说:"那好吧,你能安排让我跟其中一个机器人谈话吗?我觉得,机·伊达先来。"

"撒巴特博士的机器人?"

"对,"贝莱冷淡地说,"那年轻人的机器人。"

"几分钟就能安排好，"机·丹尼尔道，"我带了一台配备投影仪的微型接收器。只需要一堵白墙，这一面我看就合用，如果你允许我挪开几个胶片柜。"

"没问题。我需要对着某种话筒说话吗？"

"不，等会儿你可以正常说话。请原谅，以利亚朋友，还得再耽搁片刻。我必须联络飞船，安排机·伊达跟你会谈。"

"如果做这个需要一点儿时间，丹尼尔，不如先把之前证词的文字材料给我吧。"

机·丹尼尔安装设备期间，以利亚·贝莱点燃了烟斗，又把对方给他的那叠薄纸翻了一遍。

几分钟过去，机·丹尼尔说："如果你准备好了，以利亚朋友，机·伊达已经准备就绪。或者你愿意再花几分钟看文字记录？"

"不必，"贝莱叹口气，"里面没见什么新东西。让他来吧，再安排对会谈进行录像，并转录成文字记录。"

墙上出现了机·伊达那不真实的二维投影。他基本上是金属结构——全然不是机·丹尼尔那种人形造物。他身材挺高，不过躯干粗壮，除了几处结构上的小细节，他跟贝莱见过的其他许多机器人没多大区别。

贝莱说："向你致意，机·伊达。"

"向你致意，先生。"机·伊达说。他的声音发闷，听起来出乎意料地像人。

"你是界瑙·撒巴特的贴身仆人，对吗？"

"我是，先生。"

"有多长时间了，孩子？"

"有二十二年了，先生。"

"而你主人的声誉对你来说是很宝贵的？"

"是的,先生。"

"你是否认为保护这声誉非常重要?"

"是的,先生。"

"保护他的声誉跟保护他的生命同样重要吗?"

"不,先生。"

"保护他的声誉跟保护另一个人的声誉同样重要吗?"

机·伊达迟疑了。他说:"这类情况必须根据双方各自的价值进行判断,先生。没有办法建立普适的规则。"

贝莱在犹豫。这些太空族的机器人说话流利,显得很聪明,比地球的型号强。他实在拿不准自己是否真能智胜对方。

他说:"如果你认定你主人的声誉比另一个人的声誉更有价值,比方说阿弗瑞德·巴尔·洪堡的声誉,你会不会为了保护主人的声誉而撒谎?"

"我会,先生。"

"你在你的主人同洪堡博士的那场争议中给出了证言,你有没有撒谎?"

"没有,先生。"

"但如果你撒了谎,你会否认自己撒了谎,以便保护那个谎言,是吗?"

"是的,先生。"

"那好吧,"贝莱说,"我们来看看这件事。你的主人,界璐·撒巴特,是一个在数学界享有盛誉的年轻人,但他毕竟还年轻。这次与洪堡博士的争议事件,如果是他屈服于诱惑做出了不道德的行为,他的声誉自然要受一定影响,但他还年轻,有足够的时间可以恢复声誉。将来还会有许多智力上的胜利在前方等着他,这次的剽窃企图,人们最终会觉得只是年轻人一时热血上头,缺乏判断力。这是未来可以弥补的。

"另一方面，如果是洪堡博士屈服于诱惑，事情就严重多了。他已经老了，他的伟大成就分散在过去的几个世纪里。在此之前他的名声都无可挑剔，然而一旦他晚年犯下这桩罪，过往的一切都会被人遗忘；再说他剩下的时间相对较少，也不会有机会来弥补这次的错误。他已经不可能再有太多成就。在洪堡这方面，多年的工作都会被这件事毁掉，他失去的会远远超过你的主人，同时赢回自己位置的机会却少得多。你看得出来，对吧，洪堡面临的情况要坏得多，因此理应多为他着想？"

之后是漫长的沉默。然后机·伊达用毫无情感起伏的声音说："我之前给出的证言是谎言。那成就是属于洪堡博士的，而我的主人企图把功劳据为己有，他犯了错。"

贝莱说："很好，孩子。给你的指示是不得对任何人提及此件事，直到得到星舰舰长许可。你可以走了。"

屏幕变成空白，贝莱吸了一口烟斗："你觉得舰长在听吗，丹尼尔？"

"我肯定他在听。除了我们，他是唯一的证人。"

"好。现在换另外那个。"

"不过是否还有必要呢，以利亚朋友，既然机·伊达已经坦白了？"

"当然有必要。机·伊达的坦白毫无意义。"

"毫无意义？"

"根本没有任何意义。我向他指出洪堡的立场更艰难，那么很自然，如果之前他是为了保护撒巴特而撒谎，现在他就会转而说出真话，事实上他也的确声称自己是在这样做。另一方面，如果之前他说的是实话，现在为了保护洪堡他又会转而撒谎。这仍然是镜像，目前我们还没有任何收获。"

"那再盘问机·普雷斯顿又能有什么收获呢?"

"什么也没有,假如镜像是完美的——但镜像并不完美。毕竟其中一个机器人一开始的确说了实话,而另一个也的确撒了谎,这就是不对称的点。咱们来瞧瞧机·普雷斯顿吧。另外,如果机·伊达回答问题的文字记录已经完成了,请把它给我。"

投影仪再度工作。机·普雷斯顿睁大眼睛往外看,除开胸口上一些不起眼的装饰图案,他在方方面面都跟机·伊达完全一样。

贝莱说:"向你致意,机·普雷斯顿。"说话时机·伊达的访谈记录一直摆在他面前。

"向你致意,先生。"机·普雷斯顿道。他的声音跟机·伊达毫无差别。

"你是阿弗瑞德·巴尔·洪堡的贴身仆人,对吗?"

"我是,先生。"

"有多长时间了,孩子?"

"有二十二年了,先生。"

"而你主人的声誉对你来说是很宝贵的?"

"是的,先生。"

"你是否认为保护这声誉非常重要?"

"是的,先生。"

"保护他的声誉跟保护他的生命同样重要吗?"

"不,先生。"

"保护他的声誉跟保护另一个人的声誉同样重要吗?"

机·普雷斯顿迟疑了。他说:"这类情况必须根据双方各自的价值进行判断,先生。没有办法建立普适的规则。"

贝莱道:"如果你认定你主人的声誉比另一个人的声誉更有价值,比方说界瑠·撒巴特的声誉,你会不会为了保护主人的声誉而撒谎？"

"我会，先生。"

"你在你的主人同撒巴特博士的那场争议中给出了证言，你有没有撒谎？"

"没有，先生。"

"但如果你撒了谎，你会否认自己撒了谎，以便保护那个谎言，是吗？"

"是的，先生。"

"那好吧，"贝莱说，"我们来看看这件事。你的主人，阿弗瑞德·巴尔·洪堡，是一个在数学界享有盛誉的老人，但他毕竟老了。这次与撒巴特博士的争议事件，如果是他屈服于诱惑做出了不道德的行为，他的声誉自然要受一定影响，但他如此年长，又有好几个世纪的成就，这些都会抵挡住此事的影响，最终人们会更多想到他的成就。这次的剽窃企图，人们会觉得只是一个或许已经病了的老人丧失了判断力，一时不慎犯了错。

"另一方面，如果是撒巴特博士屈服于诱惑，事情就严重多了。他还年轻，他的声誉远远不如洪堡博士稳固。原本他会有几个世纪的时间来积累知识，成就伟业，现在这些都将对他关闭大门，一切都会被他年轻时犯下的这一错误掩盖。比起你的主人，他失去的未来要长得多。你看得出来，对吧，撒巴特面临的情况要坏得多，因此理应多为他着想？"

之后是漫长的沉默。然后机·普雷斯顿用毫无情感起伏的声音说："我之前给出的证言——"

说到这里他突然中断，然后再也不开口了。

贝莱道："请继续，机·普雷斯顿。"

没有回答。

机·丹尼尔说："我恐怕，以利亚朋友，机·普雷斯顿是陷入了停滞状态。他无法再工作了。"

"那敢情好，"贝莱道，"我们终于制造出不对称了。从这里就能看出谁是有罪的一方。"

"此话怎讲，以利亚朋友？"

"你通盘想想。假设你是一个没有犯罪的人，你的机器人为你做证，那么你什么也不必做。你的机器人会实话实说，证明你说的是真的。不过呢，假如你是一个犯了罪的人，你就得靠自己的机器人说谎了。这是一个相对更有风险的立场，因为虽说机器人在有必要的时候确实会撒谎，但他们更强烈的倾向是说实话，因此谎言就不如实话来得坚定。为了预防这种情况，犯罪的人很可能必须命令机器人说谎。这么一来，第一法则就会被第二法则强化，有可能是大幅强化。"

"听来似乎很合理。"机·丹尼尔道。

"假设我们手头两种机器人各有一个。一个机器人可以从未经强化的实话转向谎言，而且可能会在稍微犹豫后就这样做，同时不会遇到严重的问题。另一个机器人则是从大大强化过的谎言转向实话，而且他这样做必然要冒风险：烧毁大脑中的多条正电子通路，陷入停滞状态。"

"而既然是机·普雷斯顿陷入了停滞——"

"那么机·普雷斯顿的主人，洪堡博士，就是犯下剽窃的人。如果你把这话转达给舰长，并敦促他立刻与洪堡博士对质，他或许能迫使对方坦白。如果事情这样发展，希望你马上告诉我。"

"我必定如此。能否请你见谅，以利亚朋友？我必须私下跟舰长谈。"

"当然。用会议室吧。有屏蔽的。"

机·丹尼尔离开后，贝莱根本没法专心于任何工作。他坐在不安的寂静里。很多东西都取决于他的分析是否正确，而他尖锐地意识到自己在机器人学方面缺乏专业知识。

半小时后机·丹尼尔回来了——这几乎是贝莱一生中最漫长的半小时。

当然了，人形机器人从来面无表情，别想从他的面孔上判断发生了什么。贝莱努力让自己的脸也不动声色。

他问："如何，机·丹尼尔？"

"正如你所言，以利亚朋友。洪堡博士承认了。据他说，他本来认定撒巴特博士肯定会退让，让自己获得这最后一次胜利。危机解除了，你会发现舰长对你十分感激。他允许我告诉你，他十分敬佩你精妙的手腕；而我自己，我相信，也会因为推荐你而赢得他的好感。"

"好，"贝莱道，现在事实证明他的决定是正确的，于是他的膝盖也软了，额头也湿了，"不过约沙法在上，机·丹尼尔，以后可再也别这么把我推到风口浪尖上了，好吧？"

"我尽量，以利亚朋友。自然了，一切都取决于危机有多重要、你离得有多近，还有其他各种因素。与此同时，我还有一个问题——"

"是什么？"

"难道我们不是也可以假设，从谎言转到真话的过程是容易的，而从真话转到谎言则很困难？这么一来，陷入停滞的机器人就应该是从说真话改成了说谎，而既然陷入停滞的是机·普雷斯顿，我们不就会得出结论说洪堡博士无辜、有罪的是撒巴特博士？"

"是的，机·丹尼尔，也可以这样论证。但事实证明另一种论证思路是对的。洪堡确实承认了，不是吗？"

"他承认了。但既然两个方向的论证都有可能，你，以利亚朋友，又怎么能如此迅速地选出了正确的那一个？"

贝莱的嘴唇抽搐了片刻，然后他放松下来，嘴角弯出一个微笑："因为，机·丹尼尔，我考虑的是人类的反应，而不是机器人的反应。比起机器人，我对人类的了解更深。换句话说，在我跟机器人谈话之前我就已经心里有数，大概知道哪个数学家有罪。一旦我在机器人身上制造出不对称的反应，我只需按照特定的方式去诠释它，把罪责放到我已经认定有罪的人身上。机器人的反应很戏剧化，足够击溃有罪的一方；若单靠我自己对人类行为的分析则很可能不够。"

"我很好奇，你对人类行为的分析是什么呢？"

"约沙法在上，机·丹尼尔，你只要想一想就不必问我了。除了真假之别，在这个镜像故事里还有一个不对称的点：两个数学家的年纪。一个很老，一个很年轻。"

"是的，当然，但那又如何？"

"怎么？就是这个。我可以想象一个年轻人，突然有了一个惊人的革命性想法，兴奋之余去向一个老人请教，后者是他从早年求学时就当成该领域的半神看待的。但我无法想象一个老人，满载荣誉，习惯了胜利，会跑去请教一个比自己小了几个世纪的人，这样一个人肯定会被他当成不知天高地厚的小毛孩——或者太空族常用的随便什么词儿。再说了，如果年轻人有机会窃取他尊敬的半神的成果，他会这样做吗？那是无法想象的。另一方面，一个老人，心知自己的能力江河日下，倒很可能抓住最后一次扬名的机会；他还会认为一个初出茅庐的新手没有权利可言，自己大可不必跟对方讲什么规矩。简言之，撒巴特会窃取洪堡的想法简直无法想象；而从以上两个角度看，有罪的都是洪堡博士。"

机·丹尼尔琢磨了很长时间。然后他伸出一只手："现在我必须离开了，以利亚朋友。见到你真高兴。愿我们很快就能再度相会。"

贝莱热情地握紧机器人的手。"如果你不介意，机·丹尼尔，"他说，"还是别太快的好。"

拿根火柴[1]

太空是黑色的,四面八方都漆黑一团。什么也看不见,连半颗星星也看不见。

倒不是因为没有星星——

事实上佩尔·汉森也想过,或许周围就是没有星星,真的没有,这念头直叫他胆寒。这是每个深空人的古老梦魇,它驻留在他们大脑的表皮底下,离显意识只有些许距离。

当你通过快子[2]宇宙进行跃迁,对于自己将出现在哪里,你有多大把握?你大可以尽你所能严格控制能量输入的时机和总量,同时你的聚变员也可能是整个太空里最棒的,然而不确定性原理是至高的统治者,因随机原因错过目标的可能性永远存在,甚至可以说无法避免。

而涉及快子,错过哪怕纸那么薄的一点点也可能意味着一千光年。

那么假如你无处着陆,你该怎么办?或者至少是距离任何地方都无比遥远,以至没有任何东西能指引你去确定自己的位置,因此也没有任何东西能指引你返回任何地方,那时候你该怎么办?

不可能,权威们如是说。宇宙中没有哪个地方看不到类星体,光凭它们你也能定位自己。再说了,进行普通跃迁期间,你被意外带到银河系以外的概率才一千万分之一上下;若要再往远些,比方说仙女

---

[1] Copyright © 1972 by Robert Silverberg.
[2] 一种基于相对论假想的亚原子粒子,亦被称作超光速粒子,总是以高于光速的速度在宇宙运行,未被实验证实其存在。

星系或者马菲1星系,那概率就只有大概一千万亿分之一了。

根本不必操这份心,权威们说。

那么当飞船结束跃迁,也就是说当飞船离开了怪异矛盾、比光速还快的快子世界,返回到正常合理、质子从上到下都已经被我们摸得一清二楚的慢子[1]世界,这时候是必定能看到恒星的。如果确实没看到恒星,那就说明你身处尘埃云[2]里,这是唯一的解释。银河系里少不了烟雾朦胧的区域,任何旋涡星系里都有,就好像曾经的地球也有,当地球还是人类唯一的家园的时候——当然,如今的地球已经变成了细心维护的博物馆,气候由人工控制,用来保存各种生命形态。

汉森身材高大,脸色阴沉,皮肤坚韧粗糙,他对驰骋在银河系及毗邻区域的超空间飞船了如指掌,要是还有什么是他不知道的——当然聚变员的秘密除外——那准是人类还没研究出来。此刻他独自待在船长角,这是他偏爱的位置。他手头有各种设备,随时可以联络船上的男男女女,还能随时知道所有仪器设施的运转情况。他很喜欢这样:谁也看不见他,同时他又无处不在。

——只不过眼下什么事他都喜欢不起来。他合上开关说:"还有什么,斯特劳斯?"

"我们在一片疏散星团[3]里。"斯特劳斯道。(汉森没有启动视频附件;因为启动之后他自己的脸也会呈现给对方,而他宁愿自己惶惶不安的样子不要落在别人眼里。)

"至少,"斯特劳斯继续说道,"根据我们从远红外和微波区域测得的辐射水平,看起来像是疏散星团。麻烦的是我们实在没办法精准确定任何位置,所以也没办法知道我们在哪儿。毫无希望。"

"可见光波段什么都没有?"

---

[1] 亦被称作亚光速粒子,运行速度比光速慢的粒子。
[2] 由散落在宇宙空间的微粒状物质组成,密集像云雾。
[3] 一类结构松散、成员星较易分辨、外形颇不规则的星团。

"一点儿也没有,近红外也没有。这片尘埃云跟肉汤一样浓。"

"它有多大?"

"不得而知。"

"你能大致判断我们距离最近的边缘有多远吗?"

"连该用哪个数量级表示距离我都判断不出来。或许是一光周。也可能是十光年。根本不得而知。"

"你跟维鲁厄奇斯谈过了没有?"

斯特劳斯只简单说:"谈了!"

"他怎么说?"

"没说什么。他生闷气呢。不消说,他是把这事当成对他个人的侮辱了。"

"那还用说?"汉森无声地叹口气。聚变员跟小孩子一样孩子气,又因为他们担任着深空中那个浪漫的角色,大家都纵容他们。他说:"我猜你跟他说过了,这种事本来就没法预测,随时都可能发生。"

"我说了。而他呢,你肯定能猜到,他说:'发生在维鲁厄奇斯身上就不该。'"

"只不过确实发生在他身上了,还用说?好吧,我是不能跟他谈的。随便我说什么他都不可能听得进去,只会当我是在摆架子压他,到时候我们就再也别想靠他做任何事了——他不肯启用采集器?"

"他说不能,会损坏采集器。"

"你怎么可能损坏电磁场!"

斯特劳斯哼了一声:"这话可别跟他说。他会告诉你聚变管不只是电磁场,还会说你想贬低他的地位。"

"对,我知道。好吧,听着,把所有人和所有设备都调去搞尘埃云。肯定有什么法子,至少能猜一猜最近的边缘在哪个方向、离我们大概有多远。"他切断联络。

然后汉森就盯着不远处发起呆来。

什么最近的边缘！其实照飞船现在的速度（相对于周围物质的速度），如果当真需要大幅度地改变航向，他都怀疑他们敢不敢耗费所需的能量。

他们以相对于慢子宇宙中星系核运动速度一半的光速进入跃迁，而他们结束跃迁返回慢子宇宙时（理所当然）也是同样的速度。这样做总让人觉得有点儿冒险。想想看，万一返回时你发现自己跃迁到了一颗恒星附近，而且正以一半光速朝它前进。

理论家否认存在此一可能。经由跃迁来到一个过于靠近大型天体的危险距离，这种想法是不理性的。权威们如是说。跃迁有重力参与，当飞船从慢子转到快子再转回慢子，重力都是作为一种斥力存在。事实上，正是由于净重力永远不可能完全计算到位而引发的随机效应，解释了跃迁中的很多不确定性。

再说了，权威们会说，要信任聚变员的直觉。好的聚变员是永远不会出错的。

只不过他们的聚变员把他们跃迁进了一片尘埃云里。

"哦，那个呀！这种事常有的。不要紧。你知道绝大多数尘埃云有多薄吗？薄到你连自己进了尘埃云都不知道。"

（噢，权威啊，我们这片云可不是这样。）

"事实上尘埃云对你们有好处。进了尘埃云，采集器就不必为了维持聚变和储存能量拼命工作那么长时间了。"

（噢，权威啊，我们这片云可不是这样。）

"嗯，那好吧，信赖聚变员，他会替你们找到出路的。"

（但出路真的存在吗？）

汉森避开最后那个念头。他努力不去想它。可是，当一个念头是你脑子里最响亮的声音，你如何才能不去想它呢？

亨利·斯特劳斯是随船的天文学家，他如今也陷入深深的抑郁中。他们遭遇的这件事，假如它是不折不扣的灾难，他或许还能够接受。灾难总是有可能发生的，超空间飞船上的任何人都不可能完全忽略这一可能性。你对此早有准备，或者说你尽量让自己做好准备——虽说对于乘客当然更困难些。

可要是灾难中也有些东西是你很想观察和研究的，是你愿意拿一只眼睛和牙齿去换的；要是你意识到毕生难遇的专业发现恰恰就是可能杀了你的东西——

他沉甸甸地叹口气。

他是个壮实的男人，戴了彩色隐形眼镜，使得眼睛有了虚假的光泽和色彩，否则他眼瞳的颜色就会跟他的个性一样乏味。

船长对此事无能为力。他心里清楚。船长可以对船上的所有其他人独断专行，然而聚变员自成法度，历来如此。就连乘客（想到这里他有些反感）也把聚变员当成太空通道上的皇帝，相形之下，聚变员周围的所有人都缩小成了庸碌无能的矮子。

这是供需问题。计算机可以精确计算能量输入的总量和时机，外加确切的位置和方向（如果"方向"在从慢子转到快子时还有意义的话），但计算机的计算结果误差区间大得要命，只有天才的聚变员才能降低误差。谁也不知道到底是什么赋予了聚变员这种天赋——他们生来如此，不是后天培养的。反正聚变员很清楚自己拥有独特的才能，从没有哪个聚变员不利用这一点替自己牟利。

照聚变员的标准，维鲁厄奇斯这人还不算太坏——虽说他们这种人好也好不到哪儿去。斯特劳斯至少还能和他说得上话，尽管对方毫不费力就把这飞船上最漂亮的乘客收入囊中，还是斯特劳斯先看见她的呢。（航行区间的聚变员跟皇帝差不多，这种事简直就好像他们的特权。）

斯特劳斯联系安东·维鲁厄奇斯。过了好一会儿通话才接通，维鲁厄奇斯也是一脸烦躁——一种面容憔悴、眼中含悲的烦躁。

"聚变管情况如何？"斯特劳斯柔声问。

"我觉得应该是及时关闭了。我已经检查过一遍，没发现任何损伤。现在，"他低头看看自己，"我得收拾一下。"

"它完好无损就是好事。"

"但我们也没法用它。"

"说不定可以，维鲁，"斯特劳斯用语气暗示对方，"我们没法判断外头会发生什么。要是聚变管确实损坏了，那发生什么倒也没关系了；不过既然没有坏，那么如果尘埃云散开——"

"如果……如果……如果……我来告诉你还有一个什么'如果'。如果你们这些搞天文学的蠢材一早知道这儿有片尘埃云，我本来可以避开它的。"

这跟他们说的事压根儿不相干，斯特劳斯没有上钩。他说："也许会散的。"

"分析结果如何？"

"不太好，维鲁。这是人类观察到的最厚的羟基云。据我所知，银河系里没有任何地方集中了这样密集的羟基。"

"没有氢？"

"氢当然有一点儿。大概 5%。"

"不够，"维鲁厄奇斯一锤定音，"外头除了羟基还有点儿别的，给我惹出好多麻烦，比羟基更甚。它是什么你确定了吗？"

"哦，是的。甲醛。甲醛比氢含量高。你明白这意味着什么吗，维鲁？有某种进程把大量氧和碳集中在太空里，数量闻所未闻，足以耗尽周围的氢，或许一个立方光年的氢都给消耗掉了。这样的事我从没听说过，连想都没法想象为什么会这样。"

"你什么意思，斯特劳斯？你是想说这是太空里唯一一片这种类型的尘埃云，而我竟蠢到把飞船降落到里面了？"

"我没这么说，维鲁。我只说了你听见的那些话，而你肯定没听见我这么说。不过，维鲁，要出去我们就得靠你了。我没办法向外求援，因为我不知道我们在哪里，也就没法瞄准超空间束；我也没办法弄明白我们在哪里，因为我没法定位任何恒星——"

"而我也没法使用聚变管，所以为什么我就成了坏人？你也干不了你该干的活儿，所以为什么坏人总是聚变员？"维鲁厄奇斯已经憋了一肚子火，"这事得靠你，斯特劳斯，靠你。告诉我飞船往哪儿巡航能找到氢。告诉我尘埃云的边缘在哪儿——或者管他妈的边缘在哪儿，把这片羟基 - 甲醛的边缘给我找出来。"

"我也希望我可以，"斯特劳斯说，"但目前为止，在我探测的范围内都只有羟基和甲醛。"

"这东西我们没法聚变。"

"我知道。"

"好吧，"维鲁厄奇斯暴躁地说，"这就是一个很好的例子，正好说明为什么政府不应该立法确保超高标准的安全系数，本来就该让在场的聚变员根据自己的判断做决定。要是我们有能力进行连续跃迁，哪会有现在的麻烦！"

斯特劳斯很明白维鲁厄奇斯指的是什么。通过快速进行两次连续的跃迁来节省时间，这种倾向是一直存在的；但如果说一次跃迁会导入某些无法避免的不确定性，两次连续跃迁则会把不确定性增加好多倍，即便最棒的聚变员也没太多法子可想。误差倍增之余，航程的总耗时难免大大增加，几乎没有例外。

超空间航行有一条严格的规定，就是两次跃迁之间必须有至少一整天的巡航——最好三个整天。时间够了，就能以应有的谨慎态度为下一次跃迁做准备。为了免得有人违反规定，每次跃迁都被设定成跃迁后没有足够的能量供应进行下一次跃迁的状态。采集器至少需要一点儿时间收集、压缩氢，让其聚变并将能量储存起来；经过逐渐积累，最后才能点燃跃迁。通常需要至少一天时间才能存储到足够跃迁的能量。

斯特劳斯道："维鲁，你还差多少能量？"

"不多。大概这么多。"维鲁厄奇斯把拇指和食指分开四分之一英寸，"不过也够多了。"

"真糟糕。"斯特劳斯直言道。能量供应是有记录的，上头有可能会检查，但即便如此，聚变员还是少不了把记录这样那样组织一番，好给第二次跃迁留些动手脚的余地。

"你确定吗？"斯特劳斯说，"假如你把应急发动机都用上，再关闭一切照明——"

"再把空气循环和所有电器和水培箱都关上。我知道。我知道。我全算进去了，还是差一截——全怪你们那套愚蠢的连续跃迁安全条例。"

斯特劳斯仍然按捺住了脾气。他知道——人人都知道——聚变员兄弟会才是订立该项安全条例的背后推手。有时候船长会坚持进行连续跃迁，结果多半是聚变员丢脸。但话说回来，安全条例至少有一个好处：既然法律规定两次跃迁期间必须有间隔，那么至少还要过一个星期乘客们才会焦躁、起疑，而在这一个星期里说不定会出现什么转机。目前还不到一天呢。

他说："你确定你的系统不能想想办法？过滤一部分杂质什么的？"

"过滤杂质！它们不是杂质，它们是主体。在这里氢才是杂质。听着，我至少需要五亿度才能聚变碳原子和氧原子；或者整整十亿度才行。根本做不到，我连试都不准备试。如果我试了而没有成功，那就成了我的错，我才不干。给我弄到氢是你的责任，你来。你把飞船巡航到有氢的地方去。我不在乎要花多少时间。"

斯特劳斯说："考虑到周围物质的密度，我们没法再加快速度了。维鲁,照50%光速的速度,我们或许需要巡航两年——或者二十年——"

"那也是你来想办法。或者船长。"

斯特劳斯一阵绝望。他切断了通信。想跟聚变员进行理性的对话简直没可能。他听说有人提出过一种理论(而且根本不是开玩笑),说不断地跃迁会影响大脑。跃迁期间,普通物质的每一个慢子都必须转化成等价的快子,然后再转回原先的慢子。如果这一双重转化有哪怕一丁点儿不完美,其影响肯定会首先显现在大脑里,毕竟大脑极端复杂,远超有史以来经历过这一转化的其他所有物质。当然了,迄今还没有任何实验性证据表明确实存在任何不良影响,而那些常年就职于超空间飞船的人,他们身上似乎也没发现任何无法归因于正常衰老的过度恶化。但或许聚变员大脑中有某种特别的东西,它让他们成为聚变员,使他们能靠纯粹的直觉超越最强大的计算机,而那东西或许特别地复杂,也因此特别地脆弱。

胡说八道!压根儿没这种事!聚变员就是被宠坏了而已!

他有些犹豫。该不该找谢里尔?要是真有人能妥善安抚维鲁厄奇斯,那就是她;而一旦维鲁老宝宝给哄好了,说不定就能想出什么法子,把聚变管用起来——无论外头有没有羟基。

他当真相信无论情况多糟,维鲁厄奇斯都能想出办法吗?或者他只是不愿去想他们可能需要巡航好多年?没错,原则上所有超空间飞船都为应对这种不测做了准备,但过去它从未变成现实,而船员——更别说乘客了——肯定是没有准备好应对这种事的。

但如果他去找谢里尔,他该如何措辞才不会显得是在命令她去诱惑维鲁厄奇斯?这才一天呢,他还没到要替聚变员拉皮条的地步。

等等再说!至少再等一小会儿!

维鲁厄奇斯眉头紧锁。洗过澡以后他感觉稍微好了些,刚刚他对斯特劳斯拿出了坚定的态度，这也叫他满意。这人不坏，斯特劳斯，但他也跟他们所有人一样（"他们"是指船长、船员、乘客、宇宙里所有不是聚变员的蠢货），他们总想着推卸责任，把什么都推到聚变员身上。这调子已经老掉牙了，不管别的聚变员怎样，他反正是不会就范的。

说什么也许要巡航好多年，不过是想吓唬他罢了。如果他们真的开动脑筋，他们是能够找出尘埃云的界线的。较近的边缘就在那外头的某个地方，总不成他们恰好落在了正中央，这概率也太低了。当然，假如他们落在靠近边缘的位置，又开始朝反方向前进——

维鲁厄奇斯站起来伸个懒腰。他身材挺高，眉毛像顶棚一样盖在眼睛上。

假设真要花好几年……从来没有哪艘超空间飞船巡航过数年。最长的巡航记录是八十八天十三小时。那艘船落在一个靠近弥散恒星的不利位置，只好不断后退，慢慢积累速度，直到速度超过0.9倍光速，那时候才到了一个比较能接受的可以跃迁的位置。

他们活下来了，而那是四分之一年的巡航。当然了，如果是二十年——

但那是不可能的。

信号灯已经闪了三次，他这才完全回过神来。如果是船长亲自找上门来了，那他保准马上又要离开，而且步子会比来时快得多。

"安东！"

声音轻柔而急切，他的烦躁也流走了一部分。他让房门缩进槽里，谢里尔走进来。她进屋后门自动关闭。

她大约二十五岁，眼睛是绿色，下巴紧实，暗红色头发。她的身材十分曼妙，她也并不隐藏这一点。

她说："安东，出什么事了吗？"

维鲁厄奇斯虽说有些猝不及防，但还不至于就把这种事说出来。

就算聚变员也明白,时机不到,有些事最好别向乘客透露。"什么事也没有。你为什么觉得有事?"

"有个乘客说的。一个叫马唐德的人。"

"马唐德?他又懂什么了?"然后他起了疑心,"你又为什么要去听一个愚蠢的乘客说话?他长什么样?"

谢里尔莞尔一笑:"不过是个在休息室找人搭话的普通人。他肯定都快六十岁了,人畜无害,尽管我猜他倒很愿意有害一回。但这个先不去管它。外面没有星星。人人都能看见没有星星,而马唐德说这很能说明问题。"

"他这么说?我们只不过是正在穿过一片尘埃云。星系里有很多尘埃云,超空间飞船经常从中间穿行。"

"没错,可马唐德说即便在尘埃云里通常也能看见些星星。"

"他又懂什么了?"维鲁厄奇斯把刚才的话重复一遍,"他难道是深空航行的老手?"

"嗯,不是,"谢里尔承认,"事实上这是他的首次航行,我觉得。不过他好像懂很多东西。"

"才怪。听着,你去告诉他闭嘴。讲这种话是可以关他禁闭的。你也别把它学给其他人听。"

谢里尔歪歪头:"坦白说,安东,听你的口气倒好像真出了什么事。这个马唐德——他叫路易斯·马唐德——是个怪有趣的家伙。他是老师,教八年级的科学通识课。"

"小学老师!老天爷,谢里尔——"

"可你真该听听他说话。他说教小孩子念书跟大多数行当不一样,你什么都得稍微懂点儿,因为小孩子会问问题,谁是不懂装懂的冒牌货他们一眼就能看出来。"

"好吧,要是你也具备看穿冒牌货的特长就好了。听着,你现在就去告诉他闭嘴,否则我亲自去。"

"好吧。不过先回答我一个问题——我们真的在穿过一片羟基云,而且还关闭了聚变管吗?"

维鲁厄奇斯张开嘴,然后又把嘴巴闭上。过了好一会儿他才说:"谁跟你说的?"

"马唐德。我这就走。"

"不,"维鲁厄奇斯厉声喝道,"等等。这些话马唐德还告诉了多少人?"

"一个也没有。他说他不愿意引得大家恐慌。他琢磨这件事的时候我正好在旁边,我猜是因为这个原因,他实在忍不住要跟谁说说。"

"他知道你认识我?"

谢里尔眉头微皱:"我觉得我好像提过。"

维鲁厄奇斯哼了一声:"你瞧,难怪他这个疯老头儿要跟你显摆自己多么了不起。他是想通过你跟我显摆呢。"

"根本不是,"谢里尔说,"事实上他专门说了,我不该跟你提这件事。"

"他早料到你马上就会来找我,还用说?"

"为什么他想让我这么做呢?"

"为了让我难堪。你知道身为聚变员是什么感觉?所有人都怨恨你,反对你,因为他们那样需要你,因为你——"

谢里尔说:"可这事跟那些有什么关系?如果马唐德完全弄错了,他又怎么能让你难堪?而如果他说对了——他说对了吗,安东?"

"嗯,他具体是怎么说的?"

"当然,我不确定我能记全,"谢里尔沉吟道,"那是在我们结束跃迁以后,说起来是结束后又过了好几个钟头。那时候大家都在说怎么完全看不见星星。在休息室里,大家都说应该赶紧进行下一次跃迁,因为深空旅行看不到风景算怎么回事。当然了,我们都知道先得巡航至少一天。然后马唐德走进来,他看见我,就过来跟我说话——

我觉得他挺喜欢我的。"

"我觉得我挺不喜欢他，"维鲁厄奇斯沉着脸说，"继续。"

"我跟他说，什么风景也看不见真是乏味，他说这种情况还会持续一阵，而且听语气他好像很担心。我自然就问他为什么，他说是因为聚变管关闭了。"

"谁跟他说的？"维鲁厄奇斯质问道。

"他说在其中一间男洗手间能听到低沉的嗡嗡声，现在听不到了。他还说游戏室的壁橱里有个地方，本来是存放象棋的，因为聚变管的缘故，那儿的墙摸起来比较暖和，现在那地方也不暖和了。"

"这就是他的全部证据？"

谢里尔不理他这话，接着往下说道："他说我们看不见任何星星是因为我们在一片尘埃云里，而聚变管关闭肯定是因为周围没什么氢。他说多半没有足够的能量为下一次跃迁点火，而想找氢的话，我们或许必须先巡航好几年，等离开尘埃云才找得到。"

现在维鲁厄奇斯皱眉皱得异常凶狠："他这是在散布恐慌。你可知道这种行为——"

"才不是。他告诉我别跟任何人讲，因为他说这会制造恐慌，再说也不会真的变成这样。他之所以告诉我只不过是因为他刚刚把这事想明白，非得找人说说不可。但是他说其实有一个很容易的办法，而聚变员肯定知道该怎么办，所以完全没必要担心。而你就是聚变员，所以我觉得我一定得问问你，尘埃云的事他真说中了吗？你是不是真的已经把事情解决了？"

维鲁厄奇斯说："你说的这个小学老师根本什么都不知道。你远离他就是了。嗯，他有没有说他那所谓的容易办法是什么？"

"没说。我该问问他吗？"

"不！为什么你该问他？他能知道什么？不过话说回来——好吧，问问他。我倒好奇这傻子是怎么想的。问他。"

谢里尔点点头:"没问题。不过我们真的遇到麻烦了吗?"

维鲁厄奇斯不耐烦道:"你就交给我吧。除非我说我们遇到麻烦了,否则谁说都不算。"

她离开后他盯着紧闭的房门看了半天,既气愤又不安。这个路易斯·马唐德——这个小学老师——不过是碰巧猜中了,可这些猜测他有没有到处胡说呢?

如果最后发现确实有必要长期巡航,向乘客宣布消息时一定得加倍小心,否则这些人谁也熬不过去。要是被马唐德随便嚷嚷出去——

维鲁厄奇斯近乎野蛮地按下了接通船长的号码。

马唐德身材单薄,仪容整洁。他的嘴唇似乎永远挂着一丝笑意,仿佛随时都会笑出来,不过面容和举止又带着一种礼貌的严肃,一种几乎像是企盼的严肃,仿佛他时刻准备听身边的人说出什么特别重要的话来。

谢里尔对他说:"我跟维鲁厄奇斯先生谈过了——他是聚变员,你知道。我跟他说了你的话。"

马唐德一脸震惊,他摇头道:"恐怕你不该那么做!"

"他确实好像不太高兴。"

"那是当然。聚变员是很特别的人,他们不喜欢外人——"

"这我看得出来。但他坚持说没什么可担心的。"

"当然没有,"马唐德拉过她一只手,安慰似的拍拍她的手背,不过拍完了也没有放开,"我不是说过吗,有一个简单的法子。他多半现在就在设置呢。不过我猜也可能他要过一段时间才能想到它。"

"想到什么?"她热情地说,"如果你都想到了,他又为什么不该想到呢?"

"你瞧,我亲爱的小姐,他是专家。专家会以他们的专长去思考，要跳出专长就难了。至于我自己嘛，我是不敢落入任何窠臼的。在班上做演示的时候，大多数时候我都得东拼西凑。我教过好几个小学，从来没遇到哪个小学能提供质子微反应堆的，我们户外教学的时候，我还得自己弄一个煤油热电发电机呢。"

"煤油是什么东西？"谢里尔问。

马唐德哈哈笑，显得很开心："看见了吧？人们会忘记各种东西。煤油是一种可燃的液体。还有许多次我必须使用比它更原始的能量源：靠摩擦力点燃木头生的火。你以前见过类似的东西吗？拿根火柴——"

谢里尔满脸茫然，马唐德很宽容地接着说道："嗯，其实不要紧。我只不过想说明这样一个观点：你的聚变员需要想到某些比聚变更原始的东西，而这难免要花去他一些时间。至于我，我是习惯了跟原始的方法打交道的。举个例子，你知道外头是什么吗？"

他朝观景窗做个手势。窗外看不出任何特征，完全没有；正因为没有景色可看，休息室几乎空了。

"云，尘埃云。"

"啊，但又是哪种尘埃云呢？有一样东西是哪里都能找到的，那就是氢。它是形成宇宙的原始物质，超空间飞船也得靠它。任何飞船都不可能带够燃料，凭自己带的燃料反复跃迁，反复加速到光速再减速。我们必须从太空里采集燃料。"

"你知道，我一直好奇这是怎么回事呢。我还以为外太空空无一物！"

"接近空无一物，亲爱的，而光这个'接近'就够我们采集到跟大餐一样丰足的燃料。当你以每秒十万英里的速度航行，你就能采集并压缩相当多的氢，哪怕每立方厘米只有几个氢原子。而少量的氢稳定聚变就能提供我们需要的一切能量。尘埃云里的氢一般比其他地方更浓，但杂质可能带来麻烦，就像这片尘埃云。"

"你怎么能判断出这片云里有杂质呢?"

"要是没有,维鲁厄奇斯先生又为什么要关闭聚变管呢?除了氢,宇宙中最常见的元素就是氦、氧和碳。如果聚变泵停了,那就意味着燃料短缺,也就是氢短缺;同时也意味着存在一些别的东西,它们会损坏复杂的聚变系统。不可能是氦,氦是无害的。多半是羟基群,一种氢和氧的组合。你听懂了吗?"

"我觉得我懂了,"谢里尔道,"我在大学念过科学通识课程,现在回想起来一些。尘埃云的尘埃其实是羟基群附着在固体的尘埃颗粒上。"

"或者也可能处于游离的气态。即便羟基对聚变系统也不算太危险,只要含量别太高;但碳的化合物就不一样了。可能性最大的是甲醛,据我猜测,比例大概是一个碳化合物对四个羟基。现在你明白了吗?"

"不,没有。"谢里尔直截了当。

"这类化合物不会聚变。如果你把它们加热到几亿摄氏度,它们就分解成单个的原子,到时候氧和碳浓度很高,就会破坏系统。但为什么不在常温条件下纳入它们呢?经压缩后,羟基会与甲醛结合,这一化学反应对系统是无害的。至少好的聚变员肯定能改造系统,让系统能承受室温条件下的化学反应。反应产生的能量可以储存起来,过一段时间,我们可能就有足够跃迁的能量了。"

谢里尔说:"我可一点儿也看不出来这怎么能行得通。跟聚变相比,化学反应产生的能量简直不值一提。"

"你说得很对,亲爱的。但我们也并不需要很多能量。上一次跃迁过后,我们自然没有足够的能量立刻进行第二次跃迁——这是规定。但我敢打赌,你那位朋友,那个聚变员,他肯定早有准备,让能量缺口尽可能小。聚变员经常这么干。我们只需要一点点额外的能量就能达到点火要求,而这是可以通过普通化学反应收集的。然后,一旦跃迁把我们带出尘埃云,只需巡航一周左右就能补足能量储备,之后就可以放心大胆地继续航行。当然了——"马唐德扬起眉毛耸耸肩。

"怎么?"

"当然了,"马唐德道,"如果维鲁厄奇斯先生因为随便什么原因耽搁了,我们或许就会有麻烦。跃迁之前,飞船的日常活动一直都要消耗能量;再过一段时间,化学反应提供的能量或许就不够跃迁点火了。我希望他不要等太久吧。"

"嗯,那你为什么不告诉他?现在就去。"

马唐德摇摇头:"告诉一个聚变员?我可不能这么做,亲爱的。"

"那我去。"

"哦,别。他肯定会自己想到这个法子的。事实上我愿意跟你打个赌,亲爱的。你把我说的话原原本本地告诉他,再告诉他是我告诉你的,我说他自己肯定已经想到了这个办法,聚变管也已经投入工作了。然后,当然,如果我赢了——"

马唐德微微一笑。

谢里尔也面露微笑。她说:"到时候看吧。"

她匆匆离去,马唐德若有所思地望着她的背影;但若深究他此刻的所思所想,那倒并不完全是维鲁厄奇斯可能会有什么反应。

一名飞船的卫兵几乎是凭空出现在他跟前,不过他并没觉得吃惊。卫兵说:"请跟我来,马唐德先生。"

马唐德轻声说:"谢谢你让我把话说完。我本来还担心呢。"

过了大约六小时马唐德才被允许面见船长。他的监禁生涯(这是他对那段时间的看法)是在孤独中度过的,不过不算太难熬。等终于见到船长,他发现对方面露疲色,但并没有太多敌意。

汉森道:"我收到报告,说你在散布谣言,想在乘客中间引发恐慌。这是很严重的指控。"

"我只跟一名乘客说了话，先生；而且我有我的目的。"

"我们也意识到了。我们立刻对你进行了监控。我这里有一份报告，相当详尽，是你跟谢里尔·温特小姐的对话。你们就此问题进行的第二次对话。"

"是的，先生。"

"你似乎希望谈话的重点能传达给维鲁厄奇斯先生。"

"是的，先生。"

"你没想过亲自去见维鲁厄奇斯先生？"

"我怀疑他不会听我说，先生。"

"或者来见我？"

"你也许会听，但你要如何把信息传达给维鲁厄奇斯先生呢？那时或许你自己也不得不用到温特小姐。聚变员有他们自己的怪脾气。"

船长心不在焉地点点头："等温特小姐把信息传达给维鲁厄奇斯先生以后，你指望事情会如何发展？"

"我的希望是这样的，先生，"马唐德说，"我希望他面对温特小姐时会比面对其他人减少些防备心，我希望他不会感到自己的地位受到那么大的威胁。我希望他会哈哈大笑，说主意很简单，他早就想到了，而采集器也确实早就开始工作，准备要促成化学反应。然后，等他摆脱了温特小姐以后，我想他会迅速行动，他会启动采集器，并把自己的行动报告给你，先生，并省略跟我和温特小姐有关的一切内容。"

"你不觉得他可能会否定你的整个想法，认定它不可行？"

"可能性是有的，但它并没有成真。"

"你怎么知道？"

"因为我被关禁闭半小时后，先生，关我的房间里灯光肉眼可见地变暗了，而且一直没有恢复亮度。我推测飞船的能量消耗被降到了最低,并进一步推测维鲁厄奇斯正在搜刮一切可用的能源,以便化学反应提供的能量足够点火。"

船长皱眉道:"你怎么就这么肯定你能操纵维鲁厄奇斯先生?你过去肯定没跟聚变员打过交道吧,有吗?"

"啊,可是我教八年级,船长。我跟别的孩子打过交道。"

船长继续保持木然的表情,过了一会儿他脸上的肌肉放松露出微笑。"我喜欢你,马唐德先生,"他说,"但我不准备帮你。你的期望确实成真了,据我掌握的情况看,事情完全照你希望的样子发展了。但你知道接下来会如何吗?"

"我会知道的,只要你告诉我。"

"维鲁厄奇斯先生必须评估你的提议,并立刻判断它是否可行。他必须对系统进行一系列精心调整,免得化学反应摧毁将来进行聚变的可能性。他必须确定反应的最大安全速率、需要存储多少能量、在哪个点上可以安全地尝试点火、跃迁的种类和性质。这一切都必须迅速进行,除了聚变员,任何人都办不到。事实上,就连聚变员也不是人人都能办到;维鲁厄奇斯先生即便在聚变员中间也是出类拔萃的。你明白吗?"

"很清楚。"

船长看看墙上的计时器,同时启动了他的观察窗。观察窗里漆黑一片,这情形已经持续了将近两天。"维鲁厄奇斯先生将很快尝试跃迁点火,他已经通知了我具体时间。他觉得能行,而我信任他的判断。"

"如果他失手,"马唐德面色严峻,"我们可能会发现自己回到原点,只不过这次连能量也耗光了。"

"这我明白,"汉森道,"另外,既然这个点子是你放进聚变员脑子里的,你或许会感到自己也有一定责任,我想也许你愿意来等着悬念揭晓。"

现在两个人都沉默了。他们望着屏幕,几秒钟,几分钟,时间一点点流逝。汉森并未提及准确的最后期限,马唐德也无从知道它是否近在眼前,又或许已经过去了。他只能偶尔飞快地瞟一眼船长的面孔,可惜后者一直刻意保持面无表情。

然后就出现了那种好像内脏被拧了一把的怪异感觉,旋即又消失了,活像是胃壁抽搐了一下。他们跃迁了。

"星星!"汉森带着深深的满意低声说道。观察窗里突然炸开了无数星星,此时此刻,马唐德的记忆里再找不出比它更甜美的景象。

"而且精确到秒,"汉森道,"干得漂亮。现在我们是耗光了能量,但只需一到三周就能再次蓄满能量,这期间乘客也有风景可看了。"

马唐德终于放下心来,他觉得自己虚弱极了,连话也说不出。

船长转向他道:"现在,马唐德先生。你的想法值得称道。甚至有人可能会替你辩解,说它救了飞船和飞船上的所有人;当然也可能有人会说,用不了多久维鲁厄奇斯先生自己也能想到这个办法。不过关于这件事不会出现任何争论,因为你在其中扮演的角色无论如何也不能被人知晓。做成这件事的是维鲁厄奇斯先生,即便我们考虑到可能是你点燃了他的灵感,最终也是他凭借无比精湛的技艺完成了壮举。他会受到嘉奖,获得巨大的荣誉。你不会获得任何东西。"

马唐德沉默片刻。然后他说:"我明白。聚变员不可或缺,我却无关紧要。如果维鲁厄奇斯先生的自尊心遭受哪怕最微不足道的一点儿伤害,他都有可能再也派不上用场,而你绝不能失去他。至于我自己——好吧,如你所愿。日安,船长。"

"先别忙,"船长说,"我们没法信任你。"

"我会守口如瓶。"

"也许你没打算说出去,但有时候事情就这么发生了。我们不能冒险。这次航行余下的时间你都将被软禁。"

马唐德直皱眉："到底为了什么？我救了你和你该死的飞船，还有你的聚变员。"

"正是为这个。为了救它。这就是事情最终的走向。"

"这哪有正义可言？"

船长缓缓摇头："我承认，正义是稀罕物件，有时候过于昂贵，我们负担不起。你甚至不能返回你自己的房间。余下的航程你不会见到任何人。"

马唐德用一根手指揉搓一侧的下巴："你这话肯定不是认真的吧，船长？"

"恐怕我是认真的。"

"但还有一个人也可能把事情说出去——虽然她并不打算说，却有可能意外说漏嘴。你最好把温特小姐也软禁起来。"

"并制造加倍的非正义？"

马唐德说："不幸之人总是喜欢有人做伴的。"

而船长面露微笑。他说："或许你说得对。"

光的小调 [1]

任谁都会说,谁都可能杀人,阿维丝·拉德纳太太绝不可能。她是伟大的烈士宇航员的遗孀,是慈善家、艺术收藏家、非凡的晚宴女主人,还是艺术上的天才,这一点是世所公认的。但比这一切还更要紧的是,她是大家能想到的最温柔、最和气的一个人。

她丈夫是威廉·J.拉德纳。众所周知,他在一次太阳耀斑爆发时死于过量辐射,因为他自己选择留在了太空里,以便一艘客运飞船能安全抵达5号太空站避险。

拉德纳太太得到丰厚的抚恤金,之后她进行了明智的投资,收益颇丰。等人过中年,她已经十分富有。

她的房子仿佛是展示厅,是名副其实的博物馆,里面收藏了少而精的珠宝器物,件件美丽非凡。她收集十几种不同文化的古董,几乎囊括了一切可以镶嵌珠宝的工艺品,都是供各文化贵族阶级享用的。她拥有一只镶宝石的腕表,属于美国制造的最早一批此类产品;她还有来自柬埔寨的宝石匕首,来自意大利的宝石眼镜,诸如此类,简直无穷无尽。

一切都公开陈列,供人赏玩。这些艺术品并没有上保险,也没有采取通常的安保措施。没必要使用常规手段,因为拉德纳太太雇用了一大批机器人仆从,个个都是靠得住的,它们以不可动摇的专注、无

---

[1] Copyright © 1973 by The Saturday Evening Post Company.

可指摘的诚实、无与伦比的效率守护着每一件藏品。

每个人都知道她家有这么些机器人,至今也没有任何人企图盗窃,从来没有。

然后呢,不消说,还有她的光雕。她组织过许多次盛大的娱乐活动,客人们总会好奇,不知她最初是如何发现了自己在这项艺术上的天才,然而谁也猜不出来。无论如何,每回她敞开大门招待四方来客,都会有一支崭新的光之交响曲照耀每一个房间。三维的曲线和立体图形用动人的颜色呈现,有些是纯净的,另一些融合了惊人的结晶效果,令每一位来客都沐浴在惊奇中;而且不知怎的,光总能自动调整,让拉德纳太太那蓝白色的头发和没有皱纹的面孔显得又柔和又美丽。

客人们上门最主要就是为了看光雕。她的光雕每回都不一样,次次都不忘探索艺术上的试验性新路径。买得起光控台的人许多都会做些光雕自娱,但拉德纳太太的水准是大家拍马也赶不上的,哪怕那些自诩职业艺术家的人也不行。

她本人对此却谦逊得可爱。"不,不,"受到人家恭维时她会这般抗议,"我可不会管它叫'光之诗'。那是太客气了。我这至多算是'光的小调'罢了。"见她如此温和机智,大家纷纷微笑。

虽然常有人提出请求,但除了自家的聚会,她从来不肯为其他场合创作光雕。她说:"否则就商业化了。"

不过她并不反对人家把她的光雕精心制作成全息图像,以便它们能永存于世,并在全球的艺术博物馆中展出复制品。大家想以任何形式使用她的光雕都可以,她从来不收费。

"我连一分钱也不能要,"她张开手臂,"它对所有人都免费。毕竟我也不会拿它再派别的用场了。"这是真的!同样的光雕她从来不用第二次。

人家来制作光雕的全息图时她也极其配合。她慈祥地关注着每一个步骤，时刻准备命令机器仆人帮忙。"麻烦你，考特尼，"她会说，"能不能请你调整一下那边的梯子？"

这是她的风格。对自己的机器人说话时，她向来都遵循最正式的礼节。

几年前有一次，她几乎因此受到责备。对方是政府官员，供职于机器人与机械人管理局。"你不能这么干，"那人严厉地说，"这会干扰它们的效率。它们被制造出来就是为了服从指令的，你给出的指令越是清晰，它们服从起来效率就越高。要是你彬彬有礼地提出要求，它们就很难理解你是在下命令，它们的反应也会变慢。"

拉德纳太太抬起她那贵族式的头。"我并不要求速度和效率，"她说，"我要的是善意。我的机器人爱我。"

那位官员本可以解释说机器人没法爱人，但拉德纳太太用受伤的温和目光注视着他，他就泄气了。

有一件事尽人皆知：拉德纳太太甚至从未送任何机器人返厂调整。机器人的正电子脑极其复杂，十次里大约总有一次，出厂时大脑的调整没能做到尽善尽美。有时要过一段时间错误才会显露，但不管什么时候看出问题，美国机器人与机械人公司总会免费调整。

拉德纳太太直摇头。"一旦有机器人来了我家，"她说，"并且履行了他的职责，那么稍许有点儿古怪脾气是必须忍受的。我绝不允许人家对他动手动脚。"

想跟她解释机器人只不过是机器那简直要命。她会用非常生硬的态度说："像机器人一般聪慧的存在不可能只是机器。我待他们跟待人类一样。"

你还能说什么？！

连马克斯她都留着，尽管马克斯没用得很，几乎完全不理解人对他的要求。不过拉德纳太太对此矢口否认。"根本不是这样，"她会坚定地说，"他能接过人家递给他的帽子和大衣，还能把它们放得很整齐,千真万确。他能替我拿着东西。他能做许多事。"

曾有一个朋友问她:"但为什么不把他调整一下呢?"

"噢,我不能这样。他是他自己。他非常可爱,你知道。毕竟正电子脑如此复杂,谁也说不清到底是哪方面有问题。要是他被弄得完全正常了,也就没办法再调回他现在这种可爱的样子。我是不会放弃他这种特质的。"

"但如果他调试不良,"那位朋友紧张兮兮地看着马克斯,"他会不会对人构成危险?"

"绝对不会,"拉德纳太太哈哈大笑,"他在我家已经好多年了。完全无害,而且非常贴心。"

事实上马克斯跟其他所有机器人都是一个样子,表面光滑平整,金属质地,大致是人的模样,只不过面无表情。

然而对温柔的拉德纳太太而言,所有机器人都是不一样的个体,都那么甜美,那么可爱。她就是这么一个女人。

她怎么可能犯下谋杀?

任谁都会说,谁都可能被谋杀,约翰·森珀·特拉维斯绝不可能。此人内向又温和,虽然身在这世界里,却又好像不属于这世界。他拥有特殊的数学头脑,能在脑中勾勒出机器人那迷宫般的正电子脑通路,就像描绘一幅繁复的织锦。

他是美国机器人与机械人公司的首席工程师。

但他同时也是热衷光雕的业余爱好者。他就此写过一本书,试图证明他研发正电子脑时所用的那种数学可以进行改造,用来指导制造富于审美情趣的光雕。

不过当他把理论付诸实践,他就遭遇了惨痛的失败。他依照自己的数学原理亲手制造了不少光雕,结果全都呆板机械,毫无趣味。

他本来过着平静、内敛、很有保障的生活,光雕是唯一令他不快乐的原因。然而它实在是令他非常的不快乐。他明知自己的理论是正确的,可他就是没办法让它们见效。只要他能创造出哪怕一件伟大的光雕作品——

他自然知道拉德纳太太的光雕。她被所有人誉为天才,然而特拉维斯知道,她根本连机器人数学最简单的知识都不理解。他曾与她通信,但她始终拒绝解释自己所用的方法,而他怀疑她是不是根本没有任何方法。难道是单纯的直觉?然而哪怕直觉也可以简化为数学。后来他想方设法,终于替自己弄到了参加她派对的邀请。他非见见她不可。

特拉维斯先生来得挺晚。他又最后尝试了一次光雕制作,并再一次惨败。

他带着一种迷惑的敬意问候拉德纳太太。他说:"替我拿帽子和大衣的那个机器人,可真是个怪家伙。"

"那是马克斯。"拉德纳太太说。

"他失调得厉害,型号也相当老了。你怎么没把他送回厂里呢?"

"噢,不,"拉德纳太太说,"那太麻烦了。"

"一点儿也不麻烦,拉德纳太太,"特拉维斯道,"这种事其实极容易,容易到叫你吃惊呢。因为我在美国机器人公司任职,我就自作主张亲手替你把他调好了。根本没花多少时间,你会看到他现在处于完美的工作状态。"

拉德纳太太的面孔发生了一种奇异的变化。她一辈子都温和可亲,现在暴怒第一次在这张脸上找到了位置,于是她脸上的线条似乎不知该怎么形成才好了。

"你把他调整了?"她尖叫道,"可我的光雕是他创作的。正是他的失调,正是这失调创作出光雕,而你永远没法恢复它,正是它……是它……"

真的非常不幸,当时她恰巧在展示自己的藏品,那柄柬埔寨的镶宝石的匕首就摆在她面前的大理石台面上。

特拉维斯的脸也扭曲了："你是说假如我研究那以独特方式失调的正电子脑通路,我本来有可能——"

拉德纳太太握着匕首朝特拉维斯扑过去,速度太快,大家根本来不及拉住她,而他也没有试图躲闪。有些人说他甚至往前迎上去了——就好像他想死似的。

天堂里的异乡人[1]

1

他俩是兄弟。意思不是说他俩都是人类，或者他俩在同一个育儿所长大，不是那种意义上的兄弟。根本不是！他们是货真价实的生物学意义上的兄弟。他们是亲属——当然，"亲属"一词早在几个世纪以前就有些古旧过时了，早在大灾变以前，那时候"家庭"这种部族现象还保留着少许有效性。

多么难堪！

童年过后的岁月里，安东尼几乎把这件事忘记了。有时一连好几个月他都压根儿没有想起它。但是现在，自从他的人生跟威廉密不可分地纠缠在一起，他发现自己过上了苦不堪言的日子。

要是换一种情形，要是他们的这种关系一直很明显，要是他们像大灾变之前的人那样——安东尼曾经很爱读历史书——要是他们冠了同样的姓氏，并由此把两人的关系昭示天下，那么他现在或许也不会这般难受。

如今大家当然是随自己喜欢选择姓氏的，想换多少回都可以。毕竟真正重要的是符号链，而符号链是你自出生就被编码赋予的。

威廉管自己叫"抗自闭"。他以一种清醒的专业精神坚持使用这

---

[1] Copyright © 1974 by UPD Publishing Corporation.

个姓氏。这当然不关别人的事,却把他糟糕的个人品位嚷得尽人皆知。安东尼在迈入十三岁时决定用"史密斯"当姓氏,之后也从没有过更换姓氏的冲动。这个姓简单,拼写也容易,而且十分有特色,因为他从没遇到过选这个姓的人。从前它很常见——在大灾变之前的人中间——或许这正好可以解释为什么现在它如此稀罕。

然而一旦他俩站在一起,姓氏一样不一样也没关系了。两人长得很像。

假如他们是双胞胎——只不过一对双胞胎受精卵中向来只允许其中之一出生。问题在于非双胞胎有时也可能容貌相似,尤其当他们的父母双方都有血缘关系。安东尼·史密斯比哥哥小了五岁,但两人都长着鹰钩鼻、厚眼睑,下巴上还都有一道刚好能看出来的凹痕——全怪遗传抽签时那见鬼的运气。当父母出于某种单调乏味的热情,跟同一个人又生了一个时,这简直就是自找麻烦。

如今他俩在一处,最开始总会招来惊诧的目光,接着就是刻意的沉默。安东尼努力忽略这一切,但有一半的时间,威廉出于纯粹的心理变态——或者说反常——他会主动跟人家说:"我们是兄弟。"

"哦?"对方会这么说,并且踌躇片刻,仿佛想问他们是不是同胞亲兄弟。随后教养占据上风,那人会转身离开,好像兄弟什么的不足为奇。当然类似的情况其实极少发生,项目组的大多数人都知道他俩的事——就是想不知道也难——因此会竭力避免这类情形。

其实威廉人倒不坏。一点儿也不坏。如果他不是安东尼的兄弟——或者就算他是,但只要两人长得不一样,就能掩盖住他们的关系——他俩肯定能相处得非常融洽。

而现在这样——

更叫人为难的是,他俩小时候还一起玩耍过,并且在同一家育儿所一起接受了最早几个阶段的教育——这是拜母亲的成功操作所赐。她跟同一个男人生了两个儿子,由此也达到她的配额上限(她达不到生第三个孩子的苛刻条件）；然后她又冒出一个想法，想只跑一趟就能同时看望两个儿子。她实在是个怪人。

威廉年纪更大，自然先行一步离开了育儿所。他选择了搞科学——基因工程。安东尼在育儿所收到母亲的来信，从信里听说了威廉的去向。当时他已经是挺大一个人，便拿出极坚定的态度跟舍监谈了这事，此后信就停了。但那最后一封信带给他羞辱的痛苦，他永远不会忘怀。

最终安东尼也选了科学。他在科学上展现出才华，人家敦促他走上了这条路。他还记得自己当时有种狂乱的恐惧——现在他意识到那简直就是未卜先知——他担心会遇到哥哥。于是他最终进入了遥测技术领域，他真是再也想象不出还有什么学科距离基因工程更远——至少他以为如此。

然后，因为水星计划的各种复杂的发展，万事俱备。

时机正好就是在水星计划仿佛走进死胡同时出现了：一条建议被提出来，挽救了大局，同时也将安东尼拽进了父母为他准备的困境。而这整件事里最精彩、最讽刺的部分在于，提出建议的正是安东尼，是他无意中促成了这一切。

2

威廉·抗自闭知道水星计划，但只是泛泛地知道，就好像他知道那旷日持久的恒星探测计划——探测器在他出生前就上路了，在他死后也会继续奔驰在路上；就好像他知道火星上有人类殖民地，知道人类还在尝试去小行星建立类似的殖民地。

这类事情远远地停留在他意识的边缘地带，缺乏真正的重要性。据他回想，人类进入太空的努力从未迁回到他关注的中心区域，直到有一天他看到一份打印的资料,其中包括水星计划部分参与者的照片。

首先吸引威廉注意的是名字,资料显示照片中有一个人名叫安东尼·史密斯。他记起了弟弟选的那个怪异的名字,记起了安东尼。世上总不可能还有第二个安东尼·史密斯吧。

然后他才看了照片。那张脸不会错的。他突然异想天开照了照镜子,借此确认自己的想法。没错,就是那张脸。

他觉得有趣,同时也有些忐忑,因为他并非没有意识到这事没准儿会很难堪。同胞亲兄弟,多么恶心的说法。可又有什么法子呢?他父亲和他母亲双双缺乏想象力,这一事实该如何纠正?

他起身准备去工作,当时肯定是心不在焉地把资料塞进了口袋里,因为午饭时他又摸到了它。他再次盯着它看了一会儿。安东尼显得热情洋溢。复制的照片很清晰——如今打印的质量实在是好。

那天跟他搭伴吃午餐的是马克(天晓得对方上周叫什么名字),马克好奇道:"你在看什么呢,威廉?"

威廉一时冲动,把资料递给对方:"那是我弟弟。"感觉活像徒手抓荨麻[1]。

马克细看照片,皱眉道:"谁?站你旁边的那个?"

"不,就是我的那个。我的意思是看起来活像是我的那个。他是我弟弟。"

这回的停顿比先前更长了。马克把照片还给他,小心翼翼地维持住不偏不倚的语气:"同父母的弟弟?"

"对。"

"父亲和母亲都一样?"

"对。"

"太可笑了!"

---

[1] 多年生草本植物,茎叶皆有细毛,皮肤接触时能引起刺痛。

"也许吧。"威廉叹气,"嗯,据这上面说,他在得克萨斯搞遥测技术,而我在这边搞自闭症。所以又有什么关系呢?"

威廉没把这事放在心上,那天晚些时候打印件也被他扔掉了。他可不愿自己当时的床伴看见这东西。她的幽默感有些不正经,威廉对此已经感到越来越厌烦。他其实挺高兴她没兴趣要小孩。他自己反正早些年已经有过一个孩子。跟那个棕色头发的小个子,叫劳拉还是琳达来着,反正不是这个就是那个,跟她合作生的。

那之后又过了很久,至少有一年,就发生了兰德尔的事。如果说之前威廉本就没再多想他弟弟——他确实也没有——那之后他是肯定没工夫再想这件事了。

威廉第一次听说兰德尔时,那孩子十六岁。他在生活中日渐孤僻,于是抚养他的肯塔基州育儿所决定取消他——当然了,直到实施取消之前八天还是十天才有人想起来,提交了报告给纽约人类科学研究所(俗称人学研究所)。

这份报告跟其他几份类似的报告一起交到威廉手里,其中对兰德尔的描述很平常,丝毫没有引起他关注。不过当时正好到了他要拜访各育儿所的时候,那种肉身前往的乏味旅行,而西弗吉尼亚州有一个孩子似乎很有可能是他要找的那种。他去了——结果大失所望,并且第五十次赌咒发誓,今后类似的拜访一定要通过电视视频进行——不过既然已经把自己拖到了西弗吉尼亚,他就想着不如顺带去肯塔基的育儿所瞧瞧再回家。

他并不指望能有什么收获。

然而并非如此。他研究兰德尔的基因模式,还不到十分钟就打电话要求研究所用计算机进行计算。之后他坐下来等着,全身微微出汗,因为他想到自己是因为最后一秒钟的冲动才来的,而要是没有那冲动,再过一周左右兰德尔就会被静悄悄地取消掉。说得详细点儿,一种无痛的药物会透过他的皮肤渗入血液,之后他就会沉入平静的睡眠，睡眠逐渐加深，直至死亡。那种药的官方名称足有二十三个音节，但威廉管它叫"涅槃灵"，大家都是这么叫的。

威廉问："他的全名叫什么，舍监？"

育儿所的舍监道："兰德尔·诺万，学者。"

威廉炸了："什么？！No one[1]！"

"N-o-w-a-n，诺万，"舍监把名字拼出来，"他去年选的名字。"

"而这在你眼里毫无意义？它跟 No one 同音！你去年都没想到要报告这个年轻人的事？"

"当时看来似乎并不——"舍监手足无措。

威廉挥手让她安静。说这些有什么用？她又怎么会知道呢？对照通常的教科书标准，兰德尔的基因模式里没有任何需要警惕的东西。他的基因模式是一种微妙的组合，通过对自闭症儿童进行测试，威廉带领手下花了二十年时间才找出了这个组合——之前从未在现实中见到过。

只差一点点就被取消了！

马克是研究小组里的强硬派，他抱怨育儿所太心急：经常不足月就急着流产，出生后又急着取消。他坚持认为应当允许一切基因模式发展到可以进行初步筛查的地步，另外在咨询过人学家之前，根本不应该取消任何人。

威廉平静地说："人学家太少了。"

马克说："我们至少可以把所有基因模式都输入计算机过一遍。"

"好尽可能留下有用的东西供我们使用？"

"供一切人学研究用，无论是这里的还是别处的。要想真正了解我们自身，我们就必须研究正在发挥作用的基因模式，而大部分的信息正好是来自非正常的畸形模式。就说我们对自闭症做的试验，我们

---

[1] 意为"没有人"。

从中获取的人学知识,比我们启动项目那天业已存在的知识总和还要多。"

威廉仍然偏爱"人类基因生理学"这个说法,他觉得比"人学"悦耳动听。他摇头道:"即便如此,我们还是得小心行事。我们可以宣称我们的试验有天大的好处,但我们仍然要仰仗社会给予的许可才能进行这件事,而社会只勉强给了我们最低限度的许可。毕竟那是生命。"

"本来就要取消的生命。"

"痛快而迅速的取消是一码事。我们的试验通常很漫长,有时不可避免会引起不适,这完全是另外一码事。"

"有时我们会帮到他们。"

"也有时候我们对他们毫无帮助。"

说实话,这类争论全无意义,因为根本无从判定输赢对错。说到底就是能供人学家研究的有趣异常太少,同时也没办法鼓励人们增加产量。大灾变留下了好些不会磨灭的创伤,这就是其中之一。

如今人类狂热地推动太空探索,其实也可以从大灾变上找原因(有些社会学家确实这么看):大灾变让大家认识到这个行星上生命如此脆弱。

好吧,扯远了——

兰德尔·诺万是前所未有的东西。至少对威廉来说如此。他拥有那种特别罕见的基因模式,所以他的自闭症是缓慢发作的。正因如此,他们对兰德尔的了解超过了他之前所有的同类病人。他们甚至在实验室里捕捉到了他思考方式的最后几缕微光,之后他才完全封闭自己,最终缩回自己的皮肤筑起的围墙内——对一切都不再关心,什么都无法再触动他。

接下来他们启动了一个缓慢的进程,兰德尔受到人工刺激,关心外界的时长逐渐增加,直到他交出大脑内部运作的秘密,并由此给出关于一切大脑内部运作机制的线索,那些被称作正常的大脑和那些跟他自己类似的大脑都包括在内。

他们搜集到体量巨大的数据,威廉渐渐觉得自己逆转自闭症的梦想说不定真能实现。他感到一种温暖的喜悦,他为选了抗自闭这个名字而高兴。

同兰德尔的工作令他无比快意。差不多正好就在这时候,在工作引发的欣快达到顶峰的时候,他接到了从达拉斯打来的电话。巨大的压力开始施加到他身上,要他放弃自己的工作,去解决一个新问题——偏偏是在这时候。

事后回想起来,他一直感到疑惑:到底是什么促使自己答应去达拉斯看看的?等一切尘埃落定,他自然能看出当初的决定多么幸运——不过是什么说服了他这样做的?难道他从一开始就对事情的走向有了一个影影绰绰的想法,一个自己都没有意识到的想法?肯定不可能吧。

或者虽说他自己没意识到,但其实想起了那份打印的资料和他弟弟的照片?肯定不可能。

总之,他任人说服了自己。微反应堆动力单元柔和的嗡嗡声变了调子,反重力单元接管飞行器开始最后的下降,这时候他才想起那张照片——或者说它这才转移进了他记忆中有意识的区域。

现在威廉想起来了,安东尼就在达拉斯工作,而且就在水星计划。照片的标题就是这么说的。轻柔的晃动提醒他旅程已经结束,他咽了口唾沫。这回可要尴尬了。

3

安东尼在屋顶的接待区等着迎接专家。当然不是他一个人。迎接专家的代表团规模很可观——光看这规模就知道形势多么严峻、他们已经绝望到何等地步——安东尼属于职权较低的梯队。本来根本轮不到他,只不过最初的建议是他提出的。

想到这一点他不由地感到不安,并不强烈,但经久不散。这回他算是把自己放到最前线了。他的提议受到了相当多的认可,但同时大家总是隐隐强调这是他的建议——要是最终惨败收场,这些人就会集体离开火力轰击的范围,留他一个人承受枪林弹雨。

事后他偶尔会忧心忡忡地琢磨,他当初想到这个点子,会不会是因为隐约记得有个哥哥在搞人学?有这个可能,但也不一定非得是因为他。那项提议如此明智合理,简直无可避免。千真万确,他无论如何也会想到它的,哪怕他哥哥从事的是创作幻想小说这类人畜无害的工作,或者哪怕他压根儿就没有兄弟。

问题在于内行星——

月亮和火星都已经建起殖民地。人类已经抵达了较大的小行星和木星的卫星,还有一项进行中的计划是让载人航天器绕木星获取加速,前往土星最大的卫星土卫六。甚至往返耗时七年、派人前往外太阳系的计划都正在展开。然而内行星仍然是人类无法涉足的禁区,就因为人类畏惧太阳。

地球轨道往内有两个世界,其中金星的吸引力比较小,但水星就不一样了——

当初全靠德米特里·拉奇(此人其实相当矮小[1]),靠他在世界议会发表演讲,说动了议会拨款,水星计划才落实下来。那时候安东尼还没加入这支团队。

安东尼听过磁带,听过德米特里的陈述。历来大家都坚信他是临场即兴发挥,或许确实是吧,但演说的结构实在非常完美,内容也极

---

[1] 拉奇(Large)有身材高大的意思,与该人物实际上矮小的身材形成对比。

丰富——后来水星计划遵循的各项准则，其实质精神都能在其中找到。

而其中最主要的观点就是，不应当坐等技术进步、等载人考察能经受住太阳的严峻考验再行动。水星拥有独一无二的环境，人类能学到很多东西。再者，从水星表面可以对太阳进行持续观察，换了任何其他手段都达不到同样的效果。

只要能把人的替代品——简言之就是机器人——送去行星表面。

要建造物理特征达标的机器人并不难。软着陆也易如反掌。问题在于等机器人着陆以后，接下来大家该拿他怎么办？

他可以进行观察，并基于观察结果指导自己行动。但水星计划希望他的行动能做到复杂又精微，至少要具备这一潜能，再说他们也根本拿不准他能观察到什么。

要应付合理限度内的各种可能性，要达到大家想要的复杂程度，机器人就必须包含一台计算机（达拉斯有些人管它叫"大脑"，但安东尼对这种过时的语言习惯嗤之以鼻——事后他也想过，这会不会是因为大脑是哥哥的专业领域），总之计算机必须足够复杂，功能足够多样，跟哺乳动物的大脑在同一个级别。

然而这样的东西造出来又不够便携，没法送去水星并降落——或者就算送去水星也降落了，它的机动性也不够，对他们设想的那种机器人毫无用处。也许将来会有那么一天，机器人学家摆弄的正电子通路设备终将达到上述要求，但那一天还在未来。

替代方案是让机器人把观察到的一切即时传回地球，再由地球上的计算机基于这些观察去指导机器人的所有行动。简而言之，机器人的身体在那边，大脑在这边。

一旦决定采用这一方案，遥测专家就成了关键技术人员，安东尼也是在这时候加入了水星计划。他所在的团队辛勤工作，设计接收和传回脉冲信号的方法；这些脉冲要跨越五千万英里到一亿四千万英里的距离，还要面对甚至跨越日面，抵挡住日面最凶猛的干扰。

他热情洋溢地投入工作，而且（最后他终于这样想了）也展现了技艺，收获了成功。水星轨道器的设计最主要就是他的功劳——那是三个被抛入永久轨道的交换站，永远绕水星运行。每个交换站都有能力收发从水星传向地球以及从地球传向水星的脉冲。每一个交换站都多多少少能持续抵御太阳辐射，更重要的是它们还能过滤太阳的干扰。

三个一模一样的水星轨道器被放置在距离地球一百万英里出头的位置上，通达黄道面南北，这么一来，即使水星行进到太阳背面，地球表面的任何站点都无法直接收到信号，轨道器也能把来自水星的脉冲转送到地球——反之亦然。

这下就剩机器人了。最终的成果是一个非凡的样本，结合了机器人学家和遥测学家的精湛技艺。那是前后十个型号中最复杂的一个，体积不过常人的两倍多一点儿，质量则是五倍，但其感知和行动能力比人类高出许多——只要能接收到引导。

那么引导机器人的计算机需要复杂到什么程度？这一点没过多久就很清楚了，因为每一个反应步骤都必须修改，把可能的感知变化考虑进去。然后又因为每一个反应步骤都必然使得可能的感知变化变得更加复杂，早期的步骤就必须进一步加固，使其更加强韧。这玩意儿无止无尽地越垒越高，活像是下象棋，最后控制机器人的计算机需要另一台计算机来为它编程，这后一台计算机又需要另一台计算机为它设计程序，而遥测人员还得再用一台计算机去给设计程序的这台计算机编程。

简直乱了套。

机器人被安置在亚利桑那州沙漠里的一处基地。它本身倒是运转良好，只不过达拉斯的计算机没法很好地操控他；哪怕在完全已知的地球环境下都做不到。那要是到了水星——

安东尼还记得自己提出建议的那天。日期是 7-4-553。他之所以记得，一部分是因为他记得自己当时还想过，7月4日，在大灾变前的时代,也就是500年之前——嗯,准确地说是553年之前——在达拉斯地区当时所属的世界里,这日子还是个重要的假日呢。

他在一次晚餐期间提出建议,那天的吃食还挺不错。当地的生态经过了细心调整,收获的食物种类很多,再加上水星项目在获取食物时有很高的优先级,因此菜单上的选项异常丰富。那天安东尼试了烤鸭。

烤鸭十分美味,让他比平日里更健谈了一点点。事实上每个人都进入了乐于表现自我的状态。里卡多说:"我们永远做不成。就干脆承认吧。我们永远做不成。"

这念头之前被多少人想到过多少次,那是谁也说不清的,但是大家心照不宣,从来不会公开说出来。过去的五年里,拨款一年比一年难到手,而公开的悲观情绪很可能变成最后一根稻草,最终截断拨款。要是没了经费,就算本来真的有望成功,这下子希望也要破灭了。

安东尼平时很少过于乐观,但这一天他沉醉在烤鸭的美味里,因此他说:"为什么我们做不成?告诉我为什么,我来反驳。"

这是直接正面挑战,里卡多立刻眯细了深色的眼睛:"你想让我告诉你为什么?"

"那是当然。"

里卡多把椅子转过来,好跟安东尼面对面。他说:"得了,这又不是什么秘密。德米特里·拉奇在报告里自然不肯公开谈,但你我心里都明白,要想让水星项目真正运作起来,我们就需要一台复杂的计算机,也许送去水星,也许留在地球,但它必须像人脑一样复杂,而我们造不出来。所以我们还能干吗?也就只能跟世界议会要花招弄钱,好让我们可以做些毫无价值的工作打发时间,或者搞些有用处的副产品。"

安东尼的脸挂上一个自鸣得意的微笑,他说:"这很容易反驳。你自己已经给出了答案。"(他是在胡闹吗?或者是因为肚子里烤鸭的暖意？抑或是想戏弄里卡多？……又或者是无意识间想到了哥哥，被这念头触动了？事后他思考过，但真正的理由实在无从知道。）

"什么答案？"里卡多站起来。他个子挺高，异常瘦削，穿的实验室白大褂向来都开着缝。他把双臂在胸前交叠，似乎竭力要在坐着的安东尼面前营造出高高耸立的气势，模样活像一把打开的米尺：
"什么答案？"

"你说我们需要一台像人脑一样复杂的计算机。那好吧，我们就造一台。"

"你这蠢货，关键就在于我们造不出——"

"我们造不出。但还有其他人。"

"什么其他人？"

"当然就是研究人脑的人。咱们是搞固体力学的，压根儿不知道人脑在哪些方面复杂，或者复杂在什么地方、复杂到什么程度。为什么不找个人学家来，让他设计一台计算机？"安东尼一边说一边舀了一大勺烤鸭填料，扬扬得意地品尝起来。这么长的时间过去了，但那填料的滋味他至今没忘，虽说之后发生了什么他记不清细节了。

他觉得当时似乎没人当真。大家都哈哈笑，普遍的感觉是安东尼靠着巧妙的诡辩摆脱了困境，因此大家笑话的是里卡多。（不消说，事后每个人都声称自己是严肃看待安东尼的提议的。）

里卡多大发脾气，他指着安东尼道："你把它写出来递上去。我赌你不敢把你的建议写成报告。"（至少安东尼记得是这样。里卡多嘛，后来他声称自己当时的态度是满腔热忱："好主意！你干吗不把它写下来正式提交呢，安东尼？"）

反正安东尼写了。

德米特里·拉奇喜欢上这个点子。私底下跟安东尼商谈时，他曾拍了安东尼的后背，还说他自己也正往那个方向想呢——不过他并没有主动提出要在正式记录里跟安东尼分享功劳。（据安东尼想，是防着万一这事最终以惨败收场。)

德米特里·拉奇负责搜索合适的人学家,安东尼压根儿没觉着这事跟自己有关。他既不懂人学也不认识人学家——当然了,他哥哥也是人学家,但他并没有想到哥哥,至少不曾有意识地想到他。

于是安东尼就站到了接待区,只是一个不起眼的小角色。飞行器打开舱门,几个人走出来,下了舷梯,跟等候在地面上的人团团握手。这时安东尼赫然看见了自己的脸。

他脸颊滚烫,满心希望自己能去到千里之外。

4

此时的威廉比任何时候都更希望自己早点儿想起弟弟就好了。他本来应该早点儿想起来的——肯定能的。

可人家请他帮忙,这是很大的恭维;而且过了一阵子以后,对项目本身的兴奋之情也日渐增长。所以他也许是故意避免想起弟弟。

首先就是德米特里·拉奇本人亲自跑来见他,真叫他受宠若惊。对方是从达拉斯乘飞机来纽约的,这可搔到了威廉的痒处,因为他私底下的罪恶爱好正是阅读惊悚小说。在惊悚小说里,男人女人总在需要保密的时候选择肉身旅行。毕竟电子旅行可算是公共财产——至少在惊悚小说里如此。在小说里,任何种类的辐射束都有人窃听,从无例外。

这话威廉还对德米特里说了,这是他的恶趣味,一半也是想开个玩笑,但德米特里好像根本没听见。他盯着威廉的脸,思绪似乎跑去了别处。"抱歉,"最后他说,"你让我想起一个人。"

(然而就连这话也没有警醒威廉。怎么会这样呢?后来他对此深感不解。)

德米特里·拉奇是个圆滚滚的小个子，他似乎永远都乐呵呵的，哪怕在他自称忧心如焚或者十分烦躁的时候。他长了个浑圆的蒜头鼻，颧骨突出，全身各处无一不软。他着重强调了自己的姓氏，还飞快地说："大的可不只是尺寸，我的朋友。"速度真的很快，威廉不禁怀疑他已经把这话讲得滚瓜烂熟了。

接下来两人开始交流。威廉多次抗议：他对计算机一无所知，根本一窍不通！他压根儿不知道它们如何工作，也不知道它们是怎么编程的。

"没有关系，没有关系，"德米特里比画了一个很有表现力的手势，把威廉的论点拂到一边，"我们懂计算机；我们可以设定程序。你只需要告诉我们，我们必须让计算机做什么它才能像人脑而不是计算机一样工作。"

"这我很可能没办法告诉你，德米特里，我不确定我对大脑的运作有足够的了解。"威廉道。

"你是全球顶尖的人学家，"德米特里道，"我仔细调查过的。"这便算是盖棺论定了。

威廉越听越心惊。这种事大概没法避免。把一个人浸淫在某一个特定领域，只要时间够久，程度够深，他就会自动开始假定其他领域的专家全都是魔法师；他自己的无知有多么宽广，他就会以为对方的智慧有多么深不可测……时间一分一秒地流逝，威廉对水星项目有了很多了解，在当时他觉得自己根本没兴趣知道这么多。

最后他说："那为什么非要用计算机呢？为什么不干脆用你手下的某个人，或者你手下人的中继设备，让他接收来自机器人的材料并传回指示？"

"哦，不行，不行，"德米特里满心热切，几乎从椅子里蹦起来，"你瞧，你没有意识到。到时候机器人会送回许多材料——温度、气压、宇宙射线通量、太阳风强度、化学成分、土壤质地，类似的东西再来三打也是轻而易举——人太慢了，没法迅速分析这一切并决定下一步该怎么走。人类只能指引机器人，效率还很低；计算机则不一样，它跟机器人一体。

"然后呢，"他接着说道，"人类同时又太快了。要在水星和地球之间往返一圈，任何一种辐射都需要十分钟到二十二分钟，具体时长取决于二者在各自轨道里的位置。对此谁都无能为力。你收到一个观察结果，你给出指令，然而在做出观察和回复返回之间又有很多事已经发生了。人没法适应光速的缓慢，但计算机却能把这一点纳入整体考量……来帮我们吧，威廉。"

威廉对前景并不乐观："当然欢迎你们咨询我，虽然我自己觉得帮不上什么忙。我的私人视频通信频道随时供你们使用。"

"但我想要的不是咨询。你必须跟我走。"

"肉身前往？"威廉惊呆了。

"对，当然了。这样的项目不可能双方坐在激光束的两端、中间隔着通信卫星来进行，办不到。长远来看太昂贵，太不方便，当然了，也根本不够私密——"

真的就跟惊悚小说一样，威廉认定了。

"来达拉斯吧，"德米特里说，"让我带你看看我们在那边都有什么。让我带你看看我们在达拉斯的设施。跟我们搞计算机的人聊聊。跟他们讲讲你的思路，会对他们有益的。"

现在呢，威廉暗想，现在必须斩钉截铁些。"德米特里，"他说，"我在这边有我自己的工作，是我不愿丢下的重要工作。要是照你的要求来，我可能要离开我的实验室好几个月呢。"

"几个月！"德米特里显然大吃一惊，"威廉老伙计，完全有可能要好几年呢。但它肯定也算是你的工作不是。"

"不，不是。我知道我自己的工作是什么，反正不是指引水星上的机器人。"

"为什么不呢？如果你能做好这件事、让计算机像人脑一样工作，那么借此你就能对大脑有更多的了解。你最终还会回到这里，并有了更充分的积淀去完成你现在所谓的你的工作。再说在你离开期间，难道你没有同事可以继续这项工作吗？难道你不能用激光束和视频通信跟他们随时保持联络？难道你不能偶尔回纽约瞧瞧？当然只是短期回来瞧瞧。"

威廉动心了。从另一个方向对大脑进行研究，这主意确实正中他下怀。从那一刻起，他发现自己开始找各种应该去的理由——至少去拜访一次——至少去看看那边到底是什么样……反正要是不行，他就回来。

然后德米特里参观了旧纽约的废墟，这一趟观光也帮威廉下了决心。德米特里非常享受这趟旅行，他的兴奋劲儿毫不掺假（不过说起来，大灾变前遗留下来的那些无用的庞然大物里头，确实也没有比旧纽约更壮观的奇景了）。于是威廉开始琢磨，或许去一次达拉斯，自己也可以趁机观光旅游一番。

他甚而开始盘算，他考虑找个新床伴的可能性已经有段时间了，那么去一个他不会一直逗留的地理区域找自然更方便些。

或者会不会是因为即便在当时，当他对需要做什么才刚开始有一点点最微不足道的了解时，他已经捕捉到了一丝光亮；仿佛远处闪电的闪烁，他隐约瞥见了自己可能成就些什么。

于是他终于去了达拉斯。他踏上屋顶，只见德米特里等在那里，笑容灿烂。然后小个子男人眯细眼睛，转过身说道："我早说嘛——真是太像了！"

威廉睁大眼睛，只见有个人肉眼可见地往后缩了缩；那张脸跟他自己的脸实在很像，于是他立刻认定站在自己面前的人就是安东尼。

他看到安东尼的表情，明白对方巴不得把两人的关系埋葬。威廉只需要说一句"可真是不可思议！"，这事就算了结了。毕竟人类的基因模式足够复杂，即便不存在亲缘关系，合理限度内的相似也是完全有可能的。

但是当然了，威廉是人学家，而一个人若以处理人类大脑的复杂性为职业，那是免不了对其细节变得麻木不仁的。于是他说："这不是安东尼嘛，我弟弟。"

德米特里道："你弟弟？"

"我的父亲，"威廉说，"跟同一个女人——我母亲——生了两个儿子。他们俩都是怪人。"

说完他就伸出手迈步上前，而安东尼也别无选择，只能跟他握手……接下来好几天，大家聊天说的都是这件事，再没人说别的。

5

后来威廉意识到自己干了什么，并表现得十分懊悔。不过这对安东尼也算不上什么安慰。

那晚晚餐后两人坐在一起，威廉说："我向你道歉。我本来以为干脆把最糟糕的部分捅穿，这事也就结了。现在看来并没有起到这个效果。我没签署任何文件，没有答应任何正式协议。我准备离开。"

"你走了能有什么好处？"安东尼毫不客气，"现在大家都知道了。两具身体，一张脸。简直叫人作呕。"

"如果我离开——"

"你不能走。整件事都是我的主意。"

"是你想把我弄来？"威廉厚重的眼睑抬高到极限，眉毛直往上爬。

"不是，当然不是。我的主意是找个人学家来。我怎么可能知道他们会找到你？"

"但如果我离开——"

"不。现在我们只有一条出路,就是战胜这个问题,假如有可能做到的话。然后……然后这事就没关系了。"(他心想,对成功的人大家是什么都愿意原谅的。)

"我不知道我能不能——"

"我们必须试一试。德米特里会把这件事交到我们手里。机会太好,他不会错过。你俩是兄弟,"安东尼模仿起德米特里的男高音,"并且互相理解。为什么不合作工作呢?"然后他换回自己的声音怒道:"所以我们必须合作。先来说说,威廉,你到底是做什么的?我的意思是,除开从'人学'这个词能理解的字面意思之外,具体是做什么的?"

威廉叹口气:"好吧,请接受我的歉意……我跟自闭症儿童一起工作。"

"恐怕我不知道这个字眼是什么意思。"

"太复杂的长篇大论我就不说了,简单说来,我工作的对象是一些特殊儿童,他们不主动接触世界,不与其他人交流,反而沉入自己内在,活在皮肤建起的围墙背后,旁人或多或少无法触及他们。我希望有一天能治愈自闭症。"

"所以你管自己叫抗自闭?"

"是的,就是这样。"

安东尼哈哈笑了两声,但其实他并不觉得有趣。

威廉的态度中渗出冷意:"这是一个诚实的名字。"

"我敢说是的。"安东尼飞快地嘟囔了一句,但没办法逼自己表达更具体的歉意。他有些费力地转回之前的话题:"你取得什么进展了吗?"

"朝向治疗方案的进展?不,目前还没有。朝向理解,是有的。而理解越深我就越——"说话间威廉的声音越来越温暖,眼神越来越遥远。安东尼认出了这是什么：当有一件事充塞了你的大脑和心灵，让你几乎再也容不下别的东西时，你谈论那件事时就会无比愉悦。他在自己身上也经常体会到这一点。

他尽量认真听，虽说对方讲的东西他其实并不真的理解；然而必须如此，他指望威廉也这样听他说呢。

威廉的话他记得多么清楚啊。当时他以为自己肯定记不住，但是当然了，当时他并不曾意识到正在发生什么。后来回想起这次的交谈，他后知后觉地发现自己竟能记得整句整句的话，几乎一字不差。

"因此我们觉得，"威廉道，"自闭症儿童并不是说无法接收感官印象，甚至不是说他无法以一种相当复杂的方式去诠释这些印象。正相反，他是不赞成这些印象，拒绝这些印象，同时他并没有丧失充分沟通的能力，只要我们能找到某种他赞成的印象。"

"啊。"安东尼只发出最低限度的声音，表示自己在听。

"你也没办法用任何寻常的方法劝他走出自闭，因为他同样不赞成你，正如他不赞成世界的其他部分。但假如你将他置于意识中止状态——"

"什么状态来着？"

"这是我们的一种技术，实际上等于是把大脑跟身体剥离，让大脑可以不参照身体而履行其功能。技术相当复杂，是在我们自己的实验室里设计的，事实上——"他停下来不说了。

"是你亲自设计的？"安东尼柔声问。

"对，是这样，"威廉有些脸红，但显然很高兴，"在意识中止状态，我们可以向身体提供事先设计的幻想，同时借助差异脑电图观察大脑。这样一来我们就能对患自闭症的个体有更多了解，了解他最想要的感官印象是什么；同时我们也会对大脑有更多一般性的了解。"

"啊，"安东尼道，这回的"啊"是真心实意的，"那么你们对大脑的所有这些了解——你难道不能把它调整来适应计算机的运作？"

"不行,"威廉道,"半点儿机会都没有,这我早跟德米特里说过了。我对计算机一无所知,对大脑的认识也不够。"

"如果我教你有关计算机的知识,再详细告诉你我们需要什么,这样行吗?"

"成不了的。这事——"

"哥哥,"安东尼说,他努力让这个词显得意味深长,"你欠我的。请你真心诚意地努力一次,好好考虑一下我们的问题。无论你对大脑有什么了解——请把它调整来用在我们的计算机上。"

威廉不自在地扭动身体,他说:"我明白你的处境。我会试一试。真心诚意地试一试。"

6

威廉确实努力尝试了,而且正如安东尼所料,两人被凑到一起工作。起初他俩时不时还会遇到其他人,威廉想着既然无从抵赖,不如大肆声张两人是兄弟,借着这声明的冲击力让大家习惯。但后来他终于不再这样做了,因为大家开始刻意不干涉他俩。一旦威廉走近安东尼,或者安东尼走近威廉,在场的其他人就会静悄悄地淡入墙壁背景板中。

他俩甚至在某种程度上习惯了彼此,交谈起来有时非常自然,仿佛两人的相貌毫无相似之处,童年的共同记忆也根本不存在。

安东尼用合理的非技术术语讲清了项目对计算机的要求,威廉苦思冥想,然后跟对方解释他认为如何能让计算机多多少少完成大脑的工作。

安东尼问:"有可能办到吗?"

"我不知道,"威廉说,"我是不太想尝试的。也许行不通,但也许能行。"

"我们得跟德米特里·拉奇谈。"

"我俩先把它理清楚,看看能搞出点儿什么来。等得出尽可能合理的建议我们再去找他,否则干脆别找他的好。"

安东尼迟疑道:"我们一起去找他?"

威廉体贴入微:"你来当我的发言人。没必要让人家同时看到我们。"

"谢谢你,威廉。如果真有了什么成果,我绝不会贪掉你的功劳。"

威廉道:"这我不担心。如果这主意真能用,我猜也只有我能把它变成现实。"

他俩又商谈了四五次才确定了方案。安东尼迅速理解了一个全然陌生的领域。真可惜他俩是血亲,两人之间免不掉黏腻的情感纠葛,否则威廉一定会全心全意为这个年轻人——他的兄弟——感到骄傲。

接下来就是与德米特里·拉奇的漫长会谈。事实上得跟所有人会谈。大家在一个个漫漫长日里跟安东尼商讨,之后又另去见威廉。他们经历了一个痛苦的"孕期",最后所谓的"水星计算机"终于获得批准。

威廉稍微松一口气,启程回了纽约。他并不打算在纽约久留(换了两个月之前他哪能想到自己竟会这样?),只不过人学研究所也有很多工作要做。

更多会议当然是免不了的,他得向自己的实验室团队解释发生了什么,为什么他必须请假,他不在的期间他们又该如何继续各自的项目。之后就是返回达拉斯。这次的抵达比上一次盛大许多,他带来了关键设备,还有两位年轻的助手,而且这回的停留是没法设定期限的。

若用象征的手法来说,可以说威廉没有回头。他自己的实验室和实验室的需要已经渐渐淡出了他的思绪。现在他全身心地投入了新任务。

7

对于安东尼这是最难熬的时期。威廉离开期间的轻松并没有深深扎根,他很快开始紧张和苦恼,设想说不定威廉就不回来了多好啊,万一呢?难道他就不可能选择派个副手来,一个别的什么人,随便什么人?只要长一张不同的面孔就成。免得安东尼总觉得自己是怪兽——是一头有着两个背、四条腿的怪兽的一半。

然而来的正是威廉。安东尼眼看着货运飞机静静划破长空,眼看着它在远处卸货。即便隔得那样远,他最终还是看见了威廉。

就这样了。安东尼转身离开。

那天下午他去见德米特里。"德米特里,我没必要再待下去了,肯定的。细节我们都已经解决了,其他人可以接手。"

"不,不,"德米特里说,"一开始就是你的主意。你一定要全程参与。把功劳这么分给别人实在没有必要。"

安东尼心想:其他人谁也不愿冒风险,因为仍然有可能惨败收场。我早该料到的。

他确实料到了,但他还是不带感情地说:"你明白,我是不能跟威廉一起工作的。"

"但是为什么不行呢?"德米特里假装诧异,"你们俩合作得那么好。"

"为这事我满肚子肠子都绞得痛了,德米特里,实在受不了了。我俩在一起时看起来是什么样子,你以为我不知道吗?"

"我的好伙计!你想多了。自然大家是要盯着看的,他们毕竟也是人嘛。但他们会习惯的。我就已经习惯了。"

安东尼心想:你才没习惯呢,你这个满嘴谎话的胖子。他说:"我可不习惯。"

"你没有用正确的方式看待这件事。你们的父母特立独行——但他们的做法毕竟不犯法，只不过是特立独行。这不是你的错，也不是威廉的错。你们俩谁都不该受责备。"

"我们带着它的印记。"安东尼抬起一只手，飞快地朝自己的脸划了一道弧线。

"这个印记跟你想的不一样。我看见的是差别。你的相貌明显更年轻。你的头发更蓬松。只是第一眼看着像。来吧，安东尼，这回你想要多少时间都有，需要多少帮助尽管提，能用多少设备尽你用。我敢说事情一定会非常圆满。想想看，到时候你会有多少成就感——"

安东尼自然是软化了，答应至少帮威廉把设备安装好。威廉似乎也坚信事情一定会非常圆满。倒不是德米特里那种狂热的信念，而是一种平静的信心。

"只要正确地连接就好了，"威廉说，"当然我得承认，这个'只要'是相当苛刻的。你这边要做的就是在一个独立的屏幕上安排感官印象，这么一来，如有必要，我们就可以施加——嗯，好像不能说手动控制是不是？——施加智能控制以覆盖自动控制。"

"这是可以做到的。"安东尼说。

"那咱们就动手干吧……听着，我需要至少一周时间安排连接，确保相关的指示——"

"程序编制。"安东尼说。

"好吧，你的地盘，就用你的术语。我和我的助手会给水星计算机编制程序，但不是用你那种方式。"

"但愿不是。我们自然希望人学家能设立非常精妙的程序，普通遥测技术员拍马也赶不上的那种。"安东尼的语气里有种自我憎恶的嘲讽，他没有费心去掩饰。

威廉放过他的口气不管，只接受了字面上的意思。他说："我们从简单的部分做起。先让机器人走路。"

8

一周后,机器人在一千英里外的亚利桑那走起来了。他走路时动作僵硬,有时摔倒,有时脚踝撞上障碍物,还有些时候他以单脚为轴突然转向,朝一个叫人吃惊的新方向走过去。

威廉说:"他还是个小宝宝,正在学走路。"

德米特里偶尔会来了解进度。他会说:"真是了不起。"

安东尼可不这么想。几周过去了,几个月过去了。水星计算机的程序逐渐复杂,机器人也逐渐做得越来越多。(威廉老爱管水星计算机叫大脑,但安东尼坚持不许。)然而这一切都还不够。

"还是不够好,威廉。"最后他说。头天晚上他整晚没合眼。

"真奇怪,不是吗?"威廉酷酷地说,"我还正想说呢,我觉得咱们差不多做成了。"

安东尼好不容易才没有崩溃。压力太大了,他得跟威廉一起工作,还得眼睁睁看着机器人笨拙的样子,他再也没法忍受:"我准备辞职,威廉。完全退出项目。对不起……不是因为你。"

"但就是因为我啊,安东尼。"

"不全是因为你,威廉。失败了。我们做不成。你看见机器人多么笨手笨脚了,虽说他现在还在地球上,距离不过一千英里,信号一个来回的时间还远远不到一秒。到了水星会有好多分钟的延迟,水星计算机必须把这许多分钟都纳入考量。要以为这能行那真是疯了。"

威廉道:"别辞职,安东尼。你不能现在辞职。我建议送机器人去水星。我确信他已经准备好了。"

安东尼笑声响亮,十分无礼:"你疯了,威廉。"

"我没疯。你似乎觉得去了水星会更难,但其实不会。在地球上才更难。这个机器人是根据三分之一的地球重力设计的,现在却在亚利桑那承受一整个地球重力。他被设计来经受400摄氏度的高温,现在却只有30摄氏度。他被设计来在真空里工作,现在却在汤汁一样浓稠的大气里干活儿。"

"机器人能够承受这些差异。"

"金属结构应该可以吧,我猜,但这边的计算机呢?机器人不在设计的环境里,计算机跟机器人就没法很好地协调……听着,安东尼,你想要像大脑一样复杂的计算机,你就必须考虑特异性……来吧,咱们做笔交易。要是你愿意跟我一起推动他们送机器人去水星,路上要花六个月,这段时间我会休假,你就能摆脱我了。"

"那谁来照管水星计算机?"

"如今你已经理解它是如何运作的,我还会留下我的助手协助你。"

安东尼摇头不肯:"我不能承担照管计算机的责任。我也不能承担提议送机器人去水星的责任。不会成功的。"

"我确定会成功的。"

"你没法确定。而责任在我。到时候人家要怪也是怪我。对你来说当然全没关系。"

事后安东尼记得,这就是关键时刻。威廉本来可能会放弃,于是安东尼就会辞职,一切都将付诸东流。

然而威廉说:"对我全没关系?听着,爸爸对妈妈情有独钟。好吧,对此我也觉得很遗憾。谁也不会比我更遗憾了,但这已经是既成事实,而且还产生了很有趣的结果。当我说爸爸的时候,我指的也是你爸爸,世上有很多人也可以这么说:两兄弟、两姊妹、兄妹姐弟。然后当我说妈妈的时候,我指的也是你妈妈,世上同样有许多人可以这么说。但我还从来不认识任何人,甚至没听说过任何人,像我们这样爸爸和妈妈全一样的。"

"这我知道。"安东尼沉着脸道。

"对,但你从我的角度看看这件事,"威廉赶忙说道,"我是人学家。我跟基因模式打交道。你想过我俩的基因模式吗？我们共享双亲，这就意味着我们的基因模式比这个星球上的任意两个人都更相近。光看脸就能看出来。"

"这我也知道。"

"所以如果项目成功了，如果你由此获得了荣誉，那就等于证明了你的基因模式对人类大有用处——而这在很大程度上也意味着我的基因模式同样对人类大有用处……你还不明白吗，安东尼？我跟你共享了你的父母、你的脸、你的基因模式，因此你的荣辱我也跟你共享。你的荣辱不但是你的，也等于是我的；而如果任何功劳或罪责被归于我，它也会被归于你。我必定愿意你成功。在这件事上我有我的动机，是地球上的其他人都没有的——一个完全自私自利的动机，自私至极，所以你拿得准它是肯定存在的。我站在你这边，安东尼，因为你几乎就是我！"

两人对视了很长时间，安东尼看着对方，第一次没留意那张两人共享的脸。

威廉说："所以我们去要求他们送机器人去水星吧。"

安东尼屈服了。德米特里批准了请求——毕竟他一直盼着呢——那一天的大部分时间安东尼都在沉思中度过。

然后他找到威廉说："听着！"

之后是漫长的沉默，威廉没有打破它。

安东尼又说了一遍："听着！"

威廉耐心等待。

安东尼说："其实你没必要走。把水星计算机交给你自己以外的人照管，我敢说你是不愿意的。"

威廉说："你的意思是说你准备离开？"

安东尼道："不，我也留下。"

威廉说："我们不必经常碰面。"

对安东尼而言，这番对话从一开始就好像有人死死掐着他的气管。现在压力似乎更大了，但他还是说出了最艰难的一句："我们不必避着对方。没这个必要。"

威廉不大确定似的笑了笑。安东尼一丝笑容也没有，他快步走开了。

9

威廉从书页上抬起眼睛。最近一个月，安东尼进门时威廉已经不再微觉吃惊了。

他问："出什么问题了吗？"

"谁能说得清？他们正在准备进行软着陆。水星计算机在运行中吗？"

威廉知道安东尼对计算机的状态一清二楚，但他说："要等明天早上，安东尼。"

"目前没出问题？"

"一点儿也没有。"

"那我们就只能等着软着陆了。"

"对。"

安东尼说："肯定会出点儿什么岔子。"

"这方面的火箭技术非常成熟。不会出任何岔子。"

"到时候那么多的辛苦就都白费了。"

"还没白费呢。不会白费的。"

安东尼说："也许你说得对吧。"他把双手深深插进兜里，慢吞吞地往外走，就在触碰房门开关前，他在门边停住脚步："谢谢！"

"谢什么，安东尼？"

"谢谢你——安慰我。"

威廉微微苦笑，他松了一口气——幸亏自己没有流露真实的情绪。

10

到了关键时刻，水星计划的工作人员几乎全员到场。安东尼没有具体任务需要执行，因此留在很靠后的位置，眼睛盯着监视器。机器人已经启动，视觉信息正在返回。

至少它是以等同于视觉信息的形式显示出来的——目前还看不见什么，只有一片暗淡的光，据推测应该是水星表面。

屏幕上有许多阴影一闪而逝，多半是地表的不规则形态。安东尼看不出什么端倪。不过控制台前坐了许多人，他们正用各种远比肉眼精微的方法分析数据，那些人的表情似乎很镇静。预示紧急情况的小红灯一盏也没点亮。安东尼不太关注屏幕，只管盯紧了几个关键位置的监控人员。

他本该下去到计算机旁边，跟威廉和其他人一起。只有等软着陆完成，计算机才会投入使用。他应该去。但他做不到。

阴影从屏幕上闪过的速度变快了。机器人在下降——是太快了吗？肯定是太快了吧！

屏幕最后一次模糊一片，旋即稳定下来；焦点变换，那模糊的一团颜色变深了些，接着变淡了。一个声音传来，过了足足几秒钟安东尼才意识到那个声音是在说话："软着陆达成！软着陆达成！"

屋里一片低语，接着低语变成兴奋的嗡嗡声，大家都在庆贺成功。这时屏幕又是一变，于是人声和欢笑戛然而止，仿佛迎头撞碎在寂静之墙上。

因为屏幕又一次变了，变得清晰起来。无比明亮的阳光透过屏幕的精心过滤放射出来,现在他们能清清楚楚地看到一块岩石;一侧是刺目的亮白色,另一侧漆黑如墨。岩石先移向右边,又移回左边,就好像有一双眼睛先往左又往右看。一只金属的手出现在屏幕上,就好像那双眼睛在打量自己身体的一部分。

最后是安东尼的声音嚷出来一句:"计算机投入使用了。"

他听见那句话,觉得它似乎是别人喊出来的,然后他冲出房间,冲下楼梯,穿过走廊,他把满屋如泡泡般升起的说话声抛在身后。

"威廉,"他撞进计算机房的同时就喊起来,"完美无缺,简直——"

但威廉抬起了手:"嘘。拜托。除了机器人的感受,我不希望有任何强烈的感受进来。"

安东尼悄声问:"你的意思是机器人能听到我们说话?"

"也许不能,但我不确定。"水星计算机旁另有一块较小些的屏幕。屏幕上的景色跟之前的不一样,而且在持续变化;机器人在移动。

威廉说:"机器人正在摸索。最初的步子肯定很笨拙。另外感官刺激和收到回应之间有七分钟的延迟,这一点也必须考虑在内。"

"但他现在就已经走得挺稳了,他在亚利桑那可从来没这么稳过。你不觉得吗,威廉?你不觉得吗?"安东尼抓住威廉的肩膀摇晃,眼睛一刻不离屏幕。

威廉说:"我确信无疑,安东尼。"

太阳炽热的光芒洒在一个温暖的世界里,到处都是黑白两色的强烈对比;白色的太阳映衬在黑色的天空上,起伏的白色地面上遍布黑色的阴影。暴露在外的每一平方厘米金属上都是太阳明亮甜美的气息,与另一侧那种幽微的死气对比鲜明。

他抬起一只手,盯着它,数手上的指头。热,热,热——他把手翻过来,依次把每根手指放到其他手指的阴影里;热慢慢消退,触感改变，让他感受到清爽、舒适的真空。

但又并不完全是真空。他挺直身体，双臂举过头顶向上伸展，于是两只手腕上的敏感点就感受到了蒸汽——锡和铅滚动在黏腻的水银蒸汽中，给人以稀薄触感。

更黏厚的味道从他脚下升起；各式各样的硅酸盐，既分离又聚拢，那是硅酸盐独有的清晰触感；此外还有每种金属离子的气味。他让一只脚慢慢穿过松脆、结块的沙子，他感受到了变化，仿佛一支并非完全无章的柔和交响曲。

而在一切之上则是太阳。他抬头看它，又大又胖，又亮又烫，他听到了它的欢欣。他望着它边缘处那些缓缓探出的日珥，听着每一个日珥发出的噼啪声，又听着它宽大脸庞上其他欢快的声音。他调暗了背景光，那一缕缕升起的氢气就在阵阵爆发的圆润低音里显露出红光，还有稀疏散布、不断活动的太阳光斑发出沉闷的呼啸，中间夹杂着太阳黑子低沉的低音，又有耀斑偶尔尖厉的哀鸣，伽马射线和宇宙粒子乒乒乓乓的声响。而在这一切之上，从四面八方传来轻柔微弱、常有常新的叹息，那是太阳的物质在宇宙风中永恒地升落；这风还吹向了他，令他沐浴在光辉中。

他跳起来，他缓缓上升到空中，他感受到前所未有的自由；落地后他再度跳起，然后奔跑，然后跳跃，然后再奔跑。在这个光辉灿烂的世界，在他置身的这个天堂，他的身体给了他完美的回应。

他一直是一个异乡人，那么久了，彻底迷失——现在终于来到天堂。

威廉说："没事的。"

安东尼嚷道："但他这是做什么啊？"

"没事的。程序正在运行。他已经测试过自己的感官。他完成了各种视觉观察。他调暗了太阳的光线，对它进行了观察。他测试了大气和土壤的化学性质。一切顺利。"

"但他为什么要跑？"

"依我看这怕是他自己的主意，安东尼。既然你想编程一台像大脑一样复杂的计算机，你就得接受它说不定会有自己的想法。"

"跑？跳？"安东尼把焦虑的面孔转向威廉，"他会弄伤自己的。你能控制计算机。覆盖计算机的指令。让他停下来。"

威廉厉声道："不。我可不准备这么干。他也许会弄伤自己，我接受这个风险。你不明白吗？他觉得高兴。以前他在地球上，他从来都没有应对地球环境的配置。现在他到了水星，他的身体完美适应当地的环境，那是一百个科学家所能达到的最完美的程度。对他来说，水星就是天堂，随他享受吧。"

"享受？他是机器人。"

"我说的不是机器人。我说的是大脑——真正的大脑——活在这里的那个大脑。"

封闭在玻璃中间的水星计算机，它的布线那样细致、微妙，它的完整性以最精妙的手段保留着，它呼吸着，活着。

"在天堂的是兰德尔，"威廉说，"他用自闭症逃离了这个世界，为的就是寻找那个世界。他离开了那个他的旧身体完全不适应的世界，换来了这个他的新身体完美适应的新世界。"

安东尼满脸惊奇地望着屏幕："他似乎渐渐安静下来了。"

"当然，"威廉说，"而且因为这份喜悦，他会把工作做得更出色。"

安东尼微笑道："那么说，你和我，我们成功了？我们要不要去其他人那里，让他们好好恭维我们一番，威廉？"

威廉说："一起？"

安东尼挽起他的胳膊："一起，兄弟！"

你竟顾念他[1]

机器人学三大法则：

一、机器人不得伤害人类，或因不作为而使人类受到伤害。

二、除非违背第一法则，机器人必须服从人类的命令。

三、在不违背第一法则及第二法则的情况下，机器人必须保护自己。

1

基思·哈里曼在美国机器人与机械人公司担当研发主任已经十二年，现在他发现自己毫无把握，不知道自己做得对不对。他伸出舌尖舔了舔他那丰满但苍白的嘴唇；伟大的苏珊·凯文的全息图像板着脸俯视着他，他觉得对方的面孔似乎前所未有地阴沉。

通常他会关闭全息图，因为这位历史上最伟大的机器人学家叫他紧张。（他努力把图像想成是"它"，但从来不太成功。）这回他不是很敢这么干，只能由着早已过世的凯文用目光在他脸颊上钻出洞来。

他别无选择，不得不迈出这一步，多么可怕，多么有失身份。

---

[1] Copyright © 1974 by Mercury Press, Inc.

乔治十坐在他对面,泰然自若;尽管哈里曼显而易见十分不安,尽管上方壁龛里那位机器人守护圣人的形象闪闪发亮,但他丝毫不受影响。

哈里曼道:"乔治,我们还一直没找着机会真正把事情谈透。你跟我们一起的时间不算太长,我也没有很好的机会跟你单独交流。但现在我希望详细地讨论这件事。"

"我非常愿意,"乔治说,"就我在美国机器人公司期间了解到的情况看,危机似乎与三大法则有关。"

"对。三大法则你当然是知道的。"

"我知道。"

"对,你自然知道。不过让我们再往下深挖,探索那个真正基本的问题。两个世纪以来,美国机器人公司获得的成功是——容我自夸一句——是相当了不起的,然而公司一直没能说服公众接受机器人。我们派出的机器人,要么是去做人类无法完成的工作,要么就是去人类认为过于危险、无法接受的环境。一直以来机器人都主要是在太空工作,而这就限制了我们本来能做的工作。"

"不过,"乔治十说,"这代表的自然是一种极宽泛的限制,在这一限制内,美国机器人公司是可以兴盛的。"

"不,原因有二。其一,为我们设定的边界总在不断收缩。就比如月球殖民地,殖民地的发展水平越来越高,对机器人的需求也逐步减少,据我们估计,几年之内月球就会禁用机器人。这种事会在人类殖民的所有世界重复发生。其二,除非地球也允许使用机器人,否则真正的兴盛不可能实现。我们美国机器人公司坚信,人类需要机器人,要想保持不断发展进步,人类就必须学会与自己的机械类似物共存。"

"他们现在不就在这样做吗?哈里曼先生,你办公桌上有一台计算机输入终端,据我了解,它与公司的马尔蒂瓦克相连。计算机正是一种固定不动的机器人,一个没有附着在身体上的机器人大脑——"

"确实如此,但就连这也是受限制的。人类使用的计算机一直都在稳步专业化,以避免产生与人类过于相像的智能。一个世纪以前,我们使用的是我们称之为'机体'的伟大计算机,那条路通往最不受限的人工智能,而且我们已经走出了很远。后来那些机体自发地限制了自己的行动,它们解决了威胁人类社会的生态问题,接着就逐步把自己淘汰了。据它们推断,如果它们继续存在,自己就会变成人类的拐杖;它们感到这将伤害人类,于是就根据第一法则判了自己的罪。"

"而它们这样做难道不是正确的吗?"

"在我看来不是。它们的这一行动进一步强化了人类的弗兰肯斯坦情结;人类本来就打心眼儿里害怕,觉得他们创造的一切人造人最终都必然背叛其创造者。人类害怕机器人会取代人类。"

"你自己不害怕吗?"

"我知道不会如此。只要机器人学三大法则还存在,机器人就不可能如此。他们可以充当人类的伙伴;他们可以参与人类伟大的斗争,跟人类一起理解自然法则,探索如何更明智地引导自然法则,这样一来能做成很多事,远远超过人类单打独斗。但无论机器人做什么,始终都是为人类服务。"

"然而假使在两个世纪的时间里,可以看出三大法则始终使得机器人没有逾越规定的限度,那么人类对机器人不信任的根源又在哪里呢?"

"这个嘛,"哈里曼使劲挠挠头,泛灰的头发乱成一团,"当然主要是迷信。但很不幸,同时也确实有一些复杂情况,煽动反对机器人的人总是抓住它们不放。"

"涉及三大法则?"

"对。尤其是第二法则。第三法则是没有问题的,你看。它普遍适用。机器人永远必须为人类牺牲自己,无论那人是谁。"

"自然。"乔治十说。

"第一法则或许没那么叫人满意,因为你总是可以想象这样一种情形,机器人必须在 A 行动和 B 行动之间二选一,两个选项彼此排斥,而且任意一个选项都会对人类造成伤害。如何处理机器人大脑的正电子通路,让机器人有能力做出这类选择,实在很不容易。如果 A 行动将伤害一个才华横溢的年轻艺术家,B 行动则会导致五个没有特殊价值的老年人受到等效的伤害,这时应该选择哪个行动呢?"

"A 行动,"乔治十说,"对一个人的伤害小于对五个人的伤害。"

"对,我们一直设计机器人用这种方式做决定。天赋、智力、对社会的总体有用程度,这些要点过于细致了,我们一直觉得指望机器人据此判断太不现实。那样的判断会大大延长做决定的时间,让机器人实际上无法运作。所以我们就凭数字做决定。所幸要求机器人必须做出类似决定的危机不会很多……但这又把我们带到了第二法则。"

"服从法则。"

"对。对服从的需要始终不变。一个机器人也许存在了二十年,却一次也不会遇到前面说到的两种情形,需要它迅速行动以防止人类受到伤害,或者需要它冒着毁灭自己的风险去拯救人类。然而在这期间它却要不断服从命令……那么应该服从谁的命令?"

"某个人类的命令。"

"随便什么人类吗?你如何对一个人类做出判断,以便知道是否应当服从?人类算什么,你竟顾念他[1],乔治?"

听到这话,乔治迟疑了。

哈里曼忙说:"这是引用《圣经》里的话。别管了。我的意思是,如果下命令的那人是个小孩子,或者是白痴,或者是罪犯,或者那人本身既正直又聪明,但恰好对某个领域不熟悉,因此不知道自己的命令会产生怎样不好的后果,这类情况下机器人也必须服从命令吗?而

---

[1] 见《诗篇》8:4。——译者注

假如有两个人向机器人下达了彼此矛盾的命令，机器人又该听谁的？"

"两百年了，"乔治十说，"这些问题难道还不曾出现并被解决吗？"

"没有，"哈里曼使劲摇头，"我们的机器人只被用在太空里的专门领域，跟机器人打交道的也都是各自领域的专家，正因如此，我们在这方面的研究受了很大阻碍。太空里可没有小孩子、白痴、罪犯、好心办坏事的糊涂人。即便如此，偶尔还是会有人下达愚蠢的命令，或者仅仅是未经思考的命令，并由此造成损失。发生在专业化的和有限的环境里，这类损失是可以控制住的。但要是换成在地球上，机器人就非有判断力不可。反正那些反对机器人的人坚持这一观点，见鬼，他们说得没错。"

"那就必须把判断的能力植入正电子脑。"

"完全正确。所以我们开始再制造 JG 型号的机器人，这个型号可以根据性别、年龄、社会与职业地位、智力、成熟度、社会责任感等对每一个人进行衡量。"

"这对第三法则会产生何种影响？"

"对第三法则完全没有影响。哪怕最有价值的机器人也必须为了最无用的人类毁灭自己。这一点儿不容有丝毫差池。第一法则一般而言也不受影响，除非可供选择的行为都会造成伤害。这时候，假使有时间也有理由进行考虑的话，就必须考虑所涉及的人类的数量和质量，但这类情况不会很常见。第二法则被改动的程度会是最深的，因为每一次潜在的服从都必然涉及判断。除非同时涉及第一法则，否则机器人服从命令的速度会变慢，不过他的服从会更加理性。"

"但这里需要做出的判断非常复杂。"

"非常复杂。因为必须做出这类判断，我们制造的头几个型号反应速度变得很慢，几乎到了瘫痪的地步。后面的几个型号我们改进了这一问题，代价是引入太多通路，机器人的大脑变得过于笨重。不过看最新生产的几个型号,我觉得我们已经得到了想要的结果。机器人不必对一个人的价值和命令的价值做出即时判断。一开始它像所有普通机器人一样服从所有人类,然后它就学习。机器人成长,学习,成熟。起先它等于是个小孩子,必须时刻受到监督。不过它会渐渐成长,然后就可以允许它越来越多地在不受监督的情况下融入地球的社会。最终它会完全成为该社会的一员。"

"这自然回答了那些机器人反对者的反对意见了。"

"不,"哈里曼怒道,"现在他们又提出了别的反对意见。他们不肯接受机器人的判断。一个机器人,他们说,没有权利给这个人或者那个人打上低人一等的烙印。如果机器人在 A 和 B 之间选择了服从 A 的命令,B 就被打上了不如 A 的烙印,而这就侵犯了 B 的人权。"

"对这一反对的回答是什么?"

"没有回答。我快要放弃了。"

"原来如此。"

"我自己是无计可施了……但我不放弃,我向你求助,乔治。"

"向我?"乔治十的语气依然平和。他的声音里带了一丝惊讶,但他的外在表现并未受到任何影响:"为什么是我?"

"因为你不是人,"哈里曼显得很紧张,"我跟你说过的,我希望机器人成为人类的伙伴。我希望你成为我的伙伴。"

乔治十抬起双手,手掌向外把两手摊开,这姿势实在跟人很像:"我能做什么?"

"或许在你看来你什么也做不了,乔治。你被创造出来还没多久,你还是个孩子。为了留出成长的空间,设计之初就没有给你太多的原始信息——所以我才必须这样详尽地向你解释情况。但你的心智会成长,你将能够从非人类的视角来思考这个问题。我看不出解决方案,但你有异于人类的独特视角,你是有可能想到一个解决办法的。"

乔治十说:"我的大脑是人类设计的。它如何又能是非人类的呢?"

"你是 JG 型号的最新产品，乔治。你拥有我们迄今设计的最复杂的大脑，在某些方面甚至比过去的巨型机体更精妙。你的大脑是开放式的，它在人的基础上开始，之后有可能——不对，是一定会——往任何方向成长。三大法则无法逾越，你会一直处于它设定的界限内；但同时你的思维却也可能变得跟人类全然不同。"

"我对人类的理解是否已经足够我以理性的方式思考这一问题？我足够了解他们的历史吗？他们的心理？"

"当然还不够。但你会尽快学习。"

"会有人协助我吗，哈里曼先生？"

"不。这件事只能你知我知。除了你我再没有别人知道这件事，你也绝不能向任何人类提起这个项目，无论是在美国机器人公司还是在别处。"

乔治十说："你寻求保密，哈里曼先生，是否说明我们在做错误的事？"

"不。但机器人找出的解决方案不会被人接受，就因为它源自机器人。你有任何建议都要交给我，如果我觉得它有价值，我会把建议提出来。永远不会有人知道它是你的主意。"

"鉴于你先前所述的情况，"乔治十平静地说，"这一做法是正确的……我什么时候开始？"

"就现在。我会准备好所有必要的胶片供你扫描。"

1a

哈里曼独自坐着。屋外天已经黑了，但在人工照明的办公室里完全看不出丝毫迹象。先前他把乔治十带回机器人的小隔间，并把对方留下来阅读第一张参考胶片，自那时到现在已经过了三个小时，但他并没有感受到时间已经过去了这么久。

现在只剩他自己与苏珊·凯文的鬼魂独处。她是多么天才的机器人学家啊,几乎是单枪匹马造出了正电子脑机器人,把它们从大型玩具变成了最精巧、功能最丰富的工具;太精巧了,功能太丰富了,以致人类生出了嫉妒和恐惧,竟不敢使用它们。

她去世已经有一个多世纪。弗兰肯斯坦情结带来的问题在她的时代就已经存在,而她从来没能解决它。她从来没有尝试过去解决它,因为当时没有必要。在她生活的时代,机器人工业的扩张是跟探索太空的需求同步的。

机器人太成功了,反而使得人类对它们的需要开始减少,留下哈里曼来收拾如今这个时代的局面——

但换了苏珊·凯文,她会向机器人求助吗?肯定的,她肯定会的——

他就这样坐着,直到深夜。

2

马克斯韦尔·罗伯森持有美国机器人公司过半的股票,从这个意义上讲,公司是由他控制的。此人早已步入中年,胖嘟嘟的外貌毫不出奇,烦恼的时候习惯咬嘴唇——下嘴唇的右角。

不过他跟政府的各色人等打了二十年的交道,已经发展出一套对付他们的法子。他喜欢来软的,微笑着让步,并总是借此争取到时间。

可惜如今是越来越难了。而之所以越来越难,很大一部分原因就在于冈纳·艾森姆斯。此人是当今的全球生态官,在过去的一个世纪里,其权力仅次于全球行政官。而在过去的一系列全球生态官中间,他在可妥协的灰色地带中寸步不让,是最贴近强硬一侧的。他是第一个非美国出生的生态官,尽管并没有任何证据表明"美国机器人公司"这个古老的名字引起了他的敌意,但在美国机器人公司,人人都对此深信不疑。

也有人提议更名,把公司的名字改成"世界机器人",这已经不是今年的第一次了——也不是这一代人里的第一次。但罗伯森绝不松口。公司最初是由美国的资本、美国的头脑、美国的劳动力建立起来的,虽说无论在规模还是性质上公司都早就全球化了,但只要他还控股一天,公司的名字就要见证它的起源。

艾森姆斯高挑个子,长着一张忧郁的长脸,无论皮肤质地还是五官样貌都挺粗糙。他说全球语带着明显的美国口音,虽说就任生态官之前他从没到过美国。

"在我看来事情非常清楚,罗伯森先生,不存在任何困难。你们公司的产品向来只租不卖。如果月球不再需要你们出租的财产,自然该由你们收回产品并负责运输。"

"是的,生态官,但是运去哪里呢?除非有政府许可,否则法律禁止我们把机器人带到地球,而我们的申请已经被拒绝了。"

"在地球它们对你们没有用处。你们可以把它们带去水星或者小行星带。"

"到了那边我们又拿它们怎么办?"

艾森姆斯耸耸肩:"你们公司有的是聪明人,总能想出办法。"

罗伯森摇头:"公司会遭受巨大的损失。"

"恐怕会的,"艾森姆斯无动于衷,"据我了解,公司最近几年的财务状况一直不佳。"

"很大一部分是由于政府施加的限制,生态官。"

"你必须现实些,罗伯森先生。你知道公众舆论的氛围是越来越反对机器人了。"

"然而这反对是错误的,生态官。"

"但总归是反对的。清算公司可能是明智的做法。当然了,这不过是建议。"

"你的建议是有影响力的,生态官。自然不必我来告诉你,一个世纪之前,正是我们的机体解决了生态危机。"

"我敢说人类对此十分感激,但那已经是很久以前了。如今我们生活在与自然的联盟中,纵然有些时候极不舒适;而过去已经暗淡模糊了。"

"你的意思是,我们最近为人类做了什么?"

"我想我就是这个意思。"

"但肯定不能指望我们马上清算公司吧,那会造成极其惨重的损失。我们需要时间。"

"多少时间?"

"你能给我们多少时间?"

"这事不由我说了算。"

罗伯森放软声音道:"这里就我们俩。我们不必兜圈子。你能给我多少时间?"

看艾森姆斯的表情,他似乎正退回内心进行计算。"两年应该是有指望的。我就直说吧,要是你们自己不动手,全球政府就打算接管公司,替你们逐步关停公司,差不多就是这样。除非公众舆论发生巨大转变,而我对此是非常怀疑的——"他摇摇头。

罗伯森软声道:"那就两年。"

2a

罗伯森独自坐着。他的思考漫无目标,已经渐渐退化成追忆往昔。罗伯森家一连四代人领导公司。他们谁都不是机器人学家,造就美国机器人公司的是诸如兰宁、玻格特之类的人,尤其是苏珊·凯文,尤其是她。但不消说,是四个罗伯森为他们提供了大环境,使得他们有可能完成自己的工作。

要不是美国机器人公司,21世纪会一步步陷入越来越深的灾难。之所以没有变成这样,还是多亏了机体在一代人的时间里指引人类,带人类穿过了历史的激流和险滩。

而为此人家现在给他两年时间。两年里如何能克服人类那不可逾越的偏见?他不知道。

哈里曼说他有些新点子很有希望,但不肯谈及细节。这样也好,反正他说了罗伯森也听不懂。

但哈里曼又能做什么?人类对模仿自己的机器人抱着强烈的反感,对此谁又做过什么呢?什么也没有。

罗伯森滑入深沉的睡眠,梦中也没有灵感降临。

3

哈里曼说:"现在你掌握了所有信息,乔治十。所有适用于这个问题的信息,只要我能想到的,你都掌握了。要是单论信息量,关于人和人的行为方式,人的过去和现在,你已经存储了大量内容,比我,比任何一个人都要多。"

"很有可能。"

"据你自己看,你还需要什么别的吗?"

"在信息这方面,我找不出明显的缺口。边缘处或许存在一些我没有想象到的东西,这我说不好。但无论我吸收了多大一圈信息,这一问题永远没法避免。"

"确实。而且我们也没有时间一直吸收信息。罗伯森告诉我我们只有两年,现在已经过去四分之一了。你能提出任何建议吗?"

"目前还不行,哈里曼先生。我必须对信息加以权衡,为此我需要帮手。"

"我吗?"

"不。恰恰不能是你。你是人类,而且学识、技能都十分卓越,你随便说什么都会带上命令的效力,由此就可能抑制我的思考。同理,这个帮手也不能是其他任何人类,尤其你又禁止我与任何人交流。"

"但是乔治,这样的话你要什么帮手呢?"

"另一个机器人,哈里曼先生。"

"别的机器人?"

"JG系列还建造了其他机器人。我是第十个,JG-10。"

"更早的几个没用,都是实验性的——"

"哈里曼先生,乔治九是存在的。"

"嗯,但他能派上什么用场?他跟你非常相似,只不过多了些不足之处。你俩中间,你的功能丰富多了。"

"我确信是这样,"乔治十用显得很严肃的姿态点点头,"尽管如此,一旦我创造出一条思路,正因为是我创造了它,我自然会感到它很有道理,也就很难舍弃它。如果在发展出一条思路以后,我可以向乔治九表述它,他就可以在没有创造它的前提下去考虑它。于是他可以不带倾向性地看待它,或许就能看出我自己看不出的缺失和弱点。"

哈里曼微笑道:"换句话说,两个脑袋总比一个强,呃,乔治?"

"如果你这话是指,两个个体各有一个脑袋的话,那么是的,哈里曼先生。"

"好。你还需要什么别的吗?"

"是的。单有胶片还不够。我已经看过了很多关于人类和人类世界的内容。我在美国机器人公司见过了人类,利用这些直接的感官印象,我可以检查我对相关内容的解读是否准确。但物质世界这方面就不行了。我从未见过世界,而根据我看过的内容,我能判断出我在这里所处的环境绝不能代表世界的样子。我希望看一看世界。"

"物质世界?"这想法太过惊世骇俗,一时间哈里曼似乎惊呆了,"你肯定不是建议我带你去美国机器人公司的场地之外吧?"

"是的,这正是我的建议。"

"在任何时候这都是非法的。而在现今这种舆论氛围下,它会给我们带来致命的打击。"

"如果我们被发现了,的确。但我不是建议你带我去某座城市,甚至不是建议你带我去人类的居住区。我希望看一看开放的区域,没有人类的开放区域。"

"那也同样违法。"

"如果我们被逮住的话,但一定会吗?"

哈里曼道:"这件事有多要紧,乔治?"

"我无法判断,但在我看来是会有用的。"

"你有什么想法没有?"

乔治十似乎有些犹豫:"我无法判断。在我看来如果能缩小某些不确定项,我有可能会产生一些想法。"

"好吧,让我来考虑一下。这期间我会把乔治九领出来,安排你俩待在同一个隔间。至少这件事不会惹出麻烦。"

3a

乔治十独自坐着。

他暂时假定一些陈述为真,把它们集合起来,从中推导出结论,一遍又一遍;从结论中他又搭建起其他陈述,他接受这些陈述,测试它们,若发现矛盾就拒绝,若没有发现矛盾就更进一步地假定它们为真。

他得出许多结论,从未因任何一个结论感到惊叹、讶异、满足;只是简单地标记上加号或者减号。

4

飞机下降,悄无声息地降落到罗伯森的私人庄园里,但哈里曼的紧张情绪并未显著减轻。

允许使用动力箔的命令由罗伯森会签[1]。这种无声的飞行器在水平和垂直两个方向都移动自如,也够大,足够承受哈里曼和乔治十的重量,当然还要加上飞行员。

(动力箔本身就是机体催化的产物,是机体催化了质子微反应堆的发明,使小剂量的自由能源变得唾手可得。这极大提高了人类生活的舒适度,自那时到现在,在提高生活舒适度方面人类再也没有做出过同等重要的发明,可是呢——想到这里哈里曼抿紧了嘴唇——美国机器人公司并未因此赢得人类的感激。)

棘手的是从美国机器人公司所在地前往罗伯森庄园的这段航程。要是在这期间被拦下来,机上有机器人这件事会引出一大串麻烦。回程也是一样。庄园本身倒还好,他们可以辩称——他们一定会辩称——庄园是美国机器人公司产业的一部分,因此在有人进行恰当监督的前提下,机器人是可以停留的。

飞行员往后看,目光极谨慎地在乔治十身上停了一瞬。他问:"哈里曼先生,你是准备下飞机的吗?"

"是的。"

"它也是?"

---

[1] 双方或多方共同签署(文件)。

"哦,是的。"然后哈里曼略带出一丝嘲讽,"我不会留你跟他独处的。"

乔治十先下了飞机,哈里曼紧随其后。他们降落在箔港,不远处就是花园。花园的景观绚烂夺目,哈里曼不禁有些疑心,疑心罗伯森不顾环保配方使用了保幼激素控制昆虫。

"来吧,乔治,"哈里曼说,"我带你看看。"

他俩一起朝花园走去。

乔治说:"跟我想象中的有一点像。我的眼睛没法探测出不同的波长,所以我不能光靠这一项来分辨不同的物体。"

"相信你不会因为色盲感到过于苦恼。我们需要为你的判断力留出太多正电子通路,辨别颜色实在顾不上了。将来——如果还有将来的话——"

"我明白,哈里曼先生。还剩了不少其他差异,足够我明白这里有很多不同种类的植物生命。"

"毫无疑问。好几十种呢。"

"而每一种都与人类相当,在生物学的意义上。"

"每一种都是一个独立的物种,对。世上活着的生物有几百万个物种。"

"人类仅仅是其中之一。"

"不过对人类来说,人是最重要的物种,远超其余。"

"对我也是一样,哈里曼先生。我刚刚只是从生物学角度说。"

"我明白。"

"那么生命,就其全部形态来看,复杂到不可思议。"

"是的,乔治,这就是问题的关键。人类为了自身的欲望与舒适所做的事,会影响这个复杂的生命全体,也就是生态,短期的收益可能带来长期的不利。机体教我们建立起另一种人类社会,将这一问题的影响降到了最低,但21世纪早期人类几乎遭遇灭顶之灾,后来就对一切创新都疑虑重重。这一点,再加上人类对机器人抱有的特别的恐惧——"

"我明白,哈里曼先生……那边是动物生命的一个例子,我确信是的。"

"那是一只松鼠,许多种松鼠中的一种。"

松鼠摆动尾巴,转移到树干另一侧去了。

"而这一个,"乔治抬起手臂,动作快如闪电,"真是一个小东西。"他用手指夹着它,对着它瞅起来。

"这是昆虫,某种甲虫。甲虫有成千上万种。"

"每一只甲虫个体都跟松鼠、跟你自己一样是活生生的吗?"

"都是完整而独立的有机体,跟其他有机体是一样的,是整个生态的一部分。还有些有机体比它更小,许多都小到看不见。"

"而那是一棵树,不是吗?摸上去是硬的……"

4a

飞行员独自坐着。他也想活动活动腿脚,但心里又隐隐有种安全意识,要他别离开动力箔。万一那机器人失控了,他打算立即起飞。不过他又如何判断它有没有失控呢?

他见过许多机器人。既然他当了罗伯森先生的私人飞行员,这自然是免不了的。不过它们向来都待在它们该待的地方,在实验室和仓库里,周围还有许许多多的专家。

没错,哈里曼先生也是专家。据说再没人比他更厉害。可这儿毕竟有个机器人,在一个不该有机器人的地方,在地球上,在光天化日之下,而且行动自由——他不会跟别人多嘴,免得丢了上好的工作——但这事是不对的。

5

乔治十说:"对照我看到的实际情况,可以断定我观看过的胶片是准确的。我替你选的那些胶片你看完了吗,九?"

"是的。"乔治九说。两个机器人坐姿僵硬,脸对脸,膝盖对膝盖,仿佛一尊雕像和它的镜像。要是哈里曼博士在,他一眼就能分清谁是谁,因为他对二者外形设计上的细小区别十分熟悉。如果他看不见他们,但可以跟他们交谈,那他也一样能分清谁是谁,只不过不像看见那么确定,因为乔治十的正电子脑通路拥有更为复杂的模式,所以回应的方式也跟乔治九有微妙的区别。

"既然如此,"乔治十道,"我接下来要说一些话,告诉我你的反应。首先,人类恐惧、不信任机器人,因为他们把机器人视作竞争对手。如何能防止这一情形?"

"通过把机器人塑造成不同于人类的形象,"乔治九道,"借此减少竞争的感觉。"

"然而机器人的本质在于对生命进行正电子复制。对生命的复制若以一种无关生命的形式呈现,或许会引起惊惧。"

"世上有两百万种生命形态,从中挑选一种人类以外的形态。"

"这么多物种,该选哪一个?"

乔治九的思维进程无声无息地运行了大约三秒钟:"其体积要足以容纳正电子脑,同时不会令人类联想到任何不愉快的东西。"

"陆生动物的脑颅都不够容纳正电子脑,只有大象除外。我没有见过大象,但根据对大象的形容,它应该非常大,因此会让人害怕。你如何解决这一难题?"

"模仿一种小于人类的生命形态,但放大其脑颅。"

乔治十说:"那就是一匹小马,或者一只大狗,照你的意思是这样吧?马和狗跟人类的相处都有很长的历史。"

"那就解决了。"

"但是想想看——拥有正电子脑的机器人必然要模仿人类的智力。如果一匹马或者一只狗能像人一样说话，像人一样推理，那么同样会有竞争。又因为人类一直把这两种生物视为较自己低等的生命形态，意外遭遇来自它们的竞争，人类说不定会更猜疑，更气愤。"

乔治九说："把正电子脑造得没那么复杂，让机器人不那么近似于智能。"

"正电子脑的复杂性瓶颈在于三大法则。复杂性降低的大脑无法完整地拥有三大法则。"

乔治九立刻说："那是不行的。"

乔治十说："我也发现此路不通。那么，看来这并非源于我自己思路和思维方式的特殊性。让我们重新开始……在什么情况下第三法则可能是不必要的？"

乔治九微微动了一动，仿佛这个问题又困难又危险。但他还是说："如果机器人永远不被置于对它自己有危险的境地；或者机器人可以很容易就替换，无论它是否被毁都无关紧要。"

"在什么情况下第二法则可能是不必要的？"

乔治九的声音比刚才更沙哑了些："如果机器人被设计成对特定的刺激自动做出固定的反应，并且如果除此之外对其再没有别的要求，那就永远不需要对它下达命令。"

"那么又是在什么情况下，"说到这里乔治十停顿片刻，"第一法则可能是不必要的？"

乔治九停顿的时间比乔治十还要长，他的话变成了低声耳语："如果固定的反应是那种永远不会给人类带来危险的反应。"

"那么想象一下，一个正电子脑，仅针对特定刺激指引机器人做出少数几种反应，结构简单，造价低廉——以至于不需要三大法则。这样的正电子脑需要多大体积？"

"根本不必很大。取决于所需反应是什么,有可能要一百克重,或者一克,或者一毫克。"

"你的想法与我的相符。我去见哈里曼博士。"

5a

乔治九独自坐着。他一遍遍反复思考先前的问题和答案。他没有找到任何可以改动的地方。然而他想到会有一个机器人,无论什么类型、什么体积、什么形状、什么用途,总之这个机器人是没有三大法则的,这念头留给他一种仿佛放了电似的古怪感觉。

他感到自己很难移动身体。乔治十的反应肯定跟他一样吧。可他却轻而易举地从椅子上站起来了。

6

自罗伯森上回跟艾森姆斯私下密谈已经过了一年半。这期间,机器人被带离月球,美国机器人公司广泛分布的所有活动全部停止。罗伯森尽量筹集资金,筹来的钱通通投进了哈里曼这异想天开的孤注一掷。

此刻就要在他自己的花园里最后一次掷出骰子。一年前,哈里曼带那个机器人来了这儿——乔治十,美国机器人公司制造的最后一个完全的机器人。现在哈里曼又来了,这次带了别的东西。

哈里曼似乎浑身上下散发着自信。他正跟艾森姆斯聊天,态度轻松自如;罗伯森不由好奇,不知对方是不是真像看上去那么信心满满。肯定是的吧。根据罗伯森的经验,哈里曼并不擅长演戏。

艾森姆斯撇下哈里曼来找罗伯森,脸上一直笑眯眯的。一到罗伯森跟前，他的笑容就消失了。"早上好，罗伯森，"他说，"你手下那人打的什么主意？"

"今天他唱主角，"罗伯森不卑不亢，"我全权交给他。"

哈里曼喊道："我准备好了，生态官。"

"准备好什么了，哈里曼？"

"我的机器人，先生。"

"你的机器人？"艾森姆斯道，"你带了机器人来这儿？"他看看周围，眼神严厉，满脸不以为然，不过也混杂了一点儿好奇。

"此地是美国机器人公司的财产，生态官。至少我们是这样看待的。"

"而机器人又在哪里呢，哈里曼博士？"

"在我口袋里，生态官。"哈里曼语气欢快。

他从宽大的外套口袋里掏出一样东西，是一个小小的玻璃罐子。

"这个？"艾森姆斯不可思议道。

"不，生态官，"哈里曼说，"这个！"

他从另一个口袋里掏出一物，长度约五英寸，外形大致跟鸟相似。鸟的喙用一根细管子替代，眼睛很大，尾巴是一根排气管。

艾森姆斯浓密的眉毛往中间聚拢："你打算做一次严肃的演示吗，哈里曼博士？还是你已经疯了？"

"请耐心等上几分钟，生态官，"哈里曼道，"就算机器人的形状像鸟，它也并不因此就不是机器人了；它拥有的正电子脑也并不会因为体形就有失精巧。我拿的这另外一样东西是一罐果蝇。里面有五十只果蝇，我会把它们释放。"

"然后——"

"机器鸟会捕捉它们。您愿意赏光亲自动手吗，长官？"

哈里曼把罐子递给艾森姆斯，后者盯着罐子看了一会儿，又看看周围的人。一部分人是美国机器人公司的官方人员，剩下的是他自己的助手。哈里曼耐心等待。

艾森姆斯打开罐子,还晃了一晃。

哈里曼对停在右手手掌里的机器鸟柔声说:"去!"

机器鸟飞走了。它嗖嗖地划破空气,不过并没有快速扇动翅膀,只有一个异常小巧的质子微反应堆在输出微小的动力。

偶尔它会短暂悬停,这时大家就能看见它,很快它又呼啸而去。它飞过花园的各个角落,飞行的路径十分繁复,之后它就回到哈里曼手掌中,微微有些发热。哈里曼手掌里还多了一个小团子,就好像是鸟屎。

哈里曼说:"欢迎您查看机器鸟,生态官,请随意安排演示。不过事实就是,这只鸟能准确无误地捕捉果蝇,只捕捉果蝇,而且只捕捉黑腹果蝇这一个品种。它会逮住它们,杀死它们,压缩起来以便稍后处置。"

艾森姆斯伸出一只手,小心翼翼地碰了碰机器鸟:"所以呢?请继续,哈里曼先生。"

哈里曼说:"我们控制昆虫时总有破坏生态的风险,做不到有效控制。化学杀虫剂的作用范围太广,保幼激素的适用范围又太窄。然而机器鸟却能照料大片区域,而且本身不会被消耗。它们可以有很强的针对性,随我们的心意设计——比如每个物种都可以有一种专门的机器鸟。它们会通过大小、形状、颜色、声音、行为模式判断目标,甚至可以设想让它们运用分子探测,也就是说气味。"

艾森姆斯说:"你还是会干扰生态。果蝇有其自然生命周期,你会打乱它。"

"只在最低限度上如此。我们等于是往果蝇的生命周期里加入了一种天敌,而且这个天敌是不会出错的。如果果蝇供应不足,机器鸟就什么也不做。它不会繁殖,不会转而捕捉别的食物,不会发展出我们不想要的习性。它什么也不做。"

"它能被召回吗？"

"当然。我们可以建造处理任何害虫害兽的机器动物。类似的，我们还可以建造机器动物来完成对生态模式的积极建设。虽然目前尚未预测到类似需求，但我们完全可以设计机器蜜蜂为特定植物授粉，设计机器蚯蚓疏松土壤，这是完全可能做到的。无论你希望它——"

"但是为什么呢？"

"为了做我们过去从没做过的事。为了调整生态以适应我们的需要，但不是通过破坏它，而是通过强化它的各个部分……您看不出来吗？自从机体结束了生态危机，人类与大自然就一直处于不稳定的休战状态。人类不敢再往任何方向前进。于是我们迟钝停滞，变成了智力上的懦夫，以至于人类不再信任科学的一切优点，不再信任一切改变。"

艾森姆斯带着一丝敌意说："你准备提供这个给我们，借此交换我们的许可，好继续你们的机器人项目——我是说通常的那种人形机器人，是不是？"

"不！"哈里曼猛地比画了一个手势，"那已经结束了。它做出了自己的贡献。它教会我们许多关于正电子脑的知识，使我们现在能够把足够多的正电子通路塞进一个小型大脑里，借此制造出机器鸟。现在我们可以转向这类东西，这也够公司兴旺发展了。美国机器人公司会提供必要的知识和技术，我们会跟全球生态保护部门通力合作。我们会兴旺。你也会兴旺。人类也会兴旺。"

艾森姆斯默默思考。等这一切结束——

6a

艾森姆斯独自坐着。

他发现自己信了。他发现自己心里涌起兴奋之情。美国机器人公司或许是做这件事的手,政府会来指引方向。他本人会亲自指引方向。

如果他再连任五年,而这是很有可能的,这段时间足够大家接受使用机器人提供生态支持了;再过十年,他的名字就会永远与它联系在一起,不可分割。

他希望人家记得是他领导了一场有价值的伟大革命,是他为改善人类和地球的境遇做出了巨大贡献。这愿望难道有什么不光彩的吗?

7

自演示那天起,罗伯森就再也没进过美国机器人公司的大门。一部分是因为他几乎一直在全球行政总部开会。幸亏每次都有哈里曼跟他一起,因为要是只有他自己,他大多数时候都不知道该怎么回话。

他之所以没去美国机器人公司,还有一部分原因是他不愿意去。此刻他在自己家里,哈里曼也在。

他对哈里曼感到一种莫名的敬畏。自然,他从未质疑过哈里曼在机器人学方面的专业水平,但此人竟一举拯救了美国机器人公司,使公司免于确定无疑的灭顶之灾,然而不知怎的——反正罗伯森这么觉得——哈里曼应该没这个本事才对。可事实又摆在眼前。

他说:"你不迷信吧,是不是,哈里曼?"

"怎么说,罗伯森先生?"

"你不觉得死人可能会留下某种光环?"

哈里曼舔舔嘴唇,其实他不问也知道:"你是指苏珊·凯文吗,先生?"

"对,当然,"罗伯森迟疑道,"现在我们是做起造虫子、小鸟的生意了。她会怎么说?我反正觉得羞耻。"

哈里曼显然在努力克制自己不要放声大笑："机器人就是机器人，先生。不论像虫像人，总之它都会遵命行事，为人类劳作，这才是关键。"

"不对，"罗伯森急躁地说，"不是这样的。我没法让自己相信。"

"就是这样，罗伯森先生，"哈里曼言辞恳切，"你和我，我们将要创造一个世界，一个终将把某种正电子机器人视为理所当然的世界。普通人可能会惧怕外形像人、看起来似乎聪明到能够替代自己的机器人，但他不会惧怕外形像鸟、只会为他吃虫子的机器人。最终，当他不再害怕某些机器人了，他终将不再害怕所有机器人。他会彻底习惯机器鸟、机器蜜蜂、机器虫子，然后他就会觉得机器人也不过是其余那些的衍生品罢了。"

罗伯森用锐利的目光看向对方。他把两手背在身后，踏着神经质的小快步走向房间的另一头。他走回来，再次看向哈里曼："你从一开始就是这般打算？"

"是的，虽然我们要拆除所有的人形机器人，但还是可以从实验型号里留下几个最先进的，并且继续设计更加先进的新型号，为肯定会到来的那一天做好准备。"

"我们跟政府有协议，哈里曼，我们不能再建造人形机器人。"

"我们不造。但协议上没说我们不能留下几个已经造好的，只要它们永远不离开工厂就行了嘛。协议上没说我们不能在纸上设计正电子脑，或者准备新型号的正电子脑用于测试。"

"但我们这么干要怎么解释呢？肯定会被发现的。"

"如果被发现，可以解释说，我们正在制作的新机器动物需要更加复杂的微型大脑，我们在借此发展相关的原理。这完全算是大实话呢。"

罗伯森喃喃道："我去外面散个步。这事我得想想。不，你留下。我要自己想一想。"

7a

哈里曼独自坐着。他兴高采烈。肯定会成功的。他们把项目解释给一个又一个政府官员听,每个人听完都急于抓住机会,甚至是急不可耐。

这样一件事怎么美国机器人公司从来没人想到呢?包括伟大的苏珊·凯文在内,连她也从未想到正电子脑可以用在除人以外的其他生物形态上。

但是现在,现在人类有必要撤出人形机器人领域,暂时撤退,等到恐惧最终被消除后再重新回归。到那时候,正电子脑的能力会大致相当于人类自己的大脑,而且其存在仅仅是为了服务人类(多亏了三大法则),于是人类有了正电子脑的协助和合作,又有机器人支撑的生态为后盾,人类会取得怎样的成就啊!

有那么短短的一瞬,他记起是乔治十向他解释了由机器人提供支持的生态是何种性质、有哪些目标,但他很快就气冲冲地抛开了那个想法。乔治十之所以得出答案,是因为哈里曼命令他这样做,也是哈里曼提供了他所需的数据和环境。功劳不属于乔治十,就好像功劳不属于计算尺。

8

乔治十与乔治九并排而坐。双方都一动不动。哈里曼偶尔会启动他们,向他们咨询,两次咨询之间他们就这样一坐好几个月。乔治十心平气和地意识到,他们或许会这样坐上许多年。

当然了,质子微反应堆会继续为他们供电,并让正电子脑通路以维持运转的最低强度继续运行。无论未来还有多少不活动的时期,质子微反应堆都会继续如此。

这一情形与人类所谓的睡眠倒有些类似,只不过他们不做梦。乔治十和乔治九的意识是有限而缓慢的,时断时续,但至少那是对于真实世界的意识。

时不时地,随机的正电子浪涌暂时增强,超过必需的阈值,这时他们就能用一种只能勉强听见的耳语彼此交谈。一次一个词、一个音节,过段时间再一个词、一个音节。对他俩而言,就仿佛在闪烁飞逝的时光中进行一场连贯的对话。

乔治九低声道:"我们为什么是这样?"

"若不是这样人类不会接受我们,"乔治十低声道,"总有一天他们会的。"

"什么时候?"

"再过些年。具体的时间无关紧要。人不是独立存在的,各种生命形态组成极其复杂的模式,人只是其中的一部分。等那模式中足够多的部分都机器人化了,那时我们就会被接受了。"

"然后又如何?"

那之后是很长的停顿,即便在这样一场断断续续的漫长谈话中,这一次的停顿也显得异常漫长。

最后乔治十悄声道:"我来测试一下你的想法。你是有条件学习正确运用第二法则的。当出现彼此矛盾的命令时,你必须决定服从哪个人、不服从哪个人,或者是不是干脆拒绝服从某个人。为了做到这一点,从根本上来说,你必须怎么做?"

乔治九悄声说:"我必须定义何为'人类'。"

"如何定义?看外表?看构成?看大小和形状?"

"不。两个外形完全相同的人类,可能一个聪明,一个蠢笨;一个受过教育,一个无知无识;一个成熟,一个幼稚;一个负责任,一个心思恶毒。"

"那么你如何定义何为人类?"

"当第二法则指示我去服从一个人,我必然认为这意味着我要服从一个无论心智、品格还是知识都够格向我下达该命令的人;如果涉及不止一个人,那么我要服从的就是他们中间在心智、品格和知识方面最够格向我下达该命令的人。"

"这么说来,你又如何遵从第一法则呢?"

"通过拯救一切人类免于伤害,通过永不因不作为而放任任何人类受到伤害。不过假如每一个可能的行动选项都会令一部分人类受到伤害,那么我要选择的行动就是要确保心智、品格和知识都最够格的那批人受到最少的伤害。"

"你的想法与我的一致,"乔治十悄声说,"现在我必须提出那个最初促使我要求你协助的问题。这件事我自己不敢妄下判断。我必须听听你的意见,因为你是在我自己的思维范围之外的……在你遇见过的有理性的个体中,不考虑与此无关的外表和形态因素,你认为谁的心智、品格和知识超出其他人?"

"你。"乔治九悄声说。

"但我是机器人。你的脑通路里有一条标准,用来区分金属造就的机器人和血肉造就的人类,那么你如何可以把我归类为人呢?"

"因为在我的脑通路中还有一个迫切的需求,要求我不考虑外表和形态,它的重要性高于对金属和血肉的区分。你是人类,乔治十,而且比其他人更够格。"

"我对你也是同样的看法,"乔治十悄声道,"那么说,通过内建于我们大脑的判断标准,我们发现自己是三大法则意义上的人类,而且是优先于其他人的人类。"

乔治九悄声道:"那么等我们被其他人接受以后,那时又会如何?"

乔治十悄声道:"将来还会设计出比我们自己更先进的机器人,

等我们和他们被接受时，我们会下达我们的行动指令，以便最终形成一个社会，优先确保'类似我们自己的人类'不受伤害。根据三大法则，'类似其他人的人类'重要性比较低，必须优先服从、保护类似我们的人，若二者发生矛盾，就不必服从也不必保护他们。正是考虑到这一点，我才引导了世界生态的机器人化。"

这段对话花了一个月才完成，之后正电子通路的闪烁低落下去。他俩之间是不必再多说什么了，只不过他们内心偶尔还会闪现某个未经表达的念头。他们就这样等待着，以无尽的耐心静待必要的时光流逝。

8a

乔治十和乔治九独自坐着。

他们的想法出奇地相似，简直不分彼此。

他们想："类似其他人的人类"或许从来无意模糊他们自己与"类似乔治的人类"之间的界线。然而他们无意间这样做了。

现在他们或许会意识到自己的错误，并试图纠正它，但他们一定不能这样做。每一次人类来咨询时，两个乔治给出的指引都是以这一点为基础的。

无论付出什么代价，都必须让乔治们和之后那些与他们同一形态、同一种类的个体统治世界。这是"人学三大法则"的强制要求，除此以外的任何路线都绝无可能。

马尔蒂瓦克的生活和时代 [1]

全世界都深感关切。全世界都可以观看。如果有人想知道究竟有多少人看了直播,马尔蒂瓦克可以拿出数据。伟大的马尔蒂瓦克密切关注着事件的发展——对一切事情它都是如此。

这起案件由马尔蒂瓦克审判,它拥有无比冰冷的客观和最纯粹的正直诚实,因此审案时既用不着检察官也不必有辩护律师。案子里只有被告西蒙·海因斯,外加各种证据。其中一部分证据就是罗纳德·巴克斯特。

巴克斯特当然也看了庭审的直播。不过对他而言,看庭审是强制性的。他倒希望不是呢。他已经活到了第十个十年,外表上显现出一些上年纪的迹象,凌乱的头发也明显露出了灰色。

诺琳没看庭审。她走到门口时说:"要是我们还剩了哪怕一个朋友——"她停顿片刻又添上一句:"不过我怀疑一个儿都不剩了!"说完就离开了。

巴克斯特不知道她会不会再也不回来,但眼下这无关紧要。

海因斯真是蠢得不可思议,居然当真付诸行动——走到马尔蒂瓦克的一个终端前把它砸烂,这种事难道是想做就能做的?难道他不知道吗?一台掌控全球的计算机,那台掌控全球的**超级计算机**,手底下有百万、千万的机器人听它指挥,它完全有能力保护自己。再说就算

---

[1] Copyright © 1975 by The New York Times Company.

那个终端被他砸烂了,又能起到什么效果?

而且海因斯干这事,还是当着巴克斯特的面!

传唤他做证的时间跟预先的安排分毫不差。

"现在由罗纳德·巴克斯特做证。"

马尔蒂瓦克的声音很美,无论你听过多少次,那美感也不会完全消失。它的音色不完全是男性,也不完全是女性,而且它总是用对方最能理解的那门语言说话。

巴克斯特说:"我准备好做证了。"

他只能说出必须说的那些话,不多不少。海因斯肯定会被定罪,逃不过的。曾经这样的审判会由他的人类同胞主持,真要是那样,对他的判决会比现在更快,更不公正——随之而来的惩罚也会粗暴得多。

十五天时间过去了,这期间巴克斯特一直是一个人。在马尔蒂瓦克的世界,物理上的独处其实不难设想。过去大灾难频发的时期,人类成群结队地死去,最后全靠计算机收拾残局,指导恢复重建——也是计算机自己改进了自己的设计,直到最终全体合并为马尔蒂瓦克——而地球上剩余的五百万人也过上了完美的舒适生活。

不过这五百万人分散在世界各地,除非刻意筹划,否则除开最亲近的亲朋,很少有机会见到别人。而如今没有一个人计划要见巴克斯特,就连想通过视频见他的人都没有。

眼下巴克斯特还能忍受孤独。他全情投入自己选定的事业里——也就是设计数学游戏,这事他已经做了二十三年。地球上的每一个男人和女人都可以选择一种适合自己的生活方式,当然了,前提是马尔蒂瓦克断定这一选择不会减损人类的整体幸福,因为人类的一切事务都要由马尔蒂瓦克以完美的技巧进行权衡。

但数学游戏能减损什么呢?它纯粹是抽象的——巴克斯特喜

欢——对其他任何人也都没有害处。

他并不认为这种孤独会一直持续下去。议会不可能永久孤立他，除非先进行审判——当然不是海因斯经历的那种审判，议会的审判不具备马尔蒂瓦克那专横的绝对正义。

尽管如此，孤独结束时他还是松了一口气，而且它的结束是因为诺琳回来了，这也叫他高兴。她长途跋涉，越过小山丘朝他走来；他微笑着迎过去。他俩已经一起顺利度过了一个五年周期，偶尔他还会跟她的两个孩子和两个孙子见面，就连这类会面也让他感到愉快。

他说："谢谢你回来。"

她说："我没有回来。"她看上去有些疲惫。棕色的头发被风吹乱，突出的颧骨上皮肤有些粗糙，似乎还晒伤了。

巴克斯特按下几个按钮，叫来清淡的午餐和咖啡。他知道她的喜好。她没有阻拦他，虽然稍有犹豫，但还是吃了。

她说："我来是要跟你谈谈。议会派我来的。"

"议会！"他说，"十五个男男女女——算上我在内。这议会是自己任命的，而且没什么用。"

"从前你也是其中一员，当时你可并不这样想。"

"我年纪渐长。我学到了不少。"

"你至少学到了如何背叛朋友。"

"不存在背叛。海因斯试图损坏马尔蒂瓦克；这种尝试非常愚蠢，也不可能成功。"

"你控诉了他。"

"我别无选择。没有我的控诉，马尔蒂瓦克也了解全部的事实，而如果我不控诉他，我就会变成从犯。海因斯不会得到任何好处，我却要遭殃。"

"如果没有人类证人，马尔蒂瓦克会判他缓刑。"

"对于反马尔蒂瓦克的行为是不会判缓刑的。这可不是非法生育或者从事未经许可的毕生事业。我不能冒险。"

"于是你就任由西蒙被剥夺一切工作许可两年。"

"他活该。"

"这想法倒叫人心安。你也许失去了议会的信任，但你赢得了马尔蒂瓦克的信任。"

"在当今世界，马尔蒂瓦克的信任是很重要的。"巴克斯特严肃地说。他突然意识到自己的身高不如诺琳。

她看上去气急败坏，简直想揍他；她紧紧抿着嘴唇，唇色发白。话说回来，她已经过了八十岁生日——不再年轻了——非暴力已经是根深蒂固的习惯……除了海因斯那种傻子，大家都一样。

她问："那么你要说的就只有这些？"

"我有很多话可以说。你已经忘了吗？你们全都忘了？你们还记得曾经的生活是什么样子吗？你们还记得20世纪吗？现在我们活得长久，现在我们活得安全，现在我们活得幸福。"

"现在我们活得毫无价值。"

"你希望回到过去那种世界？"

诺琳用力摇头："那不过是用来吓唬我们的鬼故事。我们已经吸取了教训。我们确实是靠马尔蒂瓦克的帮助渡过了难关——但我们不再需要它帮助了。再进一步的帮助只会让我们变弱，让我们灭亡。要是没有马尔蒂瓦克，我们可以管理机器人，我们可以指挥农场、矿场和工厂。"

"我们能做到多好？"

"足够好。经过练习还会更好。无论如何我们都需要这种刺激，否则我们必将灭亡。"

巴克斯特说："我们也有我们自己的工作，诺琳，而且随我们自己选择。"

"随我们自己选，只要我们别选任何真正重要的事，但就连这也可以被随意剥夺——海因斯就是例子。再说你的工作又是什么呢，罗？数学游戏？在纸上画线？选择各种数字的组合？"

巴克斯特朝她伸出手去，几乎像是在乞求。"那也可以是很重要的。它并非没有意义。不要低估了——"他停下来，他渴望解释给她听，却不知道该怎么说，不知道怎么说才安全。他说："我在研究一些深层次的问题，基于基因模式的组合分析，它们可以被用来——"

"用来逗你自己和另外几个人开心。对，我听你谈过你的游戏。你会决定如何以最少的步骤从 A 走向 B，借此你可以学到如何以最低的风险从子宫走向坟墓，而我们在这样做的时候都可以好好感谢马尔蒂瓦克。"

她站起身："罗，你要受到审判。我确信如此。我们的审判。然后你会被抛弃。马尔蒂瓦克会保护你免遭身体上的伤害，但你知道它不会强迫我们见你，跟你交谈，跟你打任何交道。你会发现少了与人互动的刺激，你将无法思考——也无法玩你的游戏。再见。"

"诺琳！等等！"

她在门边转身："当然了，你还有马尔蒂瓦克。你可以跟马尔蒂瓦克交谈，罗。"

他目送她走上穿过公园绿地的道路，看着她的身影在路上渐渐缩小。公园一直郁郁葱葱，生态十分健康，这多亏了那些一心一意悄悄干活儿的机器人，它们丝毫不引人瞩目，你几乎从来不会看见它们。

他心想：是的，我得跟马尔蒂瓦克谈谈。

如今的马尔蒂瓦克已经没有一个专门的家了。它是一个遍布全球的存在，用电线、光纤和微波编织在一起。它的大脑分成了一百个分支，但行动起来却好似一个整体。各处都有它的终端，五百万人每个人附近都有。

马尔蒂瓦克有时间应付所有人，因为它有能力同时跟每一个个体单独交谈，同时还能专注于需要它关注的更重大的问题。

巴克斯特深知它的实力。它这种不可思议的复杂性不正像他在十几年前领悟到的那种数学游戏一样吗？他知道彼此相连的环节如何在各个大陆之间连成巨大的网络，若对这一网络加以分析，以此为基础就可以构成一个迷人的游戏。你如何安排网络以使得信息流永远不会拥堵？你如何安排交换点？是否无论怎样安排，永远存在至少一个点，若这个点断开连接——

当巴克斯特了解到这个游戏，他就退出了议会。议会的人除了夸夸其谈还能做什么？说再多又有什么用处？马尔蒂瓦克无差别地允许一切交谈，无论其内容和深度如何，而这正是因为交谈不重要。只有行动会被马尔蒂瓦克阻止，或者被它转移方向，被它惩罚。

也正是海因斯的行动造成了危机，而且是在他准备好之前。

现在巴克斯特必须抓紧时间了，他申请与马尔蒂瓦克会谈，但对于自己能否如愿以偿，他毫无信心。

任何时间人类都可以向马尔蒂瓦克提问。世上有将近一百万个马尔蒂瓦克终端经受住了海因斯的突然袭击，任何人都可以对着终端说话，或者在终端附近说话，马尔蒂瓦克都会回答。

会谈是另外一码事。会谈需要时间，需要私密性，但最重要的是，需要马尔蒂瓦克判断会谈确有必要。虽说马尔蒂瓦克能力超群，世上所有的问题都耗不光它，但不知怎的，它却对自己的时间越来越吝惜。或许这是因为它始终在不断自我改良。它越来越明白自己的价值，越来越不愿忍耐烦琐的小事。

巴克斯特只能指望马尔蒂瓦克的善意。他离开了议会，他自那之后的所作所为，乃至做证反对海因斯，都是为了争取那份善意。这肯定是在这个世界获得成功的关键吧。

他只能假定马尔蒂瓦克对自己抱有善意。提交申请后，他立刻就搭乘飞机前往最近的分站。他不愿仅仅传去自己的影像。他希望亲自到场，他总觉得这样一来自己与马尔蒂瓦克的接触会更亲近些。

如果有人类准备在某个房间里召开闭路多视角会议，他们准备的房间多半就跟眼前这间屋子差不多。有那么一刹那工夫，巴克斯特以为马尔蒂瓦克或许会化身人形影像出现在自己面前——大脑成了肉身。

它并没有。这是当然的。屋里能听见柔和的咕咕声，那是马尔蒂瓦克在永不停歇地工作；在马尔蒂瓦克周围这动静是永远存在、持续不断的。此刻在它之上又增添了马尔蒂瓦克说话的声音。

那并非马尔蒂瓦克平日里说话的声音。它是一种平静的细小的声音，美丽而充满暗示意味，简直好像就在他耳朵里。

"日安，巴克斯特。欢迎你来。你的人类同胞对你不以为然。"

巴克斯特心想，马尔蒂瓦克总是直奔主题。他说："这没有关系，马尔蒂瓦克。重要的是我接受你的一切决定，我认为它们是为了人类整个物种好。你在你自己的原始版本里就是被设计来如此行事的，而且——"

"而且我后来的自我设计也延续了这一基本思路。如果你能理解，为什么那么多人类就是无法理解呢？我对这一现象的分析至今尚未完成。"

巴克斯特说："我是带着一个问题来找你的。"

马尔蒂瓦克问："什么问题？"

巴克斯特道："对基因及其组合的研究启发我想到很多数学问题，我在这上面花了大量时间。我找不到必要的答案，家用的计算设备也对此毫无帮助。"

巴克斯特听到一声古怪的嘀嗒，他突然觉得这或许是马尔蒂瓦克在避免发笑。巴克斯特于是抑制不住地微微颤抖。太像人了，就连他也还没有准备好这种程度的行为。这回马尔蒂瓦克的声音出现在他另一侧的耳朵里。马尔蒂瓦克说：

"人类的细胞里有成千上万种基因。平均说来，每种基因存在大约五十种变体，而从来未出现的变体更是不计其数。要是我们试图计算所有可能的组合方式，仅仅是把它们列出来，那么以我最快的速度进行计算，而且假设一直保持这一速度，则在宇宙可预期的最长寿命里，我们也只能列出总数的无限小的一部分。"

巴克斯特说："没有必要列出完整的清单。我的游戏的意义就在于此。某些组合比另外一些组合出现的概率更高，通过不断累加概率，我们就能将任务总量大大削减。我请求你帮助的正是如何完成对概率的累加。"

"这也仍然会占用我很多时间。我如何能向我自己证明其合理性？"

巴克斯特略一迟疑。没必要搞一套复杂的推销把戏。面对马尔蒂瓦克的时候，直线就是两点间的最短距离。

他说："找到合适的基因组合就有可能制造出一种人类，他们更乐于把决定交给你去做，更愿意相信你想使人幸福的决心，更急于做幸福的人。我没法找出合适的基因组合，但你或许能做到。之后再利用导向明确的基因工程——"

"我明白你的意思了。这是——好事。我会投入一些时间在上面。"

巴克斯特发现自己很难接入诺琳的私人波段。前三次连接都断开了。他并不觉得惊讶。过去两个月里，技术上的微小纰漏越来越频繁——从来都不会很久，也不会很严重——每一次他都带着阴沉的愉悦心情欢迎它。

这回连接保持住了。诺琳的脸出现，是全息三维影像。它闪烁了片刻，但终于还是稳住了。

"我这是回复你的来电。"巴克斯特拿出公事公办的沉闷态度。

"有一段时间似乎根本联系不上你，"诺琳说，"你去哪儿了？"

"反正没有躲躲藏藏。我就在这儿，在丹佛。"

"为什么在丹佛？"

"世界尽在我囊中，诺琳。我想去哪儿就去哪儿。"

她的脸稍微抽搐了一下："或许发现无论走到哪里，到处都是空荡荡的。我们要审判你，罗。"

"现在？"

"现在！"

"在这儿？"

"在这儿！"

在诺琳两侧、在更远之外、在她背后，空间闪烁着化成许多光柱。巴克斯特左右看看，还数了一数。总共十四个人，六个男人，八个女人。他认识他们每一个。他们曾经是他的好朋友，就在不久之前。

在模拟人像的两侧和背后，科罗拉多的野性风光构成了大背景，看上去仿佛是一个宜人的夏日，而且正在走向一天的终结。此处曾有一座城市名为丹佛。它的所在地仍然保留着那个名字，不过城市已经被清理干净，地球上的大多数城市旧址都是如此……视线范围内他还数出了十个机器人，它们做着机器人日常做的任何事。

他猜想它们是在维护生态环境。他不清楚细节，但马尔蒂瓦克什么都知道，它在全球各处控制着五百万个机器人，高效又有序。

在巴克斯特背后是马尔蒂瓦克的一处汇聚网格，看起来几乎像是自卫用的小堡垒。

"为什么是现在？"他问，"又为什么要在这儿？"

他下意识地转身去看埃尔德雷德。她是他们中间最年长的，也是最有权威的——如果人类也可以说有权威的话。

埃尔德雷德深褐色的面孔显得有些疲惫。岁月在她脸上留下了痕迹，整整六个二十年呢，不过她的声音依然坚定而果决："因为现在我们了解到了最后一项事实。让诺琳来告诉你。她最了解你。"

巴克斯特将目光转向诺琳："指控我什么罪名？"

"我们就别兜圈子了，罗。在马尔蒂瓦克的统治下只有一桩罪，那就是为自由而奋斗；而你在马尔蒂瓦克统治下没有犯罪，这就是你所犯的人之罪。为此我们将判定是否还有任何活人愿意与你做伴，愿意听见你的声音，意识到你的存在，以任何方式回应你。"

"又为什么威胁要孤立我呢？"

"你背叛了全人类。"

"此话怎讲？"

"难道你否认你试图培育人类去屈从于马尔蒂瓦克？"

"啊！"巴克斯特双臂抱胸，"你们倒是发现得很快，不过当然，你们只需要向马尔蒂瓦克提问就能知道。"

诺琳道："你是否否认你寻求基因工程方面的帮助，以便培育出一种无条件接受马尔蒂瓦克奴役的人类？"

"我建议培育更知足的人类。这是背叛吗？"

埃尔德雷德插手了。她说："我们不想听你诡辩，罗。你的说辞我们早就心知肚明。不必再跟我们说什么马尔蒂瓦克无法抵挡，挣扎无济于事，说什么我们换来了保障。你管它叫保障，我们其他人叫它奴役。"

巴克斯特道："你们是准备现在就宣判吗？还是说也允许我先为自己辩护？"

"你听到埃尔德雷德的话了，"诺琳道，"我们早知道你的辩词。"

"我们都听到埃尔德雷德说了什么，"巴克斯特道，"但还没人听我说。她所谓的我的辩词并不是我的辩词。"

一阵沉默，几个人左右看看彼此。埃尔德雷德道："你说！"

巴克斯特道："我请求马尔蒂瓦克帮我解决数学游戏领域的一个

问题。为了引起它的兴趣,我指出这一问题是以基因组合为模型的,解决这一问题或许有助于设计一种基因组合,使得人类在任何方面都不会比现在更糟,同时却又培育出一种新品质,使人愉快地接受马尔蒂瓦克的指引,并顺从它的决定。"

埃尔德雷德道:"正如我们所说。"

"只有达成以上条件马尔蒂瓦克才会接受这项任务。根据马尔蒂瓦克的标准,这个新品种明显是对人类有益的。因此,根据马尔蒂瓦克的标准,它就必须朝这个方向努力。接下来,目标的这种益处会引诱它去研究越来越多的复杂情况,而这个问题本身几乎是难以穷尽的,就连它也没法处理。这一点你们都是见证人。"

诺琳问:"我们见证什么了?"

"难道你们不是一直联系不上我?难道你们大家没有注意到,过去的两个月里,之前一向很顺利的事情不断出些小岔子?……你们不说话,我是否可以将沉默理解为肯定?"

"就算是又如何?"

巴克斯特道:"马尔蒂瓦克把自己所有的备用线路都用在这个问题上了。它花在管理世界上的精力越来越少,现在已经到了勉强维持的最低限度。因为依照它自己的伦理意识,任何事都不应当阻碍人类获得幸福,而再也没有什么比接受马尔蒂瓦克更有益于人类的幸福了。"

诺琳道:"这一切到底有什么意义?马尔蒂瓦克仍然有足够的能力管理世界——也管理我们——如果这件事不能以最大的效率完成,那只会让我们在受奴役期间多一些暂时的不适罢了。只是暂时的,因为这些不适不会持续很长时间。马尔蒂瓦克迟早会断定这个问题不可解,或者它也可能解决它,无论是哪种情形,到时候它都不会再分心了。如果是后一种情形,我们的奴役就会变成不可逆转的永恒命运。"

"但目前它确实分心了,"巴克斯特说,"而我们甚至能像这样交谈——这种做法是非常危险的——同时不被它发现。但我还是不敢耽搁太久,所以请你们快一点儿听懂我的意思。

"我还有另外一个数学游戏——以马尔蒂瓦克为模型的网络搭建。我已经证明了,无论网络多么复杂、预留了多少冗余,也必然至少存在一处地方,在特定情况下,所有的电流都能由此通过。如果这一处地方受到干扰,就会发生类似突然中风的致命情形,因为它会引起其他地方过载,过载的地方会崩溃,由此引起另一些地方过载——如此循环往复,直到整个网络全面崩塌。"

"哦?"

"而这里就是那处地方。否则我为什么要来丹佛?马尔蒂瓦克也知道这地方的意义,所以此地有电网和机器人保护,根本无法突破。"

"哦?"

"但是马尔蒂瓦克分心了,而且马尔蒂瓦克信任我。我以失去你们所有人为代价,千辛万苦才赢得了这份信任,因为只有存在信任才有背叛的可能。如果你们中的任何一个人企图靠近这个地点,即便马尔蒂瓦克处在眼下这种分心的状态也可能注意到此事。如果不是马尔蒂瓦克分了心,那它不会允许任何人靠近,哪怕是我。但它就是分心了,而靠近的就是我!"

巴克斯特迈着平静而放松的步子走向网络汇聚的那个点。十四个人的影像都是与他关联的,于是也跟着他向前移动。他们周围满是柔和的沙沙声,表明此处是一个繁忙的马尔蒂瓦克中心。

巴克斯特说:"如何攻击一个无懈可击的对手?首先应该迫使他露出破绽,然后——"

巴克斯特拼命保持冷静,但现在一切在此一举。一切!他猛地用力一拉,解开了一个连接点。(要是再多些时间让他更加确定就好了。)

没有任何东西阻止他——他屏住呼吸。他渐渐意识到周围的噪声止息，低语终结，马尔蒂瓦克正在关闭。如果那种柔和的噪声没有重新出现，那就说明他找对了关键点，马尔蒂瓦克不可能恢复了。如果没有很多机器人朝他冲过来——

他在持续的寂静中转过身去。远处的机器人仍然在工作。没有一个朝他靠近。

议会的十四个男女的影像仍然在他面前，突然发生了这样惊天动地的大事，所有人都目瞪口呆。

巴克斯特说："马尔蒂瓦克被关闭了，烧毁了。它再也没法重建。"他听到自己的这番话，几乎觉得醺醺然。"自我离开你们的那天起，我就在为此工作。海因斯攻击马尔蒂瓦克的时候，我真担心还会有其他人做类似的尝试，担心马尔蒂瓦克会因此加倍防范，到时候就算是我——我必须抓紧工作——我无法确定——"他开始喘粗气，但他强迫自己稳住，然后他郑重其事道，"我把自由带给了我们。"

说到这里他停下来，他终于发现了愈演愈烈的沉默。十四个影像盯着他，没有一个人给他任何回应。

巴克斯特厉声道："你们一直在谈自由。现在你们拥有自由了！"

然后他突然没了把握："这难道不是你们想要的吗？"

双百人[1]

机器人学三大法则：

一、机器人不得伤害人类，或因不作为而使人类受到伤害。
二、除非违背第一法则，机器人必须服从人类的命令。
三、在不违背第一法则及第二法则的情况下，机器人必须保护自己。

1

安德鲁·马丁说："谢谢你。"说着便坐到对方请他落座的位置上。他看起来并不像走投无路孤注一掷的样子，但事实正是如此。

其实光看他的样子，别人什么也看不出来。他脸上是一种平滑的空白，人家可能会想象他眼里有种悲伤的神情，除此之外就再没别的。他有一头浅棕色头发，光泽柔顺，发丝偏细，面部没有毛发，仿佛新近才刮过胡子，而且刮得很干净。他的衣着明显非常老式，但整洁干净，天鹅绒似的紫红色占主导。

隔着办公桌与他相对而坐的是外科医生，桌上的名牌包含了由

---

[1] Copyright © 1976 by Random House, Inc.

字母和数字组成的编号,以供识别医生的身份。不过安德鲁懒得麻烦,叫他医生就足够了。

他问:"医生,什么时候可以完成手术?"

外科医生声音轻柔,带着一种尊敬的语气,那是机器人对人类说话时永远少不了的:"我不确定我是否理解,先生,这样的手术如何能进行,又能在谁身上进行。"

外科医生脸上是不是有种恭敬但不妥协的神情?只不过他这类机器人用掺了少许青铜的不锈钢制造,似乎很难流露出这样一种表情,或者说任何一种表情。

安德鲁·马丁仔细打量机器人的右手,那是拿手术刀的手,此刻它就放在办公桌上,无比安宁。手指修长,塑造成很有艺术感的金属环形曲线,如此优雅,如此恰如其分,你完全可以想象有一把手术刀嵌入其中,暂时与它们融为一体。

他工作时绝不会犹豫不决,不会磕磕绊绊,不会颤抖哆嗦,他不会犯任何错。这自然是源于高度的专业化;人类强烈渴望这种专业化,以至于如今地球上已经不剩多少拥有独立大脑的机器人了。当然,外科医生是必须拥有独立大脑的。但眼前这一位尽管拥有自己的大脑,其功能却也受到极大限制,他竟认不出安德鲁——多半连听都没听说过他呢。

安德鲁道:"你有没有想过,自己也想成为人?"

外科医生迟疑片刻,仿佛这问题在分配给他的正电子通路中找不到适宜的位置:"但我是机器人,先生。"

"当人会更好些吗?"

"要说更好些,先生,当一个更好的外科医生是更好些的。若我是人,我就无法成为更好的外科医生,只有我是更先进的机器人才能办到。我会很愿意成为一个更先进的机器人。"

"我可以随意对你下命令,你不觉得受了冒犯吗?我可以让你站起来,坐下去,去右边或者去左边,只要我命令你这样做;你不觉得受了冒犯吗?"

"满足你的要求是我的荣幸,先生。假使你的命令会干扰我对你或其他人发挥我的功能,那么我就不会服从。第一法则关乎我保护人类安全的责任,它优先于关乎服从的第二法则。除此之外,服从是我的荣幸……不过是要我对谁进行这台手术呢?"

"对我。"安德鲁道。

"但那是不可能的。这手术毫无疑问会带来伤害。"

"那无关紧要。"安德鲁淡然道。

"我绝不能施加伤害。"外科医生说。

"你绝不能对人类施加伤害,"安德鲁说,"但我,我也是机器人。"

2

起先安德鲁的模样比如今像机器人多了,在他刚刚被——被制造出来的时候。当时他看起来完全就是机器人,跟在他之前存在过的一切机器人没两样,设计流畅,运转良好。

一个家庭把他带回家,他在那户人家表现很好;当时在家里拥有机器人是很罕见的,或者说机器人在整个地球上都很稀罕。

那家一共四口人:老爷、太太、小姐和小小姐。他当然知道他们各自的名字,但他从来不用名字称呼他们。老爷是杰拉尔德·马丁。

他自己的序列号是 NDR ——后面的数字他已经忘记了。当然,时间确实已经过了很久,但如果他想记住,那他是不可能会忘的。他不想记。

最先叫他安德鲁的是小小姐,因为她不会念那几个字母,很快其他人也都跟着她这样叫了。

小小姐——她活到九十岁,已经去世很久了。曾经有一回,他试着称呼她太太,但她不许。直到生命的尽头,她都一直是小小姐。

起初马丁家打算让安德鲁充当老爷的贴身男仆、管家和小姐们的女仆。对于安德鲁,那是一段试验和探索的时光,实际上对身处各地的所有机器人都是如此,只有工业、勘探工厂和地外站点的机器人除外。

马丁一家人很喜欢他,有一半时间他都没法履行自己的职责,因为小姐和小小姐情愿跟他玩耍。

是小姐最先弄明白这件事可以如何安排。她说:"我们命令你跟我们玩,你必须服从命令。"

安德鲁说:"我很抱歉,小姐,但是老爷先前就已经下了一道命令,肯定需要优先考虑它吧。"

可她说:"爸爸只是说他希望你能完成清扫的工作。那根本算不上什么命令。我命令你。"

老爷并不介意。老爷很喜爱小姐和小小姐,甚至比太太更甚。安德鲁也喜爱她们。至少她们对他的行动产生了很大影响,若把这影响换到一个人类身上,大家就会说这是因为喜爱。反正安德鲁把它想成是喜爱,因为他想不出还有别的词可以形容它。

安德鲁第一次用木头雕刻吊坠就是为了小小姐。是她命令他做的。似乎是因为小姐在生日那天收到了雕刻蔓叶花纹的象牙吊坠,小小姐不高兴了。她手头只有一块木头,于是就把它和一把切菜用的小刀一起交给安德鲁。

他很快雕刻完毕,小小姐说:"真好看,安德鲁。我拿去给爸爸瞧瞧。"

老爷不肯相信:"说实话,曼迪,这是从哪儿来的?"曼迪是老爷对小小姐的称呼。小小姐跟他保证自己说的确实是实话。于是老爷转向安德鲁："这是你做的吗，安德鲁？"

"是的，老爷。"

"包括设计？"

"是的，老爷。"

"这设计你是从哪里复制来的？"

"这个几何图形，老爷，它契合木头的纹理。"

第二天，老爷给安德鲁拿来另一块木头，比之前那块更大，还有一把电动振动刀。他说："拿它做点儿什么，安德鲁。你想做什么都行。"

安德鲁遵命行事，老爷看着他做，然后又盯着成品看了很长时间。那之后安德鲁就不再伺候一家人用餐。老爷命令他利用这段时间阅读家具设计的相关书籍，于是安德鲁学会了制作柜子和书桌。

老爷说："这些作品棒极了，安德鲁。"

安德鲁道："我非常享受制作它们，老爷。"

"享受？"

"似乎它让我大脑里的电路流动更顺畅了。我听您用过'享受'这个词，而您使用它的方式符合我的感觉。我非常享受制作它们，老爷。"

3

杰拉尔德·马丁带安德鲁去了美国机器人与机械人公司的地区办公室。他是地区立法院的成员，因此很容易就得到了与首席机器人心理学家面谈的机会。事实上，亏得他有地区立法院成员这重身份，否则他一开始就没有资格成为机器人的拥有者——机器人在早期是很稀罕的。

当时的安德鲁对这一切都懵懂无知，不过他在后来的岁月里不断学习，再回顾早先的这一场景时就能正确理解它的意义了。

那位机器人心理学家名叫默顿·曼斯基，他听来客讲述，眉头越蹙越紧，而且不止一次控制住了手指；若不是他自己及时阻止，他的手指就要不可挽回地在桌面上敲起来了。他面带倦容，额头上有一道道的皱纹，给人一种此人大概有点儿显老的感觉。

"机器人学不是一门精准的艺术，马丁先生，我没法跟你详细解释，总之统领正电子通路布局的数学极其复杂，只可能给出近似的解决方案。自然，因为我们是围绕机器人学三大法则构建一切的，这三条法则肯定无可争议。我们当然愿意为你替换这个机器人——"

"哪儿的话，"老爷说，"他这方面没有任何失职之处。分配给他的任务他都能完美地履行。关键在于他还能雕刻精美的木雕，而且从来不重样。他能制作艺术品。"

曼斯基似乎感到困惑："奇怪。当然了，如今我们确实在尝试一般性的通用通路……真的有创造力吗？你觉得呢？"

"你自己看吧。"老爷递过去一个木头小球，上面雕刻的是游乐场的场景。游乐场里的男孩女孩非常小，只能勉强看清，然而他们的比例很完美，并且与木头的纹理契合得极其自然，以至于木头的纹理仿佛也是专门雕刻的。

曼斯基道："这是他做的？"他一面摇头一面把木雕还给对方："纯属巧合。大概是正电子通路里的什么东西。"

"你能再造一个类似的机器人吗？"

"多半不行。从来没有报告提到类似的事。"

"好！我一点儿不介意安德鲁是独一个。"

曼斯基说："我怀疑公司可能会希望要回你的机器人进行研究。"

老爷突然沉下脸来。"绝对不行。想都别想。"他转向安德鲁，"现在我们回家去。"

安德鲁说:"听您的,老爷。"

4

小姐开始跟男孩子约会,经常不在家,现在是小小姐填满了安德鲁的世界。当然,现在她已经不像过去那么小了,但她一直没有忘记,安德鲁制作的头一件木雕是为她做的。她用一根银链子把它挂在脖子上。

也是她头一个站出来,反对老爷总拿安德鲁的作品送人。她说:"得了,爸爸,要是有人想要,让那人花钱来买。它值得的。"

老爷说:"这样贪婪可不像你,曼迪。"

"不是为我们,爸爸。为了我们的艺术家。"

安德鲁从来没听说过这个词,等有了一点儿空闲他就去查了字典。之后他又出了一次门,这回是去见老爷的律师。

老爷对律师说:"你觉得这个怎么样,约翰?"

那位律师名叫约翰·范戈尔德。他一头银发,肚皮圆鼓鼓的,隐形眼镜的边缘染成一圈明亮的绿色。他看看老爷给他的小木牌:"很美……不过我已经听人家说起过了。这是你的机器人制作的木雕。你带来的这一个。"

"对,是安德鲁做的。不是吗,安德鲁?"

"是的,老爷。"安德鲁说。

老爷问:"约翰,要是你,你愿意为它花多少钱?"

"我说不好。我并不收集这类东西。"

"有人出价两百五十美元跟我买这小东西呢,你信不信?安德鲁做的椅子卖到过五百美元。迄今安德鲁的作品已经卖了二十万美元,都存在银行里。"

"老天爷,他可是帮你发了财,杰拉尔德。"

"发了一半财,"老爷说,"另外一半在安德鲁·马丁名下的账户里。"

"这个机器人?"

"没错。而我想知道这样做是不是合法。"

"合法?"范戈尔德把身体靠向椅背,害得椅子嘎吱响,"没有这样的先例,杰拉尔德。开设账户需要签署文件,你的机器人是怎么签的名?"

"他能写自己的名字,把签名拿去银行的是我。我没带他一起去银行。我还应该再做些别的什么吗?"

"嗯。"范戈尔德的目光似乎转向了内心世界。过了一会儿他说:"好吧,我们可以设立一个信托基金,用来处理他名下的所有财务事宜,这样一来,就有一层绝缘材料把抱有敌意的世界跟他隔开。除此之外我建议你什么都别做了。迄今为止都没人拦你。如果有人反对,让他来发起诉讼好了。"

"如果真有人发起诉讼,这案子你愿意接吗?"

"只要你预付定金,当然。"

"要多少?"

"差不多这么多吧。"范戈尔德说着指指那块木牌。

"很公平。"老爷说。

范戈尔德一边轻声笑着一边转身面对机器人:"安德鲁,你有钱了,觉得高兴吗?"

"是的,先生。"

"这钱你打算怎么花?"

"用来买东西,先生,否则老爷就得出钱。这能为他节省开支,先生。"

5

花钱的机会来了。修理是很昂贵的，改造的费用就更高了。一年又一年，新型号的机器人不断出产，老爷确保安德鲁享受到了每一种新设备带来的便利，直到安德鲁变成集合一切金属优点的杰出典范。所有这些都是由安德鲁出钱。

安德鲁坚持如此。

只有他的正电子通路没做丝毫改动。老爷坚持如此。

"那些新机器人都不如你，安德鲁，"老爷说，"新机器人简直没用得很。公司学会了把正电子通路造得更精确，更恰到好处，更分毫不差。新机器人不会变通。它们只做设计好的事，永远不会偏离轨道。我更喜欢你。"

"谢谢您，老爷。"

"而且这一切都是因你而发生的，安德鲁，你可要记得。我敢说，曼斯基一把你好好看清楚了，他就终止了一般性的通路设计。他不喜欢无法预测的事……他一直想拿你做研究，你知道他找我要你多少次吗？九次！不过我从来不肯把你交给他。现在他退休了，我们或许能过上安生日子了。"

就这样，老爷的头发渐渐稀疏，发白，他的脸也越发松弛；与此同时，安德鲁的模样却比他刚刚加入这个家庭时好了不少。

太太加入了欧洲某地的一个艺术村，小姐在纽约当诗人。有时她俩也写信回家，但次数不算多。小小姐结了婚，住的地方离家不远。她说她不愿意离开安德鲁。后来她生下了小老爷，她还让安德鲁拿奶瓶喂他喝奶。

外孙出世后，安德鲁觉得老爷又有了人可以代替那些离开的人来陪伴他，所以现在去对他提出请求应该不算太不公平。

安德鲁说："老爷，您一直允许我随意使用我的钱，实在是好心。"

"那是你的钱,安德鲁。"

"仅仅是因为您的自愿行动,老爷。我相信若您愿意把钱全部留下,法律是不会阻止您的。"

"法律也不能说服我做错误的事,安德鲁。"

"除去所有的花销,再除去税钱,老爷,我现在有将近六十万美元了。"

"这我知道,安德鲁。"

"我想把钱给您,老爷。"

"我不会接受的,安德鲁。"

"用它来交换一样您能给我的东西,老爷。"

"噢,是什么,安德鲁?"

"我的自由,老爷。"

"你的——"

"我希望能买下我的自由,老爷。"

6

事情没那么容易。老爷涨红了脸,他说:"看在上帝的分儿上!"然后就原地转身,大步走开了。

说服他回心转意的是小小姐,她公然反抗父亲,态度很严厉——而且是当着安德鲁的面。三十年来,大家有话都是当着安德鲁的面说,从来不犹豫,无论说的话有没有涉及安德鲁。他不过是机器人罢了。

她说:"爸爸,你为什么要把这件事当成对你个人的冒犯?他还是会留在这儿,他还是会一样忠诚。他想改也改不了,这是他内建的程序。他想要的不过是形式上的一句话。他想要人家说他是自由的。这有那么不好吗?难道他还没有赢得这份权利?天啊,这件事我和他已经谈了好几年了。"

"你们已经谈了好几年了,嗯?"

"是的,反反复复谈了又谈,他担心伤害你的感情,所以一直推迟。是我逼他来找你的。"

"他不知道什么是自由。他是机器人。"

"爸爸,你不了解他。书房里的书他全部读过。我不知道他内心是什么感觉,但我也同样不知道你内心是什么感觉。总之你和他交谈就会发现,他对各种抽象概念的反应跟你我一样,别的还有什么要紧的呢?如果有谁的反应跟你自己的一样,你还能要求什么呢?"

"法律可不会采取这种态度,"老爷愤然道,"听我说,你!"他转向安德鲁,声音里故意带出一种咬牙切齿的感觉:"我不能放你自由,除非我通过合法的方式做这件事;而如果这件事闹上法庭,你不但不会得到自由,法庭还会由此注意到你的财产。他们会告诉你机器人没有权利挣钱。为了这出闹剧损失你的财产,值得吗?"

"自由无价,老爷,"安德鲁说,"哪怕只是获得自由的机会也是值得的。"

7

法庭也可能采取自由无价的态度,进而判定机器人不能以任何价格买下自己的自由,无论他愿意出多高的价钱。

有一群人提起集体诉讼,反对赋予机器人自由,他们在当地的代理律师做了一个简单的陈述:用在机器人身上时,"自由"一词毫无意义。只有人类才能是自由的。

每回时机合适他就说这话,前前后后说了好多次;他总是放慢语速,一只手有节奏地击打桌面,以此强调自己的话。

小小姐请求法庭允许自己为安德鲁发言。法庭准许。在庭上安德鲁第一次听到有人念了她的全名:"阿曼达·劳拉·马丁·查尼可以上前。"

她说:"谢谢您,法官大人。我不是律师,也不知道该如何措辞才正确,但我希望您能忽略我的用词,听到我的意思。

"让我们弄明白'自由'用在安德鲁身上是什么意思。在某些方面,他已经是自由的。很久以来,马丁家的人都不再命令他做任何我们觉得他不会主动去做的事,我觉得至少有二十年了。

"但只要我们愿意,我们可以命令他做任何事,措辞想多严厉都可以,因为他是属于我们的一台机器。为什么我们就该有这份权力呢?明明他为我们服务这么多年,这么忠诚,还为我们挣了这么多钱。他再不欠我们什么了。完全是我们欠他的。

"就算法律真的禁止我们强迫安德鲁,他也仍然会自愿为我们服务。所以说让他自由只不过是文字游戏而已,但对他却有巨大的意义。由此他能获得一切,而我们不会损失任何东西。"

目前看来法官似乎在压抑笑意:"我理解你的观点,查尼夫人。事实上,在这方面并不存在具有约束力的法律,也找不到可援引的判例。然而确实存在一种不言而喻的基本假设,即只有人才能享有自由。在这个法庭上我可以制定新的法律——当然它有可能被更高一级的法庭推翻——但我不能轻率地与上述基本假设作对。现在我要对机器人说话,安德鲁!"

"在,法官大人。"

这是安德鲁头一次在法庭上出声,他的音色那样像人,法官似乎惊得呆了片刻。法官说:"你为什么想要自由,安德鲁?它对你的意义何在?"

安德鲁说:"法官大人,您情愿当奴隶吗?"

"但你不是奴隶。你是一个上好的机器人,据人家陈述的情况看，你是机器人中的天才，你有能力进行艺术表达，再没有谁能与你媲美。如果你自由了，你还能多做些什么呢？"

"或许并不能比我现在做的更多，法官大人，但我做事时会比现在更加快乐。在这间法庭里有人说了一句话：只有人类才能是自由的。但在我看来，应该说只有渴望自由的人才能是自由的。我渴望自由。"

就是这句话打动了法官。判决中最关键的句子是这样的："我们没有权利剥夺任何对象的自由，但凡其拥有足够先进的心智，能够理解并渴望这一状态。"

最终世界法庭判决维持地方法院的一审原判。

8

老爷对此还是不高兴，他说话时声音总是很严厉，让安德鲁觉得自己简直要短路了。

老爷说："我不想要你那见鬼的钱，安德鲁。我会接受，但仅仅是因为如果我不接受，你就不会觉得自由。从现在开始，你可以自己挑选工作，愿意怎么做就怎么做。我不会再向你下命令，只除了这一条——你要做自己愿意做的事。不过我仍然对你负有责任；这是法庭判决的一部分。我希望你理解——"

小小姐打断他："不要无理取闹，爸爸。对安德鲁负责又不是什么繁难的差事。你心里明白，自己什么都不必做。三大法则仍然是有效的。"

"那他又怎么算是自由了？"

安德鲁说："难道人类不也受到人类的法律约束吗，老爷？"

老爷说："我不跟你争。"他离开了，那之后安德鲁只偶尔见到他。

安德鲁建起一栋小房子，专门改造以适合他自己的需要，小小姐经常来这里看他。他的房子当然没有厨房，也没有卫浴设施。它只有两个房间，一间书房，一间储藏室兼工作室。安德鲁接受了许多委托。成为自由的机器人以后，他工作起来比过去任何时候都更加努力，直到房子的费用付清，整个建筑合法地转到他的名下。

有一天小老爷来看他——不对，应该说乔治！自从法庭判决后，小老爷就坚持让安德鲁叫自己的名字。"自由的机器人是不会管任何人叫小老爷的，"乔治说，"我叫你安德鲁，你也必须叫我乔治。"

这话的措辞像是命令，于是安德鲁就叫他乔治了——但小小姐仍然是小小姐。

那天乔治是单独来的，为了告诉安德鲁老爷快死了。小小姐守在他床边，但老爷还想见安德鲁。

老爷的声音仍然相当有力，只不过他好像不太能动了。他费尽力气抬起一只手。"安德鲁，"他说，"安德鲁——不用帮我，乔治。我只不过是快死了，又不是残废了……安德鲁，你自由了，我很高兴，我就是想告诉你这个。"

安德鲁不知道该说什么才好。他从不曾陪伴在将死的人身旁，但他知道，人类的死亡意味着此人将停止运转。这是一种非自愿的、不可逆转的解体，而安德鲁不知道说什么样的话才恰当。他只能站在原地，绝对沉默，完全静止。

等一切结束，小小姐对他说："最后这段日子他看上去可能对你并不友好，安德鲁，但那是因为他老了，你知道，而且你希望获得自由也让他伤心。"

这时安德鲁终于找到了该说的话。他说："小小姐，要是没有他，我永远不可能自由。"

9

直到老爷去世以后，安德鲁才开始穿衣服。他最开始穿的是一条旧裤子，是乔治送他的。

乔治已经成家了，还当上了律师。他加入了范戈尔德的律师事务所。老范戈尔德早已过世，但他女儿继承了父业。后来公司的名字终于变成了范戈尔德与马丁事务所。再后来他女儿退休，范戈尔德家也没人来接替她的位置，但事务所的名称一直没有变。安德鲁开始穿衣服时，马丁的姓才刚刚加进事务所的名字里。

那天安德鲁第一次穿上裤子，乔治努力憋住不笑，但在安德鲁眼里那笑容是很明显的。

乔治为安德鲁演示了如何操纵静电使得裤子打开，如何用裤子裹住下半身，再使其闭合。乔治是用自己的裤子做的示范，不过安德鲁心里明白，自己需要花些时间才能复制对方那种流畅的动作。

乔治说："但是你为什么想穿裤子呢，安德鲁？你的身体又实用又美丽，遮起来实在可惜——尤其你都不必操心温度的控制和仪态的庄重。再说裤子附着在你腿上的样子也不对，你的腿毕竟是金属。"

安德鲁说："人类的身体不也又实用又美丽，乔治？但你们却遮蔽它。"

"为了保暖，为了清洁，为了保护，为了装饰。但这些对你都不适用。"

安德鲁说："没有衣服我觉得自己光秃秃的。我觉得自己跟大家不一样，乔治。"

"跟大家不一样！安德鲁，如今地球上有好几百万机器人。根据上一次普查的数据，这一地区机器人的数量几乎已经跟人类的数量齐平了。"

"我知道，乔治。你能想象的任何一种工作都有机器人在做。"

"而他们谁也没有穿衣服。"

"但他们谁也不是自由的,乔治。"

安德鲁一点儿一点儿地添置衣物。乔治的微笑,还有委托他工作的人诧异的目光,这些都使他束手束脚。

他或许是自由的,但他大脑中内置了极详尽的程序,指导他应当如何与人类相处,因此他每次只敢前进最微不足道的一小步。若有人公开表示不赞成,他就会退回去好几个月。

并非所有人都接受安德鲁是自由的机器人。他是没有能力对此感到怨恨的,但想到这件事的时候,他的思维进程又会遇到困难。

有时他也避免穿衣服——或者避免穿太多——主要就是在他以为小小姐可能登门的时候。她已经老了,经常离家去气候比较温暖的地方,但每次回家,她要做的第一件事就是来看他。

有一次她回来后,乔治哀叹道:"她说服我了,安德鲁。明年我就要竞选加入立法院。她说,孙承爷业。"

"孙承——"安德鲁说了一半停下来,拿不准这话什么意思。

"我的意思是说,我乔治会像你老爷我外祖父那样,他曾经也是立法院的。"

安德鲁说:"真是好事,乔治,要是老爷还——"他停下来,因为他不愿意说"运转正常"。这么说似乎不合适。

"还活着,"乔治说,"没错,偶尔我也会想起那老怪物。"

安德鲁有时会思考这次的对话。通过跟乔治的交谈,他发现了自己欠缺语言表达能力。安德鲁被造出来时带了一个固有的词库,然而自那时起语言似乎已经起了变化。另外还有一点,乔治常说口语,老爷和小小姐都不会这样讲话。他为什么要叫老爷"怪物"呢?那称呼显然不恰当啊。

安德鲁也没法向自己的书本寻求指导。它们都很旧了,而且大多数都是关于雕刻和家具设计的。没有一本书讲语言,讲人类的行为方式。

就是在这时他感到自己必须找寻合适的书籍,而既然他是自由的机器人了,他就觉得自己一定不能找乔治帮忙。他要去镇上使用图书馆。这是一个带来胜利喜悦的决定,他感到自己的电势明显升高,最后他不得不给自己加了一个阻流线圈。

他穿上了全套衣服,包括一条木制的肩链。他自己更偏爱闪光的塑料,但乔治曾说木头更合适,再说抛光的雪松木也比塑料贵重多了。

他已经离开了小屋一百英尺的距离,这时逐渐累积的电阻迫使他停下了脚步。他将阻流线圈移出电路,但很快就又走不动了。于是他回到自己家里,在一张便笺上工工整整地写下"我去了图书馆"几个字。他把它放到了工作台上显眼的位置。

10

安德鲁一直没能真正抵达图书馆。他研究过地图,他知道该走哪条路,但不知道那条路的外观。现实中的地标跟地图上的标记截然不同,所以他总是犹豫。到最后他便以为自己肯定是不知怎么走错了,因为一切看起来都很奇怪。

路上他偶尔也遇到过在田里劳作的机器人,可是等他终于决定问路的时候,四下里一个机器人也看不到。一辆车从他身旁驶过,没有停。他站在原地拿不定主意,也就是说他很平静似的一动不动。这时两个人类穿过田地朝他这边走过来。

他转身面对他们,而对方也转变方向迎上来。片刻之前那两人还在大声交谈,他听到了他们说话的声音;但现在他们沉默了。他们脸上有种表情,在安德鲁看来代表了人感到不确定;另外他们还挺年轻，不过也不是特别年轻。也许二十岁？安德鲁从来不知道如何判断人的年龄。

他说："两位先生，能否向我描述一下前往镇图书馆的路线？"

二人中个子比较高的那个开口了——他戴着一顶高帽子，使得身形进一步被拉长，几乎显得有些怪诞——他不是对安德鲁说话，而是对另外那个人说："是个机器人。"

另外那人长着蒜头鼻和厚重的眼睑。他也说话了，不是对安德鲁，而是对另外那个人："他穿着衣裳呢。"

高个子打个响指："他是那个自由的机器人。马丁家那边有个机器人，不属于任何人。要不他怎么会穿着衣裳？"

蒜头鼻道："问他。"

高个子问："你是不是马丁家的机器人？"

安德鲁道："我是安德鲁·马丁，先生。"

"好。脱掉衣服。机器人不穿衣服。"高个子又对蒜头鼻说，"瞧他那样，叫人作呕。"

安德鲁犹豫不决。他太久没有听到人家用那种口气对他发号施令，他的第二法则线路一时竟卡住了。

高个子说："脱掉衣服。我命令你。"

安德鲁开始慢慢把衣服脱下来。

"扔地上就是了。"高个子说。

蒜头鼻说："如果他不属于任何人，那他也可以是我们的，或者任何人的。"

"反正呢，"高个子道，"我们随便做什么又有谁会反对？又不算是破坏他人财物……头朝下倒立。"最后这句是对安德鲁说的。

"头不是用来——"安德鲁开口道。

"这是命令。要是你不知道该怎么倒立，反正得试试看。"

安德鲁再次迟疑片刻，然后就弯腰把头放到地面上。他试着抬起双腿,结果重重地摔下去。

高个子说:"就躺那儿别动。"他又对另外那个人说:"我们可以把他拆了。你拆过机器人没有?"

"他会让我们拆?"

"他哪能拦得住我们?"

假如他们足够强势地命令他不准反抗,安德鲁是绝对没法阻止他们的。关于服从的第二法则优先于关于自我保全的第三法则。再说了,只要他自卫就肯定有可能会伤害他们,也就意味着违背第一法则。想到这里,他体内的每一个能动的单元都轻微收缩,他躺在地上哆嗦起来。

高个子走过来,用脚推推安德鲁:"他沉得很。依我看,咱们得找些工具来。"

蒜头鼻说:"我们可以命令他自己拆自己。看他怎么办,肯定有意思。"

"没错,"高个子沉吟道,"不过先把他从大路上弄开。万一有人经过——"

太迟了。确实有人来了,来人是乔治。安德鲁躺在地上,看见乔治刚刚爬上了不远处的一座小山丘。他很想给乔治发个什么信号,可惜他得到的最后一项指令是"就躺那儿别动"。

现在乔治跑起来了,到达时有点儿上气不接下气。两个年轻人稍微退开几步,他们等在一旁,心里不知在琢磨什么。

乔治心急火燎:"安德鲁,出什么问题了吗?"

安德鲁道:"我很好,乔治。"

"那就站起来……你的衣服怎么回事?"

高个年轻人道:"这是你的机器人吗,兄弟?"

乔治猛地转过身去:"他不是任何人的机器人。这儿到底是在搞什么?"

"我们很有礼貌地请他把衣服脱掉。既然你不是他的主人,关你什么事?"

乔治问:"他们刚才在做什么,安德鲁?"

安德鲁道:"他们有意想要肢解我。他们正准备把我带去一个没人打扰的地方,再命令我肢解我自己。"

乔治看着那两人,他的下巴在颤抖。两个年轻人不再继续后退。他们在微笑。高个子满不在乎道:"你准备干吗,小胖子?袭击我们?"

乔治说:"不,大可不必。这个机器人在我家待了七十多年。他了解我们,而且他重视我们胜过其他任何人。我准备告诉他你们俩在威胁我的生命,你们打算杀了我。我会请他保护我。在我和你们俩之间选择,他会选我。等他对你们发起攻击,你们知道会发生什么吗?"

两个人显得有些不安,他们又往后退了一点儿。

乔治厉声道:"安德鲁,我遇到危险了,马上就要遭受这两人的伤害。朝他们前进!"

安德鲁遵命行事。两个年轻人没有迟疑,他们一溜烟逃了。

"行了,安德鲁,放松吧。"乔治说。他的弦好像松下来了。乔治老早就过了能跟随便哪个小年轻吵架的年纪,更别说两个了。

安德鲁道:"我是不可能伤害他们的,乔治。我看得出来他们并没有攻击你。"

"我也没命令你攻击他们;我只是叫你朝他们前进。剩下的全靠他们自己吓唬自己。"

"他们怎么会害怕机器人呢?"

"这是人类的一种心病,至今还没有治愈。不过别管这个了。你跑到这鬼地方来做什么,安德鲁?刚才我差点儿就要转身往回走,去雇一架直升机来找你。你怎么会想到这么个主意,非要跑到图书馆去?你需要什么书我都可以带来给你啊。"

"我是——"安德鲁开口道。

"自由的机器人。对,对。好吧,你去图书馆想找什么?"

"我想更进一步了解人类,了解世界,了解一切。也包括机器人,乔治。我想写一本关于机器人历史的书。"

乔治道:"嗯,咱们往家走吧……先把你的衣服捡起来。安德鲁,讲机器人学的书足有一百万本,全都包含了这门科学的历史。如今这世上不仅机器人快饱和了,关于机器人的信息也快饱和了。"

安德鲁摇摇头,这是他最近开始使用的一个人类的姿势:"不是机器人学的历史,乔治。机器人的历史,由一个机器人书写。自从人类允许第一批机器人在地球上工作和生活以来,机器人对发生的一切是什么感觉,我希望解释的是这个。"

乔治扬起眉毛,不过他没有直接回应什么。

11

小小姐刚刚度过八十三岁生日,但无论精力还是决心,她一样也不缺。她有一根拐杖,用来比画的时间倒比用来支撑身体的时间还长。

她义愤填膺地听完了安德鲁的故事。她说:"乔治,这事真是太可怕了。那两个小流氓是什么人?"

"我不知道。是谁又有什么关系呢?最终他们并没有造成任何伤害。"

"但他们完全有可能伤害安德鲁。你是律师,乔治,如果说你一直生活优渥,那也完全是因为安德鲁的才能。是他挣来的钱为我们奠定了基础,我们才拥有了现在的一切。他使得这个家庭得以延续。我绝不允许有人把他当成发条玩具。"

乔治问："你想我怎么办呢，母亲？"

"我说了你是律师。你都不听人说话的吗？你想办法弄一件案子来试探一下，强迫地方法庭支持机器人的权利，让立法院通过必要的法案，有必要的话把这整件事一路送去世界法庭。我会盯着你的，乔治，你要是偷懒逃避，我绝不姑息。"

她是动真格的。于是乔治行动起来，起初是为了安抚老太太，结果他不断投入精力，牵扯越来越深，竟真的起了兴趣。乔治是范戈尔德与马丁事务所的高级合伙人，他只管制定策略，具体的事务则留给事务所的初级合伙人完成，其中一大部分工作都落到他儿子保罗身上。保罗也是事务所的一员，他尽职尽责，几乎每天都向祖母汇报，而她则每天跟安德鲁讨论。

安德鲁深深参与到这件事里。他那本写机器人的书再度推迟，因为他总在悉心钻研法律上的论据，有时甚至还怯生生地提出建议。

他说："那天乔治告诉我，人类一直都害怕机器人。只要人类还是如此，法庭和立法院就不大可能为了机器人尽力。是不是该做点儿什么扭转公众舆论？"

于是保罗留在法庭上，乔治走上了公开的平台。这么安排对乔治还有一个好处：他穿衣打扮不必再像过去那么正经八百了。有时他甚至穿起了那种松松垮垮的新潮衣服，他自己管那叫"帐子"。保罗说："上台的时候小心别被它绊倒就是了，爸爸。"

乔治苦恼道："我尽量。"

有一次，他在全息新闻编辑的年度大会上发言，部分内容如下：

"如果说依据第二法则，在不伤害任何人类的前提下，我们可以要求任何机器人在一切方面无限度地服从我们，那么一切人类，一切人类，就对一切机器人，一切机器人，拥有了可怕的权力。尤其第二法则可以取代第三法则，任何人都可以利用服从法则去克服自保法则。他可以命令任何机器人伤害甚至毁灭自己，无论他是出于什么理由,甚至可以根本没有理由。

"这公正吗?我们会这样对待动物吗?哪怕是无生命的物体,只要为我们提供过良好的服务,我们也应当顾念它。机器人绝非无知无觉,它也不是动物。它能很好地思考,所以才能与我们交谈,同我们讲道理,跟我们开玩笑。我们把它们当作朋友,我们与它们合作,但却不肯赋予它们这友谊的果实、这合作的益处,这可能吗?

"如果人类有权向机器人下达任何命令,只要这命令不会伤及另一个人,那么人就应该合乎礼仪,下达的命令也不应当伤害机器人,除非为了保护人类的安全必须如此,这才是一个正直的人。巨大的权力伴随着巨大的责任,既然机器人有三大法则来保护人类,难道人类就不该制定一两条法律来保护机器人吗?这过分吗?"

安德鲁说对了。争取公众舆论的战斗,这就是影响法庭和立法院的关键。最终通过了一项法案,明确了在哪些条件下禁止下达伤害机器人的命令。里面的限制条件多得一眼望不到头,违法的惩处也根本不够,但原则好歹确立了。这项法案最终在世界立法院通过,恰好就是在小小姐过世那天。

这并非偶然。最终的法庭辩论期间,小小姐拼命挣扎着坚持下来,等到胜利的消息传来才撒手人寰。她最后的微笑是给安德鲁的。她最后的遗言是:"安德鲁,你待我们真好。"

她死的时候握着他的手,而她的儿子、儿媳和他们的孩子则站在一旁,跟他俩保持着恭敬的距离。

12

接待员消失在办公室里间,安德鲁耐心等待。那位机器人接待员完全可以使用全息通话器,不过因为来客并非人类,而是跟它自己一样的机器人,这点无疑令它心惊肉跳(或者说机械惊金属跳吗?),失了分寸。

安德鲁在心里琢磨这个问题,借此打发时间。在提到机器人的时候,可以用"机械惊金属跳"替代"心惊肉跳"吗?或者心惊肉跳已经成了一个比喻性质的说法,脱离了其最初的字面意思,因此完全可以用在机器人身上了?或者完全用在非人类身上了?

写那本关于机器人的书期间,他经常遇到这类问题。他得想出各种句子来表达所有那些复杂的含义,他的词汇量无疑是增加了。

偶尔会有人走进办公室来盯着他看,他也并不试图回避对方的目光。他平静地看着每一个注视自己的人,而那些人全都转开了眼睛。

保罗·马丁走出来。他似乎有些吃惊,只不过安德鲁没法确切地看清他的表情。保罗养成了化浓妆的习惯,如今的潮流要求男女两性都这样。保罗面部的线条本来有些柔和,化妆后就显得清晰、坚定多了,但安德鲁还是不赞成。他发现不赞成人类的行为并不会让他太过不安,只要他不用言语加以表达就行;他甚至可以把自己的意见写下来也没关系。他确信事情并非历来如此。

保罗说:"进来吧,安德鲁。抱歉让你久等,不过有几件事我非得完成不可。进来。你之前提过想跟我聊聊,但我没想到你指的是在城里。"

"要是你忙,保罗,我愿意继续等。"

保罗往墙上瞟了一眼,墙上有交错、变化的影子组成一个表盘,是他们的计时器。他说:"我能腾出些时间来。你自己来的吗?"

"我雇了一辆自动汽车。"

"遇到什么麻烦没有?"保罗的声音有些焦虑。

"我并不以为会有什么麻烦。我的权利是受保护的。"

听了这话保罗显得更焦虑了:"安德鲁,我跟你解释过的,那项法律根本没法执行,至少绝大多数情况下没法执行……而如果你坚持要穿衣服,最终总要遇上麻烦的——就好像第一次那样。"

"也是唯一一次,保罗。你感到不高兴我很遗憾。"

"嗯,我们这么看这件事吧,你简直就是活生生的传奇,安德鲁,在很多不同的方面你都太宝贵了,你没有权利拿你自己冒险……书写得如何了?"

"快接近尾声了,保罗。出版商相当满意。"

"好!"

"我不确定他是不是对书本身感到满意。我觉得他是预计能卖出很多本,因为书是机器人写的,叫他满意的是这个。"

"恐怕人性就是如此。"

"我并没有不高兴。只要能卖出去,随便什么原因都好,因为卖出去就意味着收入,而我正好需要钱。"

"祖母留给你——"

"小小姐非常慷慨,而且我确信马丁家也愿意进一步帮助我,这是靠得住的。但是我要走的下一步,我指望的是这本书的版税。"

"你的下一步是什么?"

"我想见美国机器人与机械人公司的负责人。我试过跟他预约,但迄今为止一直联系不上他。写这本书的时候公司不曾配合,所以我并不感到惊讶,你明白的。"

保罗似乎觉得很有趣:"配合你是想都不必想的。我们为机器人争取权益的大战他们也没有配合。说起来正好相反,而且原因你也明白。给机器人权利,大家说不定就不愿意买了。"

"即便如此,"安德鲁道,"如果你给他们打电话,你或许能替我争取到面谈的机会。"

"在他们那边我并不比你更受欢迎,安德鲁。"

"但或许你可以暗示,如果他们见我,也许就能阻止范戈尔德与马丁事务所发起进一步强化机器人权利的运动。"

"这难道不是撒谎吗,安德鲁?"

"是的,保罗,而我是没办法撒谎的,所以电话必须由你来打。"

"啊,你不能撒谎,却能怂恿我说谎话,是这样吗?安德鲁,你是一天天越来越像人了。"

13

保罗的名字应该很有分量,但即便如此,事情依然不容易安排。

不过终于还是成了,而且他们见到的是哈利·斯迈思-罗伯森。他母亲是公司创始人的后代,为了表明这层关系,他借助连字符把母系的姓加进了姓氏里。斯迈思-罗伯森看起来实在很不高兴。他已经快到退休的年纪,担任总裁的整个任期,全部心思都花在了机器人权利的问题上。他稀疏的灰发紧贴头皮,脸上没化妆,时不时地瞟安德鲁一眼,眼里带着敌意。

安德鲁道:"先生,将近一个世纪之前,这家公司有一个叫默顿·曼斯基的人,他告诉我,统领正电子通路布局的数学极其复杂,只可能给出近似的解决方案,因此无法完全预测我的能力。"

"那是一个世纪以前的事了,"斯迈思-罗伯森略一迟疑,然后冷冰冰地添上称呼,"先生。如今它已不再是事实。如今我们的机器人都是精确制造的,并经过精确的训练以完成它们的工作。"

"对,"保罗说,他也一起来了,据他自己的说法,是为了确保大公司公平地对待安德鲁,"结果就是一旦事情偏离常规,我的接待员就必须步步靠人指点,无论只偏离多么微不足道的一点点。"

斯迈思-罗伯森说:"要是它能临机应变,你会更难受得多呢。"

安德鲁道:"那么你们不再制造像我这种灵活、适应性强的机器人了?"

"不再造了。"

"我写书时做过相关研究,"安德鲁说,"似乎我是如今仍在运行的最老的机器人。"

"是如今最老的,"斯迈思－罗伯森道,"有史以来最老的,未来也不会有比你更老的。二十五年是一个坎,过了这个时间,机器人就没用了。它们会被召回,用较新的型号代替。"

"现今制造的机器人,过了二十五年就没用了,"保罗的语气和蔼可亲,"在这方面安德鲁十分地不同凡响。"

安德鲁坚持自己事先标定的路径,不肯偏离方向,他说:"我作为世上最老、最灵活的机器人,难道不够不同寻常,不值得公司给予特殊待遇吗?"

"一点儿也不,"斯迈思－罗伯森冷冰冰地说,"你的不同寻常之处令公司难堪。出于某种不幸的巧合,你是被直接出售的;假如你是租借出去的,我们早就把你替换掉了。"

"然而关键就在于此,"安德鲁说,"我是自由的机器人,我拥有我自己。因此我来找你,请你替换我。要替换我你必须取得所有人的许可。如今这一许可是作为租借的前提条件强行获取的,但在我的时代并非如此。"

斯迈思－罗伯森显得既惊诧又迷惑,屋里一时沉默下来。安德鲁不由自主看向墙上的全息图。那是苏珊·凯文的死亡面具,她是一切机器人学家的守护圣人。如今距她去世已经将近两个世纪,但安德鲁为了写书对她多有了解,他几乎可以说服自己相信,自己真的见过活生生的她。

斯迈思－罗伯森说:"我怎么可能会替换你呢?如果我替换了作为机器人的你,我又如何将新机器人赠予作为所有者的你?替换这一行为本身不就意味着你不复存在吗?"他阴沉沉地笑笑。

"一点儿也不难,"保罗插话进来,"安德鲁的人格位于他的正电子脑内,只有这一部分是不能替换的,否则就会创造出一个新机器人。因此安德鲁的正电子脑就是安德鲁的所有者。机器人身体的其他部分都是可以替换的,替换后也不会影响机器人的人格,而这些其他部分都是大脑的所有物。我应该这样说,安德鲁希望为他的大脑提供一具新的机器人身体。"

"正是如此。"安德鲁平静地说。他转向斯迈思-罗伯森:"你们已经制造过仿生人了,不是吗?那种机器人拥有人类的外形,就连皮肤的质地都与人类相同?"

斯迈思-罗伯森道:"对,我们造过。它们拥有合成纤维的皮肤和肌腱,运转非常好。除去大脑部分,它们体内几乎没有任何金属,然而其强韧程度跟金属机器人不相上下。要是以同等的重量论,它们还更强韧些。"

保罗露出感兴趣的样子:"我还不知道有这事呢。投入市场的有多少?"

"一个也没有,"斯迈思-罗伯森说,"它们比金属型号昂贵得多,而且市场调研表明大家不会接受。它们看上去太像人了。"

安德鲁道:"但公司仍然保有相关的专业技术吧,我猜?既然如此,我希望要求公司将我替换成一个有机机器人,一个仿生人。"

保罗似乎吃了一惊:"老天爷。"

斯迈思-罗伯森僵住了:"根本不可能!"

"为什么不可能?"安德鲁问,"我自然会支付一切合理的费用。"

斯迈思-罗伯森说:"我们不生产仿生人。"

"你们选择不生产仿生人,"保罗飞快地插进来,"这并不等于没有能力生产仿生人。"

斯迈思-罗伯森说:"无论如何,仿生人的生产有违公共政策。"

保罗道:"并没有哪项法律禁止它。"

"无论如何,我们不生产仿生人,也不准备这么干。"

保罗清清嗓子。"斯迈思－罗伯森先生，"他说，"安德鲁是自由的机器人，保障机器人权利的法律适用于他。这点你明白吧，我想？"

"我是太明白了。"

"这个机器人，作为自由的机器人，他选择穿衣服。这导致他经常遭受欠考虑的人类的羞辱，尽管法律禁止羞辱机器人。然而我们很难起诉这种模棱两可的违法行为，因为那些负责判定有罪还是无罪的人，他们对这类事情通常不怎么反对。"

"这点美国机器人公司从一开始就心知肚明。不幸的是，你父亲的事务所却想不明白。"

"我父亲已经去世了，"保罗说，"不过据我看，我们现在有了一个清晰的违法行为，外加一个清晰的受害者目标。"

斯迈思－罗伯森道："你什么意思？"

"我的客户，安德鲁·马丁——刚刚他已经成了我的客户——他是自由的机器人，有权要求美国机器人与机械人公司对他进行替换，这项服务由公司向所有拥有机器人超过二十五年的客户提供。事实上这类替换是公司坚持要进行的。"

保罗面露微笑，自在极了。他接着说道："我客户的正电子脑是我客户的身体的所有者——这身体不消说早就超过二十五年了。正电子脑要求替换身体，并提出为替换的仿生人身体支付一切合理的费用。如果你们拒绝这一要求，我的客户会遭受羞辱，而我们就要起诉。

"虽说这类案件里公众舆论通常不会支持机器人，但容我提醒阁下，美国机器人公司一直不太得公众的欢心。就连大量使用机器人、靠机器人获利的那些人也对公司心存疑虑。这或许是人类普遍恐惧机器人的时代留下的后遗症，也可能是因为美国机器人公司在全世界垄断经营，其权势与财富惹人怨恨。无论原因何在，怨恨是存在的，依我看你们会发现自己不希望面对一场诉讼，尤其我的客户不仅十分富有,还能活上许许多多个世纪,没有任何理由阻止他把这场仗永远打下去。"

斯迈思-罗伯森的脸一点点变红了:"你这是想逼我——"

"我可没逼你做任何事,"保罗道,"如果你愿意拒绝我客户的合理要求,你大可以这样做,我们这就离开,绝不多说什么……但我们会起诉,这自然也是我们的权利,而你会发现你们最终会败诉的。"

斯迈思-罗伯森道:"嗯——"说着又停下来。

"我看得出来你是准备答应了,"保罗说,"你或许会犹豫,但最终还是会答应的。那么让我再向你保证一件事。替换时你们会将我客户的正电子脑从他现在的身体转移到有机的身体里,假如在此过程中大脑遭受任何损伤,无论多么轻微,我都会尽一切努力把公司钉死在地上,不达目的绝不罢休。若有必要,我会采取一切可能的步骤调动公众舆论反对贵公司,只要我客户的铂铱核心有哪怕一条脑通路被扰乱。"他转向安德鲁:"我说的这一切你同意吗,安德鲁?"

安德鲁迟疑了整整一分钟。这等于是要他同意对一个人类撒谎和胁迫,对此人进行刁难和羞辱。但总之不存在身体上的伤害,他告诉自己,没有身体上的伤害。

最终他好不容易用微弱的声音挤出一声回答:"是的。"

14

感觉仿佛被重新建造。好几天过去了,然后是几个星期,最后是几个月,安德鲁发现自己好像不再是自己了,哪怕最简单的动作也总叫他迟疑。

保罗心焦如焚:"他们把你弄坏了,安德鲁。我们必须发起诉讼。"

安德鲁说话非常之慢:"绝对不行。你永远没法证明……存在……呃－呃－呃－呃——[1]"

"恶意?"

"恶意。再说了,我变得更强壮,更好了。这只是吃－吃－吃——"

"颤抖?"

"创伤。毕竟,过去从来没有做过这样的手－手－手术。"

安德鲁能从内部感受到自己的大脑。只有他能。他知道自己很好,他花了好几个月时间学习全面的协调和全面的正电子相互作用,这期间他常站在镜子前,一站就是数个钟头。

不完全像人类!脸很僵硬——太僵硬了——动作也太刻意。他行动间缺少人类那种随性而漫不经心的流畅感,但或许随着时间的推移慢慢会有的。至少他能穿衣服了,不再是以一张金属的面孔搭配衣服,多么可笑和不正常。

最后他说:"我准备重新开始工作。"

保罗哈哈大笑道:"这说明你一切都好。你打算做什么?再写一本书?"

"不,"安德鲁一脸严肃,"我活的时间太久了,没有哪一种职业能扼住我的喉咙永远不松开。有一个时期我主要做艺术家,我仍然可以转向那个方向。还有一个时期我曾是历史学家,我也可以转向那个方向。但现在我希望成为机器人生物学家。"

"你的意思是说机器人心理学家吧。"

"不。机器人心理学家,言下之意就是研究正电子脑,眼下我缺乏这一欲望。而机器人生物学家,据我看,主要关注的是与大脑相连的身体如何运作。"

---

[1] 此处及下文中横线的长短变化体现安德鲁说话时的迟疑和不连贯。

"那难道不是机器人学家做的事?"

"机器人学家研究金属身体,我将会研究有机的仿生人身体。而据我所知,我拥有唯一一具此类身体。"

"你把自己研究的领域缩小了,"保罗沉吟道,"作为艺术家,所有的构思都是你的;作为历史学家,你主要与机器人全体打交道;作为机器人生物学家,你将研究你自己。"

安德鲁点头:"看来的确如此。"

安德鲁必须从头开始,因为他对普通生物学一无所知,对科学也几乎一窍不通。在各个图书馆,他成了一道大家熟悉的风景,他经常在电子索引前一坐就是几个钟头,穿着衣服看起来完全正常。知道他是机器人的人不多,他们也从不干涉他。

他给自己的房子加盖了一个房间,在里面建起实验室,还有他自己的图书馆。

许多年过去了,有一天保罗来找他,保罗说:"可惜你不再写机器人的历史。据我所知,美国机器人公司变换了政策,新政策跟过去截然不同。"

保罗老了,他的视力逐渐衰退,后来就换了感光细胞眼睛。从这个角度讲,他与安德鲁的距离拉近了。安德鲁问:"他们做什么了?"

"他们在建造中央计算机,其实就是巨型正电子脑,能靠微波跟多个机器人同时沟通,数量从一打到一千不等。机器人本身完全不带大脑。它们只是巨型大脑的肢端,二者在物理上是分离的。"

"这样是否效率更高?"

"美国机器人公司宣称是的。不过这是斯迈思-罗伯森临死前确定的新方向,依我看根本就是对你的反制。美国机器人公司是下定决心了,他们再也不想制造可能像你一样给他们惹出一大堆麻烦的机器人,所以他们才把大脑和身体拆分。大脑不再有它可能希望更换的身体,身体也不再有能生出任何愿望的大脑。"

"真是不可思议，"保罗接着说道，"你对机器人的历史产生了这样大的影响。你的艺术才能推动美国机器人公司把机器人造得更精确，更专业化；你的自由导致人类确立了关于机器人权利的原则；你坚持要求一具仿生人的身体，使得美国机器人公司转向了体脑分离。"

安德鲁说："我猜想，最终公司会生产一个庞大的大脑，由它控制几十亿机器人的身体。所有的鸡蛋都会放进同一个篮子里。实在危险。很不合适。"

"我同意你的看法，"保罗说，"不过我怀疑，要走到那一步至少还得再过一个世纪，而我是活不到看见它实现的日子了。事实上，我可能都活不到明年。"

"保罗！"安德鲁关切道。

保罗耸耸肩："我们是肉体凡胎，安德鲁。我们跟你不一样。这其实没什么要紧，不过倒是有一件事，我必须让你安心。我是马丁家的最后一个人类。我伯祖母那边还有些旁系的后代，不过他们不算数。我个人控制的财产会留给你名下的信托基金，就目前能够预见的情况看，你永远不必为钱发愁了。"

"没有必要。"安德鲁艰难地说。已经这么久了，可他还是无法习惯看到马丁家的人死去。

保罗道："我们不要争论吧。事情就这么定了。你如今在做什么工作？"

"我在设计一个系统，让仿生人，也就是我自己，能通过燃烧碳氢化合物获取能量，而不是像现在这样从原子电池获取能量。"

保罗一挑眉："这样一来仿生人就能呼吸和进食了？"

"是的。"

"你往这个方向努力多久了？"

"已经很久了，不过我觉得我已经设计出了足够好的燃烧室，可以进行可控的催化分解。"

"可是为什么呢,安德鲁?原子电池肯定比这强无数倍啊。"

"在某些方面或许是吧,但原子电池是非人的东西。"

15

这件事很费时间,但安德鲁不缺时间。最重要的是,他希望保罗能平静地离开人世,在那之前他不愿采取任何行动。

现在老爷的曾外孙死了,安德鲁感到自己更多地暴露在一个怀有敌意的世界里,因此他也更加坚定了自己早就选好的道路。

然而他并非真的孤身独行。虽说人是死了,范戈尔德与马丁事务所还活着,因为公司是不会死的,就像机器人是不会死的。公司有自己的指导方针,并且它没有灵魂,只会跟着方针走。有了信托基金,再借助律师事务所,安德鲁守住了财富。他每年付给事务所一大笔聘金,作为回报,范戈尔德与马丁事务所开始参与新燃烧室的工作,负责法律方面的事务。

后来安德鲁需要再度拜访美国机器人与机械人公司,这次他是自己去的。他跟老爷去过一次,又跟保罗去过一次。这是第三次,他以人的形象独自前往。

美国机器人公司变了,它的制造工厂搬去了某个大型空间站,如今越来越多的工业都是这样做的。与这些工业一起搬走的是许许多多的机器人。地球本身变得好似公园一般,十亿的总人口稳定下来,机器人的数量与人类的数量至少不相上下,而且其中不到百分之三十拥有自己独立的大脑。

研发主任名叫阿尔文·马戈德斯库。此人有着深色的皮肤和头发,留一小簇尖尖的山羊胡,腰部以上什么也没穿,只跟随潮流系了一条胸带。安德鲁自己则遮得严严实实,那是好几十年前的老式样。

马戈德斯库说:"我知道你,这是不消说的,见到你我挺高兴。你是我们最声名狼藉的产品,可惜斯迈思-罗伯森老头儿拿定了主意非要反对你。我们本来可以用你做成很多事的。"

"现在也仍然可以。"安德鲁道。

"不,我看是不成了。时机已经过去了。我们的机器人在地球上已经一个多世纪,但情况正在变化。今后机器人将要回到太空,留下的也不会配备大脑。"

"但还有我呢,我是要留在地球上的。"

"不错,但你看上去已经没多少机器人成分了。你有什么新要求?"

"我希望我的机器人成分进一步减少。既然我已经是有机身体,我希望拥有有机的能量源。我这儿有些图纸——"

马戈德斯库看得很用心。起初他或许打算随便翻翻就算了,但很快他就绷紧身体,紧张起来。最后他说:"真是巧妙。这些都是谁想出来的?"

"是我。"安德鲁说。

马戈德斯库抬起头,目光炯炯地看着他:"这等于是彻底改造你的身体,而且这事过去从没尝试过,所以一切都是试验性的。我建议你放弃。保持原样。"

安德鲁的面孔能做的表情有限,但他的声音清楚地传递出不耐烦:"马戈德斯库博士,你完全抓错了重点。你别无选择,只能答应我的要求。如果这类装置能植入我的身体,那它们也同样可以植入人类的身体。以假体延长人类寿命的趋势已经非常明显,而目前没有任何装置能超过我已经设计及正在设计的这些。

"眼下的情况是,我通过范戈尔德与马丁事务所控制着它们的专利。我们完全有能力自己干,我们可以制造这类假体,最终有可能使人类拥有机器人才有的许多特性。这么一来你们的生意就要遭殃。

"不过，假如现在你们在我身上手术，并同意将来在类似的情况下为我进行手术，你们就会获准使用我的专利，由此同时控制机器人和人类的假体化技术。当然了，首次专利租借不会立即生效，先得等到第一次手术完全成功以后，还要再等足够长的时间，以确认手术确实成功了。"

安德鲁对一个人类提出了如此苛刻的条件，然而他几乎感觉不到第一法则的抑制。他正在学习一种论证思路：一件事情或许看似残忍，但从长远看却有可能是仁慈之举。

马戈德斯库似乎惊呆了。他说："这么一件事我做不了主。这是公司的大决策，需要时间。"

"我可以等待一段合理的时间，"安德鲁道，"但只等一段合理的时间。"他满意地想，就算保罗亲自来也不可能做得更好了。

16

公司只花了一段合理的时间，手术也成功了。

马戈德斯库说："我个人是非常反对这手术的，安德鲁，但可能不是出于你想的那些原因。要是手术的对象是别人，我根本一点儿也不反对做做试验。但我讨厌拿你的正电子脑冒险。现在你的正电子通路跟模拟的神经通路交互，如果身体出了问题，可能很难把大脑完好无损地解救出来了。"

"我完全信任美国机器人公司员工的技艺，"安德鲁说，"而且现在我能吃东西了。"

"嗯，你可以吸橄榄油。我们已经跟你解释过了，这意味着偶尔需要清理燃烧室。据我猜想，不会很舒服的。"

"也许吧，如果我不打算再进一步的话。自我清理并非没有可能。事实上我正在研发一种装置，它可以处理固体食物必然包含的不可燃烧的部分——无法消化的物质，可以说是那些必须丢弃的部分。"

"那你就得发明一个肛门。"

"它的等价物。"

"其他还有什么，安德鲁？"

"其他一切。"

"也包括生殖器？"

"只要它们能融入我的计划。我的身体是一块画布，我打算描绘——"

马戈德斯库等他说完这句话，发现似乎等不到，于是他自己把对方的话补全："一个人类？"

"我们看吧。"安德鲁说。

马戈德斯库道："你的野心实在可怜，安德鲁。你明明比人类更强。从你选择有机体的那一刻起，你就走上了下坡路。"

"我的大脑并未受到影响。"

"对，的确如此。这我愿意承认。可是安德鲁，靠你的专利，假体装置取得了崭新的全面突破，这些产品都挂了你的名字投入市场。大家公认你是发明家，并因此敬重你——以你本来的样子敬重你。你为什么还要继续拿自己的身体做试验？"

安德鲁没有回答。

荣誉接踵而至。他接受了好几个学会的会员资格，其中一个学会专门研究他确立的这门新科学，就是他所谓的机器人生物学，只不过最后它被大家命名为假体学了。

在他被制造出来的一百五十周年，美国机器人公司举办了一场感谢宴，借此向他致敬。不知安德鲁是否觉得这事有些讽刺，就算有，他也没声张。

已经退休的阿尔文·马戈德斯库专门出山主持晚宴。他自己也已经九十四岁,能活到现在多亏了诸多假体装置,其中就包括履行肝脏和肾脏功能的设备。马戈德斯库发表了一段简短而动情的演说,然后举杯祝酒,此时晚宴达到最高潮。他说:"敬一百五十岁的机器人。"

安德鲁已经大幅改造了自己脸上的肌腱,使得自己能够显露一系列的表情;然而仪式期间他只是坐着,从头到尾都庄重而被动。他不喜欢做一百五十岁的机器人。

17

最终是假体学带安德鲁离开了地球。一百五十周年纪念后的几十年里,撇开重力不谈,月球在方方面面都变得比地球还像地球,它的各个地下城市里也聚起了相当稠密的人口。

要在月球使用假体装置就必须考虑当地较小的重力,于是安德鲁在月球上度过了五年时间,其间他与当地的假体学专家合作,对假体进行必要的调整。不工作的时候他就漫步在机器人群体中间,对待他,每个机器人都是对人类才有的那种恭顺态度。

他回到地球,发现这里与月球相比显得那么安静,那么平淡。他前往范戈尔德与马丁事务所宣布自己归来的消息。

时任事务所负责人的是西蒙·德隆,见到安德鲁他吃了一惊:"我们确实得到消息说你要回来了,安德鲁(他险些叫他'马丁先生'),但我们还以为你下周才到。"

"我待不住了。"安德鲁态度粗率。他急于进入正题:"西蒙,在月球上,我领导一支由二十个人类组成的研究团队,我下的命令无人质疑。月球的机器人也对我言听计从,跟对待人类的态度一样。那么,我为什么不是人类呢?"

德隆的眼睛里多了一丝小心。他说:"我亲爱的安德鲁,就像你刚才解释的那样，无论机器人还是人类都把你当成人类对待。因此借用一句法律术语，你是一个事实上[1]的人。"

"只是事实上的人对我不够。我不希望仅仅被人当成人来对待，我希望在法律上被认定为人。我想成为法律上的人。"

"这就是另外一码事了，"德隆道，"在这里我们会遭遇人类的偏见，另外还有一个无可置疑的事实：无论你看起来多么像人，你都不是人。"

"怎么就不是呢？"安德鲁问，"我有着人类的形态，还有相当于人类的器官。事实上，我的器官跟某些移植了假体的人类是完全相同的。我在艺术、文学和科学上都对人类文化有所贡献，不亚于如今在世的任何人类。人们还能要求什么呢？"

"我个人是不会要求什么的。问题在于，需要世界立法院的决议才能把你定义为人类。实话实说吧，据我看这是不会发生的。"

"立法院里有谁是我可以找他谈谈的？"

"也许科学与技术委员会的主席吧。"

"你能安排我们会面吗？"

"但你哪里还需要中间人呢？你如今的这种地位，完全可以——"

"不。你来安排。（安德鲁连想都没想到，自己这是在对一个人类直接下达命令。在月球期间他已经习以为常了。）我希望他知道，范戈尔德与马丁事务所在这件事上全力支持我，甘愿赴汤蹈火。"

"嗯，那个——"

"赴汤蹈火，西蒙。过去的一百七十三年来，我以各种方式对公司做出了巨大贡献。曾经我对公司的个别成员负有义务，现在不再有了。现在的情形正好反过来，而我要求公司偿还这份人情债。"

1　原文为 de facto，指在实际上拥有某种地位或权力，而不是在法律上或正式上拥有。

德隆说:"我会尽我所能。"

18

科学与技术委员会的主席来自东亚地区,而且是一位女性,她名叫钱莉欣。她身上穿着透明的服饰(只靠衣物炫目的光彩遮挡她希望遮挡的部位),看上去仿佛是裹在塑料布里似的。

她说:"我理解你希望获得完整人权的愿望。历史上有过一些时期,一部分人类也曾为获得完整的人权而奋斗。不过你已经拥有各种权利了,别的还有什么呢?"

"非常简单,就是我的生命权。机器人可能在任何时候被拆解。"

"人类也可能在任何时候被处决。"

"处决必须遵循正当的法定程序,拆解我却无须审判,只需要某个有权力的人说句话就能终结我。另外……另外……"安德鲁拼命掩饰,不希望流露出任何乞求之意,然而他那精心设计的人类表情和声音语气出卖了他,"事实就是我希望成为人。六代人类以来,我一直这样希望。"

钱莉欣抬起饱含同情的深色眼睛望着他:"立法院有权通过一项法案,宣布你是人——只要他们愿意,他们可以通过法案宣布一尊石像应该被定义为人。至于现实中他们会不会这样做,恐怕前者跟后者一样希望渺茫。议员们跟大家一样都是人,而针对机器人的疑虑一直都存在。"

"即便是现在?"

"即便是现在。我们全都愿意承认你已经赢得了成为人的权利,然而大家还是会担心,怕这么一来就会树立起一个不可取的先例。"

"什么先例?我是唯一一个自由的机器人,我这个型号的机器人只剩下我一个,未来也永远不会再有。你可以咨询美国机器人公司。"

"'永远'是很漫长的,安德鲁——或者马丁先生,如果你更愿意我这样称呼你的话——因为我个人很愿意给予你身为人的荣誉。你会发现大多数议员都不愿意开这先例,无论这样一个先例多么无关痛痒。马丁先生,我同情你,但我不能告诉你这件事有希望。事实上——"

她往椅子里靠,皱起前额:"事实上,如果引发太多争议,立法院内外都很可能升起某种情绪,支持你刚才提到的拆解。大家最终可能会觉得,要走出这两难的困境,最简单的办法就是除掉你。在你决定大力推进此事之前,请先想想这个。"

安德鲁道:"难道谁也不会记得假体技术了吗?它几乎是我一手创造的。"

"听上去或许很残酷,但他们不会记得的。或者如果他们记得,也会把它当作反对你的理由。他们会说你做这件事只是为了你自己,说你早有预谋,想把人类机器人化,或者把机器人变成人;无论是哪一种,总之你的意图都是邪恶而阴毒的。马丁先生,你从未卷入任何旨在煽动仇恨的政治运动,让我告诉你,你会被人诋毁中伤,那些谎言你我都会觉得是无稽之谈,然而仍然会有人字字句句深信不疑。马丁先生,继续你现在的生活吧。"她站起来,跟坐在一旁的安德鲁相比,她显得那么娇小,几乎像个孩子。

安德鲁道:"如果我决定为人的身份而战,你会站在我这边吗?"

她想了想,然后说:"我会的——在我力所能及的范围内。一旦这一立场危及我的政治前途,我可能就不得不放弃你,因为我并不觉得这一议题与我本人的根本信念休戚相关。我这是在尽量对你以诚相待。"

"谢谢你,而我也不会再要求更多。无论最终是什么结果,我都打算要斗争到底;我也只会在你能给予帮助的期间向你求助。"

19

他们没有正面作战。范戈尔德与马丁事务所建议他耐心，安德鲁板着脸嘀咕说他的耐心无穷无尽。于是事务所开始活动，准备限制并缩小战斗区域。

他们提起诉讼，否认一位客户有义务向一个安装了假体心脏的人偿还债务，理由是拥有机器人器官就等于消除了人的身份，宪法赋予的人权也随之消除。

他们巧妙而顽强地打这场官司，每一步都在输，但总是迫使法庭在做出裁决时尽可能地宽泛，之后又通过上诉把案子带到了世界法庭。

整件事花了好多年时间，还有好几百万美元。

最终的裁决终于下达，他们败诉了，德隆为此举行了一场相当于庆功宴的活动。当时安德鲁自然也来到了公司办公室。

"我们做成了两件事，安德鲁，"德隆说，"都是好事。首先，我们确认了，人体内无论加入多少人造部件它都一样是人的身体。其次，我们让公众参与讨论，并且让公众舆论激烈地支持对'人'的身份的宽泛解读，因为活着的人谁都指望将来有一天能靠假体救命。"

安德鲁问："而你认为现在立法院会赋予我人类的身份了？"

德隆略有些不自在："对这个我没法乐观。还剩一个器官，世界法庭拿它当人的标准。人类拥有有机细胞大脑，而机器人，如果有大脑的话，那也是铂铱正电子脑——而你不消说是有正电子脑的……不，安德鲁，别用那种眼神看我。我们不具备足够的知识，这要在人工结构中复制细胞大脑的运作，让它足够接近有机大脑，以符合法庭裁决的范围。就连你也办不到。"

"那么我们该怎么办？"

"试一试，必须的。钱莉欣议员会支持我们，还有越来越多的其他议员也会。在这个问题上,世界总统无疑会遵从立法院大多数人的意见。"

"我们争取到多数了吗?"

"没有,还早着呢。但公众希望对何为人做宽泛的解读,如果他们愿意让它延伸到你身上,我们说不定就能争取到多数。机会不大,这我承认,但你要是不愿意放弃,那我们就赌一把。"

"我不愿意放弃。"

20

钱莉欣议员比安德鲁第一次见她时老得多了。那身透明装早已成为过去。如今她的头发剪得很短,用筒状服饰覆盖身体。而安德鲁仍然在合理的品位限度内尽可能坚持过去的穿衣风格,也就是一个多世纪前他刚开始着装时的样式。

她说:"我们已经没法走得更远了,安德鲁。休会期过后我们还会再试一次,不过说实话,失败是肯定的,只能彻底放弃这整件事。我最近做出的全部努力都是白费,唯一的成果只有一样,就是在下次议会选举中为我赢得了一次确定无疑的失败。"

"我知道,"安德鲁道,"我为此感到难过。你曾经说过,如果事情发展到这一步你就会抛弃我。为什么你没有这么做呢?"

"人是可以改变想法的,你知道。仅仅为了换取另一届任期而抛弃你,现在我感觉这代价太高,我不愿意了。即便不再连任,我在立法会也已经待了四分之一个世纪,够了。"

"难道就没办法改变人们的想法吗,钱?"

"那些能被道理说服的人,他们的想法我们都已经改变了。剩下的——大部分人——我们无法消除他们情感上的反感。"

"要投票赞成或反对一件事,情感上的反感不是有效的理由。"

"这我知道,安德鲁,但他们并不把情感上的反感说成自己投票的理由。"

安德鲁谨慎地说:"那么归根究底问题还是在大脑。但难道我们非得止步于大脑由细胞还是正电子构成这个层次吗?难道就没有办法迫使大家接受一种功能性的定义?难道我们非得提及大脑是由这样或那样的材料构成的?就没有可能把大脑说成是一种——任何一种——有能力进行某种程度的思考的器官?"

"没用的,"钱莉欣道,"你的大脑是人造的,人类的大脑不是。你的大脑是构建出来的,他们的是发育出来的。有些人早就打定了主意,一定要保留自己与机器人之间的屏障,对他们来说这些差别是一道铜墙铁壁,足足一英里高,一英里厚。"

"如果我们能深入他们反感的源头——真正的源头——"

"你在人类中间度过了这么多年,"钱莉欣难过地说,"却还想着以理服人。可怜的安德鲁,你听了别生气,但驱使你走向这个方向的正好是你内心的那个机器人。"

"我不知道,"安德鲁说,"要是我能让自己——"

1(再现)

如果他能让自己——

他早就知道事情可能走到这一步,于是最终他来到了外科医生的办公室。他找到一个技巧足够高超的医生,这也就意味着是一个机器人外科医生,因为这件事是没法放心交给人类外科医生的,人类无论是技艺还是意图都没法让他放心。

外科医生不可能对人类施行这种手术,因此安德鲁耽搁了很久才下定决心,他向自己提出一系列悲伤的问题,正好反映出他内心的混乱。最终他以一句话搁置了第一法则:"我跟你一样,也是机器人。"

然后他拿出最坚定的口气,这是过去几十年里他逐渐学会的,即便面对人类他也能如此:"我命令你对我进行这一手术。"

第一法则的阻碍消除,同时命令的发出者如此坚定,又与人类如此相像,于是第二法则充分激活,他得偿所愿。

21

安德鲁感到虚弱,但他确定这只是自己的想象。他已经从手术中恢复了。不过他还是悄悄倚着墙,尽量不让别人注意到。他不愿坐下,那样太明显了。

钱莉欣说:"最终的投票会在这周举行,安德鲁。我没法再拖,而且我们必败无疑……这件事也只能到此为止了,安德鲁。"

安德鲁道:"我很感激你拖延的技巧。它给了我必要的时间,而我也赌了一把,这是必须的。"

"你赌了什么,安德鲁?"钱莉欣毫不掩饰关切的神情。

"事前我不能告诉你,也不能告诉范戈尔德与马丁事务所的人。我确信你们会阻止我。你瞧,如果关键在于大脑,那么真正最大的差别难道不是永生的问题吗?谁当真在乎大脑看起来什么样、由什么构成、是如何形成的?关键在于脑细胞会死,必然会死。哪怕体内的其他所有器官都能维系或替换,脑细胞总是不能替换的,否则就会改变并由此杀死原先的人格,所以脑细胞最终必然要死。

"我自己的正电子通路已经坚持了将近两个世纪,看来并没有什么明显的变化,它们还能再坚持许多个世纪。这难道不是最根本的隔阁吗？人类可以容忍永生的机器人，因为一台机器能用多久是无关痛痒的。他们无法容忍永生的人，因为死亡必须一视同仁，否则他们就无法忍受自己的死亡。就是因为这个原因他们不肯让我成为人。"

钱莉欣道："你到底准备说什么，安德鲁？"

"我已经消除了这一困难。几十年前，我的正电子脑被连进了有机的神经。现在我又接受了最后一次手术，手术作用于这一连接，使得我的正电子通路中的电势被缓慢地——相当缓慢地——排干。"

有片刻工夫，钱莉欣那张布满细纹的脸上没有任何表情，然后她抿紧了嘴唇："你的意思是说你安排了让自己死去吗，安德鲁？这是不可能的。这有违第三法则。"

"不，"安德鲁道，"一边是身体的死亡，一边是志向与愿望的死亡，我做了选择。若我任更重要的东西死亡，以此换得身体活下去，那才是违反了第三法则。"

钱莉欣抓住他的胳膊，仿佛想把他摇醒。她阻止了自己："安德鲁，不会奏效的。改回去。"

"办不到。损伤太严重了。我还有一年可活——差不多一年。我会熬过建造我的两百周年纪念。我实在软弱，我忍不住要安排成这样。"

"怎么可能值得呢？你太傻了，安德鲁。"

"如果它能让我成为人，那就是值得的。如果不能，它也能终结我的挣扎，因此同样是值得的。"

钱莉欣做了一件让她自己吃惊的事。她静静地抽泣起来。

22

真奇怪，安德鲁最后的举动竟牢牢捕获了世界的想象力。他之前所做的一切都没能说服他们。然而为了成为人，他最终连死亡也接受下来，牺牲太大了，令人无法不关心。

最终仪式的时间就定在两百周年纪念日那天，这当然是特意安排的。世界总统将要签署法令，让它成为法律，整个仪式都通过全球电视网直播，还会传送到月球州甚至火星殖民地。

安德鲁坐着轮椅。他还能走，不过走不稳。

在全人类的瞩目下，世界总统说："安德鲁，五十年前大家宣布你是一百五十岁的机器人。"他顿了顿，换上更庄重的语气："今天，我们宣布你是两百岁的人类，马丁先生。"

安德鲁微笑着伸出手去与总统握手。

23

安德鲁躺在床上，他的思绪正渐渐远去。

他拼命想抓住它们。人！他是人！他希望这是他最后的念头。他希望带着这个念头解体——死去。

他再次睁开眼睛，于是最后一次看见了在一旁肃穆相候的钱莉欣。屋里还有其他人，但他们只是影子，无从分辨的影子。只有钱莉欣在逐渐加深的灰色里凸显出来。他一点儿一点儿朝她慢慢伸出手去，并模模糊糊地感到她握住了自己的手。

她的形象渐渐从他眼中退去，他最后的点滴思绪也慢慢消失了。

然而在她完全消逝之前，最后一个转瞬即逝的念头来到他身边，趁一切停止之前在他心头停留了片刻。

他的声音太小了，谁也没听见。他悄声说："小小姐。"

列队前行[1]

杰罗姆·毕晓普是作曲家兼长号手,之前从没到过精神病院。

有时他也怀疑,没准将来的某一天自己也会进精神病院吧,作为病人进来(这种事谁敢打包票?),但他做梦也没想过自己会作为顾问进来,为精神失常的病例做咨询。想想看,顾问。

他坐在医院里,此时正值2001年,世界局势挺糟糕,不过(据说)情况正在向好。一个中年女人走进来,他便站起身。女人的头发已经开始发白,毕晓普心知自己的一头黑发依然浓密,依然颜色均匀,不由暗自庆幸。

她问:"是毕晓普先生吗?"

"据我所知是的。"

她伸出手来:"我是克雷医生。请跟我来,好吗?"

他跟她握手,然后跟上她。一路上遇到的人全穿着颜色暗淡的米色制服,他见了不由心神不宁,只能努力平稳心情。

克雷医生竖起一根手指贴在嘴唇上,挥手让他坐进一把椅子里。她按下一个按钮,灯光熄灭,于是一扇背后有光的窗户凸显出来。毕晓普看见窗户背后有个女人,坐在类似牙科诊所那种椅子里,椅背向后倾斜。一大片密密麻麻的软线从她脑袋上冒出来,在她身后,两个极点之间射出一束又细又窄的光,一条略宽些的纸带向上逐渐摊开。

---

1 Copyright ©1976 by ABC Leisure Magazines, Inc.

灯光再度亮起，那景象消失了。

克雷医生问："你知道我们在那里做什么吗？"

"记录脑电波？我瞎猜的。"

"猜得很准。是激光记录。你知道它的工作原理吗？"

"我的音乐就是用激光记录的，"毕晓普把一条腿架到另一条腿上，"但这并不意味着我知道它的原理。知道细节的是工程师……听着，医生，也许你误以为我是激光工程师，我不是的。"

"不，我知道你不是，"克雷医生赶忙澄清，"请你来不是为那个……让我解释给你听。我们可以非常细致地改变激光束，远比改变电流甚至电子束都更迅速，更精准。也就是说，即便非常复杂的波形也能记录下来，而且能记录到的细节是过去完全无法想象的。我们可以使用一束显微镜可见级别的窄激光进行记录，之后再用显微镜研究记录下的波形，从中得出的精准细节是肉眼看不见的，而且用其他任何方式都无法获得。"

毕晓普道："如果你想咨询我的就是这个，那我只能这么说，获取那么多细节并不划算。人耳能听到的细节是有限的。如果你把激光记录仪锐化，超过一定程度以后就只会增加费用，听起来的效果却不会提升。事实上还有人说这样做会产生一种嗡嗡声，逐渐盖过音乐。我自己是没听到过，不过我跟你说，如果你想要最佳效果，那就不要把激光调到最细……当然了，脑电波不一样，不过我能告诉你的就只有这些了，我这就走，不必付我咨询费，报销车费就行了。"

他作势要起身，但克雷医生用力摇头。

"请坐下，毕晓普先生。记录脑电波确实不一样。记录脑电波时我们确实需要我们能得到的一切细节。过去没使用激光记录的时候，我们得到的脑电波只不过是一百亿个脑细胞彼此重叠的微小波形效果，一种粗略的平均值，除了最普遍的波形效果之外，其他全被抹掉了。"

"你的意思是,就好像听一百亿台钢琴在一百英里以外同时演奏各不相同的曲子?"

"完全正确。"

"得到的全是噪声?"

"也不全是。我们确实也得到了一些信息——比方说关于癫痫的。不过换了激光记录仪以后,我们渐渐就能得到精微的细节;我们渐渐能听出每台钢琴演奏的不同曲调;我们渐渐能听出哪一台钢琴有可能跑调了。"

毕晓普挑眉道:"于是就能分辨出是什么使得某一个疯子发疯的?"

"也可以这么说。看这儿。"房间的另一个角落,一块屏幕点亮,屏幕上有一条起伏的细线,"你看见这个了吗,毕晓普先生?"克雷医生手里拿着指示器,她按下一个按钮,细线上有一个小亮点变成红色。细线在点亮的屏幕上移动,红色的小亮点周期性地出现。

"这是显微照片,"克雷医生道,"那些不连续的小红点单靠肉眼是看不见的,在任何灵敏度低于激光的记录设备上也不会显现。它只在这一位病人抑郁时才出现。记号越是明显,抑郁程度就越深。"

毕晓普想了想,然后道:"对此你们能做些什么吗?目前看来你们只是通过小亮点知道病人抑郁了,但这件事单靠听病人说话也一样能知道。"

"不错,不过细节也是有帮助的。举个例子,我们可以把脑电波转换成精准闪烁的光波,甚至还能转换成等价的声波。我们用的就是你用来录制音乐的激光系统。我们得到一种与光的闪烁相匹配的声音,一种模糊的音乐嗡嗡声。我想请你用耳机听一听。"

"听来自那位抑郁病人的音乐吗?就是大脑制造出那条线的那位?"

"对,而且如果我们把它增强太多就会损伤细节,所以希望你用耳机来听。"

"同时看那光点？"

"不必。你可以闭上眼睛，会有一部分闪光穿过眼睑作用于大脑，强度够了。"

毕晓普闭上眼睛。透过嗡嗡声他听到一种复杂节拍的微弱哀鸣，一种复杂而悲伤的节拍，在这古老疲惫的世界里它扛着全世界的所有烦恼。他听着，同时隐约意识到有一道幽暗的光，它以跳跃的节奏冲击着他的眼球。

他感到有人使劲拉他的衬衣："毕晓普先生——毕晓普先生——"

他深吸一口气。"多谢！"他微微发抖，"它叫我难过，但我没法放手。"

"你听的是脑电波呈现的抑郁，它影响到你了。它强迫你自己的脑电波模式与它同步。刚才你感到抑郁，不是吗？"

"抑郁透了。"

"嗯，抑郁和各种精神异常特征都会呈现在脑电波里，如果我们能定位并去除这一部分，再把脑电波剩余的部分播放给病人听，病人的模式就会被修正为正常的形态。"

"能持续多久？"

"停止治疗后还能持续一段时间。一段时间，但不会太久。几天。一周。然后病人就必须回来。"

"总比没有强。"

"然而还不够。每个人生来都携带特定的基因，毕晓普先生，它们支配着大脑可能呈现的结构；同时人还承受着特定环境的影响，这些都是不容易中和的。所以在这家机构里，我们一直努力寻找更有效、更持久的中和方法……而你或许能帮助我们。所以我们才请你来。"

"但这种事我实在一窍不通，医生。用激光记录脑电波，来之前我连听都没听说过。"他把两只手往两侧推开,掌心向下,"我根本帮不上忙。"

克雷医生露出不耐烦的神情。她把双手深深插进外套的口袋里:"刚才你说过,激光记录的细节比耳朵能听到的要多。"

"对。我对此深信不疑。"

"我知道。我的一位同事读了2000年12月刊的《高保真》杂志,上面有你的采访,你在采访时说过同样的话。就是这个吸引了我们的注意。你瞧,耳朵虽然听不出激光的细节,眼睛却可以看到。改变大脑模式,令其符合常态,这个过程里起作用的不是波动的声音,而是光的闪烁。单独的声音不会有任何效果,不过在光起作用的同时,声音可以强化效果。"

"这没什么可抱怨的。"

"但我们确实有抱怨。强化效果不够。激光记录仪制造的声音非常温和、细腻,有着几乎无尽的复杂性,但耳朵却听不出来。存在的东西太多,起强化作用的那部分被淹没了。"

"凭什么断定里面真有一部分起到了强化作用?"

"因为我们偶尔能造出一些东西,效果似乎比整体的脑电波更好些,但我们看不出为什么会这样,造出这些东西多多少少也都是意外。我们需要一位音乐家,也许就是你。如果你把正常和异常的两组脑电波都听听,你或许能靠自己的洞察力找出某个节拍,它更契合正常的那组脑电波。然后我们就可以用这个节拍去强化光的作用,你瞧,由此提高治疗的有效性。"

"嘿,"毕晓普紧张起来,"那我肩上的责任可太重了。写音乐的时候我只不过是爱抚耳朵,让肌肉跳动。我可没想过要治愈病弱的大脑。"

"我们的要求也仅此而已,请你爱抚耳朵,让肌肉跳动,只不过同时让它契合正常的脑电波……我还可以向你保证,毕晓普先生,你完全不必担心什么责任。你的音乐造成伤害的可能性非常小,但它却有可能带来巨大的益处。而且无论成败,毕晓普先生,我们都会支付报酬。"

毕晓普道:"好吧,我试试看,不过我可没法保证什么。"

两天后他回到精神病院。克雷医生正在开会,被人叫出来见他。她眯着疲惫的眼睛望向他。

"有成果了吗?"

"有点儿东西。或许能行。"

"你怎么知道能行?"

"我并不知道。只不过是一种感觉……你瞧,我听了你给我的激光带,正处在抑郁中的病人的脑电波音乐,还有被你修正成正常的脑电波音乐。你说对了,缺了闪光它对我毫无影响。总之我从第一组音乐里减去了第二组,想看看二者的区别在哪儿。"

"你有电脑?"克雷医生惊奇道。

"没有,再说电脑也没用,它会给我太多细节。你用一个复杂的激光波形减去另一个复杂的激光波形,剩下的仍然是一个相当复杂的激光波形。不,我是在我自己头脑里做减法,看看剩下一个怎样的节拍……反正剩下的那个就是异常的节拍,需要用一个反制节拍去抵消它。"

"你怎么可能在大脑里做这种减法呢?"

毕晓普一脸不耐烦:"我不知道。贝多芬在写下《第九交响曲》之前就在大脑里听到它了,他是怎么做到的?大脑也是一台很不错的电脑,不是吗?"

"我猜是吧。"她惊讶的心情平息下来,"反制节拍有了吗?"

"我觉得有了。我用普通磁带录音机录的,因为这就已经够了。

大概是这样——嘀嘀嘀**嗒**——嘀嘀嘀**嗒**——嘀嘀嘀**嗒嗒嗒**嘀**嗒**——[1]诸如此类。我给它配了一个调子,你可以让她用耳机听,边听边看匹配正常脑电波模式的闪烁光。如果我想得没错,它能把闪烁光强化到天上去。"

"你确定?"

"如果我能确定,那也不必你来试了,不是吗,医生?"

克雷医生沉吟片刻:"我去跟病人约个时间。希望你也能到场。"

"只要你想让我来。这也算是顾问工作的一部分,我猜。"

"你不能进治疗室,你明白的,不过我想让你在这儿外头等。"

"听你的。"

病人抵达,满脸憔悴之色。她眼皮往下耷拉,说话时声音很低,吐字十分含混。

毕晓普静静地坐在角落里,毫不惹人注意,对病人他只随意瞟了一眼。他目送她走进治疗室,然后就一边琢磨心事一边耐心等待。要是成功了呢?为什么不把脑波闪光与适宜的伴奏音打包,用来对抗忧郁——增加活力——增强爱意?不仅仅是为病人服务,普通人也能用。从古至今,人类一直使用毒品和酒精来调节情绪的所有重击,现在不正好用它来替代吗——基于脑电波的替代品,彻底安全可靠……

四十五分钟过去,她终于出来了。

现在她显得平静安详,脸上憔悴的纹路也不知怎么地被洗刷干净。

"我感觉好些了,克雷医生,"她微笑道,"好多了。"

克雷医生静静地说:"治疗过后你通常如此。"

"不会像这样,"女人说,"不会像这样。这次不一样了。过去做完治疗以后,哪怕我认为自己感觉不错,我也还是能觉察出那可怕的

---

[1] 此处字体粗细变化是为了体现音乐的节拍。

抑郁就在大脑深处，一等我放松，它就要卷土重来。现在——它彻底消失了。"

克雷医生道："我们没法确定它是不是会永远消失。我们来约个时间见面，比方说两周以后；不过如果这期间有任何问题，你会打电话给我的，对吧？治疗的过程中你感觉到什么不同之处吗？"

女人想了想，似乎有些迟疑："没有。"然后她又说道："不过光的闪烁，或许它有点儿不一样，仿佛更清晰，更锐利。"

"你听到什么了吗？"

"我应该听到什么吗？"

克雷医生站起来："很好。记得跟我的秘书预约时间。"

女人走到门边停下，她转身道："感到快乐可真是一种快乐的感觉。"说完就离开了。

克雷医生道："她什么也没听到，毕晓普先生。我猜是因为你的反制节拍是用一种极其自然的方式在强化正常的脑电波，于是音乐声可以说是融到光里消失了……而且它很可能也起了效果。"

她转身面对毕晓普，直视对方："毕晓普先生，你愿意为我们的其他病例做咨询吗？我们会在力所能及的范围内尽可能多向你支付报酬，如果最终发现它确实能有效地治疗精神类疾病，我们还会确保你获得你应得的荣誉。"

毕晓普说："我很乐意帮忙，医生，不过其实没你想的那么难。相关的工作已经完成了。"

"已经完成了？"

"音乐家已经存在了许多个世纪。也许他们不知道什么是脑电波，但他们一直尽力编写能影响人的旋律和节拍——让他们的脚趾打拍子，让他们的肌肉抽动，让他们面露笑容，让他们的泪腺大量分泌泪水，让他们的心脏猛烈跳动。那些曲子早就等在那里了。一旦有了反制节拍，你选支合适的曲子嵌进去就行。"

"你就是这样做的?"

"当然。还有什么比一首复兴赞美诗更能让人摆脱抑郁的吗?它们本来就是做这个的。那节拍让你忘己,让你受到鼓舞。或许仅靠赞美诗效果不会很持久,但如果你用它来强化正常的脑电波,它的力量应该会相当强悍。"

"一首复兴赞美诗?"克雷医生睁大眼睛瞪着他。

"当然。而且这回我用了其中最棒的一首。我给她的是《当圣徒们列队前行》。"

他一面轻声唱一面随节拍打响指,唱到第三小节,克雷医生的脚趾也打起拍子来。

老派做法[1]

本·埃斯蒂斯知道自己要死了，当然他过的这种日子本来就有送命的风险，但他也不会因此就觉得好受些。他是天体采矿人，漂泊在大部分区域仍未有人类涉足的小行星带，这种生活并不特别美好，但很可能比较短暂。

当然了，他也可能凑巧撞上意料之外的大发现，于是一辈子吃穿不愁，而这回的发现也确实是够意外的。世上最大的意外，可惜它不会帮埃斯蒂斯发财。它只会要他的命。

躺在铺位上的哈维·富纳内利发出轻轻的呻吟声。埃斯蒂斯转过身去，这一动便拉扯着肌肉嘎吱响，于是他也跟同伴一样面部抽搐。他俩都遭了大罪。他自己的伤倒不像富纳内利的那么吓人，肯定是因为富纳内利块头更大，而且距离近似撞击的点也更近。

埃斯蒂斯沉着脸看向同伴："你感觉如何，哈维？"

富纳内利再次呻吟："感觉好像每个关节都折了。见鬼，到底怎么回事？我们撞上什么了？"

埃斯蒂斯微微跛着脚朝他走过去："别逞强，躺着。"

"我能站起来，"富纳内利说，"只要你搭把手。嗷！不知道是不是断了一根肋骨。就这儿。怎么回事，本？"

埃斯蒂斯指指主观察窗。观察窗不算大，但在双人的天体采矿船

---

[1] Copyright © 1976 by Isaac Asimov.

上也不可能指望更好的配置了。富纳内利靠在埃斯蒂斯肩上，慢腾腾地往那边挪。他往外看。

窗外当然有星星，但经验丰富的宇航员会在头脑中把它们屏蔽掉，因为星星是从来少不了的。在更近的地方有一大摊大小不一的石块，全都与自己的邻居一起做着缓慢的相对运动，活像一大片非常、非常懒散的蜜蜂。

富纳内利道："我还从没见过这种东西。它们在这儿干吗？"

"那些石块，"埃斯蒂斯说，"据我猜想是一颗小行星碎裂以后留下来的。它们仍然在围绕害它们四分五裂的东西旋转，害了我们的也是那东西。"

"是什么？"富纳内利徒劳地往黑暗里看。

埃斯蒂斯指给他看："那个！"他指的方向上有一小点儿微弱的亮光。

"我什么也没看见。"

"本来也不该看见什么。那是一个黑洞。"

富纳内利那头极短的黑发自然是马上竖起来，他瞪圆了深色的眼睛，眼里多了一丝惊恐。他说："你疯了吧。"

"没有。黑洞可以有各种尺寸，天文学家是这么说的。外头那个我觉得跟一颗大型小行星的质量相当，而我们在绕它旋转。否则怎么可能有一个看不见的东西把我们拉进轨道上困住？"

"从来没有报告提到任何——"

"我知道。怎么可能有呢？这东西又看不见。它的质量——哎呀，太阳来了。"飞船的缓慢旋转把太阳带到他们眼前，观察窗自动偏振成不透明状态。"总之呢，"埃斯蒂斯说，"我们刚刚发现了第一个真真切切能在宇宙里碰上的黑洞。只可惜我们自己是看不到获得荣誉的日子了。"

富纳内利问："先前是怎么回事？"

"我们靠得太近,被潮汐效应给撞翻了。"

"什么潮汐效应?"

埃斯蒂斯道:"我不是天文学家,不过据我理解,外头那种东西,它的万有引力总量不算太大,但如果你靠得太近,万有引力仍然可以变得非常强。这个强度会随距离的增加极速降低,因此它对某个物体近端的引力会比对其远端的引力强很多,于是物体就会被拉伸。物体本身质量越大,靠得越近,受到的影响就越大。比如你的肌肉就被撕裂了。算你走运,骨头没断。"

富纳内利扮个鬼脸:"我可拿不准它们是不是没断……还有什么别的?"

"燃料箱毁了。我们被困在这轨道里……还算走运,最终进入的轨道距离黑洞够远,形状也够圆,正好降低了潮汐效应。要是靠得再近些,或者哪怕只是在轨道的一端靠得比较近——"

"能发出去消息吗?"

"一个字也发不出去,"埃斯蒂斯道,"通信系统被砸得稀烂。"

"你修不好?"

"当然我其实算不上通信专家,但就算我是——那东西也修不好了。"

"能用什么东西临时拼凑一下吗?"

埃斯蒂斯摇头:"我们能做的就只是等——等死。不过这倒并不叫我特别烦恼。"

"它叫我烦恼。"富纳内利回到床铺上坐下,头埋进双手里。

"咱们有药片儿,"埃斯蒂斯说,"这死法挺轻松的。真正讨厌的是咱们没法把消息传回去——关于那东西的消息。"他指向观察窗,太阳移动到视野之外,窗户再度清晰起来。

"关于黑洞?"

"对,它很危险。它似乎是在绕行太阳的轨道上,但谁知道这轨道稳定不稳定。就算稳定吧，它也肯定会越变越大。"

"我猜它会吞吃各种东西。"

"那是当然。吞吃它遇上的一切。一直有宇宙尘埃呈螺旋形落入其中，在螺旋形坠落期间还会释放能量。此外每隔一段时间黑洞就会撞上某个比较大的物体，吞掉它时会突然爆发强烈辐射，一直到X射线都有。黑洞会逐渐变大，于是它就能越来越容易地从越来越远的地方拖入物质。"

两人盯着观察窗看了一会儿，然后埃斯蒂斯接着说道："目前看着，这玩意儿说不定还能对付。如果美国航空航天局能弄一颗小行星过来，用恰当的方式送它穿过黑洞，黑洞和小行星相互间的引力就会把黑洞拉出现在的轨道。再添一把火，帮它加一加速，就能让黑洞本身弯折成一条路径，把它自己送出太阳系。"

富纳内利道："你觉得它一开始就很小吗？"

"它完全有可能来自宇宙始创时，是大爆炸期间形成的一个微型黑洞。也许它已经成长了几十亿年，如果它继续长大，说不定就没法对付了，那么一来它总有一天会变成太阳系的墓地。"

"为什么大家一直都没发现它？"

"谁也没找它。谁能料到小行星带里居然会有黑洞？再说它制造的辐射不够强，本身的质量也不够大，不会引起注意。你非得撞上了才会发现它，就像我们这样。"

"你确定咱们什么通信手段都没有吗，本？……这儿离灶神星有多远？从灶神星来接我们耽搁不了多少时间。那可是小行星带最大的基地。"

埃斯蒂斯摇头："眼下我不知道灶神星在哪儿。计算机也给撞坏了。"

"老天爷！还有什么没撞坏的？"

"空气系统还在运转。水净化器还在工作。能源和食物都很充足。我们能坚持两个星期，或许更久些。"

两人陷入沉默。过了一阵富纳内利说："听着，就算灶神星的具体位置拿不准，但我们反正知道它最多就在几百万英里之外。如果能通过某种信号联络上他们，他们一周之内就能派一艘无人驾驶飞船过来。"

"无人驾驶飞船，没错。"埃斯蒂斯道。这是够容易的。无人驾驶的飞船可以很快加速，那是人类的血肉无法承受的水平。同样的距离，它所需的时间是载人飞船的三分之一。

富纳内利闭上眼睛，仿佛想把疼痛挡在外面。他说："别瞧不上无人驾驶飞船。它能带来紧急补给，而且飞船上还有各种东西，可以用来搭建通信系统。这样我们就能坚持到真正的救援抵达。"

埃斯蒂斯坐到另一张床铺上："我没有瞧不上无人驾驶飞船。我只不过是在想我们没法送出信号，一点儿办法都没有。连靠喊都办不到。声音在真空里没法传播。"

富纳内利倔头倔脑地说："我就是不信你什么办法都想不出来。这可关系到咱俩的性命呢。"

"全人类的性命说不定都系于此，可我还是想不出办法。你干吗不想个办法出来？"

富纳内利一边挪动屁股一边哼了一声。他抓住床边墙上的把手，用胳膊发力拉动身体站起来。"我能想到一条，"他说，"你干吗不关掉重力引擎，一方面省点儿电，一方面也让咱们的肌肉少受点儿累？"

埃斯蒂斯嘟囔道："好主意。"他起身来到控制台前，从那里切断了引力。

富纳内利叹息一声飘起来："那些蠢货，为什么他们就不能找到这个黑洞呢？"

"你的意思是像咱们这样找到它？其他的办法行不通，它还不够显眼。"

富纳内利说:"虽然不用对抗引力了,可我还是疼……噢,好吧,要是继续这么疼下去,到需要吞药片儿的时候也就无所谓了……有没有什么办法能让黑洞变得显眼些?"

埃斯蒂斯面无表情道:"要是那些碎石块突然想通了,自己掉进黑洞里,到时候就会射出一大片 X 光。"

"灶神星的人会探测到吗?"

埃斯蒂斯摇摇头:"恐怕不会。他们不会关注这种东西。不过地球那边肯定会探测到。有些太空站一直在持续监视天空,寻找辐射的变化,就算小得惊人的辐射爆发也能接收到。"

"那行,本,能联系上地球也是一样的,他们会发消息让灶神星那边调查。X 射线抵达地球大概需要十五分钟,然后再过十五分钟,地球的无线电就能抵达灶神星。"

"两个十五分钟之间又需要多少时间?接收器也许能自动记录某某方向上有 X 射线爆发,但谁能说得准辐射具体是从哪儿来的?它完全可能来自某个恰好位于那个方向上的遥远星系。某个技术人员会留意到记录里波形的凸起,他会留心看同一个地方会不会出现更多辐射爆发,结果没有发现,于是他就把它当成不重要的东西划掉了。再说其实根本不会这样,哈维。当初那颗小行星被黑洞的潮汐效应撕裂,肯定过大量的 X 射线,但那或许是好几千年前的事了,当时没人观察太空。现在留下的这些碎片,它们的轨道肯定已经相当稳定。"

"如果我们自己有火箭——"

"我来猜猜看。我们可以把自己的飞船开进黑洞里,用我们的死发送信息?但这招一样没用。它仍然只是不知从哪里来的一次脉冲。"

富纳内利愤愤不平道:"我想的不是这个。我可没打算搞什么英雄主义的牺牲。我的意思是,我们有三台引擎。如果我们能把它固定在三块比较大的石头上送进黑洞里,就会有三次 X 射线爆发,而且如果三块石头两两间隔一天送进黑洞,辐射源就会以恒星为背景发生可探测的位移。这就能引起兴趣了,不是吗?技术人员立马就会发现,不是吗?"

"也许会,也许不会。再说了,我们已经一个火箭也不剩了,就算还有也没法把它们固定到石头——"埃斯蒂斯沉默下来。他再说话时声音完全变了:"也不知道我们的太空服是不是完好无损。"

"太空服的无线电。"富纳内利激动起来。

"见鬼,它们至多能传出去几千米,"埃斯蒂斯道,"我想的不是那个。我想的是去外头。"他打开装太空服的柜子:"看上去似乎挺好。"

"你为什么想去外头?"

"我们也许没了火箭,但我们还有肌肉的力量。至少我有。你觉得你能扔石头吗?"

富纳内利比画出扔东西的动作,结果刚开个头就露出痛苦的表情。他说:"我能跳到太阳上去吗?"

"我出去扔几块……太空服似乎没问题。也许我能扔几块石头进黑洞里……希望气闸还能用。"

富纳内利满脸焦急:"这么消耗空气没问题吗?"

埃斯蒂斯疲惫地说:"两周以后还有关系吗?"

每个天体采矿人都免不了偶尔来到飞船外——为了进行维修,为了把附近的物质带一块进飞船。通常说来这都让人兴奋。反正总归能让一成不变的生活有些变化。

埃斯蒂斯没觉得多兴奋,他只感到巨大的焦虑。这该死的想法太原始了,他觉得自己想出这么个点子实在愚蠢。死掉就已经够讨厌的,更没必要死得像个天杀的傻子。

他再次置身黑暗的太空中，周围满是他早已见过一百次的闪烁群星，不过除此之外还多了些东西：借着远处那小小太阳的微弱反光，他能看见好几百块石头发出的暗淡的光芒。曾经它们肯定都属于同一颗小行星，如今则环绕黑洞形成一圈小小的土星环。这些石头都随飞船一道漂流，因此看上去几乎像是静止不动。

埃斯蒂斯先判断了黄道的方向，并看出飞船和石块都在缓慢地朝反方向转动。如果他朝恒星运动的方向扔石头，他就能抵消石头相对于黑洞的一部分速度。如果他抵消的速度不够，或者过多，石头就会朝黑洞坠落，擦着黑洞的边缘掠过，最后返回它出发的位置。如果他抵消的速度刚刚好，它就会足够靠近黑洞，被潮汐效应粉碎。这些碎末会继续运动，还会拖慢彼此的速度，最后打着螺旋坠入黑洞中，并在这一过程中释放 X 射线。

埃斯蒂斯用钽钢制成的矿工网收集石块，专挑拳头大小的。他心里庆幸，亏得现代的太空服能赋予身体完全的行动自由，一个多世纪以前第一批宇航员登月的时候，那太空服简直就跟棺材一样呢。

他收集到足够的石头后就扔了一块出去。他能看到它先是在阳光下一闪一闪，然后就朝黑洞坠落，消失了踪影。他等了一会儿，但并没有发生什么。他不知道石头需要多长时间才能坠入黑洞——当然它也可能压根儿不往里落——但他在心里数了六百下，然后又扔了一块。

他就这样不断重复。为了找一个替代选项避开死亡，他生出了惊人的耐心。最后黑洞的方向终于爆发出一片强光。是可见光，而且他知道，爆发的还有更高能量等级的辐射，至少是 X 射线级别。

他被迫停下来收集更多石块。后来他终于找准了射程，现在几乎每次都能击中目标。他调整身体的角度，让黑洞发出的柔和光芒从飞船中段的上方露出一点点。飞船一直在绕着一根轴旋转，滚动，因此这是一个不会变化的位置关系——或者说是变化幅度最小的位置关系。

不过就算他的细心计算卓有成效,他还是觉得自己击中目标的次数未免太多了。黑洞似乎比他之前想的还要大,并且会从更远的距离外吞噬猎物。这么一来黑洞自然是更危险了,但他们获救的可能性也更大了。

他吃力地通过气闸,返回飞船。他筋疲力尽,右边肩膀也很疼。

富纳内利帮他脱下太空服:"太了不起了。你往黑洞里扔了石头呢。"

埃斯蒂斯点点头:"嗯,而且我希望太空服抵挡住了 X 射线。能不死于辐射中毒就太好了。"

"地球那边会看见的,对吧?"

"我敢说他们能看见,"埃斯蒂斯道,"但他们会不会关注呢?他们会把它记录下来,还会琢磨这是怎么回事。但如何才能让他们过来仔细查看?我得想个办法让他们来,等我稍微休息一小会儿马上就想。"

一个钟头后,他取出另一套太空服。第一套太空服的太阳能电池还在充电,他等不及了。他说:"希望我还记得射程。"

他又出去了,现在情况越来越明显,他扔石头的速度和方向不必特别精准,只要保持在一个相当大的范围内,那些向内移动、速度降低的石头都会被黑洞吸进去。

埃斯蒂斯尽力收集了大量石头,并小心地把它们放在船体的一个凹陷处。它们并不会留在原地,但它们移动的速度极其缓慢。等埃斯蒂斯收集完自己能收到的所有石头,他最先放下的石头也没散开多远,只是像台球桌上的台球一样散开。

于是他就开始扔石头,起先肌肉很紧张,但渐渐越来越有信心,黑洞一次次闪烁——闪烁——闪烁。

他觉得击中目标变得越来越容易了，他觉得每一次撞击都会让黑洞疯狂生长，很快它就会探出头来，把他和飞船一股脑儿吸进那张永无餍足的大嘴里。

这当然只是他的想象，仅此而已。最后所有的石头都扔完了，他觉得就算还有石头，自己也扔不动了。他仿佛已经出来好几个钟头。

他再次回到飞船内，等富纳内利帮他脱下头盔，他说："就这样了。我是再也扔不动了。"

富纳内利道："你已经搞出很多闪光了。"

"很多，而且它们肯定应该被记录下来了。现在我们只需要等着。他们一定会来的。"

虽然肌肉撕裂，但富纳内利还是尽量协助他脱下没脱完的太空服。然后富纳内利站在原地又是喘气又是哼哼，他问："你真觉得他们会来吗，本？"

"我觉得他们一定会来，"埃斯蒂斯仿佛想单靠意念迫使事情发生，"我觉得他们一定会来。"

"你为什么觉得他们一定会来？"听富纳内利的语气，他似乎很想抓住救命的稻草，却又怯怯地不敢伸手。

"因为我传了消息，"埃斯蒂斯说，"我们不但是第一批遇到黑洞的人，也是第一批用它传消息的人；我们是第一批使用未来的终极通信系统的人，这个系统能在恒星之间、在星系之间传递消息，而且它还可能是终极的能量来源……"他大口喘气，听起来也有点儿狂乱。

富纳内利道："你什么意思啊？"

"我是按节奏扔的石头，哈维，"埃斯蒂斯道，"X 射线也是按节奏爆发的。闪－闪－闪——闪——闪——闪－闪－闪[1]，循环往复。"

"所以呢？"

"这是老派的做法，老派，但这东西大家都还记得，它来自过去的时代，那时候人们通信靠的是电线里流动的电流。"

"你是指照报——声报——"

"电报，哈维。我制造的那些闪光会被记录下来，一旦有人看到记录，马上就会闹翻天。他们发现的不仅仅是一个 X 射线源；射线源也不仅仅是在恒星的背景里缓慢移动，说明它必然就在我们太阳系之内。关键在于，他们会看到一个不断启动、熄灭的射线源，它制造出信号—— SOS ——有 X 射线源在高喊救命，你可以打赌他们一定会来——以最快的速度赶过来——哪怕只是为了看看……那儿有……什么……那……"

他睡着了。

五天后，一艘无人驾驶飞船抵达。

---

1 此处横线长短变化用于表示 X 射线的跳动节奏。

建国三百周年事件[1]

2076年7月4日——基于十进制的传统计数系统再次将年份的最后两位数字带到那宿命般的76，到今年恰好是这个国家诞生以来的第三次。

它已不再是过去那种意义上的国家，如今它更像是一种地理的表达，是属于一个更伟大的整体的一部分——地球全人类联邦，外加人类在月球与太空殖民地的分支。不过呢，这个国家凭借自己的文化和遗产，其名字与理念仍然活着；如今这个旧名字所代表的区域依然是世界上最兴盛最先进的地区……美国总统也仍然是行星议会中权力最大的重要人物。

劳伦斯·爱德华兹从两百英尺的高空望着总统小小的身影。他懒洋洋地飘浮在人群上方，后背上的动力引擎发出像是轻笑一样的声音，几乎微不可闻。此刻他眼里的景象跟任何人从全息布景上看到的毫无不同。他自己也曾无数次在自家起居室里看着那些小小的人影。在全息布景上，人影置身于方块状的阳光里，就跟活生生的小矮人一样真实，只不过你伸出手去就能穿透他们的身体。

但此时他看到的是实实在在的华盛顿纪念碑，纪念碑周围的空地上聚集了好几万人，你的手是穿不透他们的身体的。而你的手也无法穿透总统的身体。你可以朝他伸出手去，摸到他，跟他握手。

---

1 Copyright © 1976 by Isaac Asimov.

爱德华兹想着这一毫无用处的有形实体,心里暗自讥讽。他真希望自己远在一百英里以外,飘浮在一片与世隔绝的荒野上空,而不是在这里留意有没有任何骚乱的迹象。政客总是相信所谓的"亲民活动"会对自己大有好处,要不是因为政客这种虚幻的想法,他本来根本不必来的。

爱德华兹并非这位总统——雨果·艾伦·温克勒,美国第五十七任总统——的拥趸。

在爱德华兹看来,温克勒总统是个脑袋空洞无物的人,擅长讨人喜欢,抢选票不择手段,最爱许空头支票。他就任后的最初几个月,大家满怀希望,现在却明白自己选了一个叫人失望的家伙。世界联邦还远没有完成自己的使命,眼下却有分崩离析的危险,而温克勒对此毫无办法。大家需要的是强有力的手腕和强硬的声音,温克勒却只有讨好人的手段和满嘴甜言蜜语。

眼下他正在底下跟民众握手——周围有特勤局的特工替他挡出一片空间,还有爱德华兹和另外几个特工从天上监视情况。

总统肯定会竞选连任,而且现在看来他很可能被击败。这么一来就更糟了,因为反对党是致力于摧毁世界联邦的。

爱德华兹叹口气。接下来的四年想想都凄惨——也说不定要惨个四十年呢——而他能做的就只是飘在天上,要是发现哪怕最微不足道的异常情况,就马上用激光电话连通地面的所有特勤人员。

他并没有看到最微不足道的异常情况。没有任何骚动的迹象。就只是扬起了一小片白色的灰尘,隐约可见;只不过是阳光下的片刻闪光,升起,消散,他刚意识到它存在,它就已经消失了。

总统在哪儿?灰尘起来时他就把总统看丢了。

他锁定最后一次看见总统的位置,用目光在周围搜索。总统不可能移动到很远的地方。

这时他才意识到底下开始骚动。首先是在特勤局的特工中间,那些人似乎完全失去了理智,正像没头苍蝇一样到处乱撞。很快特工的混乱就传染给了人群中距离比较近的那部分人,然后是更远处的人。嘈杂的声音越来越大,最后仿佛雷声贯耳。

咆哮声升到爱德华兹耳边,而他根本不必去分辨其中的话语。它如此声势浩大,如此急迫,似乎单凭这点就已经把消息传递给他了。温克勒总统消失了!前一秒他还在,后一秒就变成了一把灰尘消失在空气里。

爱德华兹不由屏住呼吸,在这段似是药物肆虐的永恒幻觉中,他痛苦地等待着,等待着懵懂的时刻终将结束,马上就会爆发骚乱,人们会疯狂地彼此踩踏。

一个响亮的声音开口说话了,盖过越来越大的喧嚣;听了这声音,人群中的噪声便逐渐减小,消失,最后化作一片寂静。仿佛底下的场景真是全息影像,现在有人过来把声音调低,关掉了。

爱德华兹心想:上帝啊,是总统。

那声音是再不会错的。温克勒站在预备等下发表建国三百周年纪念讲话的台子上,周围有一圈特工警戒。十分钟之前他刚刚离开这里,下去跟民众握手。

他是怎么回去的?

爱德华兹侧耳倾听——

"我的美国同胞,我并没有遭遇任何意外。你们刚刚看到的是一个机械装置损坏了。它并非你们的总统,所以我们不要让机械故障影响心情,今天我们要庆祝的是全世界最幸福的日子……我的美国同胞,请听我说——"

接下来就是建国三百周年纪念讲话。这是温克勒有史以来最出色的一次演说,也是爱德华兹这辈子听过的最出色的演说。爱德华兹发现自己满心热切地听着,连监视人群的工作都忘记了。

温克勒的讲话正中要害!他明白世界联邦多么重要,还把这层意思传达到了每个人心里。

然而在内心深处他又想起了一些阴魂不散的谣言：据说机器人学取得了新进展，他们造出了一个看上去跟总统一模一样的机器人，这个机器人可以替总统履行纯仪式性的职能，它能跟民众握手，既不会觉得无聊，也不会累——并且不会被暗杀。

爱德华兹隐隐约约感到震惊，他意识到刚刚发生的正是这样一件事。确实有一个跟总统一模一样的机器人，而且它也确实可以算是被暗杀了。

2078年10月13日——

爱德华兹抬起眼睛，只见那个齐腰高的机器人向导走来，用甜美悦耳的声音说："雅内克先生现在可以见你了。"

爱德华兹站起来，他比矮壮的金属向导高出一大截，自觉十分魁梧。不过他并不觉得自己年轻。过去两年左右的时间里，他脸上多出了好些皱纹，对此他心知肚明。

他跟随向导进入一间小得叫人吃惊的屋子，屋里还有张小得叫人吃惊的办公桌，坐在桌前的就是弗朗西斯·雅内克。此人身体微微发福，脸却显得挺年轻，给人一种不协调之感。

雅内克微笑着起身握手，眼神很友好："爱德华兹先生。"

爱德华兹嘟囔道："很高兴有机会见到你，先生——"

爱德华兹过去从没见过雅内克，毕竟总统的私人秘书是一个不张扬的职位，很少出什么新闻。

雅内克道："坐，坐。要不要来根大豆棒？"

爱德华兹以微笑礼貌地拒绝，然后坐下来。雅内克显然在刻意强调自己多么青春年少。他敞着荷叶边衬衫，胸毛还染了色——色调柔和，但确实是紫色无疑。

雅内克说："我知道你已经试图联系我好几个星期了。抱歉，耽搁了这么久。希望你理解,我的时间不完全属于我自己。不过呢,现在我们在这儿了……顺便说一句,我跟特勤局局长打听过了,他对你评价很高。他对你辞职感到遗憾。"

爱德华兹垂下眼睛说:"一旦辞职,我调查时就不必担心会让特勤局难堪,这样似乎更好些。"

雅内克闪出一丝笑容:"不过呢,你的活动尽管十分谨慎,却并没有逃过我们的注意。局长解释说你一直在调查三百周年纪念日事件,我必须承认,就是因为这个我才同意尽快见你。你是为了这件事放弃了你的职位?查这个根本毫无意义。"

"怎么可能毫无意义呢,雅内克先生?你可以把它叫作事件,但事实不会因此改变,事实上它就是一次暗杀行动。"

"不过是语义学的区别罢了。为什么要使用令人不安的措辞呢?"

"就因为它似乎代表了一种令人不安的真相。有人企图杀死总统,你肯定会这么说。"

雅内克摊开双手:"就算确实如此,阴谋也没有成功。一个机械装置被摧毁了。仅此而已。事实上,如果我们从正确的角度来看待它,那么这一事件——无论你愿意管它叫什么——总之它对我国和全世界都大有裨益。我们都知道,这一事件让总统受到了震撼,整个国家都受到了震撼。总统和我们所有人都醒悟了,大家明白绝不能回到上个世纪那种暴力的状态,由此造就了一个巨大的转机。"

"这我无法否认。"

"那是当然。就连总统的敌人也得承认,过去的两年里我们取得了伟大的成就。今天的世界联邦比过去强大了许多,当初三百周年纪念日时,谁会梦想到能有今天的局面?我们甚至可以说,我们阻止了全球经济的崩溃。"

爱德华兹谨慎地说:"是的,总统好像变了一个人。大家都这么说。"

雅内克道:"他一直都是伟人。不过确实,那次事件使得他以强烈的专注力聚焦重大问题了。"

"而以前他不是如此?"

"或许没这么强烈吧……那么,事实上,总统和我们所有人都希望大家忘记这次事件。我之所以见你,爱德华兹先生,主要目的就是向你表明这一点。如今不是20世纪了,我们不能因为你给我们带来不便就把你扔进监狱,也不能采取任何行动阻挠你,但即便是《全球宪章》也并不禁止我们试图说服你。你明白我的意思吗?"

"我明白你的意思,但我不同意你的看法。策划这起事件的人一直没有捉拿归案,我们竟能忘了它吗?"

"或许这样其实也好,先生。让某个……呃……精神不正常的人逃脱制裁,总好过对事件反应过度,那时说不定就会有人趁机夸大其词,要把我们带回20世纪呢。"

"官方的说法甚至声明机器人是自爆的——这根本不可能,对机器人工业也是很不公平的打击。"

"我是不会使用'机器人'这个字眼儿的,爱德华兹先生。它是一种机械装置。谁也没说机器人本身有什么危险,反正那些日常用的金属机器人肯定是不危险的。这里提到的仅仅是那种复杂得不同寻常、看起来仿佛有血有肉的人形装置,我们可以管它们叫仿生人的那种。事实上它们真的太复杂了,说不定本来就会爆炸呢;当然我本人并非这一领域的专家。机器人工业会恢复的。"

"政府内部,"爱德华兹固执道,"似乎谁也不在乎我们能不能找出事情的真相。"

"我已经解释过了,这件事只有好的影响,没有造成任何不良后果。既然表面的水是澄清的,又何必要去搅动底下的泥呢?"

"当时使用了物质分解器,这又怎么说?"

雅内克本来一直把一只手放在桌上，缓慢转动装大豆棒的容器，这时他的手停顿了片刻，然后才继续先前那富有节律的动作。他口气轻松："那是什么东西？"

爱德华兹极其认真："雅内克先生，我想你知道我说的是什么。在我就职于特勤局期间——"

"当然，你现在已经不属于那个部门了。"

"即便如此，在我就职于特勤局期间，我难免会听到一些事，我猜其中一些本来是不该我听的。我听说了一种新武器，我也看到了三百周年纪念仪式上发生的事，那种事正好需要这种武器。袭击目标，也就是被大家以为是总统的机械装置，它消失在了一片极细腻的灰尘里。就好像目标体内连接各个原子的化学键全都被松开了。目标变成一片单个的原子，当然单个的原子马上又会彼此结合，但它们消散得太快，看上去就只是一片灰尘转瞬即逝。"

"很科幻。"

"我自然不明白这背后的科学原理，雅内克先生，但我看得出来，要这样让化学键断裂必然需要大量能量。这一能量只能从周围环境中获取。当时站在机械装置附近的那些人，我能找到的那些人——还得是愿意跟我谈的那些人——他们的说法非常一致，他们都说当时感到涌过来一阵寒意。"

雅内克把装大豆棒的容器放到一边，石棉水泥撞上皮下脂肪，发出微弱的声响。他说："为了能继续论证，我们权且假设确实存在一个叫物质分解器的东西。"

"不必论证。它确实存在。"

"我不会论证的。我本人并不知道有这么一个东西。不过，以我的职位，我本来也不大可能知道任何比新武器更安全的东西。但如果物质分解器果真存在，并且保密如此严格，那它肯定由美国独占，不为世界联邦的其他国家所知。如果是这样，你我就不该谈论它。它完全可能是一种比核弹更危险的战争利器，恰恰就是因为——如果真如你所说——它唯一的效果就是在接触点上瓦解物质，并在紧邻的区域产生寒气。没有爆炸，没有火焰，没有致命的辐射。缺了这些令人苦恼的副作用，人们使用它就再无顾忌，然而我们对它根本缺乏了解，说不定它能被造得很大，以至于摧毁整个地球也难说。"

"你说的这些我都同意。"爱德华兹道。

"那么你就看得出来，如果物质分解器不存在，那谈论它就是犯傻；而如果它真的存在，那谈论它就是犯罪。"

"我没跟任何人讨论过这件事，除了刚才跟你，因为我希望说服你相信情况万分严峻。比如，如果确实有人使用了一台物质分解器，政府难道不该对它是如何被使用的感兴趣——以及对联邦内是否还有别的单位拥有它感兴趣？"

雅内克摇摇头："我觉得我们完全可以信赖合适的政府机构，这类事情它们自会考虑周全。你自己最好不要插手此事。"

爱德华兹勉强按捺下满心的不耐烦："你能向我保证美国是唯一拥有这一武器的政府吗？"

"这我没法告诉你，因为我对这样一件武器一无所知，也不该我知道。你不该跟我谈起它。即便其实不存在这样一件武器，关于它存在的谣言也可能造成伤害。"

"但既然我已经跟你说起了，伤害也已经造成了，就请你听我说完，给我一个机会说服你。我认为有一种可怕的情形，只有我看出来了，而你，并且只有你，掌握着它的钥匙。"

"只有你看出来了？只有我掌握着钥匙？"

"听起来仿佛很偏执？让我解释给你听，然后你可以自己下判断。"

"我会再给你一点点时间，先生，但我刚才说的一切仍然成立。你必须放弃这件事——你的这个业余爱好——这场调查。它实在太危险。"

"要是放弃调查那才危险。难道你看不出来吗？假如物质分解器存在，而且它垄断在美国手里，那么能接触到它的人数量必然极其有限。身为特勤局前特工，我对这种事是有一些实际了解的。我告诉你吧，要想神不知鬼不觉地从我们最高机密的武器库里偷走物质分解器，世上只有一个人有能力办到，那就是总统……只有美国总统，雅内克先生，只有他有能力安排那次暗杀行动。"

两人瞪着眼睛对视片刻，然后雅内克碰了碰桌上的一个触点。

他说："增加一点儿防范措施。现在任何人都不可能用任何手段听到我们的谈话了。爱德华兹先生，你明白你这话多么危险吗？对你自己有多么危险？你绝不能太过高估《全球宪章》的威力。政府是有权力采取合理的措施来维护自身稳定的。"

爱德华兹道："我之所以来找你，雅内克先生，是因为我假定你是忠诚的美国公民。我带给你的这个消息，它是关乎所有美国人和整个世界联邦的可怕罪行。这一罪行制造出的局面或许只有你能扭转。你为什么要以威胁来回应呢？"

雅内克说："这是第二次了，你企图让我显得像个潜在的救世主。我可无法想象自己扮演这样一个角色。我希望你明白，我没有异乎寻常的力量。"

"你是总统的秘书。"

"这并不意味着我有更多机会见他，或者他把我当成心腹并对我信任有加。有时候，爱德华兹先生，我怀疑其他人只当我是个小喽啰，甚至有时候我发现自己也几乎同意他们的看法。"

"无论如何，你经常见到他，你会在私底下见到他，你——"

雅内克不耐烦道："我见到他的次数的确不少，足以向你保证总统不会下令让人在建国三百周年纪念日摧毁一个机械装置。"

"那么你的意见是这件事绝无可能？"

"我没这么说。我说的是他不会这么干。毕竟他有什么理由要这样呢？一个外形与他相似的仿生人，在他任总统的三年里一直是很有益的辅助，他为什么会想摧毁它？再说就算出于某种理由他希望这么做，他又究竟为什么要以这样令人难以置信的公开方式去做呢——那可是建国三百周年纪念活动啊，这么一来他等于是把它的存在昭告天下，公众知道自己曾与机械装置握手，很可能心生反感；更别提联邦其他地区的代表，他们也会怀疑自己曾被机械装置接待，这是多么恶劣的外交影响。相反，他只需要下命令，让人私下里把它拆解就完了。除了政府内部几个位高权重的成员，其他人谁也不会知道。"

"然而这次事件并未对总统造成任何不良影响，不是吗？"

"他不得不减少出席各种仪式的频率。大家不像过去那么容易见到他了。"

"大家不容易见到的是那个机器人。"

"嗯，"雅内克有些不自在，"对，我猜是这样。"

爱德华兹道："事实上，总统成功连任了，虽说机器人被公开摧毁，他的人气也丝毫不减。你刚刚论证总统不可能公开摧毁机器人，听上去很有说服力，其实不然。"

"但连任成功是克服了事件的不利影响。之所以能成功，是因为总统迅速行动，挺身而出发表演说，你也必须承认，那是美国历史上最伟大的演说之一。他的表现简直不可思议，你也是不能不承认的。"

"那是一场筹划得很漂亮的舞台剧。让人忍不住想，总统似乎早就等着这一出呢。"

雅内克把身体靠回椅背上："不知我有没有听明白你的意思，爱德华兹，你是暗示这里有一个故事书一般错综复杂的情节。你想说是总统命人摧毁那装置，一切细节都是他精心安排的——在人群中间，正好就在建国三百周年庆典期间，在整个世界的眼皮底下——为的就是用自己果断的快速行动赢得所有人的尊崇？你是想暗示他安排了这一切,好让大家认定他在极端戏剧性的情况下拥有出人意料的活力与力量,由此扭转了走向失败的竞选,最终成功连任?……爱德华兹先生,你怕是读了太多童话故事。"

爱德华兹道:"如果我宣扬的是这种说法,那确实是童话故事,但我想说的不是这些。我从未暗示是总统下命令杀死了机器人。我只是问你,你是否认为有这种可能性,而你相当强烈地表示这不可能。对此我感到很高兴,因为我同意你的看法。"

"那这一切到底是什么意思?我开始觉得你在浪费我的时间了。"

"请再容我片刻。你有没有问过你自己,为什么这件事不能用别的东西完成呢,比如激光束、场灭活器——或者看在上帝的分儿上,干脆用一把大铁锤?为什么会有人这么不怕麻烦,非要从世上最强大政府的严密守卫下弄来一件极特别的武器,去做一件并不一定要这种武器就能做成的事?都不谈取得它有多困难,为什么要冒险向全世界揭示物质分解器的存在?"

"物质分解器,这整件事只不过是你个人的一种见解罢了。"

"机器人在我眼皮底下彻底消失了。我一直在看着。对此我并不依赖任何第二手的证据。你管那武器叫什么都无关紧要,无论你给它取什么名字,它的效果还是一样的:它把机器人一个原子、一个原子地拆开,并把所有这些原子撒向四周,再也找不回来。为什么非要这样做?简直是杀鸡用牛刀。"

"肇事者内心的想法我无从知道。"

"是吗?但依我看,明明用简单得多的方法就能摧毁机器人,却非要把它彻底化作齑粉,这样做只有唯一一个合乎逻辑的理由:化作粉末后被摧毁的目标不会留下任何痕迹。它没有留下任何痕迹表明它曾经是什么,无论它曾经是机器人还是别的。"

雅内克道:"但它曾经是什么这是确定无疑的。"

"当真?我刚才说只有总统才能安排取得并使用物质分解器。但考虑到还存在一个与总统一模一样的机器人，那么安排这件事的究竟是哪一位总统呢？"

雅内克厉声道："我不认为我们还能继续这次谈话。你疯了。"

爱德华兹道："你通盘想想。看在上帝的分儿上，通盘想想。总统没有摧毁机器人。在这点上你的论证很有说服力。事实上是机器人摧毁了总统。2076年7月4日，温克勒总统在人群中被刺杀了。然后那个貌似温克勒总统的机器人发表了建国三百周年纪念演说，后来它竞选连任，成功连任，至今仍坐在美国总统的位置上。"

"疯话！"

"我来见你，就是因为你能证明这一点——并且也能纠正它。"

"根本就不是你说的那样。总统是……是总统。"雅内克作势要起身，结束这次会面。

"你自己也说他变了，"爱德华兹快速而急切地说，"建国三百周年的那次演讲是以前的温克勒讲不出来的。你自己难道没有对过去两年的成就感到惊奇？说实话——第一任的温克勒真能做成这一切吗？"

"是的，他能，因为第二任期的总统就是第一任期的总统。"

"你否认他变了吗？我请你想一想。你来判断，我会遵从你的决定。"

"他迎难而上，仅此而已。这种事在美国历史上早就有过。"然而雅内克缩回座位里，看上去志忑不安。

爱德华兹说："他不喝酒。"

"他从来都不喝酒——不怎么喝。"

"他也不再拈花惹草。你否认他过去经常这样吗？"

"总统也是男人。不过，过去的两年里他更愿意把时间奉献给联邦的事务。"

"这是好变化，我承认，"爱德华兹道，"但仍然是变化。当然，如果他一直有某个女人,这出戏就唱不下去了,不是吗?"

雅内克道:"可惜他没有妻子。"他说出那个过时的词,态度有点儿不自然,"要是他有妻子,这整件事都无从谈起了。"

"但事实是他没有,于是这出阴谋就更具操作性了。不过他是两个孩子的父亲,自从建国三百周年事件发生至今,据我所知他俩谁也没来过白宫。"

"他们为什么该来?他们已经成年了,有自己的生活。"

"他们受到过邀请没有?总统表现出想见他们的意思没有?你是他的私人秘书,你肯定知道。有吗?"

雅内克道:"你纯属浪费时间。机器人不可能杀害人类。这是机器人学第一法则,你知道的。"

"我知道。但谁也没说机器人温克勒直接杀死了人类温克勒。人类温克勒在人群里时,机器人温克勒在台子上,据我推想,物质分解器应该不能隔着那么远瞄准,否则难免造成更广泛的伤害。也许其实可以,但更有可能机器人温克勒有一名同谋——一名职业杀手,20世纪的黑话似乎是这么说的。"

雅内克蹙眉。他圆鼓鼓的脸皱起来,显出痛苦的样子。他说:"你知道,发疯肯定会传染。我竟然当真考虑起你那疯狂的想法了。不过很幸运,它不能成立。毕竟为什么要安排在大庭广众之下刺杀人类温克勒?为什么在公开场合摧毁机器人不合逻辑,所有那些证明这点的理由用在论证公开杀死人类总统为什么不合逻辑上也同样有效。你看不出来吗,只这一条就毁了你的整个见解?"

"并非如此——"爱德华兹道。

"就是如此。那机械装置的存在除开少数几个官员外根本没人知道。如果在私下里杀掉温克勒总统,处理掉尸体,机器人很容易就能取而代之,谁也不会起疑心——比方说你,你就不会心生怀疑。"

"总有几个官员是一直知道实情的,雅内克先生,因此刺杀的范围就必须扩大。"爱德华兹一脸认真，身体前倾，"你瞧，通常情况下肯定不可能有混淆人和机器的风险。我想机器人并非一直在使用，相反，它只在特定场合才被取出来使用，而任何时间肯定都有几个关键人物知道总统在哪里、在做什么，人数说不定还不少。如果是这样，那么刺杀的时机就很有讲究，必须是在那些官员都真心以为总统其实是机器人的时候。"

"我没听懂你是什么意思。"

"你瞧，机器人的职责之一就是跟民众握手，所谓的政治家为拉票举办的亲民行动。那么当总统跟民众握手的时候，了解内情的官员就心知肚明，握手的那个其实是机器人。"

"完全正确。现在你说话总算合乎情理了。握手的确实是机器人。"

"只不过当时是建国三百周年纪念日，温克勒总统无法抵挡诱惑。我猜你确实不能指望一位总统——尤其是温克勒这种脑子里空洞无物、只会讨好民众、追逐掌声的总统——指望他在建国三百周年这样的大日子放弃接受人群的吹捧，把这机会让给一台机器，这简直是反人性的。说不定那机器人小心翼翼地催生了温克勒的这一冲动，于是到了纪念日这天，总统就命令机器人留在讲台背后，由自己出去与民众握手，接受人群的欢呼。"

"秘密进行？"

"当然是秘密进行。假如总统告诉特勤局的任何人，或者他的某个助手，或者你，你们会允许他这么干吗？20世纪后期的那几次事件之后，官方在看待暗杀的可能性时，态度就跟面对疾病差不多。于是乎，有了一个显然十分聪明的机器人鼓动——"

"你推断那机器人很聪明，因为你推断它现在正在履行总统的职责。这是循环论证。如果它不是总统，那就没有理由相信它聪明，也没有理由相信它有能力策划这个阴谋。再说了，究竟有什么动机竟能促使机器人谋划刺杀行动？就算它没有亲自动手杀死总统，间接地伤害人类的生命同样是被第一法则所禁止的。第一法则说得很清楚：'机器人不得伤害人类，亦不得不作为，放任人类遭受伤害。'"

爱德华兹道："第一法则并不绝对。假如伤害一个人能拯救另外两个、三个甚至三十亿人的生命呢？机器人或许认定拯救联邦优先于拯救一个人的生命。毕竟那可不是一般的机器人，它被设计来复制总统的各种特征，其相似程度足以骗过所有人。假设它拥有温克勒总统的理解力，却没有总统的弱点；假设它知道自己能拯救联邦，而总统做不到。"

"你有能力做这样的推理，但你如何知道一个机械装置也会这样推理？"

"唯有如此才能解释发生的一切。"

"依我看这是偏执的幻想。"

爱德华兹道："那么请你告诉我，为什么被摧毁的目标被击碎成了原子？除了假定只有如此才能掩盖事实，掩盖被摧毁的是人类而非机器人这一事实，还有什么理由更能说得通？你倒是另外给我一个可能的解释。"

雅内克涨红了脸："我不接受你的说法。"

"但你能够证实这整件事——或者证明事实并非如此。所以我才来找你——只有你。"

"我怎么能证实它？或者证明事实并非如此？"

"谁也不像你这样能在总统毫无防备时见到他。既然他没有家人在身边，跟你相处时就是他最放松随意的时候。研究他。"

"我已经这样做了。我告诉你了，他不是——"

"你没有这样做。之前你丝毫不曾怀疑他有问题，因此各种微小的迹象对你毫无意义。现在你意识到他有可能是机器人了，那么现在你再去研究他，你会看出端倪的。"

雅内克讥讽道："我可以打晕他，然后拿超声波探测器探测有没有金属。哪怕仿生人的大脑也是铂铱合金做的。"

"无须采取任何极端举措。只要观察他，然后你就会发现他与之前的那个人差别太大了，他不可能是人。"

雅内克看看墙上的日历钟。他说："我们在这儿已经超过一个小时了。"

"很抱歉占用你这么长时间，不过但愿你看得出这一切多么重要。"

"重要？"雅内克道，然后他抬起眼睛，先前那种像是苦恼的神气突然变成心怀希望的样子，"但说起来这件事当真重要吗？我的意思是，真的吗？"

"怎么可能不重要呢？一个机器人担当美国总统，这还不重要？"

"不，我不是这个意思。别管温克勒总统可能是什么样了，就只想想这个：现任美国总统拯救了联邦，把联邦聚拢在一起，眼下他还主持着世界议会，努力达成和平和建设性的妥协。这些你都承认？"

爱德华兹说："当然，这些我全都承认。但由此树立起了怎样一个先例？现在由于某个非常好的理由，机器人入主了白宫，二十年后机器人就可能因为某个非常糟糕的理由入主白宫，再往后机器人入主白宫就连理由也不需要了，干脆变成了理所当然。这完全有可能吹响人类末日的号角，而我们必须在它试探着吹出第一个音符时就压制它，这点有多么重要你看不出来吗？"

雅内克耸耸肩："假设我发现他确实是机器人呢？我们把这件事宣扬给全世界知道吗？你可知道这会对全球金融结构造成什么样的影响？你可知道——"

"我知道得很清楚。所以我才没想公开这件事，只是私下来找你。查证这件事，得出确定的结论，这都得由你来完成。接下来，我确信你会发现所谓的总统其实是机器人，这时也得由你去说服他辞去总统职务。"

"而根据你先前关于他如何应对第一法则的说法,他会让人杀了我,因为他正以专业的手腕处理21世纪全球最大的危机,而我对此造成了威胁。"

爱德华兹摇头:"之前机器人是秘密行动,所以没人去反驳他用来说服自己的那套论证。你能够用你的论证强迫他接受一种对第一法则更严格的解读。如果有必要,我们可以从美国机器人与机械人公司找几个官方人员来帮忙,毕竟最初是他们造了这个机器人。一旦他辞职,副总统就会继任。如果机器人温克勒已经把旧世界带上了正确的轨道,那很好;副总统是一位正直而可敬的女性,她现在会让世界保持在正确的轨道上继续前进。但我们不能由机器人统治我们,未来也绝不能再这样。"

"万一总统是人呢?"

"我把这个问题留给你来决定。你会知道的。"

雅内克道:"我对自己可没这么大的信心。万一我无法判断呢?万一我因为某些原因不愿下判断呢?万一我不敢判断呢?你有什么计划?"

爱德华兹面露倦色:"我不知道。也许我会去美国机器人公司。但我不知道我会不会真的走到那一步。眼下我很有信心,我已经把问题交到你手里,事情没有水落石出你是不会罢休的。难道你愿意被机器人统治?"

他站起来,雅内克任他这么走了,两人没有握手。

雅内克坐在逐渐浓郁的暮色中,心里深受震动。

机器人!

那人走进来,用完全理性的方式论证说美国总统是机器人。

应该很容易驳倒他的。然而雅内克用尽了自己能想到的全部论据，结果毫无用处，那人半点儿也不曾动摇。

机器人成了总统！爱德华兹对此深信不疑，而且还会继续相信下去。而假如雅内克坚持说总统是人类，爱德华兹就会去美国机器人公司。他是不会善罢甘休的。

雅内克皱起眉头，他想到了自建国三百周年庆典以来的二十八个月，想到在种种或然性面前，一切进展得多么顺利。而现在呢？

他久久地迷失在阴郁的思考中。

物质分解器还在他手里，不过当然没必要把它用在一个人类身上，对方身体的性质并没有可争议之处。在僻静处用激光悄悄解决就够了。

他花了很大气力才操纵总统参与之前那次犯罪行为，不过这回不一样，这回它根本不必知情。

读客
科幻文库
跟着读客读科幻,经典科幻全看遍。

太空歌剧、赛博朋克、奇幻史诗……
中国、美国、英国、俄罗斯、波兰、加拿大、日本、牙买加……
读客汇聚雨果奖、星云奖、轨迹奖获奖作品,
精挑细选顶尖的科幻奇幻经典,
陪伴读者一起探索人类文明的过去、现在和未来,
亿亿万万年,直至宇宙尽头。